T E Kinsey
Lady Hardcastle und der Tote im Wald

Autor
T E Kinsey wuchs in London auf und studierte Geschichte an der Universität Bristol. Er schrieb einige Jahre lang als Journalist für Zeitschriften und Magazine, bevor er der glamourösen Welt des Internets verfiel und viele weitere Jahre für eine sehr bekannte Unterhaltungswebsite arbeitete. Nachdem er dabei half, drei Kinder großzuziehen, Tauchen lernte und sich beibrachte, Schlagzeug und Mandoline zu spielen, beschloss er schließlich, dass es an der Zeit ist, zum Schreiben zurückzukehren. Zum Glück, denn seine Reihe um die exzentrische Hobbydetektivin Lady Emily Hardcastle und ihre tatkräftige Zofe Florence Armstrong wurde in Großbritannien zu einem Megahit.

T E Kinsey

Lady Hardcastle und der Tote im Wald

Kriminalroman

Deutsch von Bernd Stratthaus

blanvalet

Die Originalausgabe erschien 2016 unter dem Titel
»A Quiet Life in the Country« bei Thomas & Mercer, Seattle.

FSC® MIX Papier aus verantwortungsvollen Quellen FSC® C014496 www.fsc.org

Klimaneutral* Druckprodukt ClimatePartner.com/14044-1912-1001

Penguin Random House Verlagsgruppe FSC® N001967

1. Auflage 2021

Redaktion: Susann Rehlein
Umschlaggestaltung: © www.buerosued.de nach einer Originalvorlage von Thomas & Mercer
Umschlagdesign: Lisa Horton
JA · Herstellung: sam/er
Satz: Vornehm Mediengestaltung GmbH, München
Druck und Bindung: GGP Media GmbH, Pößneck
Printed in Germany
ISBN 978-3-7341-1007-8

www.blanvalet.de

1

Um Himmels willen!«, rief Lady Hardcastle, als wir aus der Kutsche stiegen. »Es ist viel größer, als ich erwartet habe.«

Der Lenker des leicht heruntergekommenen Gefährts reichte mir Lady Hardcastles Gladstone-Koffer herab, während sie in ihrer Handtasche nach einem, wie üblich, großzügigen Trinkgeld kramte. Mit einem erstaunten »Danke, Mylady« ließ er seine Peitsche knallen, und die Kutsche setzte sich klappernd wieder in Bewegung zum Bahnhof von Chipping Bevington, wo wir eingestiegen waren.

Ich stand neben ihr im hellen Sommersonnenschein und blickte auf unser neues Zuhause. Sie hatte recht, es war ziemlich groß.

»Als Sie vorgeschlagen haben, wir sollten aufs Land ziehen, Mylady«, begann ich vorsichtig, »habe ich mir zugegebenermaßen ein von Rosen überwuchertes Landhaus vorgestellt, vielleicht mit einem kleinen Küchengarten und einem Apfelbaum – idyllisch und altmodisch, mit niedrigen Türen, an denen Sie sich den Kopf anstoßen, während ich problemlos hindurchgehe. *Bezaubernd* wäre, glaube ich, das passende Wort dafür.«

»Aber das hier ist doch auch bezaubernd, Flo«, erwiderte sie. »Außerdem ist es neu und sauber und aufregend modern. Und wir haben genug Platz.«

Da konnte ich nicht widersprechen. All das und noch mehr traf zu; ich hatte einfach nur etwas anderes erwartet. Unser neues Heim bestand aus roten Ziegeln und sah ganz anders aus als die Häuser, an denen wir auf dem Weg vom Bahnhof nach Littleton Cotterell vorbeigekommen waren. Die freundliche Bevölkerung von Gloucestershire bevorzugte als Baumaterial für ihre Häuser große, unbehauene Quader, versehen mit andersfarbigen Ecksteinen und Türzargen. Bisher war uns hier nichts begegnet, was diesem beeindruckenden Landhaus aus roten Ziegeln, mit seiner überdachten Veranda und den Panoramafenstern, geglichen hätte.

Das Haus lag ein wenig nach hinten versetzt von der Straße, die zurück ins Dorf führte, eine niedrige Mauer, auch diese aus Ziegelsteinen, fasste das Grundstück ein. In den gepflegten Vorgarten gelangte man durch ein verziertes schmiedeeisernes Tor, das genauso grün angestrichen worden war wie die stabil wirkende Eingangstür des Hauses. Beim Öffnen quietschte es.

»Vielleicht müssen wir jemanden aus dem Dorf kommen lassen, der die Angeln ölt«, überlegte Lady Hardcastle, als wir über den Pfad zur Tür gingen. »Wenn dieses Ding jedes Mal quietscht, sobald jemand zum Haus kommt, werden wir ja verrückt.«

»*Verrückt* ist ja nun beileibe nichts, was Sie schrecken

könnte, Mylady«, scherzte ich. »Und ob die Besucher bei uns tatsächlich in Scharen ein und aus gehen? Sie kennen hier doch niemanden. Außerdem dachte ich, Sie wollten in Ruhe das Landleben genießen.«

»Oh, das will ich auch, aber wir werden sicherlich Besuch bekommen. Wenigstens hoffe ich das. Ich möchte zwar ein ruhiges Leben, aber keins wie im Kloster.«

Sie drückte die Klinke herunter, die Tür war unverschlossen, und wir traten ein.

Während wir die neue Umgebung auf uns wirken ließen, hallten unsere Schritte auf dem Holzfußboden wider. Die Eingangshalle war mit dunklem Holz vertäfelt, sodass der kleine Garderobentisch und der Hutständer aus der Londoner Wohnung überhaupt nicht deplatziert wirkten.

»Das sieht doch gut aus«, sagte sie. »Wirklich sehr gut.«

»Im Elend müssen wir nicht leben, so viel ist sicher«, bestätigte ich lächelnd. »Wenn ich den Herd anbekomme, kann er sich schon mal aufheizen, während wir uns im Haus umsehen, und dann mache ich uns eine schöne Tasse Tee, bevor wir uns hier einrichten.«

»Ein ausgezeichneter Plan, Flo. Ich würde gern überprüfen, ob die Umzugsleute meine Anweisungen befolgt haben. Du weißt ja, wie diese Männer sein können. Erst versprechen sie, alles an seinen Platz zu stellen, und dann haben sie doch die Schusterpalme ins Schlafzimmer und das Klavier in die Küche geräumt.«

»Sie hatten doch noch nie eine Schusterpalme«, rief ich ihr aus der Küche zu.

»Und das ist auch gut so«, erwiderte sie, »wenn die Umzugsmänner sie so stiefmütterlich behandeln.«

Neben dem Herd waren Holzscheite aufgestapelt, sodass ich ihn im Handumdrehen angefacht hatte.

»Außerdem dachte ich, dass wir das Klavier gar nicht mitgenommen hätten«, fügte ich hinzu, als ich die Küche wieder verließ. Doch Lady Hardcastle war nicht zu sehen, also versuchte ich die Tür, die rechts von der Eingangshalle abging. Dahinter lag das Malzimmer, in dem sie mit dem Aufstellen der Stühle und dem kleinen Tisch dazwischen kämpfte.

»Was hast du gerade gesagt, meine Liebe?«, fragte sie.

»Ich sagte: Haben wir das Klavier nicht in London gelassen?«

»Oh gewiss, das haben wir«, antwortete sie mit einem verwirrten Stirnrunzeln.

»Gerade haben Sie doch gesagt, dass Sie erwarten würden, es in der Küche vorzufinden«, fragte ich nach.

»Habe ich das? Aber wir haben es ganz sicher zurückgelassen. Ich konnte es noch nie leiden – es hatte einen ganz furchtbaren Klang. Ich habe ein neues bestellt.«

»Verstehe, Mylady.«

»So weit, so gut«, sagte sie dann und zeigte auf ihre alten Stühle und das kleine Tischchen, die den riesigen Raum nicht annähernd ausfüllten. »Sogar die Bücher haben sie in die Regale geräumt. Allerdings bin ich mir nicht sicher, ob ich Charles Dickens neben Isaac Newton platziert hätte, außer vielleicht bei einer Soirée, aber dann auch nur, wenn Nellie Melba nicht aufgetaucht wäre. Na ja, die Männer haben ihr Bestes gegeben.«

»Was ist denn mit den schönen Sesseln passiert?«, fragte ich.

»Die sollten im Salon stehen.«

»Grundgütiger, einen Salon haben wir auch? Wie unfassbar dekadent.«

»Außerdem ein Frühstückszimmer. Jasper und seine Frau haben vier Kinder, also brauchen sie sehr viel Platz, falls sie jemals aus Indien zurückkehren.«

»Hat er denn angedeutet, wann das der Fall sein könnte?«

»Nein«, entgegnete sie. »Diesbezüglich war er leider nicht sehr präzise. ›Das Geschäft, bla, bla, ich muss ein Weilchen dableiben, bla, bla, großes Pech, bla, bla, du möchtest nicht vielleicht ein Landhaus mieten, altes Mädchen? Ich hätte da eins.‹ Du kennst ihn ja.«

Wir durchquerten die Eingangshalle und traten durch die gegenüberliegende Tür ins Speisezimmer. Am Esstisch aus Walnussholz hatten acht Personen Platz, sodass er für die Wohnung stets ein bisschen zu groß gewesen war, doch hier, in diesem großzügigen Raum mit der hohen Decke, wirkte er deutlich weniger fehl am Platz. Lady Hardcastle sah sich im Raum um, ob sich wohl alles an der richtigen Stelle befand.

»Sie haben deutlich bessere Arbeit geleistet, als ich befürchtet hatte«, erklärte sie dann und öffnete eine der Türen des Sideboards. »Sieh nur, sie haben sogar daran gedacht, das Geschirr wegzuräumen.«

Bevor ich einen Blick auf das weggeräumte Geschirr werfen konnte, war sie schon nach draußen gefegt, in Richtung der Hausrückseite und in Richtung Küche. Statt jedoch links abzubiegen wie ich vorher, als ich den Herd gesucht hatte, wandte sie sich nach rechts und betrat einen kleinen quadratischen Raum. Dort stand ihr Schreibtisch, von dem aus sie in den großen Garten sowie auf die dahinterliegenden Felder und Hügel blicken konnte.

»Das sieht doch wirklich alles sehr gut aus«, bekräftigte sie noch einmal und legte die Hand auf die Rückenlehne ihres Schreibtischstuhls. »Irgendwann müssen wir vielleicht umdekorieren – diese Pastelltöne finde ich doch ein bisschen fad –, aber für den Moment wird es so gehen. Als Nächstes sollten wir uns oben umsehen.«

»Nur eins noch, Mylady«, sagte ich, als wir unseren Rundgang durchs obere Stockwerk beendeten und uns wieder auf den Weg in die Küche machten.

»Nur eins?«, fragte sie.

»Für den Moment. Sie haben doch sicher vor, weiteres Personal einzustellen, nicht wahr? Allein werde ich mich nicht um dieses ganze Haus kümmern können. Die Wohnung in London, das war kein Problem, vor allem, da wir die Wäsche auswärts erledigen lassen konnten, aber hier …«

»Keine Angst, meine kleine Dienerin«, erwiderte sie. »Als Jasper mir das Haus vermietet hat, hat er gleich den hiesigen Grundbesitzern Bescheid gegeben, und die haben ein paar Leute herausgesucht, die sich bei uns vorstellen werden. Ich habe alles unter Kontrolle.«

»Nun, das ist eine Erleichterung«, sagte ich und setzte den Wasserkessel auf.

»Viel drängender ist die Frage«, fuhr sie fort und sah sich dabei um, »was wir essen werden. Die Eisenbahngesellschaft transportiert einen zwar zuverlässig von A nach B, aber das Mittagessen war doch eher lieblos. Bis zum Abendessen werde ich bestimmt schon verhungert sein.«

»Keine Angst, meine alternde Arbeitgeberin«, erwiderte ich. »Ich habe ein paar Vorräte bestellt, bevor wir aus London aufgebrochen sind. Falls alles geklappt hat, sollte die Speisekammer gut gefüllt sein.«

Ich öffnete die Tür und zeigte auf die Regale, die sich unter den Lebensmitteln förmlich bogen.

»Das hast du gut gemacht«, lobte sie. »Lass uns also erst einmal Tee trinken, dann darfst du deine kulinarischen Zauberkräfte anwenden, während ich mich davon überzeuge, dass meine Ausrüstung sicher in der Orangerie verstaut worden ist.« Sie zeigte auf die Tür neben dem großen Spülbecken. »Geht es dort hinaus in den Garten?«

»Durchs Schuhzimmer, jawohl«, entgegnete ich.

Bald kochte das Wasser, ich goss den Tee auf und setzte mich zu ihr an den Tisch.

»Lampen!«, rief sie unvermittelt aus.

»Wie bitte?«

»Haben wir denn Lampen? Ich habe mich so sehr an das elektrische Licht in der Wohnung gewöhnt, dass ich das Problem vollkommen aus den Augen verloren habe.«

»Darum habe ich mich gekümmert, Mylady«, konnte ich sie beruhigen. »Lampen, Öl, Kerzen, Streichhölzer … Alles liegt in der Umzugskiste dort drüben.«

»Was würde ich nur ohne dich tun?«

Einen Augenblick lang überlegte ich. »Verhungern, Mylady. Und zwar im Dunkeln.«

Am nächsten Morgen wachte ich beizeiten auf und machte mich an die Arbeit. Neues Personal wäre ein Segen, aber es bestand kaum die Aussicht, dass wir in den nächsten Tagen überhaupt dazu kommen würden, auch nur ein Vorstellungsgespräch zu führen, geschweige denn jemanden einzustellen. Außerdem muss ich zugeben, dass ich der Meinung war, qualifizierter für die wichtige Aufgabe der Einrichtung des Hauses zu sein, als irgendeine Hilfskraft aus dem Dorf es hätte sein können, ganz egal, wie viel Mühe diese sich gäbe.

Ich weckte Lady Hardcastle mit einem Tablett mit Tee und Toast, und es dauerte nicht lange, bis sie nach unten zum Frühstück kam, das wir gemeinsam im dafür vorgesehenen Zimmer einnahmen.

»Was haben Sie denn für heute geplant, Mylady?«, fragte ich und schenkte ihr Tee nach.

»Ich muss die Orangerie in Ordnung bringen«, erwiderte sie. »Ansonsten finde ich, dass wir uns ein wenig Muße gönnen sollten. Die Monate, die auf diese schreckliche Geschichte in der bulgarischen Botschaft folgten, waren recht hektisch, und ich finde, dass wir uns beide eine kleine Verschnaufpause verdient haben. Was hast du denn vor?«

Ich skizzierte ihr die wichtigsten Aufgaben des Tages und erwähnte nebenbei auch einige der weniger wichtigen.

Sie lachte auf. »So viel zu dem Vorsatz, es langsam angehen zu lassen. Na, überanstreng dich nicht. Wir haben bis zum Wochenende eine Haushaltshilfe und eine Köchin, und die müssen ja auch noch irgendwas zu tun haben.«

Skeptisch zog ich die Brauen hoch. »Ich werde versuchen, noch etwas übrig zu lassen, Mylady«, sagte ich, war aber weiterhin nicht überzeugt, dass wir so schnell jemanden finden würden.

Wir beendeten das Frühstück unter weiterem Geplauder, dann stand sie auf und suchte ihren Overall. Üblicherweise bevorzugte sie elegante Kleidung, die ihre hoch aufgeschossene, anmutige Gestalt umschmeichelte. Oft entschied sie sich für Dunkelblau, um das Blau ihrer Augen zur Geltung zu bringen, oder für tiefes Purpur, neben dem ihr dunkles Haar besonders glänzte. Mausgraue Overalls taten hingegen nichts für sie, vereinfachten allerdings die Wäsche, wenn sie mal wieder einen Tag in ihrem Atelier verbracht hatte.

Ich machte mich an meine Liste von Aufgaben, die Herkules hätte erbleichen lassen. Im Laufe des Morgens wurde meine Arbeit allerdings kaum weniger, da ein halbes Dutzend Mal die Türklingel schellte. In London lernte eine Lady im Laufe einiger Jahre gerade mal ihre direkten Nachbarn kennen, und auch das nur, wenn sie außergewöhnlich gesellig war. Hier draußen im Südwesten Englands schien jedoch jeder Einzelne, und auch noch dessen Hund, mehr über die neu zugezogene Fremde herausfinden zu wollen.

Reverend James Bland, der Vikar der Kirche St. Arild's, war der Erste, der vorbeischaute und als Gastgeschenk einen ziemlich Respekt einflößenden Früchtekuchen mitbrachte, den seine Frau zu Lady Hardcastles Ehren selbst gebacken hatte. Sie werde, so versicherte er, sich innerhalb der nächsten beiden Tage auch noch persönlich vorstellen. Der Gehilfe der Metzgerei Spratt kam mit einer Nachricht vorbei, um das Geschäft seines Arbeitgebers anzupreisen. Ihm folgten auf dem Fuße zwei Burschen von der Bäckerei und dem Lebensmittelladen, die beide ähnliche Nachrichten überbrachten. Ich konnte nicht umhin, mir zu überlegen, dass die drei Geschäfte besser einen einzigen der Burschen hätten losschicken sollen, der sie alle auf einmal vorgestellt hätte, aber so strahlten die Burschen vor Freude, als Lady Hardcastle jedem von ihnen für ihre Mühen ein paar Kupfermünzen zusteckte.

Als Nächster erschien der Dorfpolizist. Sergeant Dobson bestand darauf, dass er nicht hereinkommen könne. Nichtsdestoweniger wollte er Lady Hardcastle seinen Respekt zollen und ihr versichern, dass er und sein Assistent (dessen Name mir zum einen Ohr hinein- und zum anderen wieder hinausrauschte) stets zur Stelle seien, um für unsere Sicherheit zu sorgen. Nicht etwa, fügte er hastig hinzu, dass wir sie brauchen würden. Sein Dorf sei das sicherste im gesamten Distrikt. Falls wir allerdings irgendetwas benötigen sollten, sollten wir ihm einfach nur Bescheid sagen.

Gemäß seiner Ankündigung bestand er nicht auf einer Tasse Tee mit uns, wie es die Londoner Polizei gewiss getan hätte. Stattdessen wünschte er uns beiden einen guten Tag und marschierte dann einen Schlager pfeifend über den Gartenweg zurück zum Tor.

Den sechsten Besucher, Dr. Fitzsimmons, bat Lady Hardcastle ins Haus und führte ihn in ihr Malzimmer. Ich machte noch einmal Tee und grübelte darüber nach, ob es wohl klug wäre, den armen Kerl mit dem Kuchen der

Vikarsgattin zu drangsalieren. Einerseits erschien es so ziemlich das Gegenteil von Gastfreundschaft zu sein, den Mann einem so furchterregenden Früchtebrot auszusetzen, andererseits hatten wir nichts anderes. Ich beschloss, dass er sicherlich schon vorher mit Mrs. Blands Gebäck konfrontiert gewesen sein müsste und inzwischen abgehärtet wäre. Also schnitt ich ein paar dünne Scheiben ab und reichte sie ihnen zum Tee.

Von der Küche aus konnte ich einige Fetzen ihres Gesprächs mithören. Lady Hardcastle schien darum bemüht, dem Doktor ihre neueste Leidenschaft zu erklären.

»... alles sehr interessant«, entgegnete er, dann hörte ich, wie die Tassen und Untertassen klimpernd wieder auf dem Tablett abgestellt wurden. »Ich nehme nicht an, dass Sie damit bei den Dorfbewohnern auf Begeisterung stoßen werden – bisweilen hege ich den Verdacht, dass viele von ihnen sogar meine bescheidenen Fähigkeiten als eine Art Hexerei betrachten ...«

Sie lachte. »Das merke ich mir.«

»Nun, dann lasse ich Sie mal wieder allein«, sagte er, und ihre Stimmen echoten durch die holzvertäfelte Eingangshalle. »Ich bin sicher, Sie haben eine Menge zu tun. Der Einzug ist immer so eine anstrengende Zeit.«

Ja, dachte ich, das ist er tatsächlich. Für manche von uns.

»Danke, Doktor«, erwiderte sie.

»Ganz schön was los, nicht wahr?«, sagte sie, als sie daraufhin zu mir in die Küche trat.

»Offensichtlich«, entgegnete ich. »Anscheinend habe ich die Häufigkeit von Besuch vollkommen unterschätzt.«

»Deine Annahmen haben sich bisher als falsch erwiesen, stimmt. Was gibt es denn zum Lunch?«

»Mittagessen, Mylady?«, fragte ich erstaunt. »Nach dem ganzen Kuchen?«

Sie stöhnte auf. »Leider habe ich keinen Bissen von Mrs. Blands Kuchen gegessen. Er wirkt auf mich wie etwas, womit man Kanonen laden würde, wenn einem die Munition ausgegangen ist. Glücklicherweise hat Dr. Fitzsimmons seine Herkunft richtig erraten, also ist dein Ruf als *Pâtissière* noch intakt. Allerdings haben wir uns beide entschieden, nicht davon zu kosten.«

»Das kann ich Ihnen nicht verübeln«, antwortete ich. »In diesem Fall haben Sie eventuell Lust auf eine oder zwei Scheiben der Pastete, die ich vor unserer Abreise aus London bestellt habe und die immer noch in unserer ungewöhnlich gut ausgestatteten Speisekammer wartet?«

»Sie wird sicher nicht so gut wie die von dir selbst gemachte sein, aber ich bin sicher, sie erfüllt ihren Zweck. Haben wir auch Chutney? Vielleicht ein paar Tomaten?«

»Das alles und noch viel mehr, Mylady. Wollen Sie sich vor dem Lunch umziehen?«

Sie musste lachen. »Vielleicht wasche ich mir die Hände – anscheinend bin ich ziemlich schmutzig geworden. Sowohl der Vikar als auch der Doktor schienen von meinem Erscheinungsbild doch eher überrascht zu sein.«

»Ich vermute, das hatte weniger mit den schmutzigen Händen als vielmehr mit dem Arbeitsoverall zu tun.«

»Hm, möglich«, räumte sie ein. »Na ja, das wird sie lehren, dass man eine Lady nicht einfach so unangekündigt überfällt. Man kann ja nicht von mir erwarten, dass ich den ganzen Tag angekleidet bin, um Besuch zu empfangen – schließlich habe ich Arbeit zu erledigen.«

»Ganz recht, Mylady. Lunch in zehn Minuten?«

Der Nachmittag verging mit nur noch einer einzigen Unterbrechung in Form einer Nachricht, die von einem livrierten Chauffeur überbracht wurde. Er bestand darauf, eine Antwort mitzunehmen, lehnte aber das Angebot ab, in der Küche zu warten, und blieb stattdessen auf der Türschwelle stehen.

Die Nachricht stammte von Sir Hector und Lady Farley-Stroud, den örtlichen Grundbesitzern. Sie lebten auf *The Grange*, jenem großen, charmant heruntergekommenen Gutshaus, das wir auf dem Hügel gesehen hatten, als wir tags zuvor durchs Dorf gefahren waren. Die Farley-Strouds entschuldigten sich für die Kurzfristigkeit, fragten aber, ob Lady Hardcastle am Abend nicht zum Dinner vorbeikommen wolle, »um ein paar Leute kennenzulernen«. Diese Einladung hatte sie natürlich ohne zu zögern angenommen. Bert – so hieß der Chauffeur – nahm ihre Antwort entgegen und versicherte mir, dass er, falls sie »Ja« lautete, um halb acht wieder hier sein werde, um sie nach *The Grange* zu fahren.

Ich war Lady Hardcastle beim Ankleiden behilflich. Nachdem sie aufgebrochen war, setzte ich mich mit einem Buch und einem Sandwich in einen der bequemen Sessel im Salon. Sie hatte mir vorgeschlagen, doch eine der Weinflaschen zu öffnen, die wir aus der Londoner Wohnung mitgebracht hatten, aber ich begnügte mich mit Wasser. Wein war etwas, was geteilt werden musste.

In die Lektüre vertieft, verging die Zeit für mich wie im Flug. In meinem Tagebuch steht nicht, was ich gelesen habe, aber ich erinnere mich daran, dass es mir gefiel, also war es wohl nicht Thackeray. Thackeray konnte ich noch nie leiden.

Kurz vor Mitternacht rauschte Lady Hardcastle dann in den Salon.

»Hallo, Flo«, rief sie. »Ich hatte nicht erwartet, dass du noch auf bist.«

»Sie kennen mich doch, Mylady«, antwortete ich und winkte mit dem Buch.

»Ach ja, du und deine Bücher.«

»Genau. Wie war's beim Dinner?«

»Tatsächlich angenehmer als erwartet. Ich hatte schon mit einem langweiligen Abend in Gesellschaft irgendeines aufgeblasenen Landjunkers und seiner grässlichen Frau gerechnet, aber sie haben sich als ziemlich großartig herausgestellt.«

»Erzählen Sie«, bat ich und setzte mich ein wenig bequemer hin.

Ihr Blick fiel auf ihr Bild in dem Spiegel über dem Kamin. »Findest du eigentlich, dass diese Perlenkette zu dem blauen Kleid passt?«

»Als ob das Ganze von dem feinsten Pariser *Couturier* entworfen worden wäre, Mylady. Sie haben wirklich die Aufmerksamkeitsspanne einer Wespe. Was war denn nun so großartig an den Farley-Strouds?«

»Ach ja, entschuldige. Sie sind nicht nur die bezauberndsten alten Leutchen, denen ich jemals begegnet bin, tatsächlich hat Gertie Farley-Stroud meine Mutter gekannt. Als ich eintrat, sagte sie: ›Verraten Sie mir, meine Liebe, bevor wir fortfahren, lautet Ihr Mädchenname Featherstonhaugh?‹ Ich antwortete gedehnt: ›Jaaa …‹ Darauf sie wieder: ›Und haben Sie einen älteren Bruder namens Harry?‹ Ich entgegnete aufs Neue: ›Ja-aa‹, in demselben gedehnt-fragenden Tonfall, weil ich vermutete, dass sie mich in einem *Who's Who* oder so etwas nachgeschlagen hatte. Aber dann erläuterte sie: ›Meine Liebe, ich habe Ihre Mutter gekannt.‹ Anscheinend haben sie und Hector meine Eltern kennengelernt, als mein Vater in Indien war, danach haben sie den Kontakt gehalten. Das letzte Mal, dass sie mich gesehen hat, war ihr zufolge in unserem Londoner Elternhaus. Ich war vier und habe ihr Newtons Gesetze der Bewegung vorgebetet und dann – ihrer Angabe nach ziemlich schlecht – *Frère Jacques* auf dem Klavier vorgespielt, bevor ich erklärte, dass ich ein Eisbär werden wolle, wenn ich einmal groß sei.«

»Schon damals waren Sie furchtbar ehrgeizig«, warf ich ein.

»Allerdings, meine Liebe, immer. Offenbar haben Mummy und sie einander noch jahrelang geschrieben, und Gertie hat meine Entwicklung verfolgt: meine Jahre in Cambridge, meine Heirat mit Roddy, all unsere Versetzungen ins Ausland, einfach alles. Als Jaspers Makler mich als die neue Mieterin dieses Hauses angekündigt hat, hat sie sich gefragt, ob ich wohl dieselbe Emily Hardcastle sein könnte, die sie von früher her kannte. Und wie sich herausstellte, bin ich es tatsächlich.«

»Gewiss kann es von Ihnen kein zweites Exemplar geben, Mylady.«

»Da hast du wohl recht. Sie waren so freundlich und bezaubernd und so verrückt wie ein Sack voller Gibbons, also hatte ich wirklich einen wundervollen Abend. Die einzige Suppe im Haar war, dass sie darauf bestanden haben, mich mit den Ortsansässigen bekannt zu machen, damit ich ordentlich in die Gesellschaft von Gloucestershire eingeführt werde. Darauf hätte ich ehrlicherweise verzichten können, aber es erschien mir ungehörig, mich zu widersetzen, also habe ich mir alle Mühe gegeben. Obwohl ich nur mit einem Abendessen im kleinen Kreis der hiesigen Landbesitzer gerechnet hatte, sah ich mich plötzlich mit allem konfrontiert, was Rang und Namen hat und sich furchtbar wichtig nimmt.«

»Gibt es irgendwelchen interessanten Tratsch?«

»Gar keinen, leider. An Bemerkenswertem passiert derzeit lediglich, dass die Tochter der Farley-Strouds sich mit dem Sprössling einer ortsansässigen Kaufmannsfamilie verlobt hat. Sie haben irgendwas mit Spedition auf dem Seeweg zu tun. Im Moment gibt es kein anderes Thema. Ich muss gestehen, dass ich nicht richtig zugehört habe.«

»Es könnte trotzdem schlimmer sein. Man hätte Sie dazu auffordern können, den Mord am bulgarischen Botschafter zu vereiteln. Schon wieder.«

»Das war aber doch ein Riesenspaß, oder nicht?«

»In der Tat, Mylady. Und dennoch glaube ich, dass wir ohne die ganze Aufregung besser dran sind.«

»Da hast du wahrscheinlich recht. Wie war denn dein Abend?«

»Sandwiches und ein gutes Buch – etwas Besseres kann ich mir nicht vorstellen.«

»Abgesehen von einem Abend mit mir natürlich. Hast du Lust auf einen kleinen Schlummertrunk? Ich könnte vor dem Zubettgehen noch einen Brandy vertragen.«

Also holte ich die Flasche und zwei Gläser. Das Landleben war am Ende gar nicht so übel.

2

Mir war versichert worden, dass unser neues Leben in Gloucestershire friedlich und ohne Zwischenfälle verlaufen werde. Aus der nächstgelegenen Stadt bestehe nordwärts eine Zugverbindung nach Cheltenham oder Gloucester beziehungsweise in südlicher Richtung nach Bristol oder Bath, sodass wir *in Nullkommanichts* in einer dieser lebendigen Städte sein könnten. Wir wären also nicht vollkommen von der Zivilisation abgeschnitten, aber mir war außerdem versprochen worden, dass nach unseren Jahren voller Abenteuer (gelegentlich sogar voller Schrecken) Ruhe einkehren werde. Lady Hardcastle und ich könnten uns endlich entspannen. Uns ausruhen. Es langsam angehen lassen. In sicherer Distanz zu der ganzen Gewalt.

So kam es, dass wir an unserem zweiten vollen Tag im Dorf kurz nach Sonnenaufgang gemeinsam im dafür vorgesehenen Zimmer frühstückten.

»Sie haben mir ein angenehmes Leben versprochen«, protestierte ich, während ich ihr noch ein Würstchen auf den Teller legte.

»Und das bekommst du auch«, versicherte sie mir, spießte das Würstchen mit der Gabel auf und wedelte es vor sich durch die Luft. »Gertie hat zwei vielversprechende Hausangestellte ausfindig gemacht, die sich bei uns vorstellen werden, du hast also bald so viel Freizeit, dass du gar nicht wissen wirst, wohin damit.«

»Und doch sitze ich schon hier am Frühstückstisch, während sogar die Vögel finden, dass es noch ein bisschen früh ist, und lieber noch eine halbe Stunde in ihrem Nest bleiben, bevor sie auch nur daran denken, die Mühen des Tages in Angriff zu nehmen.«

»Nachher wirst du es mir danken«, erwiderte sie. »Wir machen nämlich einen Spaziergang, um unsere neue Umgebung zu erkunden. Vielleicht fertige ich auch ein paar Skizzen an. Dann machen wir einen Abstecher ins Dorf und geben einige Bestellungen bei den örtlichen Geschäften auf – es kann ja nicht schaden, sich persönlich vorzustellen. Ich frage mich, ob es hier einen Teesalon gibt – da könnten wir ein Tässchen trinken und uns dazu etwas Hefegebäck genehmigen.«

»Und das alles schon vor dem Mittagessen«, warf ich ein.

»Ganz recht. Wir können all das tun und haben trotzdem immer noch den Großteil dieses wunderbaren Sommertags vor uns.«

»Das ist ein sehr überzeugendes Plädoyer, Mylady«, sagte ich und begann den Frühstückstisch abzuräumen. »Aber ich bin mir ziemlich sicher, dass ich eine zusätzliche Stunde Schlaf bevorzugt und mich auch dann noch auf all diese Dinge gefreut hätte.«

»Ich lande sicher im Handumdrehen wieder bei meinen alten Faulenzergewohnheiten. Wahrscheinlich ist es nur die Luftveränderung.«

»Dann gibt es ja auf jeden Fall etwas, auf das ich mich freuen kann.«

Sie erhob sich und wandte sich zum Gehen.

»Ich habe Ihnen die Schuhe für draußen neben die Eingangstür gestellt«, rief ich ihr noch hinterher.

»Du bist wirklich wunderbar. Können wir in zehn Minuten los?«

Zehn Minuten später waren wir tatsächlich fast fertig zum Aufbruch. Fast.

»Ach, sag mal, Flo, könntest du mir nicht vielleicht den Gefallen tun, noch mal für mich in die Orangerie zu gehen? Ich würde gern ein paar Zeichenutensilien mitnehmen. Die Tasche muss dort irgendwo liegen.«

Lady Hardcastle war eine unermüdliche Zeichnerin. Daher hatte sie stets eine Tasche mit Stiften und einem Block griffbereit und für das nächste Abenteuer fertig gepackt ... Nun ja, gepackt war sie immer, allerdings war die Tasche nie wirklich griffbereit für das nächste Abenteuer, weil sich Lady Hardcastle nämlich nie erinnern konnte, wo sie sie abgestellt hatte.

Ich nutzte die Gelegenheit, um mir anzusehen, was sie mit der Orangerie angestellt hatte. Ihr ununterbrochenes Zeichnen war ein Symptom für eine viel umfassendere Besessenheit von den bildenden Künsten. In unserer Londoner Zeit hatte sie die aufregende neue Welt der Bewegtbilder kennengelernt und sich eine Ausstellung der Werke einiger experimenteller Filmkünstler angesehen. Besonders hatte es ihr die fotografische Illusionskunst von Georges Méliès angetan, der es vermochte, geradezu magische Effekte zu erzielen.

So sehr hatte sie das alles begeistert, dass sie sich mit dem ihr eigenen Eifer ins Studium der wissenschaftlichen Grundlagen der Erzeugung bewegter Bilder gestürzt hatte. Die Ideen purzelten nur so aus ihrer Fantasie heraus, sodass sie damit begonnen hatte, selbst mit dem Erstellen von Filmen zu experimentieren. Als sie sich dann entschieden hatte, nach Gloucestershire zu ziehen, war einer ihrer sehnlichsten Wünsche der nach einem großen, gut ausgeleuchteten Raum gewesen, in dem sie ihre fotografische Ausrüstung aufstellen konnte. Die Orangerie hatte sich für diesen Zweck als geradezu ideal erwiesen.

Ich benötigte mehrere Minuten entschlossener Suche zwischen den rätselhaften Apparaturen, bis ich die Zeichentasche aus Segeltuch unter einem Haufen winziger Kleidungsstücke und einigen Entwürfen für etwas, was wie Tiermodelle aussah, entdeckt hatte. Oder war *Animalodelle* die bessere Bezeichnung?

Ich dachte noch immer über diese Frage nach, als ich die Tür der Orangerie abschloss und ins Haus zurückkehrte.

Hinter dem Tor bogen wir nach rechts ab, weg vom Dorf und in die Wildnis hinein. Als ich noch ein kleines Kind war, waren wir viel herumgekommen, von einem Ende der Insel zum anderen, sodass ich einen Großteil ihrer Landschaften kannte. Allerdings stellte das Land für mich, wie für jedes Stadtkind, etwas dar, was durchquert werden musste, um ins nächste Stück Zivilisation zu gelangen. Vom Fahrersitz eines Fuhrwerks aus ist das britische Land zwar schön, aber es ist nie etwas gewesen, wonach ich eine besondere Sehnsucht verspürte. Es gab hier weder Bibliotheken noch Museen, stattdessen Kühe, Schafe und Tausende nicht identifizierbarer Bäume.

Zwar hatte ich später die Welt zusammen mit Lady Hardcastle bereist, aber Teile meiner Heimat waren mir fremd. Daher war diese einfache Rechtskurve, die uns von den Häusern und Geschäften wegführte, ein genauso großes Abenteuer wie eine Wanderung durch Zentralchina. Die Hecken raschelten vor Leben, als wir sie passierten, und die Luft war angefüllt mit Vogelgezwitscher und dem Duft nach … Mir ist es immer ziemlich seltsam vorgekommen, dass sich die Menschen über die Gerüche beschweren, die ihnen in der Stadt entgegenschlagen – der Rauch, der Abfall, die Fabriken, die Brauereien –, als ob es auf dem Land nur nach Paradiesgarten duften würde. Wenn, was mich hier umgab, tatsächlich der Geruch des Paradieses wäre, sollte ich vielleicht einmal darüber nachdenken, wie ich meine unsterbliche Seele mit einer Art Schutzmaske ausstatten könnte.

Nach einer weiteren Kurve entschied Lady Hardcastle, dass wir den Weg lieber verlassen und uns stattdessen querfeldein schlagen sollten.

Auf der anderen Seite des riesigen Feldes entdeckte ich einen Bauern, der seine Rinderherde durch ein Tor auf ein Gehöft zutrieb, vielleicht, um sie zu melken.

Anscheinend bemerkte er uns, denn nach kurzem Zögern ließ er seine Kühe einfach stehen und kam auf uns zu.

Die Kühe waren gar nicht einverstanden mit dieser Unterbrechung ihrer Routine und begannen gereizt zu muhen. Einige von ihnen trotteten weiter auf ihr allmorgendliches Ziel zu, angezogen wahrscheinlich von der Aussicht, gemolken zu werden. Die anderen hingegen liefen führungslos und verloren umher. Ich hatte es Lady Hardcastle nie verraten, aber vor Kühen hatte ich mich schon immer ziemlich gefürchtet. Daher war ich froh, dass sie sich in sicherem Abstand befanden und sich eher von uns zu entfernen schienen.

»Aufgepasst«, warnte ich. »Jetzt sind wir fällig.«

»Wie bitte?«, sagte Lady Hardcastle, die den Bauern noch nicht bemerkt hatte.

»Hundertfünfzig Meter backbord voraus«, erläuterte ich. »Und nähert sich rasch.«

Sie wandte sich um. »Grundgütiger«, rief sie. »Für so einen molligen kleinen Kerl bewegt er sich aber ziemlich flott.«

Wir verlangsamten unser Tempo und warteten.

»Morgen, Ladys«, rief er, als er in Grußweite war. Dabei tippte er sich an die Mütze.

»Auch Ihnen einen guten Morgen«, erwiderte Lady Hardcastle leutselig. »Was für ein schöner Morgen, nicht wahr?«

»Das ist wahr, Ma'am«, antwortete er. »Sie gehen wohl ein bisschen spazieren.«

»So ist es, ja. Ich hoffe, wir sind hier nicht auf privatem Grund.«

»Zufällig sind Sie das«, entgegnete er.

»Mein lieber Freund, das tut mir furchtbar leid. Aber an so einem schönen Tag mochte ich nicht auf dem Weg bleiben, eingeschlossen von Hecken, wo wir doch diese wunderbare Landschaft genießen können.«

»Ach, na ja«, antwortete er, da ihm der Wind ein wenig aus den Segeln genommen war. »Wenn Sie dran denken, die Tore wieder hinter sich zu schließen, und die Tiere nicht aufscheuchen, kommen wir sicher klar miteinander.«

»Vielen Dank, Mr. ...?«

»Thompson, Ma'am, Toby Thompson.«

»Sehr erfreut, Mr. Thompson. Ich bin Lady Hardcastle, und das hier ist meine Zofe, Miss Armstrong.«

»Ahhh«, machte er wissend. »Dann sind Sie also die Lady aus London, die in das neue Haus an der Straße eingezogen ist.«

»Ganz recht.«

Sie tauschten weitere Höflichkeiten aus, aber ich klinkte mich aus ihrem Gespräch aus. Meine Aufmerksamkeit wurde vollständig von den verwirrten und misslaunigen Kühen in Anspruch genommen, bis ich Mr. Thompson auf die Wälder deuten sah, die ungefähr eine halbe Meile entfernt lagen. Dabei sagte er in seinem mir unvertrauten, verwaschenen Dialekt des Südwestens: »Im Wald lässt es sich um diese Uhrzeit schön spazieren gehen, Mylady. Wie Sie sagen, es ist ein schöner Tag. Ich selbst gehe oft in den Wald, um an einem Sommertag ein bisschen Ruhe und Frieden zu finden, sobald ich mit dem Melken fertig bin.«

»Danke, Mr. Thompson«, erwiderte Lady Hardcastle. »Ich denke, das tun wir jetzt auch.«

»Recht haben Sie. Dann wünsche ich Ihnen einen guten Tag, Mylady.«

Lady Hardcastle bedankte sich noch einmal, dann gingen wir quer über die Wiese auf die dicht stehenden Bäume zu.

»Das ist besser ausgegangen als erwartet«, sagte ich zu ihr, als wir den Kurs änderten. »Ich habe schon damit gerechnet, dass er auf uns schießt.«

»Er war doch einfach nur neugierig. Außerdem hatte er gar keine Waffe bei sich. Vermutlich begegnen sie hier nicht allzu vielen Fremden, wir sind so etwas wie eine Sehenswürdigkeit.«

»Schade, dass wir uns nicht kannten, als ich noch jünger war. Hätten sie gewusst, was für ein Zuschauermagnet Sie sind, hätten meine Mum und mein Dad Sie in ein kleines Zelt setzen und den Leuten eine Sixpence-Münze abknöpfen können, damit sie Sie angaffen dürfen.«

»Frechheit«, widersprach sie. »Ich bin doch wenigstens zwei Schilling wert. Also ehrlich, nur Sixpence. Pff.«

Beim Betreten des Waldes sah ich noch einmal über das Feld zurück, das wir gerade überquert hatten, sowie auf unsere Spuren im taufeuchten Gras. Auf einmal durchzuckte mich Panik, dass wir so eine sichtbare Fährte hinterlassen hatten, aber genauso rasch fiel mir wieder ein, dass wir uns nun um solche Dinge keine Sorgen mehr machen mussten. Schon seit einer ganzen Reihe von Jahren hatte uns niemand mehr den Tod gewünscht, einfach nur weil wir Engländerinnen waren. Tatsächlich war es hier in Gloucestershire sogar von Vorteil, »englisch« zu sein, aber so war das nun mal mit alten Gewohnheiten, sie waren hartnäckig.

Vor mir stieg Lady Hardcastle leichtfüßig über eine morastige Stelle und wandte sich dann zu mir um. »Nicht trödeln«, mahnte sie lächelnd. »Und pass auf den Matsch auf.«

»Ja, Mylady«, sagte ich in meiner besten Imitation des lokalen Zungenschlags, während ich über den Miniatursumpf hüpfte. Dann sah ich mich noch einmal um, bevor wir weiter in das Zwielicht des Waldes vordrangen.

»Um Himmels willen«, rief sie, »jetzt hör aber auf, dich wie ein verdammter Bodyguard aufzuführen, damit machst du den Einheimischen sonst noch Angst. Seit wir das Haus verlassen haben, siehst du dich ständig nach irgendwelchen Verfolgern um.«

»Verzeihung, Mylady, es ist nur, dass …«

»Ich weiß doch, Liebes.« Sie streckte die Hand aus und berührte mich beschwichtigend am Arm.

Die Morgensonne hatte Mühe, einen nennenswerten Effekt auf die Welt unter dem reichhaltigen grünen Blätterdach zu entfalten. Die dunkle Erde unter unseren Füßen war weich und feucht, und die Luft war erstaunlich kühl. Ich begann mir zu wünschen, ich hätte eine Jacke eingepackt oder wenigstens meinen Schal.

Lady Hardcastle begann wieder mit ihrer begeisterten Schilderung der örtlichen Flora und Fauna. Sie hatte ein Faible für die Naturwissenschaften und wurde niemals müde, ihre Begeisterung mit mir zu teilen, aber ich muss zugeben, dass ich trotz ihrer ehrlichen Bemühungen noch nicht einmal eine Buche von einem Buch unterscheiden könnte. Natürlich wäre es außerordentlich schwierig gewesen, in einer Buche zu lesen – allermindestens hätte ich Mühe gehabt, sie aufzuschlagen und nicht überall von hervorspringenden Ästen gepikst zu werden. Andererseits können hervorspringende Extremitäten auch in Büchern manchmal zu Problemen führen. Mein Gelächter brachte mir einen fragenden Blick ein, und ich wollte meine Überlegungen bereits teilen, als wir unvermittelt auf eine wunderbar sonnenbeschienene Lichtung stießen.

»Und inmitten der Lichtung, meine liebe Florence«, sagte sie, ohne den Gesprächsfaden abreißen zu lassen, »sehen wir … Ach was!«

»Eine Leiche, Mylady?«

»Eigentlich wollte ich sagen: Eine majestätische englische Eiche«, erwiderte sie zerstreut, »aber die Leiche ist zweifellos der faszinierendere Anblick.«

Wir gingen einige Schritte weiter, um sie genauer in Augenschein zu nehmen. In der Mitte der Lichtung stand tatsächlich eine majestätische Eiche. Nach dem Umfang des Stammes zu urteilen, war sie schon ziemlich alt. Und an einem der unteren Äste des ehrwürdigen Baumes schaukelte, am Hals aufgeknüpft, der Körper eines Mannes.

Wir traten noch ein wenig näher. Der Mann war ziemlich jung, vielleicht Ende zwanzig, in einem ordentlichen dunkelblauen Anzug, wie zum Beispiel ein Büroangestellter einen tragen würde. Und ganz zweifellos war er tot. Selbst jemandem ohne Lady Hardcastles wissenschaftlicher Ausbildung musste klar sein, dass es sich nicht mit einem langen Leben vertrug, an einem dicken Seil am Hals aufgeknüpft zu sein.

Unter seinen Füßen lag ein umgekippter Holzklotz. Sofort stand mir das Bild des armen Kerls vor Augen, wie er mit dem Seil um den Hals darauf herumschwankte, bevor er ihn beiseitekickte, um so dem Leid ein Ende zu bereiten, das ihn gequält haben musste.

»Gib mir mal meine Tasche, Liebes, und dann lauf rasch zurück ins Dorf. Weck den Sergeant auf und berichte ihm, dass wir eine Leiche im Wald gefunden haben«, sagte sie ebenso ruhig wie bestimmt. »Wir sind nicht allzu weit von der Straße entfernt«, erklärte sie und deutete in die entsprechende Richtung. »Da entlang, glaube ich.«

Ich nahm die Segeltuchtasche von der Schulter und reichte sie ihr. »Ich bin so schnell wie möglich wieder da, Mylady«, versprach ich und machte mich in die angegebene Richtung davon.

Lady Hardcastle hatte recht: Die Straße ins Dorf zurück verlief nur ein paar Hundert Meter hinter den Bäumen. Mein Orientierungssinn ist noch nie der beste gewesen, aber es gelang mir, mich richtig zu entscheiden, als ich sie erreichte: Ich wandte mich nach rechts und eilte hügelabwärts.

Ich ging über den Dorfplatz zur Bäckerei, da diese das einzige Geschäft war, bei dem ich mir sicher war, dass es um diese Uhrzeit geöffnet hätte. Der Bäcker Mr. Holman verwies mich auf ein Haus ein paar Türen weiter und versicherte mir, dass ich Sergeant Dobson dort antreffen würde. Also eilte ich wieder hinaus in die Morgensonne.

Ein paar Augenblicke später erreichte ich leicht schwitzend und ein wenig außer Atem die beiden Häuschen am Dorfplatz, die der Polizei von Gloucestershire gehörten. Eins davon diente sowohl als dörfliche Polizeiwache als auch als Wohnhaus von Sergeant Dobson. Der große, gusseiserne Türklopfer an der dunkelblauen Tür machte ein zufriedenstellend lautes Geräusch, als ich ihn fest niedersausen ließ, und bald darauf hörte ich im Inneren des Häuschens geschäftiges Treiben.

Nachdem er die Tür geöffnet hatte, erkannte mich der füllige Sergeant sofort wieder, und seine harsche Zurechtweisung dafür, den polizeilichen Schlummer gestört zu haben, erstarb ihm auf den Lippen.

»Ach, Miss Armstrong«, begrüßte er mich besorgt. »Was gibt es denn? Sie sehen ja ganz aufgewühlt aus.«

So knapp wie möglich berichtete ich ihm von unserem Fund. Er brauchte nur ein paar Augenblicke, um seine Kappe zu holen, schnürte sich die Uniformjacke zu und führte mich zu der Tür des kleineren Häuschens, das neben seinem eigenen stand.

»Der junge Hancock schläft sicher noch tief, also klopfen Sie so lange, bis er aufwacht. Erzählen Sie ihm, was Sie mir erzählt haben, und sagen Sie ihm dann, er soll Dr. Fitzsimmons holen. Dann sollen sie beide mit Dr. Fitzsimmons' Kutsche zur alten Eiche in Combe Woods kommen, damit wir die Leiche abtransportieren können. Entschuldigen Sie, Miss.« Er lief ein wenig rot an, da er vor einer Frau von solchen Dingen sprach, wandte sich dann eilig ab und stieg auf sein schwarzes Polizeifahrrad.

Er drehte sich noch einmal zu mir um und winkte,

bevor er die Straße hinauf in Richtung Wald radelte. Ich klopfte an die Tür.

Genau wie Sergeant Dobson vermutet hatte, war es kein leichtes Unterfangen, den Constable zu wecken. Fast fünf Minuten waren vergangen, bevor ein verschlafener junger Mann in einem langen Nachthemd die Tür öffnete.

»Was in drei Teufels Namen wollen Sie von ...« Auch er kam durch den unerwarteten Anblick einer Frau auf der Schwelle ins Stocken. »Entschuldigen Sie, Miss, ich dachte, Sie wären ... Egal. Miss ...?«

»Armstrong«, stellte ich mich vor. »Ich bin Lady Hardcastles Kammerzofe.«

»Natürlich, natürlich«, erwiderte der groß gewachsene junge Constable. Er gähnte beeindruckend und kratzte sich dann am Bart. »Was kann ich für Sie tun, Miss?«

»Lady Hardcastle und ich haben in Combe Woods einen Spaziergang unternommen und dort einen Erhängten an der alten Eiche auf der Lichtung gefunden.«

»Ist er tot?«

Nein, dachte ich bei mir, trotz des Stricks um seinen Hals ging es ihm tatsächlich bemerkenswert gut. Zwar war sein Gesicht ein bisschen blau angelaufen, und seine Atmung hatte er so ziemlich ... eingestellt, aber gemessen an den Umständen wirkte er eigentlich ganz aufgeräumt. Ich entschied mich allerdings dafür, ihm das nicht mitzuteilen. Sei höflich, Flo, ermahnte ich mich.

»Ja, Constable, mausetot. Sergeant Dobson bittet Sie, Dr. Fitzsimmons zu holen und ihn mitsamt seiner Kutsche zur Lichtung zu bringen. Er möchte die Leiche damit hierhertransportieren, aber ich nehme an, der Doktor wird wohl auch den Tod feststellen wollen.«

»Könnte schon sein«, überlegte er. So stand er kurz in Gedanken versunken da, bevor er einen Entschluss darüber fasste, was nun zu tun war, und strahlend vor die Tür trat. Als jedoch seine nackten Füße das kalte und taubenetzte Gras berührten, wurde er sich plötzlich seines Aufzugs bewusst. »Oje«, sagte er. »Geben Sie mir zwei Minuten, um mich präsentabel zu machen, dann bin ich wieder bei Ihnen.«

»Danke. Könnte ich Sie vielleicht überreden, mich mit zurück in den Wald zu nehmen? Es war doch ein etwas anstrengender Marsch bis hierher.«

»Sie sind zu Fuß gegangen?«

»Das bin ich, ja.«

»Aber Sie sind doch eine ...«

»Ja, eine von denen bin ich auch. Es ist schon erstaunlich, wozu wir in der Lage sind, wenn wir uns unbeobachtet fühlen.«

Für einen kurzen Moment wirkte er verwirrt, bevor er wieder ins Haus eilte und die Tür zuschlug. Drinnen hörte ich ihn die Treppe auf und ab laufen, während ich geduldig auf seine Rückkehr wartete.«

»Angezogen, behelmt und bereit zum Dienst erschien Constable Hancock einige Minuten später wieder vor seiner Haustür. Dann überquerten wir den Dorfplatz und gingen zu Dr. Fitzsimmons' Haus.

»Darf ich Ihnen eine Frage stellen, Constable?«

»Selbstverständlich, Miss.«

»Das Dorf wirkt auf mich eher klein. Warum gibt es

hier denn zwei Polizisten? Noch dazu so luxuriös untergebracht?«

Hancock lachte auf. »Wir sind nicht nur für Littleton Cotterell zuständig, Miss. Hier haben wir nur unser Hauptquartier. Wir kümmern uns um zahlreiche Dörfer in einem Umkreis von mehreren Meilen.« Bei diesen Worten schien seine Brust vor Stolz anzuschwellen. »Es ist eine ziemlich große Verantwortung, außerdem eine, die die Jungs in der Stadt häufig unterschätzen.«

»Na, dann bin ich aber froh, dass wir Sie heute früh ganz für uns haben. Ich weiß nicht, was ich getan hätte, wenn ich bis nach Chipping Bevington hätte eilen müssen, um Hilfe zu holen.«

»Sie wär'n sicher enttäuscht, wenn Sie dort hinkämen, Miss«, erwiderte er. »Das sind da alles Idioten. Aber Sie hätten auch das Telefon benutzen können, fällt mir da ein. Wir haben jetzt eins.«

Das hatte ich mich bereits gefragt. In London war der Telefonanschluss für uns eine Selbstverständlichkeit gewesen, aber ich hatte keine Ahnung gehabt, ob diese Annehmlichkeit es bereits bis hier heraus geschafft hatte. Wenigstens die Polizeiwachen schienen also damit ausgestattet zu sein.

Am Haus des Doktors angekommen, klopften wir an. Umgehend öffnete eine Frau mittleren Alters die Tür, die von Kopf bis Fuß schwarz gewandet war.

»Hallo, Margaret, ist der Doktor da?«, begrüßte Hancock sie.

»Wen darf ich melden?«, erwiderte sie.

»Ich bin's, Margaret, Sam Hancock.«

»Ich weiß, wer du bist, du Einfaltspinsel, sei nicht so frech. Ich meine die … Lady?«

Hancock verlor allmählich die Geduld. »Ist er jetzt da oder nicht? Wir sind in einer dringenden Polizeiangelegenheit hier, und ich habe keine Zeit für deine Albernheiten. Ich hätte große Lust zu …«

In diesem Moment erschien Dr. Fitzsimmons hinter seiner misstrauischen Haushälterin. »Danke, Mrs. Newton, ich kümmere mich schon darum.«

Widerstrebend ging Margaret in den Flur zurück und wieder an die Arbeit.

»Ich muss mich für die unfreundliche Begrüßung entschuldigen, Constable. Wie kann ich Ihnen behilflich sein?«

Hancock stellte mich vor, und ich wiederholte noch einmal den kurzen Bericht darüber, wie wir die Leiche gefunden hatten.

»Ich werde Newton sagen, sie soll das Pferd anspannen, dann brechen wir gleich auf. Treten Sie doch solange ein. Darf ich Ihnen etwas anbieten, während wir warten? Vielleicht einen Tee? Haben Sie denn schon gefrühstückt, Constable? Ich bin sicher, Mrs. Newton kann irgendwo noch eine Extraportion auftreiben.«

Als wir schließlich die Lichtung wieder erreichten, war über eine Stunde vergangen, seit wir unsere schaurige Entdeckung gemacht hatten. Wir trafen Lady Hardcastle, ins Gespräch mit Sergeant Dobson vertieft, ein kleines Stück abseits der baumelnden Leiche an. Offenbar betrachteten sie gemeinsam einige ihrer Skizzen.

»Schauen Sie sich das nur an, Hancock«, rief der Sergeant entzückt. »Lady Hardcastle hat für uns eine Zeichnung vom Tatort angefertigt.«

Hancock sah sich die Skizzen an und nickte ernst mit etwas im Blick, was er wohl für professionelle Anerkennung hielt. »Sehr gut. Wirklich sehr gut.«

»Das wird uns gute Dienste bei den Ermittlungen leisten, Lady Hardcastle«, bekräftigte der Sergeant. »Danke. Oh, und wo bleiben nur meine Manieren? Lady Hardcastle, darf ich Ihnen Dr. Fitzsimmons vorstellen?«

»Wir haben uns gestern bereits kennengelernt, danke, Sergeant. Wie geht es Ihnen, Doktor? Wirklich bedauerlich, dass unsere zweite Begegnung nicht unter angenehmeren Umständen stattfindet.«

»Da haben Sie recht, Mylady, ganz meine Meinung. Und was haben wir denn hier? Anscheinend einen Selbstmord. Wissen wir, wer der junge Mann ist?«

»Noch nicht, Sir, nein«, erklärte Dobson. »Aber ich habe das eigenartige Gefühl, den Gentleman vorher schon mal irgendwo gesehen zu haben, mir will nur nicht einfallen, wo. An seine Taschen komme ich leider nicht ganz ran, sonst hätte ich nachgesehen, ob er ein Dokument oder sonst irgendwas bei sich hat, was ihn identifizieren könnte.«

Constable Hancock hatte derweil die Leiche nicht aus den Augen gelassen. Er wirkte mit der Situation überfordert, und ich fragte mich, ob er schon viele Leichen in solch einer Lage zu Gesicht bekommen hatte, nicht ordentlich ausgestreckt in einem Sarg, damit ihre Lieben ihnen die letzte Ehre erweisen konnten.

»Ich kenn den«, sagte Hancock dann langsam. »Das ist

Frank Pickering. Er ist von drüben aus Woodworthy, hat aber bei uns im Kricketteam gespielt, seit ihr Club letzte Saison dichtgemacht hat. Er hat in Bristol gearbeitet. War nicht billig, jeden Tag den Zug von Chipping Bevington zu nehmen, aber er hat immer gesagt, dass er lieber hier draußen wohnt als in der Stadt. Netter Kerl.« Seine Stimme verebbte, während er weiterhin wie hypnotisiert auf die Leiche starrte.

»Richtig, Hancock«, rief der Sergeant zufrieden, weil er sich schlagartig selbst erinnerte. »Gut gemacht, Junge. Stimmt, ich habe ihn Sonntag vor einer Woche gegen Dursley spielen sehen.«

»War er ein schwermütiger Mensch?«, fragte der Doktor Hancock.

»Nein, Sir, das ist es ja gerade. Er war das blühende Leben. Lustig und selbstbewusst, hatte immer einen Scherz auf Lager.«

»Oft verstecken die Menschen inneren Schmerz hinter einem besonders fröhlichen Auftreten«, gab der Doktor zu bedenken. »Sollen wir den armen Kerl jetzt runterschneiden? Dann können wir die Leiche in meine Praxis bringen und die Ermittlungen vorbereiten.«

Lady Hardcastle war die ganze Zeit über abgelenkt gewesen. Sie betrachtete den Boden unter der Leiche und verglich ihn mit ihren Skizzen. »Könnten wir vorher bitte noch eine oder zwei meiner Theorien überprüfen, Gentlemen?«

»Wenn möglich, stehen wir zu Diensten, Mylady«, erwiderte Dobson. »Was stört Sie denn?«

»Würden Sie sagen, dass die Erde weich ist, Sergeant?«

»Ziemlich weich, Mylady, ja.«

»Also würde man doch davon ausgehen, dass dieser Holzklotz, der das Gewicht eines ziemlich athletischen Mannes getragen hat, einen Abdruck in der Erde unter dem Baum hinterlassen hätte.«

»Das erscheint vernünftig, Mylady.«

»Und doch ...« Sie zeigte auf die Erde direkt unter der Leiche. Sie war zwar zerstampft und wies eine oder zwei seltsame Vertiefungen auf, allerdings gab es keinen Abdruck, der offensichtlich zu dem Klotz gehörte. »Dürfte ich Sie vielleicht bitten, den Klotz noch einmal aufzurichten, Constable, so wie er gestanden haben muss, bevor der arme Mr. Pickering sein bedauernswertes Ende gefunden hat?«

»Gewiss, Mylady«, erwiderte Hancock, trat vor und hob den Holzklotz auf. Er stellte ihn hochkant hin, sodass sein Ende sich mehr als zehn Zentimeter unterhalb der Spitzen von Frank Pickerings Stiefeln befand.

Wir schauten ein paar Sekunden auf das neu entstandene Bild, bevor Constable Hancock zögerlich sagte: »Moment mal, wenn seine Füße den Klotz nicht berühren, wie kann er dann da draufgestanden haben, bevor er ihn umgestoßen hat?«

»Bei meiner Seele«, sagte Dr. Fitzsimmons.

»Ich fasse es nicht!«, meldete sich auch Sergeant Dobson zu Wort.

»Nun sehen Sie, was mich gestört hat, Gentlemen«, schaltete sich Lady Hardcastle ein. »Ich bin in diesen Angelegenheiten keine Expertin, aber ich denke, die Chancen stehen schlecht, dass es sich hier um einen Selbstmord handelt.«

»Das erscheint tatsächlich unwahrscheinlich«, erwiderte Fitzsimmons und blickte zur Leiche hoch. »Aber wie zum Teufel haben sie ihn dann da raufgekriegt? Er ist ja nicht gerade ein Federgewicht, oder?«

»Mindestens Halbschwergewicht«, bestätigte Dobson anerkennend.

»Vielleicht haben sie ihn einfach hochgezogen«, mutmaßte Hancock.

»Daran habe ich auch schon gedacht«, sagte Lady Hardcastle, »aber schauen Sie sich das Seil an. Sehen Sie die Stelle, wo es um den Ast gewickelt ist? Wenn jemand ihn vom Boden daran hinaufgezogen hätte, wie hätte er es dann schaffen sollen, das Seil fünfmal um den Ast zu wickeln und es so ordentlich festzubinden? Es sollte so aussehen, als ob Mr. Pickering das Seil selbst vorbereitet hätte, bevor er sich auf den Klotz gestellt hat. Wäre er allerdings emporgezogen worden, müsste das Seil irgendwo hier unten festgebunden sein, von jemandem, der auf dem Boden gestanden hat.«

»Aber«, wandte Hancock ein, der sich noch immer bemühte, das alles zu begreifen, »was hatte er denn überhaupt mitten in der Nacht hier draußen im Wald zu suchen? Und wer hätte ihn umbringen sollen?«

»Glücklicherweise«, warf Dobson ein, »ist das bald das Problem von jemand anderem. Wir müssen ihn abschneiden und ihn in die Praxis bringen, dann rufen wir die Kriminalpolizei in Bristol an. Wenn es ein Mord ist, sind die zuständig.«

»Bevor wir gehen, nur noch eine Sache, die mir aufgefallen ist«, meldete sich Lady Hardcastle erneut zu Wort.

»Auf dem Boden gibt es zwei Furchen, die von der Straße zum Baum führen, genau auf dem Weg, über den Sie alle hergekommen sind. Sie sind ungefähr fünf Zentimeter breit und ungefähr einen Meter voneinander entfernt. Ich vermute, und ich möchte mich damit wirklich nicht in irgendwelche offiziellen Ermittlungen einmischen, dass sie von einer Art Handkarren stammen könnten. Das wäre ein geeignetes Mittel, um die Leiche hierherzutransportieren.«

»Sie meinen, er ist woanders getötet worden?«, fragte Hancock.

»Wie schon gesagt, Gentlemen, das alles liegt nicht im Bereich meiner Expertise. Ich möchte niemandem auf die Zehen treten.«

»Natürlich nicht, Mylady, und wir sind für Ihre Hilfe sehr dankbar«, erwiderte Dobson.

»Keine Ursache. Gentlemen, für mich ist das ein ziemlich aufregender Vormittag gewesen. Würde es Sie sehr stören, wenn ich mich nun entschuldige? Falls Sie mich brauchen, wissen Sie ja, wo Sie mich erreichen können.«

»Gewiss, Mylady. Sie sollten nach Hause gehen und auf den Schrecken erst einmal eine Tasse Tee trinken. Wir kümmern uns ab jetzt um die Angelegenheit.«

»Danke, Sergeant. Komm, Armstrong, lass uns heimgehen.« Mit diesen Worten marschierte sie zum Rand der Lichtung, wohin ich ihr folgte. Als wir die Straße erreicht hatten und uns außer Hörweite befanden, fügte sie hinzu: »Wer will denn Tee! Wir genehmigen uns einen kräftigen Schluck Brandy, und der Teufel kann den verdammten Tee trinken.«

Damit machten wir uns auf den Heimweg.

3

Wir hatten Mr. Pickerings Leiche am Mittwoch gefunden und waren beide vom zuständigen Detective am Donnerstagnachmittag befragt worden. Inspector Sunderland war ein ruhiger und freundlicher Zeitgenosse. Sein stilles Zutrauen in seine Autorität und seine Fähigkeiten erlaubte es ihm, alle, mit denen er zu tun hatte, mit entspanntem Respekt zu behandeln. Allerdings schien er von Lady Hardcastles Fragen und Vorschlägen nicht allzu beeindruckt zu sein. Sobald er unsere Aussagen zu Protokoll genommen hatte, waren wir auch schon wieder entlassen worden.

Freitagmorgen wagte ich mich ins Dorf, um bei den örtlichen Geschäften ein paar Dinge zu bestellen. Der Dorfanger war in einem ausgezeichneten Zustand. Offensichtlich spielte sich hier ein wichtiger Teil des dörflichen Lebens ab. Im Moment wurde er gerade als Kricketfeld genutzt, also achtete ich sehr darauf, den makellosen »Torraum« in seiner Mitte nicht zu betreten.

Zuerst ging ich zur Metzgerei F. Spratt. Als ich eintrat, schnitt Mr. Spratt gerade Koteletts von einer Schweinelende. Beim Läuten der Ladenklingel hielt er inne und wischte sich die Hände an einem Tuch ab, das von seiner Schürze herabhing.

»Morgen, Miss«, begrüßte er mich gut gelaunt. »Wie kann ich Ihnen an diesem schönen Vormittag behilflich sein?«

»Guten Morgen«, erwiderte ich. »Ich habe hier Lady Hardcastles Bestellung. Vielleicht könnten Sie sich darum kümmern, bitte?«

»Selbstverständlich, Miss«, sagte er, streckte die Hand über den Tresen und nahm den Zettel entgegen. Er studierte ihn genau und sagte dann: »Hm« – mit offensichtlichem Missfallen. »Würste aus *Lincolnshire* führe ich nicht. Die werden hier nicht allzu oft verlangt. Ich hab allerdings mein eigenes *Gloucestershire*-Rezept. Genügt das auch?«

»Ich bin sicher, das geht in Ordnung.«

»Möchten Sie vielleicht ein paar Frikadellen probieren?«

»Ach, das wäre wunderbar«, entgegnete ich. »Ich hab keine mehr gegessen, seit ich damals von zu Hause weg bin. Sicher wird auch Lady Hardcastle sie mögen.«

»Wo sind Sie denn zu Hause, Miss?«, fragte er und notierte sich etwas auf der Bestellung.

»Meine Mutter stammt aus Südwales. Aus Aberdare.«

»Ich muss Ihnen leider sagen, dass ich von dem Ort noch nie gehört habe, aber wenn sie dort Frikadellen haben, können es keine schlechten Menschen sein. Wie geht es denn mit dem Einzug in das neue Haus voran?«

»Recht gut, danke. Ich glaube, wir werden uns dort

wohlfühlen. Und alle Dorfbewohner sind bisher ganz zauberhaft und freundlich zu uns gewesen.«

»Oh ja, wir sind wirklich ein netter Haufen. Ein oder zwei Stoffel gibt es natürlich auch, aber das ist ja überall so, nicht wahr?«

»Da haben Sie recht.«

Er schaute noch einmal auf die Bestellung. Wenn Sie möchten, kann ich den Jungen heute Nachmittag damit vorbeischicken, allerdings müssten Sie wegen der Würste vielleicht bis morgen warten – heute Abend mache ich frische.«

»Morgen reicht es auch, Mr. Spratt, vielen Dank. Einen schönen Tag noch.«

Doch bevor ich mich zum Gehen wenden konnte, sagte er noch: »Ach, wo Sie gerade da sind – ich hab gehört, dass Sie und Ihre Herrin den jungen Frank im Wald gefunden haben.«

»Das stimmt«, bestätigte ich.

»Man sagt, er hat an einem Baum gehangen.«

Neuigkeiten verbreiten sich in kleinen Orten stets wie ein Lauffeuer. »Ja, das stimmt auch. Armer Kerl.«

»Ich hab noch gehört, es sollte nach Selbstmord aussehen, aber eigentlich war es Mord.«

Die Nachrichten machten hier wirklich rasch die Runde. »Ich bin mir nicht sicher, wie die offizielle Einschätzung der Polizei lautet«, antwortete ich, »aber für uns hat es jedenfalls so ausgesehen.«

Er nickte bedächtig. »Schlimme Sache, das. Schlimme Sache. Netter Kerl, der junge Frank. Schlimme Sache.« Nachdenklich starrte er ein paar Sekunden lang auf seinen blutbefleckten Hackklotz. Ich hatte Skrupel, ihn mitten in seinen Überlegungen zu dieser schlimmen Sache allein zu lassen, aber unvermittelt heiterte sich sein Gesicht wieder auf. »Ach, es nutzt ja nichts, sich den Kopf zu zerbrechen, hm? Ansonsten war es hier in letzter Zeit doch eher fröhlich, wegen der anstehenden Verlobung und so weiter.«

»Ach ja. Ich habe mitbekommen, dass die Verlobung für einige Aufregung sorgt«, erwiderte ich. Ich war nicht vollkommen sicher, ob das stimmte, aber Lady Hardcastle hatte etwas in dieser Art erwähnt.

»Oh. Die junge Miss Farley-Stroud, die oben auf *The Grange* wohnt, heiratet ja Mr. Seddons Sohn aus Chipping Bevington. Ihre Herrin wird doch zu der Feier gehen, nehme ich an?«

»Ich bin mir nicht sicher. Sie hat bisher noch nichts davon erwähnt.«

»Sie wird bestimmt eingeladen, eine so wichtige Lady wie sie. Das wird eine ziemlich große Veranstaltung. Mrs. Brown, die Köchin auf *The Grange*, hat mir eine ellenlange Bestellung vorbeigebracht.«

»Das hört sich alles in allem doch nach sehr guten Neuigkeiten an«, antwortete ich. »Ich freue mich schon, bald mehr darüber zu erfahren. Einen schönen Tag noch, Mr. Spratt.« Diesmal gelang es mir, das Geschäft zu verlassen, ohne noch einmal zurückgerufen zu werden.

Holman, der Bäcker, erwies sich als nicht minder gut informiert.

»... der hat die ganze Nacht dort gehangen, sagen sie. Erst hat er mit seinen Kumpels den Abend im Pub verbracht, dann ist er ermordet worden, bevor er es nach Hause geschafft hat. Draußen im Wald ist er aufgehängt worden. Und dass sie es wie Selbstmord haben aussehen lassen … Na ja, wer den Schaden hat, braucht für den Spott nicht zu sorgen, was?«

»Soweit ich es verstehe, ist er sehr beliebt gewesen«, sagte ich und versuchte, das Gespräch damit wieder auf den Mann selbst zu lenken, weg von den tragischen Umständen seines Ablebens.

»Ein freundlicher Kerl«, bestätigte der Bäcker. »Und ein ziemlich guter Werfer. Der Junge hat viele Schläger der Auswärtsteams das Fürchten gelehrt.«

Er plapperte noch ein bisschen weiter, während er die Brötchen und Kuchenstücke einpackte, die ich für den Nachmittag bestellt hatte. Seine Begeisterung für Kricket im Allgemeinen und für die Fertigkeiten des verstorbenen Mr. Pickering im Besonderen war ganz offenbar sehr ausgeprägt. Während er so plauderte, begann ich mir tatsächlich zu wünschen, dass ich diesen Wunderknaben einmal in Aktion erlebt hätte, obwohl mir bewusst war, dass ich wenig von dem verstanden hätte, was auf dem Feld vor sich ging.

So höflich ich konnte, befreite ich mich von seinen Kricket-Ausführungen und ging weiter zur letzten Station meines kleinen Ausflugs. Bisher hatten mich sowohl der Metzger als auch der Bäcker in ein Gespräch über den Mord verwickelt, und wenn es im Dorf einen Kerzenzieher gegeben hätte, bin ich mir sicher, dass er dasselbe getan hätte. Wie die Dinge lagen, musste ich mich jetzt noch von Mrs. Pantry ausfragen lassen, die den

Gemischtwarenladen führte. Tatsächlich verkaufte sie dort auch Kerzen.

Erst machte sie dieselben Bemerkungen wie die anderen darüber, was für ein wohlgelittener Mensch Frank Pickering gewesen war, doch auf einmal nahm ihre Erzählung eine ganz und gar unerwartete Wendung.

»Wie hat die Leiche denn ausgesehen, meine Liebe?«, fragte sie. Dann lehnte sie sich vor und sprach in leiserem Ton weiter: »War sein Gesicht aufgedunsen und blau angelaufen? Hing ihm die Zunge heraus?« Sie imitierte auf groteske Weise ihre Vorstellung davon, wie ein Erhängter wohl aussehen mochte.

Ich dachte darüber nach. »Nein, hat er nicht«, antwortete ich nach ein paar Sekunden. »Nein, eigentlich hat er nicht übermäßig schlimm ausgesehen. Sein Gesicht war wohl ein bisschen violett, aber nichts allzu Entsetzliches.« Vielleicht hätte das bereits unser erster Hinweis darauf sein müssen, dass er schon tot war, als man ihn am Baum aufgehängt hatte, dachte ich nun.

Sie wirkte enttäuscht. »Ach, na ja. Hier ist es halt nicht sehr aufregend, also hatten Sie Glück. Das Aufregendste, was hier passiert, ist ja die Verlobung. Ein ziemlicher Quatsch.«

»Sind Sie damit denn nicht einverstanden?«, hakte ich nach. »Man hat mir von Miss Clarissa erzählt und von Mr. … Tut mir leid, ich habe seinen Namen vergessen.«

»Teddy Seddon«, erklärte sie mit höhnischem Grinsen. »Was für ein Taugenichts. Diese ganzen feinen Pinkel sind Nichtsnutze, wenn Sie mich fragen.« Rasch sah sie zu mir auf. »Außer Ihrer Herrin, natürlich. Sicherlich ist sie in Ordnung. Aber der Rest von denen? Keine zwei Groschen würd ich Ihnen für die ganze Bagage zahlen.«

Dann zählte sie die vielen Mängel der Begüterten und Adligen auf, und zwar in einer farbenfrohen Sprache, die mit nichts hinter dem Berg hielt. So ging es eine ganze Weile, bis ich mich endlich von ihr verabschieden konnte. Wieder zurück auf der Straße, bemerkte ich, dass ich eine Reihe der Dinge vergessen hatte, die ich eigentlich hatte kaufen wollen, aber weitere Schmähreden hätte ich nicht mehr ertragen, also beschloss ich, dass wir zurechtkommen würden.

Die Kandidatinnen, die Lady Farley-Stroud zum Vorstellungsgespräch geschickt hatte, sollten um elf Uhr eintreffen. Ich hatte mir eine lange Liste mit den Dingen gemacht, die bis dahin noch erledigt werden mussten, um das Haus in Ordnung zu bringen.

In den vierzehn Jahren in Diensten von Lady Hardcastle hatte ich viel Zeit gehabt, um in Erfahrung zu bringen, worauf sie besonderen Wert legte. Ich entschied also, es wäre einfacher, das Haus erst einmal in den entsprechenden Zustand zu versetzen und den neuen Dienstboten dann nur noch mitzuteilen, wie man ihn bewahrte. Als mir diese Idee gekommen war, war sie mir ganz vorzüglich vorgekommen, doch mit jedem Punkt, den ich von der Liste strich, schienen neue hinzuzukommen. Allmählich verzweifelte ich, weil ich die Dinge unmöglich rechtzeitig würde erledigt haben.

Lady Hardcastle hatte die Orangerie mehr oder weniger fertig eingerichtet, also »half« sie mir eine Weile. Als es um Punkt elf Uhr an der Seitentür klopfte, hatte ich eine Pause wirklich mehr als nötig.

Ich öffnete die Tür, und davor standen zwei einfach gekleidete Frauen, die ganz offensichtlich sehr nervös waren.

»Edna Gibson und Blodwen Jones«, sagte die ältere der beiden. »Wir sind wegen der Stellen hier.«

»Sehr erfreut«, antwortete ich. »Ich bin Miss Armstrong.«

»Guten Tag, Miss. Lady Farley-Stroud sagte, dass Sie nach einer Köchin und einer Haushaltshilfe suchen.«

»Jaja, so ist es. Kommen Sie doch herein.«

»Ich trat beiseite und führte sie ins Frühstückszimmer.«

»Setzen Sie sich doch«, forderte ich sie auf. »Möchten Sie vielleicht eine Tasse Kaffee? Ich mache gerade welchen für Lady Hardcastle.«

»Danke, Miss Armstrong«, erwiderte die ältere Frau, die offensichtlich die Rolle der Wortführerin für sich beanspruchte. »Das wäre ganz reizend.«

Ich bereitete den Kaffee zu, während die beiden Frauen in peinlichem Schweigen dasaßen. Nachdem ich das Tablett zu Lady Hardcastle gebracht hatte, kehrte ich zu ihnen zurück. Sie hatten sich inzwischen weder bewegt noch miteinander gesprochen. Die Ältere der beiden schätzte ich auf Mitte fünfzig. Sie war ziemlich klein, obwohl sie mich immer noch knapp überragte, dafür war sie aber um einiges fülliger, fast schon dick. Sie hatte ein freundliches Gesicht und ergrauendes Haar, und ich vermutete, dass sie die Köchin war. Die Jüngere war groß gewachsen, fast so groß wie Lady Hardcastle, schätzte ich, aber das war es auch schon mit den Ähnlichkeiten: Die junge Frau war dünn wie eine Bohnenstange und hatte mausbraunes Haar, das ihr unordentlich unter der Kappe hervorstand. Ganz offenbar das Hausmädchen.

Ich setzte mich ihnen gegenüber an den Tisch und goss uns allen Kaffee ein.

»Nun dann«, sagte ich, »machen wir uns miteinander bekannt. Wer von Ihnen ist wer?«

»Ich bin Mrs. Gibson«, sagte die ältere Frau, »und ich habe viel Erfahrung als Haushälterin. Aber ich werde auch nicht jünger, und meine Knie sind nicht mehr, was sie mal waren, also suche ich nach einer etwas einfacheren Arbeit.«

So viel zum Thema erster Eindruck, dachte ich. »Sie müssen dann also Blodwen sein«, wandte ich mich an die andere.

»Das stimmt, Miss«, entgegnete sie schüchtern. »Und ich habe die letzten vier Jahre als Küchenhilfe gearbeitet. Da habe ich eine Menge gelernt. Und Mrs. Cooper – sie war die Köchin in dem Haus, in dem ich zuletzt angestellt war – glaubt, dass ich jetzt so weit bin, meine eigene Küche zu übernehmen. Ich habe auch eine Empfehlung.«

Sie schob mir einen Umschlag über den Tisch hinweg zu. Ich überflog den Brief ihrer ehemaligen Arbeitgeberin, dem auch eine Notiz ihrer Mentorin aus der Küche beilag.

»Wenn überhaupt«, sagte ich und blickte auf, »sind Sie eher überqualifiziert. Das ist so ziemlich das enthusiastischste Empfehlungsschreiben, das ich jemals gelesen habe. Ihre Mrs. Cooper lobt Sie über den grünen Klee. Wir sind ja nur ein kleiner Haushalt – sind Sie sicher, dass Sie sich hier nicht langweilen? Wenn man Mrs. Cooper Glauben schenkt, sollten Sie eigentlich in einem viel größeren Haus arbeiten. Oder in einem Hotel. Oder einem der Londoner Restaurants.«

Die junge Frau errötete. »Danke, Miss. Das Dumme ist nur, dass es unserer Mutter nicht gut geht, deshalb kann ich sie gerade nicht allein lassen. Darum dachte ich, dass die Stelle hier eigentlich ganz gut passen würde.«

»Das ist auch für mich das Attraktive«, warf Edna ein. »Ich möchte nicht an meiner Arbeitsstelle wohnen müssen, und was Sie anbieten, klingt in dieser Beziehung ideal.«

»Aha«, erwiderte ich. »Haben Sie auch ein Zeugnis?«

Die ältere Frau zog einen etwas ramponierteren Umschlag hervor, in dem eine Sammlung zerknitterter und fleckiger Schreiben einer ganzen Anzahl örtlicher Arbeitgeber steckte, die sie alle sehr zu schätzen schienen.

»Die scheinen mir auch in Ordnung zu sein«, sagte ich. »Warum erzählen Sie beide mir nicht ein bisschen von sich? Lady Hardcastle und ich haben uns nun schon eine geraume Zeit allein durchgeboxt, also ist es uns wichtig, dass wir Menschen im Haus haben, mit denen wir gut auskommen.«

»Das kann ich verstehen, Miss«, nickte Edna.

Für die kommende halbe Stunde kam ich in den Genuss ihrer Lebensgeschichten und war mir schließlich ziemlich sicher, dass wenigstens ich es ertragen würde, sie mehrere Stunden täglich im Haus zu haben.

Ich bat sie, kurz zu warten, während ich zu Lady Hardcastle ins Arbeitszimmer ging, um mich mit ihr zu beraten.

»Was gibt es für Neuigkeiten aus der Spülküche?«, fragte sie.

»Zwei ganz vernünftige Frauen«, erwiderte ich. »Eine Haushälterin mit kaputten Knien namens Edna …«

»Ihre Knie heißen Edna?«

»Muss das sein, Mylady? Eine Haushälterin namens Edna, die kaputte Knie hat, und eine Köchin, die nicht alt genug aussieht, um ohne Aufsicht ein Messer zu benutzen. Ihre Zeugnisse sind allerdings tadellos, und beide Frauen machen einen guten Eindruck.«

»Wunderbar«, sagte sie und blickte von dem Brief auf, den sie gerade schrieb. »Würdest du sie denn einstellen?«

»Ja, Mylady.«

»Das reicht mir. Biete Ihnen die Stellen zu dem vereinbarten Lohn an.«

»Möchten Sie sie nicht erst selbst kennenlernen?«

»Wenn du sagst, dass sie zu uns passen, passen sie auch zu uns. Ich lerne sie dann morgen kennen, wenn sie mit der Arbeit anfangen. Jetzt möchte ich spazieren gehen.«

»Da haben Sie recht«, stimmte ich ihr zu und kehrte in die Küche zurück, um unserer neuen Köchin und unserer neuen Haushälterin die frohen Neuigkeiten zu überbringen.

»Guten Morgen, Mylady«, sagte ich und stellte das Tablett mit dem Kaffee auf ihrem Bett ab.

»Auch dir einen guten Morgen, Flo, meine Liebe«, antwortete sie schläfrig. »Wie nett von dir, mir das Tablett zu bringen.«

»Ich bringe Ihnen doch immer ein Tablett.«

»Stimmt, und das ist auch immer sehr nett. Sind die Dienstboten schon hier?«

»Edna und Miss Jones sind vor etwa einer halben Stunde eingetroffen«, bejahte ich. »Und bitte, nennen Sie sie nicht Dienstboten. Wir leben im 20. Jahrhundert. Wir Diener werden uns erheben und euch unterwerfen, bevor ihr überhaupt wisst, wie euch geschieht.«

»In Ordnung, meine Liebe. Du hältst für mich Ausschau, ob es eine Revolution gibt, einverstanden?«

»Ich tue mein Bestes, Mylady, aber ich bin ja nur sehr klein.«

»Ich wusste, dass ich auf dich zählen kann.«

»Gibt es für heute irgendwelche Pläne, Mylady?«, fragte ich und zog die Vorhänge zurück.

»Ich dachte mir, dass vielleicht ein Samstagsspaziergang durchs Dorf angebracht wäre. Sich zeigen und so weiter. Sich einen Überblick verschaffen. Ich bin bis jetzt noch nicht dazu gekommen, mir alles richtig anzuschauen.«

»Nehmen Sie sich in Acht vor Mrs. Pantry im Gemischtwarenladen. Sie mag Leute wie Sie nicht.«

»Du wirst mich als meine Führerin und Beschützerin begleiten.«

»In Ordnung, Mylady. Möchten Sie bald frühstücken? Dann sage ich Miss Jones Bescheid.«

»Ja, bitte, meine Liebe. Im Frühstückszimmer, und du solltest mir Gesellschaft leisten, wenn du noch nicht gegessen hast. Kannst du mir dann noch etwas aus Tweed rauslegen?«

»Wenn Sie sich die ganze Zeit wie für eine Landpartie anziehen wollen, müssen wir erst einkaufen gehen«, erwiderte ich und durchsuchte ihren Kleiderschrank. »Im Moment sind Sie immer noch eher eine Stadtmaus.«

»Dann lass gut sein. Ich ziehe dasselbe wie immer an. Konventionen können so langweilig sein, findest du nicht auch?«

»Wie wär's mit dem Blauen?«, fragte ich und hob mein Lieblingskleid von ihr hoch.

»Ganz wunderbar.«

Da es sich bei unserem Ausflug eher um einen Spaziergang als um eine Einkaufstour handelte, entschlossen wir uns, den Dorfanger lieber zu umrunden statt ihn zu überqueren. Ein frühmorgendlicher Schauer war zwar vorübergezogen, aber die Straßen und vor allem der ordentlich gepflegte Rasen des Angers waren immer noch feucht vom Sommerregen. Als wir uns der Reihe der Geschäfte näherten, traten eine Lady und ein Gentleman in robuster Landkleidung aus der Bäckerei Holman. Sie wurden von einem zweiten Paar begleitet, das eher städtische Kleidung trug. Die ländliche Lady erblickte Lady Hardcastle und rief ihr umgehend einen Gruß zu: »Ach, Emily! Hier drüben, meine Liebe.«

Lady Hardcastle lehnte sich zu mir herüber und flüsterte: »Das ist Gertrude, Lady Farley-Stroud.« Dann winkte sie ihr zu und ging eiligen Schrittes auf das Grüppchen zu.

»Emily, meine Liebe«, sagte Lady Farley-Stroud bei

unserer Ankunft. »Darf ich dir Mr. James Seddon und seine Frau Ida vorstellen? Mr. und Mrs. Seddon, Emily, Lady Hardcastle.«

»Sehr erfreut«, sagten alle auf einmal. Die Seddons wirkten im Dorf ziemlich fehl am Platze. Mrs. Seddons ungewöhnlich beeindruckende Gestalt war in ein modisches und etwas überladenes Kleid gehüllt, das auch fürs Mittagessen bei Claridge's zu viel gewesen wäre. Doch auch Mr. Seddon, dessen Anzug einen nüchterneren Schnitt aufwies, wirkte entschieden wie jemand, der sich üblicherweise nicht draußen aufhielt.

Die beiden Paare legten eine demonstrative Geselligkeit an den Tag – angeheiratete Verwandte, denen klar war, dass sie wenigstens der Form halber der Welt gegenüber heucheln mussten, die besten Freunde zu sein.

Ich lächelte zum Gruß, hielt mich dann aber im Hintergrund. Lady Farley-Stroud und Mrs. Seddon gaben sich nämlich große Mühe, mich zu ignorieren. Mr. Seddon gelang das etwas weniger gekünstelt, er schien meine Gegenwart ganz ehrlich überhaupt nicht wahrzunehmen. Sir Hector allerdings lächelte mich schelmisch an und winkte mir verstohlen mit den Fingern zu. Dann rollte er mit den Augen und tat so, als ob er den anderen ganz hingerissen lauschte.

»Ich habe nämlich Emilys Mutter gekannt, wissen Sie?«, erklärte Lady Farley-Stroud gerade. »Eine ganz vortreffliche Frau. Ich habe sie kennengelernt, als Hector und ich in Indien waren.«

»Wie entzückend«, sagte Mrs. Seddon. Ihr Akzent war schwer zuzuordnen. Sie bemühte sich sehr darum, wie eine Lady zu klingen, aber Spuren ihres Bristoler Akzents schienen durch, sodass sie klang wie eine Varietéschauspielerin, die in einem satirischen Sketch eine Lady darstellte. Oder vielleicht auch wie Mrs. Elton aus *Emma*.

»Ich kenne Emily schon, seit sie noch ein kleines Kind war«, fuhr Lady Farley-Stroud fort. »Es ist so wunderbar, dich hier bei uns zu haben, meine Liebe. Hast du dich denn schon eingelebt? Vermisst du London überhaupt nicht?«

»Uns geht es hier blendend«, erwiderte Lady Hardcastle und schloss mich in ihre Aussage mit ein, wie sie es immer tat. Lady Farley-Strouds Blick zuckte bei diesen Worten in meine Richtung, aber Mrs. Seddon hielt weiterhin standhaft an ihrer Leugnung meiner Existenz fest. Die Fähigkeit, »die niederen Stände« zu ignorieren, war jenen, die in die Oberschicht hineingeboren worden waren, in die Wiege gelegt, außerdem eine ungezwungene Freundlichkeit, wenn die Umstände es erforderlich machten. Mrs. Seddon hingegen bemühte sich viel zu nachdrücklich darum.

»Sie sind von London hierhergezogen?«, fragte Mrs. Seddon. »Das kann ich Ihnen nicht verdenken. Ich würde es in London ja nicht aushalten.«

»Nicht?«, staunte Lady Hardcastle.

»Nein. James ist Seniorpartner in einer Speditionsgesellschaft, wissen Sie. Ein Familienbetrieb. Sie sind nun schon seit mehreren Generationen ein wichtiger Teil des Bristoler Geschäftslebens. London übt im Vergleich dazu keinen Reiz aus.«

»Das habe ich schon von vielen gehört. Eines Tages

sollten wir wohl mal einen Ausflug nach Bristol machen und uns dort gründlich umsehen.«

»Das sollten Sie wirklich«, pflichtete Mrs. Seddon ihr bei. Ihre Vorliebe für Bristol, verglichen mit der Landeshauptstadt, fing an, ein wenig übertrieben zu wirken.

»Gehen Sie denn gern ins Theater?«, fragte Mr. Seddon. »Bei uns gibt es das Prince's Theatre und das Theatre Royal ...«

»Ganz bestimmt will Lady Hardcastle nicht, dass du sie mit dem Theater langweilst, James«, unterbrach ihn Mrs. Seddon.

Lady Hardcastle hätte ganz gewiss gern alles darüber erfahren, aber mit dem ihr eigenen geschmeidigen Takt navigierte sie das Grüppchen in ruhigere Konversationsgewässer. »Wären Sie denn so freundlich, Ihrem Sohn meine Glückwünsche auszurichten, Mrs. Seddon? Ich wünsche ihm und Clarissa ein langes, glückliches gemeinsames Leben.«

»Danke, Lady Hardcastle, es lässt einen doch ans Mittelalter denken, nicht wahr – zwei bedeutende, vornehme Familien vereinen sich, um eine mächtige Allianz zu schmieden.«

Hausangestellte sind stets dazu angehalten, eine Fassade respektvoller Zurückhaltung aufrechtzuerhalten, doch nur meine langjährige Erfahrung bewahrte mich davor, bei diesem prahlerischen Unsinn laut loszuprusten.

Sir Hector verspürte hingegen keinerlei Verpflichtung zu taktvollem Verhalten. Er rollte erneut mit den Augen, aber diesmal erwischte ihn seine Frau dabei. Warnend kniff sie ihrerseits die Augen zusammen. Er grinste sie leutselig an, bevor er mir zuzwinkerte.

»Ja«, sagte Lady Hardcastle mit einem Ernst, der sie einige Mühe kosten musste. »Da kann ich Ihnen nur zustimmen.«

»Du kommst doch gewiss zur Feier, meine Liebe? Ich bin sicher, ich habe sie bei unserem Abendessen erwähnt«, übernahm nun Lady Farley-Stroud wieder das Ruder. »Die Einladungen sind bereits verschickt worden, aber wir wussten ja nicht, dass du bereits bei uns sein würdest.«

»Ach, Sie müssen unbedingt kommen«, schaltete sich Mrs. Seddon wieder ein. »Alle bedeutenden Persönlichkeiten werden zugegen sein.«

»Natürlich, es ist mir eine Freude«, entgegnete Lady Hardcastle liebenswürdig.

»Wunderbar, ganz wunderbar. Nun, jetzt dürfen wir dich aber nicht länger aufhalten, meine Liebe. Du hast sicher noch viel zu erledigen. Wir haben selbst erst die Hälfte unserer Dorfbesichtigung hinter uns.«

»Viel Spaß, Gertie, meine Liebe«, verabschiedete sich Lady Hardcastle. »Und auch Ihnen einen schönen Tag, Mr. und Mrs. Seddon. Wie schön, dass wir uns endlich kennengelernt haben.«

Daraufhin überließen wir sie ihrer »Besichtigung« und schlenderten ebenfalls weiter.

»Vielleicht täusche ich mich«, sagte Lady Hardcastle, als wir an Mrs. Pantrys Gemischtwarenladen vorbeikamen, »aber nach allem, was ich so höre, drängt sich mir der Eindruck auf, dass Mr. Seddon ein wirklich sehr, sehr bedeutender Mann ist.«

»Dem Vernehmen nach so ziemlich der bedeutendste Geschäftsmann in ganz Bristol«, pflichtete ich ihr bei. »Nun, wenn man seiner Frau Glauben schenkt, jedenfalls.«

4

Das Mittagessen verlief an diesem Tag recht amüsant, wenigstens für mich. Als ich Edna und Miss Jones erklärte, dass ich üblicherweise mit Lady Hardcastle gemeinsam speise, sorgte das bei ihnen für einige Bestürzung. Ich sah ihnen all die Sätze an, die ich über die Jahre hinweg bereits so oft gehört hatte: »Für wen hält sie sich?« – »Nicht standesgemäß.« – »Sie sollte ihren Platz kennen.«

»Ärgere sie nicht, meine Liebe«, ermahnte mich Lady Hardcastle, als ich ihr davon erzählte. »Du weißt doch, wie die Menschen sind, wenn man die Regeln missachtet.«

»Es sind dumme Regeln«, entgegnete ich beinahe trotzig.

»Da kann ich dir nicht wirklich widersprechen, aber bring nicht die Hausangestellten gegen dich auf, sonst verlieren wir sie noch.«

Wir aßen und plauderten, wie wir es gewöhnlich taten, und bald vergaß ich das skeptische Missfallen der neuen Haushälterin und der neuen Köchin. Als wir fertig waren, räumte ich den Tisch ab und kehrte in die Küche zurück, wo ich weiteren stummen Tadel erwartete. Stattdessen verhielten sich Edna und Miss Jones jedoch, als ob nichts wäre. Das war eine verblüffend rasche Änderung ihrer Einstellung, aber ich beschloss, sie nicht infrage zu stellen. Wahrscheinlich tratschten sie abfällig hinter meinem Rücken, aber solange wir in der persönlichen Kommunikation miteinander auskamen, ohne aneinanderzugeraten, wäre alles doch recht angenehm. Das Leben war für mich jedenfalls einfacher, wenn sich um das Kochen und das Saubermachen gekümmert wurde, also entschied ich, dass ich wohl mit ein wenig Missbilligung würde umgehen können.

Ein paar Minuten darauf klingelte Constable Hancock an der Eingangstür.

»Guten Tag, Miss Armstrong«, begrüßte er mich freundlich, als ich öffnete. »Ist Lady Hardcastle zu Hause?«

»Das ist sie, Constable. Treten Sie doch ein, ich sage ihr Bescheid, dass Sie hier sind.«

»Danke, Miss, das ist außerordentlich liebenswürdig.«

Ich ließ ihn in der Eingangshalle warten und kündigte Lady Hardcastle sein Eintreffen an.

»Ich hab ihn schon gehört, meine Liebe. Bitte ihn herein, und dann setz dich mit der Kanne Tee, die du aufgießen wolltest, zu uns.«

»Ach, den Tee hab ich ja ganz vergessen.« Ich führte Constable Hancock ins Esszimmer, dann ging ich in die Küche und ließ die Tür offen stehen, damit ich ihr Gespräch hören konnte, während ich den Tee aufbrühte und eine zweite Kanne für Edna und Miss Jones aufsetzte.

»Nun, Constable, was verschafft mir das Vergnügen dieses unerwarteten Besuchs?«

»Sie müssen sich keine Sorgen machen, Mylady, ich dachte mir nur, dass es Sie vielleicht interessiert, wie es mit dem Fall um Frank Pickering vorangeht. Sie erinnern sich doch an Inspector Sunderland?«

»Gewiss. Er wirkte zwar recht klug, jedoch nicht allzu … eifrig. Nein, das ist nicht das angemessene Wort. Aber er vermittelte den Eindruck, als ob es wichtigere Angelegenheiten gäbe, um die er sich kümmern muss.«

Constable Hancock machte eine kurze Pause, als wäre er nicht sicher, ob er offen sprechen dürfte. »Um ehrlich zu sein, hatte ich ebenfalls diesen Eindruck, Mylady. Wie auch immer, ich dachte, Sie wüssten gern, dass er den Schuldigen verhaftet hat.«

»Sieh einer an, tatsächlich? Das nenne ich prompte Erledigung der Arbeit.«

»Heutzutage drehen wir bei der Polizei nicht lange Däumchen, Mylady«, sagte Hancock mit spürbarem Stolz.

In diesem Moment betrat ich mit dem Tee den Raum und schenkte beiden eine Tasse ein.

»Danke, meine Liebe. Offenbar nicht, Constable. Aber erzählen Sie uns alles, wie hat er den Fall gelöst?«

»Nun, Mylady, nach seinem Gespräch mit Ihnen und Miss Armstrong hat er am Donnerstag gleich damit begonnen, weitere Befragungen durchzuführen. Er ist ins *Dog and Duck* gegangen und hat sich dort den alten Joe Arnold vorgeknöpft. Anscheinend ist Frank Pickering am Dienstagabend im Pub gewesen. Dort hat er sich mit Bill Lovell furchtbar in die Haare gekriegt, einem der Burschen aus dem Dorf. Es ging um ein Mädchen, auf das beide ein Auge geworfen haben. Offenbar war das ganze Kricketteam anwesend, sie hatten so eine Art Versammlung. Frank und dieser andere Bursche veranstalteten ein schreckliches Theater. Lovell behauptete, mit Daisy Spratt verlobt zu sein, und war außer sich, wie Frank es wagen konnte, mit ihr auszugehen. Frank entgegnete, dass er ausgehen könne, mit wem er wolle, und dass Lovell mal die Luft anhalten solle. Lovell hatte geantwortet, dass Frank derjenige sei, der bald keine Luft mehr bekommen werde, wenn es nach ihm gehe, dann ist er aus dem Pub gestürmt.«

»Verzeihung, Constable, habe ich Sie da richtig verstanden: Lovell war mit Daisy verlobt, Pickering ist mit ihr ausgegangen, und Lovell hat das herausgefunden und ihm daraufhin Gewalt angedroht?«

»Im Großen und Ganzen genau so, Mylady. Der Inspector hat Bill Lovell also wegen Mordes verhaftet und ihn in Bristol in eine Zelle gesperrt.«

»Du meine Güte. Hat er sonst noch jemanden verhört?«

»Nein, Mylady, das war ja nicht nötig. Es ist ein klarer Fall von Mord aus Eifersucht, hat er gesagt und ihn gleich abgeführt. Wenn Sie mich fragen, ist das ein weiterer Sieg für das Recht, also müssen Sie sich keine Sorgen mehr machen.«

»Danke, Constable, das ist sehr freundlich. Was wissen Sie denn über diese beiden Kerle? Zum Beispiel über unser Opfer Mr. Pickering. Wer ist er gewesen? Was tat er so? Mit wem war er befreundet? Was hat er gearbeitet?«

»Ich kann nicht behaupten, dass ich viel über sein Privatleben weiß, Mylady. Ich weiß nur, dass er ein netter und allseits beliebter Kerl war, ein ruhiger Geselle, den man gern um sich hatte – und ein Teufel auf dem Kricketfeld. Der beste Bowler, den es im Dorf je gegeben hat, wenn man glaubt, was man so hört.«

Lady Hardcastle und ich sahen uns verwirrt an.

»Verzeihung, Mylady, ich vergesse immer, dass nicht jeder Kricket mag. Er konnte den Ball sehr fest werfen. Das ist nützlich, wenn man andere Schlagmänner aus dem Spiel befördern will.«

»Danke, Constable. Roddy – Sir Roderick, mein verstorbener Ehemann – hat ständig über Kricket geredet, und ich habe mich wirklich bemüht, mich dafür zu interessieren. Allerdings fand ich das Spiel leider fad, und die ganzen Begriffe hab ich mir nie richtig merken können.« Sie hing wehmütigen Gedanken nach, wie es oft der Fall war, wenn etwas sie an ihren Mann erinnerte. Doch ebenso unvermittelt kehrte sie dann wieder in die Gegenwart zurück. »Sprechen Sie bitte weiter.«

»Ja, Mylady. Ich habe ein paar Nachforschungen angestellt, habe mit Leuten gesprochen, und es scheint außerdem nichts Bemerkenswertes über ihn zu berichten zu geben. Er ist in Woodworthy aufgewachsen, ungefähr drei Meilen von hier entfernt. Nach der Schule hat er bei einem großen Spediteur in Bristol angefangen: *Seddon, Seddon und Seddon*. Deshalb ist er in die Stadt runtergezogen und hat sich eine günstige Unterkunft in der Nähe des Büros gemietet. Er hat viel gearbeitet. War verdammt gut in seinem Job, heißt es, und er hat Karriere gemacht. Aber er hatte Heimweh, wissen Sie? Als er dann wieder mal befördert wurde – letztes Jahr, zum Büroleiter –, ist er nach Woodworthy zurückgezogen, um näher bei seinen Freunden und seiner Familie zu sein. Wie ich neulich schon gesagt habe, ist er dann jeden Morgen mit dem Rad nach Chipping Bevington gefahren und hat den Zug in die Stadt genommen.«

»Verstehe«, sagte sie. »Wir haben James und Ida Seddon vorhin kennengelernt. Sind das dieselben Seddons?«

»Ganz recht, Mylady. Ihr Sohn heiratet Miss Clarissa von *The Grange* oben.«

»Ich wusste gar nicht, dass sie vorher schon Verbindungen in diese Gegend hatten.«

»Sogar ziemlich starke. Sie wohnen in der Nähe von Chipping Bevington.«

»Tatsächlich? Nun, das hätte ich nicht vermutet. Und was ist mit dem jungen Mann, der verhaftet worden ist …«

»Bill Lovell, Mylady.«

»Genau, Lovell. Was ist er für ein Mensch?«

»Ich hab ihn immer für einen anständigen Kerl gehalten. Ein bisschen prahlerisch, wissen Sie, wie die jungen Kerle eben so sind, fürchten sich nicht vor einer kleinen Rauferei auf dem Anger, um einen Streit beizulegen …«

»Aber nicht von der Art, dass er jemanden an einem Baum aufhängen würde?«

»Das hätte ich jedenfalls nie für möglich gehalten, Mylady. Aber es zeigt ja nur, dass man nie wissen kann, welche mörderischen Ideen heutzutage in den Köpfen der jungen Leute lauern.«

Bei diesen Worten musste ich in mich hineinlächeln, denn der Constable konnte selbst nicht älter als fünfundzwanzig sein.«

»Aha. Nun, vielen Dank, Constable. Es ist auf jeden Fall beruhigend zu wissen, dass mitten unter uns nun kein Mörder mehr lauert.«

»Gern geschehen, Mylady. Wie gesagt, Sie zu beruhigen war der Zweck meines Besuchs. Nun darf ich mich verabschieden. Ich bin sicher, Sie haben viel zu tun, wo sie doch gerade erst hier eingezogen sind und so weiter …«

»Ihnen auch einen guten Tag, Constable. Armstrong begleitet Sie hinaus.«

Ich brachte den lächelnden Constable zur Tür, wünschte ihm alles Gute und dankte ihm erneut für die Freundlichkeit hierherzukommen, um uns auf dem Laufenden zu halten.

Dann ging ich wieder ins Esszimmer zurück.

»Was hältst du davon, meine Liebe?«, fragte Lady Hardcastle, sobald ich mich zu ihr an den Tisch gesetzt und mir endlich auch selbst eine Tasse Tee eingegossen hatte.

»Wie Sie schon gesagt haben, ist es gut zu wissen, dass es keinen Mörder mehr im Dorf gibt.«

»Aber …«, setzte sie nachdenklich an. »Fandest du die ganze Erklärung denn wirklich überzeugend? Würde dir einfallen, dass irgendwer von ein bisschen Knurren und Kläffen im Pub gleich dazu übergeht, jemanden im Wald zu ermorden?«

»Wenn Sie es so ausdrücken, eher nicht. Das Motiv ist allerdings ziemlich klar, finden Sie nicht?«

»Gewiss sind schon Leute wegen unbedeutenderer Kleinigkeiten ermordet worden, das stimmt. Aber ... ich weiß nicht so recht ... Es kommt mir vor, als ob dieser Inspector, wie heißt er doch gleich ...?

»Sunderland, Mylady.«

»Als ob dieser Inspector Sunderland einfach den erstbesten Tatverdächtigen verhaftet hat, damit er sich wieder irgendwelchen wichtigeren Angelegenheiten widmen kann, die in der Stadt auf ihn warten. Das scheint mir nicht ganz die richtige Vorgehensweise zu sein.«

»Allerdings geht es uns nicht wirklich etwas an, oder? Wir haben unsere Aussagen gemacht, und jetzt ist es an den Mühlen der Justiz, ihren Teil zu erledigen.«

»Sie drehen sich zwar langsam, mahlen aber außerordentlich fein. Und dieser Vergleich ist ziemlich angemessen, denn die Qualität des Mehls hängt vollständig von der des Korns ab, ganz egal wie sorgfältig die Mühle mahlt. Wenn den Gerichten nicht alle Fakten vorliegen, wird am Ende niemals Gerechtigkeit herausrieseln.«

»Aber das liegt jetzt eben nicht mehr in unserer Hand, Mylady.«

»Stimmt das denn? Stimmt es denn wirklich? Ich frage mich, ob es nicht ganz unterhaltsam wäre – und möglicherweise auch einen jungen Mann vor dem Schafott bewahren könnte –, wenn wir unsere Nasen da hineinstecken würden.«

»Abgesehen davon, dass das ein ziemlich geschmackloses Bild ist, stimme ich Ihnen zu. Wahrscheinlich würde es Spaß machen. Leider befürchte ich, dass es uns bei der Polizei außerdem ziemlich unbeliebt macht, wenn wir einfach so unsere eigenen Ermittlungen anstellen.«

»Papperlapapp, die werden sich freuen, wenn wir den Fall für sie lösen.«

»Aber die meinen den Fall ja bereits gelöst zu haben.«

»Stimmt«, räumte sie ein. »Doch je mehr ich darüber nachdenke, desto weniger bin ich davon überzeugt, dass er gelöst ist. Ach, wir könnten Detektivinnen sein. Du kannst Watson sein und ich Holmes.«

»Allerdings ohne die Geige und die gefährliche Drogensucht, Mylady.«

»Sobald das Klavier aus London eingetroffen ist, wird es ein erstklassiger Ersatz für die Geige sein. Und ich glaube, wir können uns beide ab und zu einen Tropfen Brandy genehmigen, um die alten Zahnräder zu ölen.«

»Die langsam mahlenden?«

»Nein, unsere werden sich blitzschnell drehen.«

»Dampfbetrieben?«

»Wenigstens brandybetrieben. Wir können doch den armen – wie heißt er noch gleich? – nicht im Kerker schmoren lassen …«

»Lovell, Mylady.«

»Lovell, richtig. Wenn er nicht der Schuldige ist, müssen wir diesen finden und jenen befreien. Das ist doch unsere Pflicht.«

»Wie Sie wünschen, Mylady. Aber vorher brauchen wir noch eine Kanne Tee.«

Ich kehrte in die Küche zurück, um noch einmal Tee zu machen. Edna hatte ihr Tagwerk inzwischen verrichtet, und Miss Jones hatte einen Eintopf fürs Abendessen aufgesetzt, also gab ich beiden frei. Darüber waren sie hocherfreut, und ich hoffte, dass diese kleine Geste sie ein bisschen für mich einnehmen würde.

Edna verweilte noch kurz in der Küche, während Miss Jones ihre Mäntel holte.

»War das denn der junge Sam Hancock, der vorhin hier war?«, fragte sie.

»Constable Hancock? Ja. Kennen Sie ihn?«

Ich kenne seine Mutter. Ein entzückender Junge, immer schon gewesen. War er wegen des Mordes in Combe Woods hier? Sie haben ihn doch gefunden, oder? Den jungen Frank Pickering?«

Ich lächelte. »Den kennen Sie auch?«

»Ich kenne seine Mutter. Sie ist drüben aus Woodworthy. Sie ist eine Zeit lang mit dem Bruder von unserem Dan ausgegangen, bevor sie ihren Nathan kennengelernt hat.«

»Verstehe«, erwiderte ich und versuchte, mein Grinsen nicht außer Kontrolle geraten zu lassen.

»Schreckliche Sache, das mit Frank. Wir sind an dem Abend auf ein Gläschen im *Dog and Duck* gewesen, ich und Dan. Das ganze Kricketteam war da und hat rumgeblödelt. Ich hab zu meinem Dan noch gesagt, dass der junge Frank mal lieber seine Zunge hüten sollte. Es sah aus, als ob er es auf einen Streit angelegt hätte. Erst hat er sich mit Bill Lovell in die Haare gekriegt, dann noch mit Arthur Tressle …«

»Mit wem?«

»Arthur Tressle«, wiederholte sie leicht ungeduldig,

als ob ich das hätte wissen müssen. »Dem Kapitän des Kricketteams.«

»Ach so«, entgegnete ich. »Hat Frank denn oft Streit gesucht?«

»Frank? Nein, das war ein ganz lieber Junge. Hat Sam Ihnen denn verraten, wer es getan hat?«

»Bill Lovell ist verhaftet worden«, antwortete ich.

»Nicht wahr! Das gibt's doch nicht.«

»Kennen Sie den denn auch?«

»Ich kenne seine Mutter«, erwiderte sie erwartungsgemäß.

In diesem Moment kehrte Miss Jones mit den Mänteln zurück.

»Wir sollten jetzt besser los«, drängte Edna. »Mein Dan wird sicher die Neuigkeiten hören wollen. Guten Tag, Miss Armstrong, und danke, dass Sie uns früher haben Schluss machen lassen.«

»Ja«, schloss sich Miss Jones ihr an. »Vielen Dank.«

»Sind Sie sich ganz sicher, Mylady?«, fragte ich und stellte das Tablett auf das kleine Tischchen im Wohnzimmer. Lady Hardcastle hatte sich gerade in einen der Sessel neben den kalten Kamin gesetzt. Ich setzte mich in den anderen.

»Ob ich mir sicher bin, dass ich Tee möchte?«

»Ob Sie sich sicher sind, dass wir unsere Nasen in die vorliegende Angelegenheit stecken sollten.«

Sie lachte auf. »Der Ausdruck klingt wirklich furchtbar ... Aber ja, ich glaube, das wird Spaß machen. Du kannst für mich Augen und Ohren bei den unteren Klassen offen halten, wie früher. Du könntest damit beginnen, im Dorf ein paar diskrete Nachforschungen anzustellen. Es macht bestimmt Spaß, wieder zusammenzuarbeiten. Oder nicht? Sag, dass es dir auch Spaß macht, Flo.«

Üblicherweise versuchte sie daran zu denken, mich in Gesellschaft »Armstrong« zu nennen, aber wenn wir allein zu Hause waren, sprach sie mich mit meinem Kosenamen an. Trotz meiner Verachtung für die Konventionen konnte ich mich nie recht dazu durchringen, sie anders als mit »Mylady« anzusprechen. Ich glaube, ich habe sie nur ein einziges Mal Emily genannt, und zwar in China, als wir dem sicheren Tod ins Auge blickten.

»Ich erinnere mich ganz bestimmt daran, dass mir irgendwer ein ruhiges Landleben versprochen hat. Und doch stehe ich jetzt hier mit Daumenschrauben und Knüppeln und schleiche mich auf Ihren Wunsch heimlich in die zwielichtige Unterwelt des Dorfes.«

»*Die zwielichtige Unterwelt des Dorfes!* Du hast wirklich einen Hang zum Dramatisieren, meine Liebe. Und wann hättest du denn jemals einen Knüppel zur Selbstverteidigung gebraucht?«

»Da geht es nur um den Anschein, Mylady. Aber ich dachte wirklich, dass wir die ganzen Schwindeleien und das Ränkeschmieden hinter uns gelassen hätten. Und mal ehrlich, was wissen wir denn schon von Detektivarbeit? Es ist ja nicht so, dass wir damit irgendwelche Erfahrungen hätten. Wir waren doch immer eher in … direktere Aktionen verwickelt.«

»Stimmt schon, du hast recht, aber ich glaube wirklich, dass wir versuchen sollten zu helfen. Keine von uns beiden wäre froh darüber, wenn ein Bursche für etwas gehängt würde, was er nicht getan hat.«

»Dazu würde es doch sicher niemals kommen«, warf ich ein. »Ich glaube immer noch, dass die Wahrheit spätestens während des Prozesses zum Vorschein kommt. Und wenn wir die Dinge vermasseln, verschlimmern wir seine Lage vielleicht sogar.«

»Ach, wir sind ganz vorsichtig, mein Kätzchen, mach dir keine Sorgen. Vielleicht hätte auch Inspector Dingsbums schlussendlich die Wahrheit herausgefunden. Aber lass uns doch zur Sicherheit ein bisschen herumspionieren und sehen, was wir herausfinden können. Was kann es denn schon schaden? Und der arme Constable Hancock ist doch so nett. Denk nur daran, wie sehr es seiner Karriere helfen würde, wenn wir ihm ein paar Hinweise geben könnten.«

»Edna würde das wohl auch gefallen.«

»Ach ja?«

»Sie hat mich, kurz bevor sie aufgebrochen sind, ausgefragt. Offenbar war sie Dienstagabend auch im *Dog and Duck* und hat Frank Pickerings Streitereien mitbekommen.«

»Gleich mehrere? Constable Hancock hat doch nur eine erwähnt.«

»Anscheinend hat er sich später noch mit einem anderen Kerl gestritten. Sie sagt, es war der Kapitän des Kricketteams.«

»Na, da haben wir's doch schon. Was brauchst du noch mehr, um dich davon überzeugen zu lassen, dass wir uns einmischen sollten? Inspector Ratzfatz weiß nur über den einen Streit Bescheid und hat den Burschen verhaftet. Was, wenn es der andere gewesen ist? Wir tun damit allen einen Gefallen.«

»Hmmm. Na gut, dann lassen Sie uns also so tun, als ob wir Detektivinnen wären und auch nur die leiseste Ahnung davon hätten, wie man eine Mordermittlung durchführt. Wo sollen wir anfangen?«

»Wir müssen das ganz systematisch angehen. Wir beginnen am Anfang, nämlich mit unserem Opfer. Wir müssen so viel über ihn herausfinden wie nur möglich ...«

Die Türklingel unterbrach sie.

»Verzeihung, Mylady«, sagte ich und ging, um zu öffnen.

Es war der Junge von der örtlichen Poststation mit einem Telegramm.

»Ein Telegramm für Ihre Ladyschaft«, murmelte er eilig und streckte es mir entgegen.

»Meine Lady schafft überhaupt nichts«, sagte ich.

Er starrte mich verständnislos an. »Sie ist nicht Eure Ladyschaft«, versuchte ich es ihm zu erklären. »Sie ist die Witwe eines Ritters, also spricht man sie entweder mit Lady Hardcastle oder mit Mylady an.«

»Äh?«, sagte er.

»Vergiss es«, entgegnete ich. »Danke fürs Vorbeibringen.« Ich wollte die Tür schon schließen, doch er hielt mich davon ab.

»Ich soll hier auf eine Antwort warten.«

»Na gut, warte hier, und ich sehe mal nach, ob es eine gibt.« Ich ging mit dem Telegramm zu Lady Hardcastle, die mit einem Skizzenblock am Esstisch saß.

»Was gibt es denn, Flo? Irgendwelche Neuigkeiten?«

»Ein Telegramm für Sie, Mylady«, erwiderte ich und händigte es ihr aus.

Sie öffnete es und las es durch. »Aha«, sagte sie dann, »noch eine Einladung zum Essen.«

»Sie sind im Moment ja ziemlich gefragt.«

»Und das wohl vollkommen zu Recht. Die hier scheint zwar nicht so interessant zu sein wie die letzte, aber ich könnte mir vorstellen, dass sie für unsere Ermittlungen von Nutzen ist.«

»Ach ja?«

»Oh ja. Es ist eine Einladung zum Mittagessen bei James und Ida Seddon.«

»Natürlich«, sagte ich, »der Arbeitgeber unseres Mr. Pickering. Welcher Seddon er wohl ist, was meinen Sie?«

»Wahrscheinlich der zweite.«

»Wie kann man sie nur auseinanderhalten, frage ich mich.«

»Ich glaube, sie haben einen Stempel auf dem Allerwertesten. Aber wie auch immer«, fuhr sie fort, »morgen werde ich den Seddons einen Besuch abstatten und so vielleicht mehr über unser Opfer herausfinden. Und du wirst mich begleiten.«

»Ach ja?«

»Oh ja. Ich muss sie für mich gewinnen und sie beeindrucken, wenn ich irgendetwas Nützliches aus ihnen herauskriegen will, und nichts beeindruckt die Kaufmannsklassen mehr als ein Titel, und wenn man zum Essen mit einer persönlichen Dienerin auftaucht. Außerdem wird dir das Gelegenheit geben, dich ein bisschen umzusehen und mit ihrem Personal zu sprechen.« Sie kritzelte eine Antwort auf das Papier und reichte es mir mitsamt einem kleinen Trinkgeld für den Jungen wieder.

Dieser kickte ein paar Steine über das Pflaster und sah schuldbewusst auf, als ich die Tür öffnete. Ich gab ihm sowohl die Antwort als auch die Münzen.«

»Das ist für dich«, sagte ich noch. »Gib nicht alles auf einmal aus.«

Er grinste und flitzte dann Richtung Dorf davon. »Sagen Sie Ihrer Ladyschaft danke«, rief er mir noch über die Schulter hinweg zu, dann war er nicht mehr zu sehen.

5

Dienstagmorgen hatte ich alles so weit unter Kontrolle. Von Lady Hardcastle konnte man das allerdings nicht behaupten.

Ich teilte Edna die Wäsche zu, sodass sie den ganzen Morgen über einweichte, wusch, auswrang, mangelte und aufhängte. Es war das perfekte Wetter, um die Wäsche an der Luft trocknen zu lassen – sonnig mit einer ordentlichen Brise –, und auch Edna wirkte gut gelaunt und lebhaft. Ich fragte mich, ob sie und Miss Jones sich am vorigen Tag auf dem Nachhauseweg abgesprochen hatten. Vielleicht waren sie zu der Übereinkunft gelangt, unsere Lebensweise zu akzeptieren, denn auch die Köchin war fröhlich, und beide plauderten liebenswürdig mit mir, während wir unsere Aufgaben verrichteten.

Bis um elf Uhr war alles so weit erledigt. Der Tee war aufgebrüht, und ich hatte noch eine Stunde Zeit, um mich für Lady Hardcastles Essen bei den Seddons vorzeigbar zu machen.

Das heißt, bis zu dem Zeitpunkt, als Lady Hardcastle an der Küchentür erschien, ganz offenbar in einiger Panik.

»Wir stehen vor einer trichologischen Krise katastrophalen Ausmaßes.«

»Wie bitte, Mylady?«

»Mein Haar, Flo, mein Haar. Sieh es dir doch nur an.«

Ich betrachtete das feine Durcheinander der langen dunklen Haare, die ohne den nötigen Sachverstand auf ihrem Kopf aufgetürmt worden waren. »Es sieht ein bisschen … unordentlich aus«, räumte ich ein.

»Es sieht aus, als hätten Eichhörnchen darin ein Nest gebaut. Eichhörnchen, Flo!«

Sie verzeihen mir sicher meine Offenheit, Mylady, aber Sie sind selbst schuld mit Ihrer Ungeduld. Ich habe Ihnen doch gesagt, dass ich Ihnen helfe, sobald ich mit der Wäsche fertig bin.«

»Wäsche aufhängen, haben wir dafür denn nicht Edna eingestellt?«

»Doch, aber ich habe ihr geholfen. Jetzt bin ich allerdings fertig, und wir haben noch ausreichend Zeit, um Sie für Ihr Treffen hübsch zu machen.«

»Mit *tageslichttauglich* wäre ich schon zufrieden, aber danke. Wo sind nur meine neuen Strümpfe? Und hast du irgendwo vielleicht das kleine Handtäschchen gesehen? Und sind meine gemusterten Stiefel sauber? Und …«

»Ich kümmere mich um alles, Mylady. Setzen Sie sich hin und trinken Sie eine Tasse Tee. Ich bin bei Ihnen, sobald ich in etwas weniger … Häusliches geschlüpft bin.«

Sie ließ sich am Küchentisch nieder, seufzte tief und frustriert und trank gehorsam ihren Tee.

Fünf vor zwölf waren wir dann beide zum Lunch angekleidet und bereit zum Aufbruch. Das heißt, Lady Hardcastle war zum Lunch angekleidet, ich trug meine praktische »Ausgehuniform« – wenn ich Glück hatte, würde ich mit den Dienstboten essen dürfen. Vorher half ich ihr noch mit ihren Hutnadeln.

»Ich habe den Eindruck, dass diese Mode riesiger Hüte auch ihre Vorteile hat. Was hältst du davon, eine Deringer hier drin zu verstecken?«

»Eine Pistole, Mylady? In Ihrem Hut?«

»Genau das.«

»Würden Sie da nicht Gefahr laufen, sich selbst aus Versehen in den Kopf zu schießen?«

»Ich hab mir eine Art Holster vorgestellt«, erklärte sie, »in dem ich die Pistole befestigen könnte, vielleicht noch mit einer Kappe versehen.«

»Aha. Und würde das nicht mich der Gefahr aussetzen, aus Versehen von Ihnen in den Kopf geschossen zu werden, wenn ich neben ihnen hergehe?«

»Du könntest ja auch ein oder zwei Schritte hinter mir laufen, wie eine ordentliche Dienerin, dann wärst du vollkommen in Sicherheit.«

»Das könnte ich wohl. Glauben Sie denn, Sie brauchen dort eine Deringer?«

»Eine Lady sollte immer auf alles vorbereitet sein.«

»Wie die Pfadfinder von Lord Baden-Powell, Mylady?«

»Ganz ähnlich, nur mit Röcken.«

Ich glaube nicht, dass im Pfadfinderhandbuch irgendwas über Röcke steht, Mylady. In den Zeitungen wurde es als ein ziemlich männliches Buch beschrieben. Vielleicht sollte er mal etwas Ähnliches für Mädchen schreiben.«

»Das sollte er auf jeden Fall«, erwiderte sie. »Solange

er genauso viel Wert darauf legt, dass sie auf alle Eventualitäten vorbereitet sind.«

»Man möchte hoffen, dass er das tut. Allerdings bezweifle ich, dass er das Mitführen von Kleinkaliberpistolen empfehlen würde.«

»Es wirkt wohl ein bisschen draufgängerisch«, räumte sie nachdenklich ein.

Da klingelte es an der Tür.

»Eine pünktliche Unterbrechung, Mylady. Ich glaube, Sie sind fertig, und ich würde darauf wetten, dass das der Wagen ist.«

Ich öffnete die Tür. Auf der Schwelle stand ein gut aussehender junger Mann in einer Chauffeurslivree aus feinem grauem Wollstoff. Hinter ihm auf der Straße stand ein ebenso grauer und ebenso gut aussehender Rolls Royce Silver Ghost.

»Ich heiße Daniel, Miss«, stellte der Chauffeur sich vor. »Ich bin hier, um Lady Hardcastle zu Mr. Seddons Haus zu bringen.«

»Danke, Daniel«, antwortete ich. »Ich heiße Armstrong, und meine Herrin wird gleich bei Ihnen sein.«

»Soll ich im Automobil warten, Miss Armstrong?«

»Danke, das wäre nett. Sie braucht nur noch ein oder zwei Minuten, länger nicht.«

»Ist gut, Miss.« Und damit machte er kehrt und ging zu dem schönen Wagen zurück.

Ich wollte gerade in die Küche zurückkehren, aber Lady Hardcastle war bereits auf dem Weg in die Eingangshalle. »Fertig, Mylady?«, fragte ich, während sie sich im Spiegel betrachtete.

»Das bin ich wohl, meine Liebe, ja. Und jetzt lass uns spionieren gehen.«

Für eine Ausfahrt war der Tag ebenso perfekt geeignet wie für das Wäschetrocknen. Die halbstündige Fahrt war ein großer Spaß und viel zu kurz. Die Seddons wohnten in einem prächtigen Haus im georgianischen Stil, an der Hauptstraße nach Chipping Bevington, und sobald der Rolls Royce den Kies auf der breiten Zufahrt zum Knirschen brachte, erschien Mr. Seddon persönlich an der Eingangstür, um seinen Gast zu empfangen.

»Meine liebe Lady Hardcastle«, begrüßte er sie überschwänglich, als Daniel ihr beim Aussteigen half, »wie wunderbar, dass Sie gekommen sind.«

»Guten Tag, Mr. Seddon. Es war ganz reizend von Ihnen, mich einzuladen.«

Daniel war so freundlich, auch mir aus dem Auto zu helfen, während dieses ganze Schauspiel seinen Lauf nahm, und ich war gerade rechtzeitig ausgestiegen, um mitzuerleben, wie Mrs. Seddon Lady Hardcastle mit dem gleichen Enthusiasmus begrüßte. Daniel zwinkerte mir zu.

»Lassen Sie den Wagen da stehen, Daniel«, wies Mrs. Seddon ihn schroff an, »und bringen Sie Lady Hardcastles Zofe …«

»Miss Armstrong, Madam«, half Daniel ihr rasch auf die Sprünge.

»Natürlich. Bringen Sie Armstrong in die Küche. Die Köchin hat ein Mittagessen für sie vorbereitet, glaube ich. Ist das in Ordnung, Lady Hardcastle?«

»Aber ja, Mrs. Seddon«, erwiderte diese. »Guten Appetit, Armstrong. Ich klingle die Küche an, wenn ich dich brauche.«

»Sehr wohl, Mylady«, sagte ich mit einem angedeuteten Knicks. Dann folgte ich Daniel zur Rückseite des Hauses, wo ich von der Köchin Mrs. Birch freundlich in die Küche gebeten wurde.

Obwohl das Haus recht geräumig war, war es doch zu klein für ein eigenes Speisezimmer für die Dienerschaft, also aßen die Hausangestellten am einen Ende der Küche an einem großen Eichentisch, der bereits für ein opulentes Mahl gedeckt war. Ich schien der Ehrengast zu sein und wurde am Kopfende auf einem sehr bequemen Stuhl platziert.

Wenn wir allein waren, aßen Lady Hardcastle und ich normalerweise gut und hatten schon viele großartige Mahlzeiten geteilt. Wenn sie auswärts zu Gast war und ich mit den Dienstboten speiste, war das Beste, worauf ich hoffen konnte, *herzhaft und sättigend. Karg und widerwillig aufgetischt* kam allerdings häufiger vor, doch dieses Essen war ganz außerordentlich üppig: Pastete, kalter Braten, gedünsteter Lachs, Schottische Eier, frische Salate, frisches Brot … alles war mit äußerster Sorgfalt zubereitet. Es war wie ein wunderbares Picknick. Sogar eine Flasche Champagner gab es. Ich setzte mich und langte zu.

»Ich muss schon sagen«, ich nahm mir ein Stück Pastete, »es ist wirklich erstaunlich großzügig von Ihnen, einer Fremden so ein wunderbares Mittagessen aufzutischen.«

»Wir wollten sowieso gerade essen, meine Liebe«, erklärte Mr. Langdon, der Butler. »Und es ist uns immer eine Freude, dabei Gesellschaft zu haben.«

»Ordentliche Gesellschaft«, fügte Daniel hinzu.

»Die für eine richtige Lady arbeitet«, sagte die Kammerzofe.

Am Tisch erhob sich zustimmendes Gemurmel. Die Stimmung war freundlich, fast schon ausgelassen, aber darunter lag spürbar etwas wie Unzufriedenheit und Verbitterung. Zuerst war mir ihre Offenheit etwas peinlich, aber als das Essen seinen Lauf nahm und der Wein immer üppiger floss, entschied ich, dass ich hier eine unverzichtbare Rolle als eine Art Druckventil spielte. Nacheinander teilten die Köchin, die Kammerzofe, die Haushälterin, die Küchenhilfe und der Chauffeur ihre Freude darüber, die Dienerin einer »richtigen Lady« zu treffen – und gleichzeitig ihren Unmut über die eigenen, neureichen Arbeitgeber.

»Diese verdammte Gräfin Koks und ihr aufgesetztes Getue«, sagte Mrs. Birch, den Mund voll Pastete. »Sie war Verkäuferin, als sie ihn kennengelernt hat. Eine verdammte Verkäuferin, und jetzt stolziert sie hier herum wie Gräfin Rotz von der Popelburg und schaut uns mit dem Hintern nicht an. Sie hat keine Manieren und keine Klasse.«

Die anderen nickten und fügten nach und nach ihre eigenen Aufzählungen der Mängel ihrer Arbeitgeberin hinzu. Um keinen Preis hätte ich mich jemals über meine Arbeitgeberin beschwert, schon gar nicht in Gegenwart vollkommen Fremder. Aber während sie so ihre Geschichten von ihren Extravaganzen, ihrer Unhöflichkeit und ihrem grundlegend unpassenden Verhalten erzählten, wurde mir klar, dass sie sich in einer Art Belagerungszustand befanden und das einfach jemandem mitteilen mussten, der sie vielleicht verstand. Also ließ ich sie weiterreden.

Mrs. Birch schien außerdem das Bedürfnis zu haben, die Opulenz des Mittagsmahls zu erklären: »Wir können uns genauso gut etwas gönnen, meine Liebe. Sie weiß es ohnehin nicht zu schätzen und schert sich auch nicht darum, da bin ich sicher. Sie lässt sich nicht dazu herab, in die Küche zu kommen und mit Leuten wie mir zu reden. Ich werde in ihre Gemächer gerufen, um den Speiseplan durchzusprechen, dann wieder an den mir gebührenden Platz gescheucht. Sie zahlt die Rechnungen, ohne auch nur einen Blick darauf zu werfen. Einmal habe ich mitbekommen, wie sie mit einer ihrer Freundinnen geredet hat: ›Wenn man sich um die Rechnungen Sorgen machen muss‹, hat sie gesagt, ›kann man sie sich nicht leisten.‹ Also stelle ich sicher, dass ich ihr hier und da ein kleines Bonbon für uns alle unterjuble. Nichts Übertriebenes, das müssen Sie nicht denken – ich bin ja keine Diebin –, aber ein kleines Vergnügen einmal im Monat. Das haben wir uns schon dafür redlich verdient, dass wir sie ertragen müssen.«

Als das Tempo unserer Mahlzeit immer gemächlicher wurde und ihr schmackhafter Verlauf sich dem natürlichen Ende zuneigte, läutete die Glocke aus dem Esszimmer. Das Hausmädchen schlüpfte mit einem Tablett voller Kuchen und Gebäck hinaus.

Sie fragten mich über Lady Hardcastle aus: Woher wir kämen, wie wir uns einlebten und was wir als Nächstes vorhätten. Ich antwortete darauf ehrlich, aber nicht vollumfänglich. Ich ließ sie allerdings wissen, dass wir versuchen würden, alles über den Mord an Frank Pickering herauszufinden.

»Ach ja«, sagte Mr. Langdon. »Der arme Mr. Pickering. Er hat für die Seddons gearbeitet, wissen Sie? Ein anständiger junger Mann. Er hatte bessere Manieren, war eher ein Gentleman als sein Arbeitgeber, wenn Sie mich fragen.«

»Haben Sie ihn denn gekannt?«

»Ich bin ihm ein-, zweimal begegnet, ja. Üblicherweise begleite ich Mr. Seddon auf Geschäftsreisen als sein Kammerdiener, und Mr. Pickering kam manchmal mit. Einmal ist er auch hierher ins Haus gekommen.«

»Ins Haus? Ist das nicht eher ungewöhnlich?«

»Doch, schon ein bisschen. Es ist auch noch gar nicht so lang her.«

»Haben Sie irgendeine Idee, warum?«

»Leider gar nicht. Er wirkte allerdings nicht sonderlich gut gelaunt, als er ankam, und als er ging, brachte ihn auch niemand zur Tür, die er dann hinter sich zuknallte. Ich gehe also nicht davon aus, dass es eine freudige Zusammenkunft war.«

Ich wollte ihm gerade noch weitere Details entlocken, als die Glocke aus dem Esszimmer erneut läutete.

»Ich vermute, das ist für mich«, sagte er und stand auf. »Bitte heben Sie mir ein Stück Trifle auf, wenn Sie können. Trifle mag ich nämlich besonders gern.«

Er verschwand in Richtung Speisezimmer, und unser Gespräch wurde wieder etwas heiterer und wandte sich den Eskapaden der jüngeren Bediensteten zu.

Als er zurückkehrte, lachten wir noch immer über eine Geschichte, die Doris, die Küchenhilfe, zum Besten gegeben hatte – inklusive Pantomime und verstellter Stimme. Er trat an meinen Stuhl heran und flüsterte mir diskret zu: »Tatsächlich wird Ihre Gegenwart verlangt, meine Liebe. Lady Hardcastle lässt fragen, ob Sie ihre Tabletten dabeihaben.«

»Natürlich. Vielen Dank«, sagte ich und stand auf. »Bitte entschuldigen Sie mich, die Pflicht ruft.«

Ich holte meine Tasche und kramte darin herum. Lady Hardcastle nahm keine Tabletten, aber ganz offensichtlich brauchte sie mich im Speisezimmer. Ich hatte immer eine Schachtel Aspirin dabei, das würde genügen. Ich nahm zwei der kleinen Pillen heraus und ging zu der Tür, durch die ich Langdon hatte kommen sehen.

»Immer geradeaus, dann rechts, und es ist die zweite Tür zu Ihrer Linken«, erklärte mir Mrs. Birch. »Folgen Sie einfach dem wichtigtuerischen Geschnatter, und Sie können es nicht verfehlen.«

Im getäfelten Flur hingen Aquarelle von Schiffen und dem Hafen von Bristol, dazwischen polierte Messingschilder mit den Namen der Schiffe. Neben der Esszimmertür stand ein Kompasshaus, über dem an einem Regal eine Schiffsglocke aus Messing angebracht war. Wenn man mich darum gebeten hätte, das Thema der Dekoration zu benennen, hätte ich mich auf jeden Fall für *maritim* entschieden.

Das Speisezimmer war groß, mit einer hohen Decke, und in modischen Hellblautönen gehalten. Es hätte elegant wirken können, wenn nicht auf unraffinierte Weise das maritime Thema fortgesetzt worden wäre. An den Wänden hingen ringsum weitere Erinnerungsstücke: polierte Bullaugen; eine weitere Glocke, diese allerdings leicht beschädigt; gerahmte Frachtbriefe; eine auffällig asymmetrische Ansammlung von Flaschenzügen, die einmal zur Takelage eines Schiffs gehört haben mochten; weitere Gemälde von Schiffen; und dort, an seinem stolzen Ehrenplatz über dem Kamin, ein großes Porträt in Öl von Mrs. Seddon in hochherrschaftlicher Pose.

Meine Erfahrung mit den Häusern der Oberschicht war, dass ihre Dekoration eher chaotisch anmutete: kostbare Erbstücke befanden sich in Gesellschaft liebgewonnener Souvenirs. Nippes wurde ganz willkürlich gesammelt und irgendwie dazugestellt. Gab es überhaupt thematisch gestaltete Räume, waren es tendenziell die Schlafzimmer: *das chinesische Zimmer, das afrikanische Zimmer*. Das Haus der Seddons wirkte dagegen insgesamt kulissenhaft. Ich hatte den Eindruck, dass irgendwer sich ein bisschen zu viel Mühe gegeben hatte. Wenn man der Dienerschaft Glauben schenken konnte, war es nicht allzu schwer zu erraten, um wen es sich dabei handelte.

Der Esstisch war groß genug, um zehn Leute daran unterzubringen, aber zum Essen waren nur sechs Personen anwesend: Mr. Seddon saß am Kopfende des Tisches, seine Frau rechts neben ihm. Lady Hardcastle saß ihr gegenüber, zu ihrer Linken ein untersetzter, rotgesichtiger Herr, der mir unbekannt war. Er hatte eine leichte Familienähnlichkeit mit Mr. Seddon – vielleicht war es sein jüngerer Bruder. Eine gleichfalls untersetzte Frau, wahrscheinlich dessen Ehefrau, saß ihm gegenüber.

Dann saß noch ein unscheinbar wirkender Mann Anfang zwanzig neben der dicken Lady. »Ich habe gesagt: Tante Margaret, würdest du mir bitte die Butter reichen?«

»Die was, mein Lieber?«, fragte die Lady.

»Die Butter.«

»Wo ist sie denn?«

»Neben deinem Ellbogen«, erwiderte der junge Mann. In seinem Ton lag inzwischen eine blasierte Ungeduld, die zu seiner trüben und langweiligen Erscheinung nicht recht passen wollte.

Der junge Mann rollte mit den Augen, während er sich das letzte Brötchen mit Butter bestrich.

Mary, das Hausmädchen, goss Tee ein.

»Ach, Armstrong«, rief Lady Hardcastle und winkte mich heran. »Ich danke dir vielmals.«

Ich reichte ihr die beiden Aspirin, die sie umgehend herunterschluckte. Dann dankte sie mir erneut und gab mir ein Zeichen, mich zu entfernen. Statt zu gehen, machte ich allerdings Gebrauch von der Zauberkraft, die alle Hausangestellten haben – Unsichtbarkeit –, und zog mich unbemerkt in eine Ecke des Zimmers zurück.

»Sie armes Ding«, sagte Mrs. Seddon. »Sind die für die Nerven? Über diese schreckliche Angelegenheit zu sprechen war einfach zu viel für Sie.«

Ich schätzte Mrs. Seddon auf Anfang fünfzig, sie war schlank und blond. Hübsch, fand ich, aber nicht wirklich schön. Ihre Kleidung war eher protzig als elegant, allerdings ganz unzweifelhaft teuer.

Sie ergriff erneut das Wort: »Wir waren entsetzt, als wir von seinem Tod erfuhren. Wie viel schrecklicher muss es gewesen sein, tatsächlich seine ... Leiche zu finden. Hält die Polizei es denn für Selbstmord?«

»So sollte es auf jeden Fall aussehen«, entgegnete Lady Hardcastle, »aber die Polizei ist nicht überzeugt. Sie haben einen Mann aus dem Dorf wegen Mordes verhaftet.«

»Mord? Hast du davon gewusst, James?«, fragte sie ihren Ehemann in scharfem Ton, bevor sie sich wieder Lady Hardcastle zuwandte. »Er hat für James gearbeitet, wissen Sie?«

»Ich ... äh ... ja, meine Liebe. Ich denke, ich habe etwas in der Art gehört«, stammelte Mr. Seddon nervös.

»Du hast mir nichts davon erzählt.« Ihr Ton war nun definitiv eiskalt.

»Ich ... ich ... wollte dich nicht unnötig damit aufregen, Liebste. Schreckliche Angelegenheit. Wirklich schrecklich.«

Mr. Seddon mochte Seniorpartner in einem erfolgreichen Speditionsunternehmen sein, aber allmählich wurde deutlich, wer der Seniorpartner in diesem Hause war.

»Ich möchte nichts Schlechtes über einen Mann sagen, wenn er auf der Bahre im Leichenschauhaus liegt«, schaltete sich nun der rotgesichtige Mann ein, der bereits einen sitzen hatte, »aber es ist schon verdammt ungünstig, dass er einfach so stirbt. Hat uns ziemlich im Stich gelassen, was?«

»Ach, Percy, lass gut sein«, sagte die unbekannte Lady. »Du redest ja so, als ob er sich absichtlich hätte umbringen lassen.«

»Wenn er nicht einem Irren zum Opfer gefallen ist, meine Liebe, muss er doch jemanden verärgert haben.

Man könnte auch sagen, er hat es sich selbst zuzuschreiben, hm?«

»Nein, das könnte man nicht«, erwiderte sie streng. »Außerdem glaube ich, dass du inzwischen genug getrunken hast.«

Ein peinliches Schweigen entstand, in dem alle außer dem rotgesichtigen Mann an ihrem Tee nippten; er trank weiter stur seinen Wein. Das Schweigen erstreckte sich über fast eine Minute, bevor Mrs. Seddon erneut das Wort ergriff: »Ach, meine liebe Lady Hardcastle. Sie sehen ziemlich mitgenommen aus. Sind Sie sicher, dass es Ihnen gut geht? Oder soll ich einen Arzt rufen?«

Lady Hardcastle machte auf mich zwar einen vollkommen gesunden Eindruck, aber es war eine elegante Weise, ihr einen Grund dafür zu liefern, sich früh zu verabschieden. Und diese Gelegenheit nutzte sie. »Danke, Mrs. Seddon, mir geht es sicher bald wieder besser. Aber dürfte ich Ihre Großzügigkeit noch etwas beanspruchen und Ihren Chauffeur darum bitten, mich heimzufahren?«

»Aber natürlich dürfen Sie das, natürlich«, erwiderte Mrs. Seddon mit kaum verhohlener Erleichterung. »Mary, geh bitte in die Küche und sag Daniel, dass er den Rolls Royce bereithalten soll. Du kannst dann später abräumen.«

»Sehr wohl, Ma'am«, entgegnete Mary und ging zur Tür.

So unauffällig es mir möglich war, folgte ich ihr nach draußen, und wir gingen zusammen zur Küche zurück. Sobald ich glaubte, außer Hörweite zu sein, sagte ich: »Das war ja ein bisschen unterkühlt.«

»So ist es schon eine ganze Weile, Miss, darum hat Ihre Herrin Sie auch rufen lassen, nehme ich an. Sie wollte da weg. Unsere Hausherrin mag es nicht, wenn Sie bloßgestellt wird, verstehen Sie? Diese ganzen Sachen – dass der andere Mr. Seddon ein bisschen beschwipst war, worüber er und unser Mr. Seddon Scherze machten, und dann noch all das Gerede über Mr. Pickering – unsere Mrs. S. war schon drauf und dran, ein paar Köpfe zusammenzuschlagen. Wenn die Gäste alle weg sind, wird hier die Hölle los sein, darauf würde ich wetten.«

Inzwischen waren wir wieder in der Küche angelangt, und Mary teilte Daniel mit, dass seine Dienste benötigt würden.

»Streiten sie denn oft miteinander?«, fragte ich, während ich die Handschuhe anzog und den Hut aufsetzte.

Mrs. Birch lachte auf. »Also, *streiten*, meine Liebe, das ist ein schwieriger Ausdruck. Denn, sehen Sie, für einen Streit braucht es doch immer zwei, ihre Streitigkeiten sind hingegen ein wenig einseitig. Sie brüllt und keift und wirft mit Gegenständen um sich, während er nur unterwürfig dasteht und es über sich ergehen lässt.«

»Nicht zu fassen«, sagte ich. »Nun, dann hoffe ich, dass wir Ihnen das Leben mit unserem Besuch nicht noch schwerer gemacht haben. Ich danke Ihnen vielmals für die Gastfreundschaft. Dies war so ziemlich das beste Mittagessen, das ich je genossen habe.«

»Es war uns eine Freude, Miss«, sagte Langdon. »Ich hoffe, wir haben bald wieder das Vergnügen Ihres Besuchs.«

»Nun, Flo«, sagte Lady Hardcastle, als wir uns in der Eingangshalle von unseren Hüten und Handschuhen befreiten, »das war … erfrischend.«

»Auf jeden Fall eine ungewöhnliche Erfahrung«, pflichtete ich bei.

»Es ist nur schade, dass ich nichts Hilfreiches über Mr. Pickering herausfinden konnte. Und das Essen war wirklich fad.«

»Das tut mir ehrlich leid, Mylady«, sagte ich mit einem Grinsen. »Immerhin bedeutet es, dass wir etwas früher als geplant wieder zu Hause sind. Vielleicht sollte ich die Gelegenheit nutzen und versuchen, mit ein paar Leuten im Dorf zu sprechen? Die Daumenschrauben ansetzen?«

»Ein vorzüglicher Gedanke. Ich glaube, deine erste Aufgabe wird darin bestehen, ins *Dog and Duck* zu gehen und dich mit dem Wirt zu unterhalten.«

»Mit Joe Arnold, Mylady?«

»Mit dem *alten* Joe Arnold, ja. Sprich mit ihm, und hör dir an, was er zu berichten hat. Vielleicht hat er etwas von dem Händel zwischen Pickering und Tressle mitbekommen. Vielleicht sogar noch etwas anderes.«

»Guter Gedanke, Mylady.« Langsam erwärmte ich mich für die Idee, unsere Nasen in diesen Mord zu stecken.

Meine Zeit als Zirkuskind hatte ich einst in fröhlichem Chaos verbracht. Als meine Eltern die Schaustellerei schließlich an den Nagel hängten, um sich um meine Großmutter in Wales zu kümmern, lebten wir in einem chaotischen Haus voller ungestümem Lärm und nie abreißender Geschäftigkeit. Als ich dann von zu Hause auszog, um eine Stellung als Zofe anzunehmen, hatte ich nie einen ruhigen Arbeitgeber. Es gab Essen und Partys und ein nie enden wollendes Kommen und Gehen. Lady Hardcastle war so ziemlich die Wildeste von allen, hatte bislang immer in irgendeinem verworrenen und gefährlichen Schlamassel gesteckt. Inzwischen begann ich allerdings den Mangel an Lebensgefahr als etwas ermüdend zu empfinden. Vielleicht war Detektivarbeit ein annehmbarer Kompromiss.

»Aber zuerst möchte ich eine Tasse Tee. Später ist noch genug Zeit für Daumenschrauben. Außerdem musst du mir alles erzählen, was du beim Personal der Seddons in Erfahrung bringen konntest.«

Ich ging kurz in die Küche, wo ich Edna und Miss Jones antraf, die es sich am Tisch bequem gemacht hatten. Sie wirkten ein wenig schuldbewusst.

»Hallo, die Damen«, begrüßte ich sie. »Alles unter Kontrolle?«

»Alles bestens, danke, Miss Armstrong«, antwortete Edna. »Um ganz ehrlich zu sein, gibt es für uns nicht allzu viel zu tun. Mit dem Putzen bin ich fertig, und Sie haben mir ja beim Waschen geholfen. Blodwen hat für Sie einen Schinken gebacken, falls Sie Lust auf ein paar Sandwiches zum Abendessen haben – Sie haben ja gesagt, dass Sie wahrscheinlich nicht mehr essen würden, oder?«

»Ganz recht.«

»Das heißt, wir sind eigentlich so weit fertig«, sagte sie achselzuckend.

»In diesem Fall sehe ich keinen Grund dafür, dass Sie einfach nur aus Prinzip weiter hier herumsitzen. Warum gehen Sie beide nicht heim? Ich sage Lady Hardcastle Bescheid, sie hat sicher nichts dagegen.«

»Danke, Miss Armstrong«, sagte Miss Jones. »Unsere Ma hat am Nachmittag gern ein wenig Gesellschaft.«

Ich dachte kurz nach. »Wie wäre es, wenn wir das Ganze formalisieren würden. Wir könnten vereinbaren, dass Sie nur den halben Tag arbeiten müssen? Ich werde mit Lady Hardcastle darüber sprechen.«

»Solange wir denselben Lohn bekommen«, warf Edna rasch ein.

Sie erinnerte mich an Euphemia Gilks, die sich im Zirkus um die Affen gekümmert hatte und niemals auch nur eine Sekunde ihrer Freizeit zum Nulltarif geopfert hätte. Selbst wenn man sie nur darum bat, ein Seil festzuhalten, feilschte sie um den Preis. Etwas in dieser Art meinte ich, in Ednas Blick zu erkennen.

»Natürlich«, erwiderte ich und rief mir ins Gedächtnis, dass ich Edna, nicht Euphemia, vor mir hatte und dass ich die Finanzen verwaltete. »Das würde Ihnen ersparen, untätig hier herumzusitzen.«

Sie dankten mir beide erneut und beeilten sich damit, ihre Hüte und Mäntel zu holen, während ich den Wasserkessel aufsetzte. Als sie dann bereit zum Aufbruch waren, hatte ich den Tee schon aufgebrüht, wir verabschiedeten uns, und ich trug das Tablett ins Frühstückszimmer.

»Wie machen sie sich denn?«, fragte Lady Hardcastle bei meiner Rückkehr.

»Gar nicht schlecht«, versicherte ich ihr. »Ich glaube, sie haben ihren ersten Schock überwunden, dass Sie mich wie eine alte Freundin behandeln. Keine von beiden hat noch ein Wort darüber verloren, aber ich habe gemerkt, dass sie es für eine Begleiterin angemessener fänden als für eine Kammerzofe.«

Sie lachte auf. »*Begleiterin* habe ich schon immer für eine seltsame Stellenbeschreibung gehalten – ein bisschen erniedrigend für beide Seiten: Zum einen deutet das auf eine Lady hin, die so wenige Freunde hat, dass sie jemanden anstellen muss, der ihr Gesellschaft leistet, während auf der anderen Seite eine Bedienstete dafür bezahlt wird, so zu tun, als ob sie ihre Arbeitgeberin mag. Ich bevorzuge doch bei Weitem *Kammerzofe*, das hat mehr Würde.«

»Hm, stimmt auch wieder, Mylady.«

»Und über die Jahre ist es doch auch nützlich gewesen, um dich in die untere Etage einzuschleusen, wo du dann ein bisschen herumschnüffeln und deine Listen anwenden kannst.«

»Allerdings«, räumte ich ein. »Obwohl ich es meistens bevorzuge, mich in einem schönen Kleid oben bei den Snobs aufzuhalten.«

»Nur meistens?«

Ich erzählte ihr von dem schmackhaften Essen und von Mrs. Birchs Grund dafür.

»Du hast Champagner bekommen? Glückspilz! Ich musste mich mit einem öden Weißburgunder zufriedengeben.«

Ich fuhr mit der Beschreibung der grundlegenden Geringschätzung fort, die das Personal den Arbeitgebern entgegenbrachte, sowie mit Mrs. Seddons strengem Regiment.

»Ich habe tatsächlich den Eindruck gewonnen, dass er eine gewisse Furcht vor ihr verspürt«, stimmte Lady Hardcastle zu. »Sie mag, abgesehen vom Weißburgunder, gern die teuren Dinge im Leben, habe ich festgestellt.«

»Allerdings nicht die elegantesten oder die raffiniertesten Dinge«, gab ich zu bedenken.

»Ach, Flo, du Snob«, lachte sie. »Aber du hast recht. Dass sie Verkäuferin war, erklärt jedenfalls einiges. Ihr Akzent ist fürchterlich.«

»Wer ist hier der Snob, Mylady?«

»Touché.«

»Was ist vor meinem Eintreffen denn passiert?«

»Nichte Bemerkenswertes. Sie quasselten über ein paar Bekannte, ließen Namen und Titel in einer Geschwindigkeit fallen, dass ich nicht mitkam. Doch sobald ich Pickerings Tod erwähnte, änderte sich schlagartig die Stimmung am Tisch. Mrs. Seddon tat so, als ob das Thema ihr lediglich ein wenig Unbehagen bereitete, aber sie schien mir höchst alarmiert zu sein.«

»Sie wirkt wie jemand, der Aufsehen nicht zu schätzen weiß. Es passt nicht zu der eleganten Kultiviertheit, die sie anstrebt.«

»Wirklich nicht«, stimmte sie mir zu. »Ich hatte nicht den Eindruck, dass irgendeiner von ihnen den Wunsch verspürte, die Firma in eine Mordermittlung hineingezogen zu sehen.. Das ist wohl auch verständlich. Der gute Ruf bedeutet in der Geschäftswelt schließlich alles.«

Wir tranken weiter unseren Tee und erhoben uns schließlich nur widerwillig vom Tisch. Ich fühlte mich vor allem noch viel zu voll von dem Mittagessen. Aber wir stemmten uns hoch, setzten unsere Hüte auf, zogen Handschuhe an und gingen dann zu Fuß die halbe Meile ins Dorf. Dort angekommen, begab sich Lady Hardcastle zu Constable Hancock, um sich nach den neuesten Entwicklungen zu erkundigen, während ich den Dorfanger umrundete und auf das örtliche Gasthaus zusteuerte.

6

Nach der Architektur zu urteilen, hatte das *Dog and Duck* der Bevölkerung von Littleton Cotterell seit wenigstens hundert Jahren – möglicherweise sogar länger – Speisen, Cider, Bier, Wein und Spirituosen serviert. Es war ein kleiner Landgasthof mit einem Hof linker Hand, auf dem sich Fässer und Kisten stapelten und auf den nächsten Besuch des Bierkutschers warteten. Außerdem gab es hier eine stabile Handkarre, die an der Hausmauer lehnte.

Ich betrat einen kleinen Nebenraum und hüstelte, um die Aufmerksamkeit des Wirts zu erregen. *Old Joe Arnold,* wie er genannt wurde, war in der Tat ziemlich alt, allerdings flink und wach, sodass er beinahe über die Bar gesprungen wäre, um mich zu begrüßen.

»Ich habe mich schon gefragt, wann Sie uns wohl einen Besuch abstatten würden, meine Liebe«, sagte er.

»Guten Tag, Mr. Arnold, es ist mir ein Vergnügen, Sie kennenzulernen.«

»Gleichfalls, meine Liebe. Was darf ich Ihnen bringen? Ein schönes Glas Sherry? Einen kleinen Cider? Geht natürlich aufs Haus. Es verschlägt nicht oft neue Leute hier raus zu uns, und Sie und Ihre Herrin sind das Thema Nummer eins.«

»Sie sind sehr freundlich, Mr. Arnold, wirklich sehr freundlich. Was für ein zauberhaftes Gasthaus.«

»Ein Familienunternehmen, meine Liebe. Mein alter Vater hat es vor mir betrieben und dessen Vater vor ihm, schon seit vier Generationen.«

»Sie müssen hier drin das ganze Dorfleben zu Gesicht bekommen. Jeder kommt hier doch bestimmt früher oder später vorbei.«

»Wir sind das Herz des Dorfes, Miss. Das pulsierende Herz. Stimmt's, Daisy?«

Daisy, die junge Barfrau, wischte gerade den Tresen mit einem schmutzigen Lappen ab. »Das pulsierende Herz, Joe«, stimmte Daisy ihm zu, und in ihren Worten lag nur eine kaum wahrnehmbare Spur von müder Ironie.

Den Namen erkannte ich wieder. »Daisy Spratt?«, fragte ich also.

»Ganz recht«, erwiderte sie misstrauisch. »Woher wissen Sie das?«

»Sie sind mit Bill Lovell verlobt.«

»Und was, wenn ja?«

»Ich habe einfach nur vor Kurzem Ihre beiden Namen gehört. Im Zusammenhang mit den … äh … Vorkommnissen.«

»Ich wette, alle tratschen jetzt über uns. Er hat aber ganz bestimmt nichts getan und ich auch nicht, und Sie sollten dem Gerede keinen Glauben schenken. Er hat Frank nicht umgebracht. Nicht mein Bill.«

Ich hatte mir noch keine Gedanken darüber gemacht, wie ich Mr. Arnold befragen wollte, aber an beiden Tresen saß niemand, also erschien mir diese Gelegenheit so gut wie jede andere, um meine Nachforschungen anzustellen, und jetzt, wo Daisy ebenfalls hier war, meinte ich einen Ansatzpunkt gefunden zu haben. Ich wollte zwar keine trügerischen Hoffnungen wecken, fragte mich aber, ob ich nicht meinerseits mit ein bisschen Offenheit anfangen und dann sehen sollte, ob mir im Gegenzug dieselbe Offenheit entgegengebracht würde.

»Würde es Ihnen beiden etwas ausmachen, mir ein bisschen von jenem Abend zu erzählen?«, fragte ich also. »Lady Hardcastle und ich sind auch nicht vollständig von Mr. Lovells Schuld überzeugt, aber um Inspector Sunderland zu überzeugen, wird es ein bisschen mehr brauchen als nur die Meinung einer frisch Zugezogenen und ihrer Zofe.«

Sie sahen einander kurz an, bevor Mr. Arnold erwiderte: »Ich hab noch nie einen Polizisten gesehen, der es so eilig hatte, wieder abzuziehen. Normalerweise müssen wir den alten Sergeant Dobson mit dem Besen hier rauskehren und die Tür hinter ihm verriegeln, wenn er mal ins Reden gekommen ist. Aber dieser Kerl aus Bristol war rein und wieder raus, bevor ich ihm überhaupt irgendwas berichten konnte. Er hörte nur, was er hören wollte, und war schon auf dem Weg, um den jungen Bill zu verhaften, bevor man auch nur bis drei zählen konnte.«

Mr. Arnolds fehlendes Gebiss sorgte dafür, dass er nur wenig überzeugend »zählen« sagen konnte, aber ich unterdrückte mein Grinsen. Er führte mich zu einem Tisch in einer Ecke des Schankraums und winkte Daisy heran.

Nachdem wir uns hingesetzt hatten, fuhr er fort: »Also, ich hab ihm von dem Gerangel zwischen Frank und Bill erzählt, das war aber nicht der einzige Streit, in den Frank an jenem Abend verwickelt war.«

Daisy unterbrach ihn. »Nein, stimmt. Mit Arthur Tressle hätte er sich beinahe geprügelt, hier, vor aller Augen«, sagte sie und zeigte zum anderen Tresen hinüber.

»Worum ging es dabei?«, fragte ich. »Ist Mr. Pickering auch mit Arthur Tressles Verlobter ausgegangen?«

Daisy starrte mich wütend an. »Niemand«, sagte sie empört, »ist mit irgendwem ausgegangen, und ich wäre Ihnen dankbar, wenn Sie Ihre Anspielungen bezüglich meines Charakters für sich behalten könnten. Frank hatte ein Auge auf mich geworfen, das war auch schon alles, und ich bin einmal mit ihm ausgegangen – und zwar an einem öffentlichen Ort –, um ihm ein für alle Mal klarzumachen, dass ich mit Bill zusammen bin.«

»Bitte entschuldigen Sie. Ich wollte Sie nicht beleidigen. Aber Ihr Mr. Lovell hat davon Wind bekommen?«

»Na ja, schon. Er hat eben einen starken Beschützerinstinkt. Er wollte Frank einfach nur den Kopf zurechtrücken. Er hätte ihn dabei niemals verletzt, geschweige denn ihn umgebracht. Er redet manchmal einfach so. Er kann ein bisschen …«

»Hitzköpfig sein?«, schlug ich vor. »Unbeherrscht?«

»Ich denke, so könnte man es wohl ausdrücken. Aber er hat Frank nicht umgebracht. Das würde er nicht tun. Würde er einfach nicht.« Sie war den Tränen nahe.

Mr. Arnold bemühte sich, die Situation zu entspannen. »Arthur, wissen Sie, er ist ja der Kapitän des Kricketteams. Sie waren an dem Abend alle hier zu einer Versammlung, und Arthur, nun ja, der ist manchmal ein bisschen gereizt und hatte sich in den Kopf gesetzt, dass der junge Frank das Team übernehmen wollte. Frank war ja nur ein einfacher Schlagmann, aber den Ball hat er so schnell geworfen, dass er einem Mann den Arm abreißen konnte. Man könnte wohl sagen, dass er das Team am Leben hielt, und Arthur war irgendwie auf die Idee gekommen, dass Frank sich erdreisten könnte, Kapitän werden zu wollen.«

»Und stimmte das?«, fragte ich.

»Keine Ahnung, meine Liebe. Ich kann nur sagen, dass sie in einer öffentlichen Bar aufeinander losgingen und ich ein paar Stammgäste dazu auffordern musste, sie voneinander zu trennen.«

»Haben die zwei einander bedroht?«

»Ach was, der junge Frank war ja mehr so ein sanfter Riese. Er konnte sich wohl durchsetzen, war aber nicht der Typ, der laut wurde. Nein, es war Arthurs Schuld. Er schäumte vor Wut, stand kurz vorm Platzen. Er sagte, er würde nie zulassen, dass Frank das täte, er würde ihn erledigen, wenn er es auch nur versuchte.«

»Und das nur wegen ein bisschen Kricket?«, fragte ich fassungslos.

»Kricket nehmen wir hier sehr ernst, meine Liebe, wirklich sehr ernst.«

»Was ist dann passiert?«

»Ich habe versucht, Arthur zu beruhigen, und Daisy hat sich um Frank gekümmert.«

»Um ehrlich zu sein, gab es für mich da nicht viel zu kümmern«, warf Daisy ein. »Ich bin zu ihm rübergegangen und hab ihn gefragt, ob alles in Ordnung ist. Das hat er bejaht und dann seine Uhr rausgezogen, draufgeschaut und gesagt: ›Also, ja, ich sollte wohl sowieso lieber gehen.‹ Dann ist er abgezogen.«

»Und um wie viel Uhr ist das gewesen?«

»Kurz vor elf, glaube ich.«

»Und das war das letzte Mal, dass Sie ihn gesehen haben?«

»Das letzte Mal, dass ich ein Wort mit ihm gewechselt habe«, antwortete sie schniefend.

»War Bill zu der Zeit denn noch da? Und was ist mit Arthur? Ist er geblieben?«

»Bill ist bald darauf aufgebrochen, aber Arthur hat sich mit dem Rest des Kricketteams wieder hingesetzt und ausgetrunken«, erklärte Joe. »Lange sind sie aber auch nicht mehr hier gewesen, vielleicht noch eine Viertelstunde. Sie waren die letzten Gäste, also hab ich hinter ihnen abgeschlossen, Daisy nach Hause geschickt und bin dann ins Bett gegangen.«

»Haben Sie auf dem Nachhauseweg irgendwas gesehen, Daisy?«, fragte ich weiter.

»Das Kricketteam stand auf dem Anger und hat rumgeblödelt.«

»Sonst nichts?«

»Nein. Ich bin direkt nach Hause. Ich wohne ja gleich um die Ecke, bei meinen Eltern. Mein Vater ist der Metzger.«

»Stimmt, ich habe ihn kennengelernt. Wohnen Sie über dem Geschäft?«

Sie starrte mich an, als hätte ich sie tödlich beleidigt. »Ganz sicher nicht. Wir haben ein Haus ein Stückchen hinter der Kirche.«

»Ach so, Verzeihung. Was ist mit Ihnen, Mr. Arnold? Ist hier noch irgendwas passiert?«

»Das kann man wohl sagen, meine Liebe, aber ich habe keine Ahnung, was es mit dieser Sache zu tun haben könnte. Muss wohl so um halb zwölf gewesen sein, als ich draußen im Hof diesen Lärm gehört hab. Es hat geknallt und gekracht, und irgendwer hat gelacht. Unser Schlafzimmer ist um die Ecke, aber als ich aus dem Fenster geguckt habe, hab ich nichts sehen können, also bin ich im Nachthemd runtergegangen, um nachzuschauen. Da hatten sie doch glatt meine verdammte Handkarre geklaut!«

»Wer?«

»Die Kricketjungs, nehm ich mal an.«

»Aber jetzt steht sie doch wieder da. Ich hab sie gesehen, als ich angekommen bin.«

»Das ist es ja, meine Liebe, das ist es ja gerade. Wir haben sie am nächsten Morgen vor dem Clubhaus gefunden. Arthur Tressle schnarchte im Umkleideraum auf dem Fußboden.«

»Hat wohl seinen Rausch ausgeschlafen?«, vermutete ich.

»Oder sich versteckt, weil ihn das schlechte Gewissen geplagt hat«, sagte Daisy giftig.

»Glauben Sie denn, er hat Frank Pickering ermordet?«

»Nun, mein Bill war es sicher nicht. So was Schreckliches könnte er nie tun. Auf keinen Fall. Und dieser

Arthur Tressle … Na ja, ich trau ihm einfach nicht, das ist alles. Er ist zu … zu … überkorrekt. So kann man es sagen. Wahrscheinlich hält er sich für was Besseres. Und er findet es einfach toll, sich um den Kricketclub zu kümmern. Wahrscheinlich wäre er zu allem bereit, um das zu verteidigen.«

Wie alle anderen im Dorf waren auch diese beiden begierig darauf, über Clarissa Farley-Strouds Verlobung zu sprechen. Joe war untröstlich, dass man ihn nicht gebeten hatte, für Bier und Cider zu sorgen.

»Es ist doch keine richtige Feier ohne ein paar Fass Cider.«

»Das ist einfach eine andere Welt, Joe«, erwiderte Daisy liebevoll.

Wir plauderten noch ein bisschen, dann stand ich auf und verabschiedete mich.

Ich ging in Richtung Hauptstraße und hatte schon ein paar Meter zurückgelegt, als mir ein Gedanke kam. Ich kehrte um und warf noch einen Blick auf den Handkarren. Er war alt und verwittert, wirkte aber ziemlich stabil. Er hatte große, eisenbeschlagene Räder, ungefähr fünf Zentimeter breit und in dreißig Zentimeter Abstand voneinander angebracht. Er war etwa zwei Meter lang und groß genug, dass ein Mensch darauf Platz hatte, aber es gab keinerlei offensichtliche Anzeichen dafür, dass vor Kurzem erst einer damit transportiert worden wäre. Um ehrlich zu sein, war ich mir auch nicht sicher, wie solche Anzeichen hätten aussehen sollen – ein Stück zerrissener Stoff vielleicht oder ein bisschen Erde vom Schuh des Opfers –, aber ich fand es nur richtig und angemessen, alles genau zu untersuchen und meiner Herrin über meine Erkenntnisse – oder deren Fehlen – Bericht zu erstatten.

Dann machte ich mich auf den Heimweg.

Lady Hardcastle stand in der Eingangshalle und nahm gerade ihren Hut ab.

»Ach, sehr gut, du bist es«, sagte sie.

»In der Tat, Mylady«, erwiderte ich, während ich die Tür schloss und hinter mir verriegelte.

»Ich wünschte, du würdest dich ein bisschen entspannen. Ich bin mir ziemlich sicher, dass wir hier draußen keine Schlösser und Riegel brauchen.«

»Man kann nie vorsichtig genug sein, Mylady«, antwortete ich ungerührt. »Wenn ich mir sicher bin, dass keine Gefahr droht, lasse ich alle Türen und Fenster so lange offen stehen, wie Sie wollen. Bis dahin gibt mir das einfache Vorschieben eines Riegels ein Gefühl der Sicherheit.«

»Na gut, tu, was du nicht lassen kannst. Aber jetzt komm mit. Mach uns Tee und erzähl mir alles.«

Ich legte Handschuhe und Hut ab, ging in die Küche und setzte das Teewasser auf. Währenddessen erzählte ich, so detailliert ich konnte, von meinem Gespräch mit Mr. Arnold und Daisy Spratt.

»Du bist immer so furchtbar geschäftsmäßig«, sagte Lady Hardcastle, als ich fertig war. »Kein Small Talk? Keine Gerüchte? Kein Dienstbotentratsch, um dem Dorf seine dunklen Geheimnisse zu entlocken? Dabei hatte ich den Eindruck, du wärst stundenlang weg gewesen.«

»Nein, Mylady, kein Tratsch. Ich bin nicht sicher, ob sie mir schon vertrauen. Aber ich dachte ohnehin, dass ich den Auftrag hätte, Fakten zu sammeln.«

»Fakten, meine Liebe, ja. Aber was ist mit deinen Eindrücken? Wer sind diese Leute? Was denken sie? Wie sind sie so?«

»Also, nach ihrem Verhalten zu urteilen, würde ich denken, dass Daisy eine junge Frau ist, die gern im Mittelpunkt der Aufmerksamkeit steht und mit Männern flirtet. Sie hat Frank Pickering schöne Augen gemacht und ist jetzt untröstlich, dass sie dabei erwischt wurde. Ich traue ihr gerade so weit, wie ich über Ihr Klavier spucken kann – gibt es übrigens schon Nachricht, wann das endlich ankommt? –, aber abgesehen davon, dass sie verzweifelt versucht zu demonstrieren, was für ein reines und mustergültiges Geschöpf sie ist, glaube ich nicht, dass sie etwas Wichtiges zu verbergen hat. Ihr Glaube an die Unschuld von Bill Lovell wirkt echt.«

»Wie liebenswürdig. Erinnere mich daran, dass ich dich nie um ein Charakterzeugnis bitte.«

»*Emily, Lady Hardcastle, ist eine rechthaberische, anmaßende, auf vorlaute Weise schlagfertige Frau mit einem scharfen Verstand, einer bemerkenswerten Bildung, einem atemberaubenden Talent für Musik und Zeichenkunst, die über keinerlei gesunden Menschenverstand verfügt und zudem über keinerlei Ahnung von Selbstschutz. Wenn ich mich nicht um sie kümmern würde, wäre sie schon längst verhungert, hätte sich mit ihrem eigenen Korsett erwürgt (von dem sie trotz ihres fortgeschrittenen Alters noch immer nicht weiß, wie man es anlegt) oder wäre von Betrügern, Strauchdieben und Mördern überfallen worden, während sie sich leichtsinnig in der Stadt herumtrieb.* Reicht das, Mylady?«

»Du bist ein freches Frauenzimmer, und ich vermöble dich gleich mit dem Teppichklopfer«, lachte sie. »Was ist mit Joe, dem Kneipier?«

»Mr. Joe Arnold«, fuhr ich im selben Tonfall fort, »ist eine zauberhafte, zahnlose alte Seele unbestimmten Alters. Er ist ehrlich, arbeitet hart und mag den am Ort gebrauten Cider etwas zu sehr, der in dieser Gegend allgemein das Lieblingsgetränk zu sein scheint. Er vermeidet Streitigkeiten, wo er kann, und Frauen schüchtern ihn ein bisschen ein, vor allem Miss Daisy. Ich nehme an, dass im oberen Stockwerk eine Mrs. Arnold auf ihn wartet, die er übermäßig verehrt, vor der er aber auch furchtbare Angst hat. Er scheint einen ausgeprägten Gerechtigkeitssinn zu haben und ist wie Daisy nicht in dem Glauben zu erschüttern, dass Bill Lovell unschuldig ist.«

»Nein, tatsächlich scheinen beide diesen Arthur Tressle zu verdächtigen.«

»Ganz richtig, und ich muss zugeben, dass die Indizien stärker gegen ihn als gegen Bill Lovell sprechen. Aber ich werde das Gefühl nicht los, dass sie ebenso blindwütig die Schuld verteilen wie Inspector Sunderland. Sie wollen nicht, dass Lovell der Täter ist, also zeigen sie mit dem Finger auf die nächstbeste Person, die ihnen einfällt. Allerdings gibt es gegen beide keine handfesten Indizien, wenn man von ein bisschen Herumgebrülle mal absieht.«

»Ich muss schon sagen, du hast inzwischen schon einiges über wissenschaftliche Methodik gelernt, mein Mädchen. Jene Oberflächlichkeit, die du mir attestierst, hat mich immerhin nicht davon abgehalten, das zu bemerken.«

Ich machte einen Knicks.

»Dieser Handkarren«, fuhr sie fort, »scheint genau die Art von Gefährt zu sein, das die Spuren auf der Lichtung hinterlassen haben könnte. Und das Kricketteam scheint auch genau aus der Art von Menschen zu bestehen, die so einen Karren aus Spaß stibitzen würden.«

»Wenn sie dafür eingesperrt werden sollten, würde ich für ihre Unschuld nicht die Hand ins Feuer legen, Mylady. Aber einen Handkarren zu stehlen und einen Menschen zu ermorden sind doch zwei Paar Schuhe. Joe und Daisy scheinen allerdings das Verschwinden des Handkarrens nicht mit dem Mord in Verbindung zu bringen. Ich glaube, er war einfach nur besorgt, weil der Karren weg war.«

»Dann müssen wir sehen, welche Beweise wir noch finden können.«

»Auch wenn dies unter Umständen ergeben sollte, dass Bill Lovell die ganze Zeit der Schuldige war, Mylady?«

»Auch dann. Mir macht es nichts aus, wenn ein Schuldiger hängen muss, aber bis jetzt bin ich noch immer nicht davon überzeugt, dass Bill Lovell sich etwas anderes hat zuschulden kommen lassen, als von dieser flatterhaften Daisy zum Narren gehalten worden zu sein.«

»Hatte der Constable denn noch irgendetwas zu berichten?«

»Nicht wirklich. Wir haben über die Ereignisse an jenem Abend im Pub gesprochen, wie sie sich seiner

Meinung nach zugetragen haben. Was Daisy betrifft, bin ich zum selben Schluss gekommen wie du: Sie ist im Dorf dafür bekannt, dass sie gern mit den Männern poussiert. Es wundert mich nicht, dass sie versucht hat, sich in den Augen einer Zugezogenen in einem besseren Licht darzustellen.«

»Sonst noch irgendetwas?«

»Mein erster Eindruck, dass Constable Hancock ein wahrer Schatz ist, hat sich bestätigt.«

Ich lachte. »Ja, das ist er wohl.«

»Wie ein großer, eifriger Welpe.«

»Sie könnten für ihn ja eine Hütte im Garten bauen, und er könnte dann das Haus für uns bewachen. Vielleicht würde Sie das dazu bringen, Sicherheit ernster zu nehmen.«

»Vielleicht bringe ich dich ja in einer Hütte im Garten unter, wenn du weiter von Sicherheit plapperst. Aber ich hatte wirklich einen netten kleinen Plausch mit dem freundlichen Constable; er hat sich ziemlich eifrig um seine Nachforschungen gekümmert.«

»Hat er noch mehr über unser Opfer herausgefunden? Gibt es irgendwelche Rivalen? Irgendwelche anderen romantischen Verwicklungen?«

»Nein, bedauerlicherweise weiß er trotz seiner heldenhaften Anstrengungen immer noch nicht mehr.«

»Wir sind wirklich nicht sehr gut in dieser Arbeit, oder, Mylady?«

»Das müssen wir aber, Flo, das müssen wir. Doch lassen wir die Sache für den Augenblick ruhen. Ich muss zugeben, dass ich keinen rechten Appetit auf Abendessen habe. Wärst du so lieb und würdest uns ein paar Sandwiches machen?«

Ich belegte die Brote mit dem Schinken, den Miss Jones für uns gebacken hatte. Wir aßen gemeinsam im Wohnzimmer und lasen, bis wir zu Bett gingen.

Der Mittwoch bescherte uns einen schönen Sommerregen, und ich war dankbar dafür, dass wir am Vortag Zeit für die Wäsche gefunden hatten. Ans Haus gefesselt, räumten Miss Jones und ich stattdessen die neu bevorratete Speisekammer um.

Dank der gehässigen Laune irgendwelcher böswilligen Götter, die für die Stabilität von Mehltüten verantwortlich sind, riss eine gerade in dem Moment auf, als ich ihren Inhalt in die Mehldose umfüllen wollte. Ich war noch immer bestäubt, als es an der Tür klingelte. Ich wischte mir die Hände an der Schürze ab und versuchte mir den Großteil des Schlamassels abzuklopfen, dann ging ich zur Tür, vor der ein Mann im Overall und mit einer Kappe stand.

»Entschuldigen Sie, Miss. Wohnt hier eine …« Er blickte auf einen Zettel in seiner Hand. »Lady Hardcastle?«

»Ganz recht«, erwiderte ich.

»Verzeihen Sie, Miss –, aber Sie sind wirklich schwer zu finden. Wir haben eine Lieferung für Sie.«

»Was denn für eine Lieferung?«

»Ein Klavier und eine Schiefertafel, Miss. Wollen Sie hier eine Schule aufbauen?«

»Eine Schule?«, staunte ich. »Warum in aller Welt … Das Klavier erwarten wir, aber …«

»Ist schon gut, Armstrong, das ist für mich.« Lady Hardcastle war hinter mir aufgetaucht. »Bringen Sie die Sachen bitte herein. Ich möchte, dass das Klavier an der Rückwand des Salons steht, die Schiefertafel stellen Sie bitte neben dem Kamin im Esszimmer auf. Möchten Sie vielleicht eine Tasse Tee? Es gibt auch Kuchen. Ich nehme an, dass einen das Anliefern solcher Gegenstände ziemlich durstig macht.«

»Gerne eine Tasse Tee, Madam, ja. Danke. Ich sage meinem Gehilfen, er soll hier drin erst mal ein paar Möbel verrücken, falls es Ihnen nichts ausmacht – damit wir ein bisschen mehr Platz haben, wenn wir das Klavier reintragen.«

Auf der Straße draußen stand ein großer Wagen mit einem riesigen Pferd davor. Ein Junge von etwa vierzehn Jahren saß auf dem Kutschbock. Über die Ladefläche war eine Plane gespannt, darunter vermutete ich Lady Hardcastles neues Klavier.

Ich ging in die Küche zurück und sagte Miss Jones, sie solle Tee aufgießen, während der Lieferant und sein »Gehilfe« sich daranmachten, die Möbel im Salon beiseitezuschieben.

Lady Hardcastle trat zu mir. »Ich bin so froh, dass es endlich hier ist. Ich habe ein Klavier im Haus wirklich schrecklich vermisst.«

»Ich weiß, Mylady. Ich freue mich auch darauf, wieder etwas Musik im Haus zu haben. Aber habe ich das nur geträumt, oder hat er tatsächlich auch etwas von einer Schiefertafel gesagt?«

»Ach ja, diese Idee ist mir gestern gekommen. Nachdem

ich mit dem Constable gesprochen hatte, hat er mich sein Telefon benutzen lassen, damit ich in dem Geschäft anrufen und mich über das Ausbleiben meines neuen Klaviers beschweren konnte. Der nette Mann erklärte mir, dass es in diesem Augenblick auf einen Zug Richtung Bristol verladen würde und dass er persönlich dafür sorgen werde, dass es umgehend geliefert wird. Ich entgegnete, dass ich in meinem neuen Zuhause nun schon seit über einer Woche ohne Klavier zurechtkommen müsse, obwohl ich den Auftrag bereits vor über einem Monat erteilt hätte. Er entschuldigte sich wortreich und fragte mich, ob er mir irgendeine Entschädigung anbieten dürfe. Ich sagte ihm, wenn es ihm gelänge, eine große Schiefertafel mit dem Klavier zusammen in den Zug zu laden, würde ich kein Wort mehr über die ganze Angelegenheit verlieren.«

»Sie haben ihn dazu verdonnert, Ihnen eine Schiefertafel zu kaufen?«

»Nein, Dummerchen, die verkaufen sie auch. Für Musiklehrer. Ich habe sie natürlich bezahlt, aber klargestellt, dass mein Wohlwollen und etwaige zukünftige Käufe bei ihm davon abhingen, ob sowohl das Klavier als auch die Tafel sicher heute hier einträfen.«

»Jetzt haben Sie also eine Tafel.«

»Und ein Klavier.«

»Warum?«

»Um zu musizieren, natürlich.«

»Nein, Mylady, die Tafel. Wozu brauchen Sie eine Tafel?«

»Ach ja, natürlich. Du weißt doch, in Girton habe ich mich ziemlich daran gewöhnt, eine Tafel zu verwenden, wenn ich über Sachen nachgrübelte. Also dachte ich mir, wenn ich jetzt wieder eine Tafel hätte, würde sie mir beim Nachdenken über diese Mordgeschichte helfen.«

»Über den Mord.«

»Genau. Ich dachte, wenn ich mir Notizen machen, Schaubilder malen, vielleicht sogar kleine Porträts der in den Fall verwickelten Leute daran befestigen könnte, würde mir das dabei helfen, alle Informationen über den Mord in eine sinnvolle Ordnung zu bringen und am Ende vielleicht die Lösung zu finden.«

»Also besitzen Sie jetzt für diesen einen Fall eine Tafel?«

»Und Kreide. Und einen Schwamm. Und eine Schachtel mit Reißnägeln.«

»Reißnägel?«

»Ja. Um damit Blätter an die Tafel zu heften.«

»Macht man damit keine Löcher hinein?«

»Ach, Flo, du machst dir aber auch über die größten Nebensächlichkeiten Sorgen. Bring unseren hart arbeitenden Freunden mit den schwieligen Händen lieber den Tee und freu dich, dass wir endlich wieder ein Klavier haben.«

»*Sie* haben ein Klavier, Mylady. Ich spiele Banjo, wie sie sehr wohl wissen. Außerdem haben Sie noch eine Schiefertafel.«

»Jaja, habe ich. Jetzt tränke und füttere die netten Männer, denen der Wagen gehört, der die Tafel gebracht hat.«

Wir aßen früh zu Abend und saßen hinterher noch am Tisch und tranken ein Gläschen von Lady Hardcastles exzellentem Cognac – eines ihrer wenigen Laster.

»Erklären Sie mir noch mal genau, was Sie mit der Schiefertafel vorhaben«, forderte ich sie auf und zeigte mit meinem Cognacschwenker darauf.

»Ich habe sie die *Verbrechenstafel* getauft«, verkündete sie. »Lass es mich dir zeigen.« Sie stand auf, nahm einige Blätter vom Sideboard und trat an die Tafel.

»Gu-ten Mor-gen, Lady Hard-castle«, rief ich, wie ich es an einem meiner wenigen Schultage gelernt hatte. Meine Zwillingsschwester und ich hatten zwar auf unseren Reisen viele verschiedene Schulen besucht, aber stets nur für eine Woche, also empfanden wir einige der Rituale dort als recht sonderbar. Unterwegs von unserer erweiterten Zirkusfamilie unterrichtet zu werden, war eine viel befriedigendere Erfahrung.

»Willst du es wirklich wissen, meine Liebe, oder machst du dich nur über mich lustig?«

»Geht nicht beides?«

Sie seufzte. »Hier haben wir also unser Opfer Frank Pickering.« Sie heftete eine Zeichnung in die Mitte der Tafel. »Wir wissen, dass er irgendeine Position in der Firma *Seddon, Seddon und Seddon* innehatte.« Sie ging den Blätterstapel durch und fand schließlich eine weitere Zeichnung, die sie ebenfalls an die Tafel heftete.

»Was ist das, Mylady?«

»Dies sind die Büroräumlichkeiten von *Seddon, Seddon und Seddon*, Dummerchen.«

»Sieht aus wie eine Schule.«

»Es sind aber die Büroräume einer Spedition.«

»An der Wand hängt eine Uhr.«

»Ja, ich dachte mir, in einer Spedition gibt es wohl auch

eine Uhr«, entgegnete sie gereizt. »Ich werde die Skizze anpassen, falls wir jemals die Büros besichtigen sollten.« Sie zog mit der Kreide eine Linie von den »Büros« zu Mr. Pickering. »Und das hier ist Mr. Seddon.« Sie hängte die Skizze eines Mannes in Gehrock und Zylinder neben das Gebäude.

»Ich finde, Sie haben ihm ziemlich elegante Kleidung verpasst«, merkte ich an.

»Er ist doch auch ein bedeutender Mann. Leitet eine Spedition, weißt du das denn nicht?«

»Sieht ihm allerdings ansonsten ziemlich ähnlich.«

»Danke, Liebes. Pickering war nun aber auch ein Mitglied im Kricketclub.« Das Bild eines Clubhauses wurde aus dem Stapel gezogen. »Außerdem hat er sich in der Nacht seines Ablebens mit Arthur Tressle und Bill Lovell gestritten.«

»Die sehen eher aus wie Oscar Wilde und W. G. Grace.«

»Das liegt daran, dass es Oscar Wilde und W. G. Grace *sind*. Ich habe noch keinen von beiden getroffen, also musste ich ihnen das Gesicht von jemand anderem verpassen.«

»W. G. Grace versteh ich ja, aber warum Oscar Wilde? Ist er denn für seine Fertigkeiten im Kricketspiel bekannt gewesen?«

»Soviel ich weiß, nicht«, erwiderte sie. »Aber ich kann mich nicht daran erinnern, wie Jack Hobbs aussieht.«

»Wer?«, fragte ich.

»Ein neuer Spieler. Hat für England gegen Australien gespielt. Anfang des Jahres war er in aller Munde.«

»Ach ja.«

Sie heftete weitere Zeichnungen an die Tafel und

schrieb beim Sprechen Stichworte dazu. »Wir wissen, dass sie mit dem Rest des Kricketteams im *Dog and Duck* gewesen sind. Old Joe Arnold betreibt den Pub, und Daisy, die Metzgerstochter, arbeitet bei ihm an der Bar.«

»William Gladstone und Nellie Melba.«

»Ein Pub, den William Gladstone und Nellie Melba führen, wäre auf jeden Fall nach meinem Geschmack.«

»Nach meinem auch. Allerdings werden Sie sehr enttäuscht sein, wenn Sie den echten Joe und die echte Daisy kennenlernen.«

»Wie dem auch sei: Wir wissen, dass Frank Pickering an einer Eiche in Combe Woods hängend gefunden wurde. Wir vermuten außerdem, dass er bereits tot war, als er dort aufgehängt wurde. Auf der Lichtung gab es Spuren von einer Art Karren, und eine Handkarre ist etwa um Mitternacht aus dem Pub gestohlen worden.« Sie hängte eine der Skizzen auf, die sie am Tatort angefertigt hatte, sowie die Zeichnung einer Handkarre, wie sie ein Markthändler benutzte.

»Das ist alles sehr beeindruckend«, sagte ich, als sie mit ihren Notizen fertig war. »Aber wie hilft uns das nun weiter?«

»Es zeigt uns ein Muster auf«, rief sie begeistert aus. »Die Verbindungen, die Übereinstimmungen. Es hilft uns dabei, im Auge zu behalten, was wir bereits wissen.«

»Verrät es uns denn auch, wer Frank Pickering ermordet hat?«

Sie seufzte. »Nein. Noch nicht. Aber wenn die Lösung eines Mordfalls einfach wäre, könnte das doch jeder alte Trottel erledigen.«

»Mein liebster alter Trottel gibt sich jedenfalls gerade die größte Mühe diesbezüglich.«

Sie setzte sich wieder an den Tisch. »Wir haben zwei Männer, die möglicherweise ein Motiv haben, Mr. Pickering umzubringen. Beide scheinen jedenfalls Gelegenheit dazu gehabt zu haben. Mr. Tressle hatte offenbar Zugang zu einer Handkarre, die perfekt geeignet wäre, um die Leiche zu transportieren und so einen Selbstmord vorzutäuschen, aber auch Mr. Lovell hätte sie sich leicht vom Clubhaus holen können, wo die Radaubrüder sie hatten stehen lassen. Wir haben noch immer keinen Beweis für die Schuld eines der beiden und auch noch keinen Schimmer, wie sie die Leiche in den Baum hinaufgehievt haben könnten. Ich fürchte, so kommen wir nicht weiter, Flo.«

»Immerhin wissen wir schon mehr als Inspector Sunderland.«

»Wie wahr. Also lassen wir es für heute gut sein. Ich fühle, wie mich der Geist von Chopin überwältigt.«

»Oh, das mag ich besonders gern!«

»Dann komm mit, meine Dienerin, lass uns in den Salon hinüberwechseln, und ich spiele etwas.«

»Ich räume erst noch ein bisschen auf und mache uns Kakao.«

»Wie du willst. Aber beeil dich. Die Geister sind rastlos. Der gute Frédéric könnte jeden Augenblick von Franz Lehár aus dem Weg geboxt werden.«

»Lehár lebt noch.«

»Tatsächlich? Das erscheint mir aber nicht fair. Na ja, die süßliche Macht seines sentimentalen Geistes ist so beschaffen, dass nicht einmal das Leben ihn stoppen kann. Beeil dich, meine Liebe, oder ich spiele dir *Die lustige Witwe* vor, und das nimmt nie ein gutes Ende.«

»*Eine* lustige Witwe im Haus reicht mir vollkommen, Mylady. Ich mache, so schnell ich kann.«

Das Klavier stellte sich als zauberhaftes Instrument heraus, das nach seiner Reise nur ganz leicht verstimmt war. Es war beinahe Mitternacht, als wir uns ins Bett verfügten.

Am Donnerstagmorgen beschäftigten wir uns beide mit weltlichen Angelegenheiten: Ich fuhr damit fort, unseren Haushalt zu organisieren, während sich Lady Hardcastle an ihrem Schreibtisch in dem kleinen Arbeitszimmer ihrer Korrespondenz widmete. Alles lief im Grunde ziemlich reibungslos. Edna, Miss Jones und ich hatten eine gute Routine entwickelt, und wir hatten uns auf eine Arbeitsteilung verständigt, die allen entgegenkam.

Während ich das Putzen mehr als gern jemand anderem überließ und überglücklich darüber war, nicht mehr für Frühstück oder Mittagessen zuständig zu sein, vermisste ich es, die vollständige Kontrolle über das Abendessen zu haben. Ich fühlte mich ein bisschen schuldig, die junge Blodwen Jones auf die alltäglicheren Pflichten zu beschränken und sie so daran zu hindern, ihre bemerkenswerten Fähigkeiten zu präsentieren, aber als ich die Sprache darauf brachte, dass ich mich ab und zu gern um das wichtigste Essen des Tages kümmern wolle, war sie begeistert.

»Ich wollte sie nicht danach fragen, Miss. Unsere Mutter kann für sich selbst nicht mehr kochen, und unser Vater … na ja, er ist eben ein Mann, nicht wahr? Was kann er da schon machen?«

Ich lachte. »Es wäre für Sie also eine Erleichterung, wenn Sie sich nicht immer Gedanken um zwei Mahlzeiten am Tag machen müssten?«

»Nun, daheim hab ich natürlich nicht die gleichen guten Zutaten wie Lady Hardcastle. Unsere Mutter kann sich nicht so viel leisten. Aber nur einmal zu kochen, würde mir die Dinge doch sehr erleichtern. Und wenn es Ihnen Spaß macht …« Sie lächelte schüchtern.

»Ich rede mit Lady Hardcastle, aber ich glaube, eine solche Lösung wäre für uns alle in Ordnung.«

Um elf Uhr trug ich Lady Hardcastles Kaffee und ein Stück Kuchen zu ihr ins Arbeitszimmer. Außerdem brachte ich ihr einen Brief, der einige Zeit nach der normalen Post abgeliefert worden war.

»Danke, Flo«, sagte sie, als ich das Tablett abstellte. »Leistest du mir Gesellschaft? Ich bleibe ja gern mit allen in Kontakt, aber ich könnte eine Pause davon gebrauchen, in Endlosschleife unseren Umzug zu beschreiben.«

»Vorsichtshalber, um genau auf diesen Fall vorbereitet zu sein, habe ich schon eine Tasse für mich selbst mitgebracht.«

»Dann gieß ein, setz dich hin und erzähl mir, was es Neues gibt.«

»Es gibt nur wenig zu berichten, Mylady, außer der Ankunft dieses ungewöhnlich gediegenen Umschlags.«

»Sieht so aus, als ob jemand etwas zu feiern hat«, vermutete sie und nahm den schweren cremefarbenen

Umschlag entgegen. Sie öffnete ihn und las die gravierte Karte, die darin steckte. »Ich bin herzlich eingeladen, die Verlobung von Miss Clarissa Farley-Stroud und Mr. Theophilus Seddon auf *The Grange* zu feiern, und zwar am Samstag, dem 20. Juni 1908. Um sieben Uhr. Wie nett, dass sie noch eine richtige Einladung für das Kaminsims schicken. Gertie sagte doch, dass sie sie schon versandt hätten. Sie ist ein Schatz. Wann ist denn der zwanzigste?«

»Kommenden Samstag, Mylady.«

»Dann muss ich sofort zusagen. Und meine wärmsten und ganz offiziellen guten Wünsche für das glückliche Paar übermitteln.«

»Kennen Sie das glückliche Paar denn überhaupt?«

»Clarissa habe ich beim Abendessen kennengelernt. So ziemlich die taubste Nuss, die sich jemals in ein modisches Kleid gezwängt hat, aber dabei sehr süß. Sie hat bisher bei einem Freund der Familie in London gewohnt und davon geträumt, eine Gesellschaftskolumnistin oder etwas in der Art zu werden. Du kennst das ja: *Lady Evangeline von und zu Langeweile ist gesehen worden, wie sie auswärts mit dem ehrwürdigen Tarquin Lackaffe gespeist hat.* Sie hat sich dem Vernehmen nach einen Namen gemacht. Kennt die richtigen Leute, geht an die richtigen Orte. Für meinen Geschmack hat sie zu viel gekichert.«

Ich kicherte.

»Und was Teddy betrifft, dem bist du selbst schon begegnet.«

»Ach ja?«

»Sicher. Er war der mürrische junge Mann am Esstisch der Seddons am Dienstag.«

»Ach, der ist mir aufgefallen. Hat seine Tante wegen der Butter unglaublich unhöflich angefahren.«

»Das war er. Er ist genauso einfältig wie seine Verlobte, hat aber nicht ihr spritziges Wesen, sondern versprüht gerade mal etwas weniger Charme als ein leicht verstopfter Abfluss.«

»Ich frage mich, was Miss Clarissa an ihm findet«, überlegte ich.

»Liebe ist ganz offensichtlich wirklich blind.«

»Was steht in dem Briefchen?«, fragte ich und zeigte auf einen zusammengefalteten Zettel, der der Einladung beigelegen hatte.

»Ach ja, der Brief.« Sie faltete ihn auseinander und las. »Oh, wie schade.«

»Was ist, Mylady?«

»Die gute alte Gertie fragt mich ganz freundlich, und nur wenn es nicht zu viel Mühe macht, ob sie deine Dienste für den Abend der Party in Anspruch nehmen darf. Sie sagt, dass sie ein paar kleinere, vorübergehende Engpässe beim Personal hat. Wie niedlich. Auf *The Grange* ist das Geld ein bisschen knapp, aber sie ist zu stolz zuzugeben, dass sie sich die zusätzlich benötigten Dienstboten nicht leisten kann. Na ja, sie wäre jedenfalls ganz fürchterlich dankbar, wenn sie mit meiner *außergewöhnlichen Kammerzofe* rechnen könnte – damit meint sie dich, meine Liebe. Du sollst die Dienerschaft verstärken, Mr. Jenkins, der Butler, wird dein Ansprechpartner sein und so weiter und so weiter. Ich will es dem alten Mädchen nicht abschlagen, aber eigentlich sollte das doch dein freier Abend sein.«

»Es macht mir nichts aus, Mylady. Wenn Sie einer alten Freundin helfen wollen, wie könnte ich da ablehnen? Und immerhin wäre es für mich eine Gelegenheit, die Party zu besuchen. Dort könnte ich dann vielleicht noch ein paar Details herausfinden, die uns bei der Mr.-Pickering-Angelegenheit weiterhelfen.«

»Du bist wirklich sehr freundlich. Aber dennoch ...«

»Es ist ja nicht so, dass ich zum Tanz ausgehen könnte oder dergleichen. Das Dorfleben ist wunderbar friedlich, aber das Nachtleben besteht nur aus dem *Dog and Duck*. Ich hätte einfach bloß hier gesessen und gelesen, wie immer. Auf diese Weise kann ich Musik hören, den Gesprächen lauschen und heimlich ein bisschen im Flur tanzen, wenn niemand zusieht. Ich würde gern hingehen.«

»Ich bezahle dich aber selbst dafür – ich kann nicht zulassen, dass sie das übernimmt.«

»Ist nicht nötig, Mylady. Ich sehe einfach nur zu, dass ich bei den Häppchen ordentlich zulange und mir ein paar Gläser Champagner genehmige.«

»Erwarte aber nicht den besten Jahrgang.«

»Wir werden sehen. Cider gibt es da ja auch nicht, soviel weiß ich schon. Joe war darüber ziemlich entrüstet. Aber es wird sicher lustig. Und Sie scheinen sie ja zu mögen, also ist es mir eine Freude, Ihren neuen Freunden auszuhelfen.«

»Alten Freunden der Familie.«

»Sehr wohl, Mylady.«

»Na gut. Ich lasse es sie wissen. Und wenn du dich bewährst, kann ich vielleicht ein bisschen was dazuverdienen, indem ich dich ab und zu mal ausleihe.«

»Wie bei einer Dienstmägdeagentur, Mylady.«

»Genau. Das würde dir doch nichts ausmachen, oder, meine Liebe?«

Ich zog eine Augenbraue hoch.

Sie musste lachen. »Aber ich erwarte von dir so viel Dienstbotentratsch wie nur möglich.«

So verblieben wir dann. Lady Hardcastle antwortete umgehend, und die entsprechenden Vorkehrungen wurden getroffen. Meine eigene Uniform wurde als angemessen erachtet, und ich sollte mich am Tag der Feier um vier Uhr in der Küche melden.

7

Am Samstag führte unser Morgenspaziergang uns nicht wie üblich über die Felder und in den Wald, sondern ins Dorf hinein, wo wir Mrs. Pantry in ihrem Gemischtwarenladen aufsuchten.

»Mrs. Pantry«, sagte Lady Hardcastle, als wir eintraten. »Wie geht es Ihnen?«

»Und Ihnen, Mylady?«, erwiderte die Ladenbesitzerin. Angesichts einer vermögenden Lady, die ihr Geschäft betrat, blickte sie finster drein.

»Ich frage mich, ob Sie vielleicht Draht für mich haben.«

»Draht, Mylady?«

»Ja, er muss ziemlich dünn und biegsam sein, aber er muss dennoch seine Form behalten.«

»Dünn«, sagte die Ladenbesitzerin misstrauisch. »Und biegsam.«

»Ja, ganz richtig. Und er muss die Form behalten.«

Mrs. Pantrys Neugier und ihre Abneigung gegenüber der Oberklasse standen in erbittertem Kampf, und dieser wurde für alle sichtbar auf ihrem faltigen Gesicht ausgetragen. Sie hätte nur zu gern mehr über diese seltsame Bitte erfahren, aber sollte sie sich deshalb dazu herablassen, mit einer *Lady* zu sprechen? Schließlich gewann die Neugier die Oberhand.

»Wofür brauchen Sie den denn?«, fragte sie beinahe vorwurfsvoll.

Unbeeindruckt entgegnete Lady Hardcastle: »Für eins meiner Bewegtbildprojekte. Ich stelle mir ein paar Puppen vor, deren Skelette ich mit Draht formen will. Haben Sie eines der Werke von Monsieur Méliès gesehen?«

»Jetzt sind es schon Bewegtbilder. Pah. Und was kommt als Nächstes?«

»Ja, nach dem Prinzip. Haben Sie denn nun Draht?«

»Ich habe noch Hutdraht da. Den habe ich für Mrs. Lane besorgt.«

»Das hört sich doch perfekt an.«

»Sie hat einen Hut für die Hochzeit ihrer Tochter gemacht.«

»Tatsächlich? Ob ich wohl etwas davon kaufen könnte?«

»Er ist aber für Hüte.«

»Verstehe. Zehn Meter?«

»So viel? Ich weiß nicht, ob ich noch so viel übrig habe.«

»Dann nehme ich einfach den ganzen Rest.«

»Wie Sie wollen«, entgegnete Mrs. Pantry mürrisch. »Nach so was wurde noch nie gefragt.«

Mit einem kleinen Päckchen, in dem sich der Hutdraht befand, umrundeten wir den Anger. Vikar Bland grüßte uns, als wir an der Kirchenpforte vorbeikamen. Aus der erst kürzlich fertiggestellten Dorfhalle kam seltsame Musik, die weitaus moderner klang, als man das in einer eher rückständigen Siedlung auf dem Land erwartet hätte. Die Neugier veranlasste uns dazu, dem auf den Grund zu gehen.

Die Halle hatte einen verglasten Windfang, sodass wir das Gebäude betreten konnten, ohne uns in die Halle selbst vorwagen zu müssen. Wir spähten durch den Spalt zwischen den Türflügeln und lauschten dem, was dort vor sich ging.

Die Musik – ein flotter Ragtime – ging gerade zu Ende.

»Ach«, hörten wir die Stimme einer jungen Frau. »Das war doch einfach göttlich. Mama kriegt einen Herzinfarkt. Aber ich liebe es.«

Eine männliche Stimme erhob sich über das darauffolgende Gelächter: »Aha. Deshalb durften wir nicht im Haus proben.«

»He«, rief eine andere männliche Stimme. »Sie bezahlt uns aber hoffentlich trotzdem, oder?«

Weiteres Gelächter. Eine zweite weibliche Stimme sagte: »Halt den Mund, Skins.«

»Ach, keine Sorge«, sagte die jüngere Frau. »Sie hat zugestimmt, euch zu engagieren. Ich bin mir nur nicht sicher, ob sie sich im Klaren darüber ist, wozu sie da ihr Einverständnis gegeben hat.«

Es folgte Stühlerücken und das Klappern von Instrumentenkoffern. Als sich Schritte näherten, traten wir eilig wieder hinaus.

Wir spazierten ganz lässig draußen herum, als ein groß gewachsener, gut aussehender Mann durch die Tür kam. Er lehnte sich gegen die Wand, und ein kleinerer, drahtiger Mann gesellte sich zu ihm.

»Ziemlich warm da drin.«

»Da sagst du was, Wally«, erwiderte der größere Mann. »Ich hoffe, ihr Haus ist besser belüftet.«

»Muss es wohl. Sind diese alten Gemäuer nicht alle kalt und zugig? Wir werden doch auch gut bezahlt. Und ich schätze, es wird ein ziemlich einfacher Job.« Als wir die Straße überquerten, bemerkte er uns und zwinkerte mir zu.

»Anscheinend ist die Abendunterhaltung eingetroffen«, sagte Lady Hardcastle, sobald wir außer Hörweite waren.

»Sieht ganz so aus, Mylady. Ich hoffe, Ihre Tanzschuhe halten das aus.«

»Die Schuhe sind kein Problem. Um diese alten Stelzen mach ich mir Sorgen.«

»Sie haben die Beine einer Frau, die nur halb so alt ist wie Sie.«

»Ja, aber die will sie wieder zurückhaben, also müssen es die hier tun.«

»Ich habe seit Jahren nicht mehr getanzt«, sagte ich. »Nicht seit diesem Ball in Wien.«

»Ach du liebe Zeit, den hatte ich ja schon ganz vergessen. Du bist doch als die Marquise von Weißnichtwo gegangen, oder?«

»Entweder als die oder als die Comtesse von Dingsbums.«

»Das wäre natürlich auch möglich. In jenem Sommer war es ja so unglaublich heiß, nicht wahr?«

»Das stimmt. War das der Sommer, in dem wir den General von Soundso umschmeicheln mussten?«

»Ich glaube schon, ja. Stand er nicht kurz davor, einen Heiratsantrag zu machen? Uns beiden?«

»Natürlich. Wer könnte uns auch widerstehen. Aber ich weiß ganz bestimmt, dass es das letzte Mal war, dass ich getanzt habe. Ich hatte auch ein ziemlich schickes Kleid an.«

»Wenn ich mich recht entsinne, trugst du auch Lady Sarahs Perlen. Heute Abend trägst du aber deine Uniform und reichst Häppchen und Wein. Vermisst du das denn manchmal?«

»Die Gefahr und wie wir mitten in der Nacht um unser Leben gerannt sind? Das hatte schon seine Vorzüge.«

»Hm. Dann müssen wir dir auf andere Weise ein bisschen Spaß bereiten.«

Am Samstagnachmittag trug ich meine beste Uniform – gewaschen, gebügelt und generell herausgeputzt – und half Lady Hardcastle bei deren Vorkehrungen für den Abend.

Sie war nicht die Art von Lady, die nicht in der Lage ist, sich ohne fremde Hilfe fertig zu machen (mal abgesehen von der Frisur), aber es wäre mir als verpasste Gelegenheit erschienen, ihr nicht ein paar Zofendienste zu erweisen, bevor ich aufbrach.

Sie hatte mit Lady Farley-Stroud ausgehandelt, dass ihr Chauffeur Bert mich abholte, und gerade legte ich letzte Hand an ihre Frisur, als es an der Tür klingelte.

»Das wird unser Wagen sein«, sagte sie. »Jetzt geh. Sei brav, amüsier dich und das Allerwichtigste: Bring möglichst viel Tratsch mit heim.«

»Ich tue mein Bestes«, sagte ich und ging zur Eingangstür.

Bert war schon wieder eingestiegen und wartete mit laufendem Motor.

»Hallo, Bert«, sagte ich und setzte mich neben ihn. »Ich hoffe, das macht nicht zu viele Umstände.«

»Überhaupt nicht, Miss Armstrong. Tatsächlich bin ich froh, dass ich zehn Minuten rausgekommen bin. Da oben herrscht Chaos, ganz ehrlich. Komplettes Chaos. Alle rennen aufgeregt hin und her, stellen dies auf, putzen das, rücken etwas Drittes beiseite. Die Köchin schreit die Küchenhilfe an. Der Butler schreit die Köchin, den Lakaien und das Dienstmädchen an. Die Lady schreit Sir Hector an. Sir Hector schreit die Hunde an. Miss Clarissa schreit Mr. Seddon an. Und ich wäre sicher der Nächste in der Reihe gewesen, wenn ich Sie nicht hätte abholen müssen.«

»Dann bin ich sowohl dankbar fürs Abholen als auch froh, dass ich behilflich sein konnte«, sagte ich, und wir fuhren los.

»Ich nehme nicht an, dass Sie noch in Chipping Bevington vorbeimüssen, um etwas für Ihre Herrin zu holen? In Bristol …? Gloucester …? London …?«

Ich musste lachen. »Wir sollten nach *The Grange* fahren, Bert. Vielleicht vermindert ein zusätzliches Paar helfender Hände, dass alle einander so viel anschreien müssen. Und vielleicht benehmen sie sich auch alle besser, wenn eine Fremde anwesend ist.«

»Vielleicht, Miss, vielleicht. Aber lassen Sie sich von denen nicht dazu drängen, mehr als Ihren gerechten Anteil zu erledigen. Ein oder zwei meiner geschätzten Mitangestellten tun so wenig wie gerade noch möglich und beschweren sich natürlich trotzdem, wie unfair sie behandelt werden.«

»Ich erledige meinen Teil und nicht mehr, Bert, versprochen.«

»Sehr klug, Miss. Nebenbei gesagt haben alle ... ohnehin ein bisschen Angst vor Ihnen, Miss.«

»Tatsächlich? Warum denn?«

»Na, das ist doch einleuchtend, oder? Sie sind von London hierhergezogen. Und Ihre Herrin ist ein bisschen ... ein bisschen ...«

»Individuell?«, schlug ich vor.

»Individuell, ja. Sie scheint sich nicht allzu streng an die Regeln zu halten, oder?«

Ich lachte erneut. »Nein, sie erfindet sich eigentlich immer ihre eigenen Regeln.«

»Ja. Und Sie sind also aus London ...«

»Eigentlich stamme ich aus Aberdare.«

»Tatsächlich? Ist denn das die Möglichkeit? Na ja, die anderen machen sich trotzdem Sorgen. Die glauben wohl, dass Sie ein bisschen zu kultiviert für uns sind.«

»Aber Sie glauben das nicht?«

»Oh«, sagte er mit einem vertraulichen Augenzwinkern. »Ich hab Sie ja schon kennengelernt, verstehen Sie? Ich weiß, worauf ich mich einstellen muss.«

Ich zwinkerte ihm zu, und er lächelte zurück.

Als wir durch das Tor fuhren, bei meinem ersten richtigen Blick auf *The Grange*, lächelte ich entzückt.

Das bunt zusammengewürfelte Gutshaus hatte etwas Bezauberndes an sich. Mein Wissen über Architektur ist eher begrenzt, aber ich vermutete, dass das heutige Haus sein Leben in der Tudor-Zeit begonnen hatte. Im hinteren Teil konnte man einen Blick auf einige verzierte Ziegelschornsteine erhaschen, aber das Hauptstück des Tudor-Hauses war durch einen elegant symmetrischen georgianischen Bau aus dem Stein ersetzt worden, der in dieser Gegend üblich war. Was ihm seinen Charme verlieh, war jedoch, dass sich sein Eigentümer irgendwann im letzten Jahrhundert dazu entschlossen hatte, das Haus durch einen neuen Flügel zu erweitern. Und statt sich darum zu bemühen, diesen neuen Flügel an das bereits existierende Haus anzupassen oder auch nur zu versuchen, das Ensemble einigermaßen *organisch* wirken zu lassen – so nennen das, glaube ich, die Architekten –, hatten sie den Anbau im neugotischen Stil errichtet, mit Erkern und Türmchen und Spitzbogenfenstern.

Das Resultat, obwohl es aus architektonischer Sicht ein absolutes Durcheinander war, wirkte überaus liebenswürdig und schrullig.

Wir umrundeten das Haus und fuhren in die Stallungen, die umgebaut worden waren, um das Auto darin unterzustellen.

»Wenn Sie da durchgehen«, erklärte mir Bert und zeigte auf eine Tür an der Rückwand der Werkstatt, »kommen Sie zum Dienstboteneingang an der Rückseite des Hauses. Gehen Sie die Treppe hinunter und folgen Sie dem wütenden Geschrei, dann finden Sie schnell die Küche. Ich bleibe noch ein bisschen hier draußen und … äh … stelle den Vergaser richtig ein … Ja, das ist es. Falls irgendwer fragt: Ich stelle den Vergaser ein.«

»Alles klar, Bert. Danke nochmals fürs Abholen.«

»Es war mir ein Vergnügen, Miss. Und viel Glück.«

Ich überließ ihn seiner Drückebergerei und machte mich auf die Suche nach der Küche.

Obwohl sie nur grob gewesen war, erwies seine Wegbeschreibung sich als unheimlich wertvoll. Die Geräusche, die mir entgegenschallten, waren tatsächlich solche von klappernden Töpfen und Pfannen und von der Köchin Mrs. Brown, die aus vollem Hals mit ihrer ohnehin schon durchdringenden Stimme Beleidigungen kreischte. Irgendwer in der Küche verlebte gerade überhaupt keine glückliche Zeit.

Ich entschied, dass auch nur das leiseste Anzeichen von Schüchternheit, sogar höfliche Zurückhaltung, ganz ohne Zweifel meinen Untergang bedeutet und dazu geführt hätte, dass ich gequält, gescholten, herumgescheucht und ganz allgemein den ganzen restlichen Tag über ausgenutzt worden wäre. Die strikte Hierarchie, die ganz grundsätzlich unter Hausangestellten beobachtet werden kann, fordert, dass man sich von Anfang an durchsetzt. Das rief ich mir in Erinnerung, straffte mich ein wenig, atmete tief durch und öffnete die Küchentür mit selbstbewusstem Schwung.

»Guten Tag, allerseits«, grüßte ich in meinem souveränsten und mir nichts bieten lassendsten Kammerzofentonfall. »Alles in Ordnung hier drin?«

Mrs. Brown hielt mitten in ihrer Tirade inne, stand mit der Pfanne in der Hand da und starrte in Richtung Tür, als ob ihre Küche gerade gestürmt worden wäre. Rose, die Küchenmagd, fuhr mit dem Schneiden fort. Sie hielt den Kopf gesenkt, und es war offensichtlich, dass sie weinte, aber sie blickte kurz auf und lächelte mich an, dankbar dafür, dass ich ihr eine kleine Pause von all dem Gebrüll verschafft hatte.

»Oh«, sagte Mrs. Brown und stellte die Pfanne auf den Herd, »Sie sind es, Miss Armstrong. Sind Sie hier, um sich unserer fröhlichen Truppe anzuschließen?«

»So ist es, ja«, sagte ich lässig. »Man hat mir gesagt, dass Mr. Jenkins oben ein wenig Hilfe braucht.« Nichts dergleichen hatte man mir gesagt, aber ich würde Mrs. Brown keine Gelegenheit geben, mich für ihre geknechtete Küchenbrigade zu vereinnahmen. »Kann ich irgendwo meinen Mantel ablegen?«

»Rose!«, blaffte sie. »Führ Miss Armstrong in Miss Dentons Zimmer, dort kann sie ihren Mantel aufhängen. Aber komm dann gleich wieder her und trödle nicht.«

»Sehr wohl, Mrs. Brown«, erwiderte die arme Rose leise und wischte sich die Hände an der Schürze ab. »Kommen Sie, Miss, ich zeige Ihnen den Weg.«

Als sie mich durch das Gewirr unterirdischer Gänge führte, versuchte ich, sie in ein Gespräch zu verwickeln.

»Wie lange arbeiten Sie denn schon hier?«

Sie trottete trübsinnig weiter. »Ungefähr zwei Monate.«

»Das ist ja noch nicht so lange. Es wird schon besser werden.«

»Ach ja?« Sie war sofort wieder den Tränen nah. »So schlimm hatte ich mir das nicht vorgestellt. Ich kann ihr nichts recht machen.«

»Ich glaube, das Problem liegt eher bei Mrs. Brown als bei Ihnen. Bis jetzt hat sie mich nicht besonders beeindruckt. Ich ziehe in Erwägung, ihr mal ordentlich die Meinung zu geigen. Dieses ganze Geschrei und das Getöse – das gehört sich einfach nicht.«

»Ach, machen Sie bitte keinen Ärger, Miss. Sie wissen ja nicht, wie sie sein kann.«

»Ich kenne diese Sorte Mensch, Rose, machen Sie sich da mal keine Gedanken. Ich weiß, wie man mit Leuten wie ihr umgeht.«

Das schien sie nicht zu beruhigen, und als wir bei Miss Dentons Zimmer ankamen, zeigte sie nur auf die Tür und wieselte dann wieder, so schnell sie konnte, davon.

Ich klopfte an.

»Ja?«, ertönte eine gebieterische Stimme.

Ich öffnete die Tür und steckte meinen Kopf hinein. Auf einem dick gepolsterten Sessel saß mit hochgelegten Füßen eine kleine Frau mit ergrauendem Haar, das sie in altmodischer Weise hochgesteckt hatte. Sie blickte mich finster an. »Guten Tag«, begrüßte ich sie freundlich. »Ich bin Florence Armstrong, Lady Hardcastles Zofe. Mrs. Brown meinte, ich könnte bei Ihnen vielleicht meinen Mantel aufhängen.«

»Kommen Sie doch rein«, erwiderte sie bereits viel liebenswürdiger, und ihre Gesichtszüge entspannten sich. »Ich heiße Maude, Maude Denton. Ich bin hier die Haushälterin und Lady Farley-Strouds Kammerzofe. Freut mich, Sie kennenzulernen.«

»Das Vergnügen ist ganz meinerseits.«

»Ich bin zwar versucht, diese Bitte abzuschlagen, nur um diese herrschsüchtige alte Schachtel in ihre Schranken zu weisen, aber meinen Ärger kann ich ja schlecht an Ihnen auslassen, meine Liebe. Natürlich können Sie

Ihren Mantel hier aufhängen. Leisten Sie mir für eine Tasse Tee Gesellschaft?«

»Das wäre ganz reizend, vielen Dank.«

»Ich hab ihn gerade aufgesetzt. Nehmen Sie sich einfach eine Tasse von dem Bord dort drüben, seien Sie so gut.« Sie zeigte auf ein Regalbrett über dem kleinen Gaskocher. »Ich gehe davon aus, dass Sie sich freiwillig gemeldet haben, um uns bei der Feier zu helfen.«

»So ist es, ja«, sagte ich und holte mir eine Tasse samt Unterteller.

»Was um alles in der Welt hat Sie denn geritten, etwas so Törichtes zu tun?«

»Nun, ich hatte die Wahl, entweder hier zu helfen oder allein zu Hause zu sitzen. Auf diese Weise kann ich vielleicht wenigstens der Band zuhören. Und außerdem bin ich auch keine einfache Freiwillige. Es hieß, dass ich für diesen Abend *angestellt* werden soll.«

Sie lachte auf. »Freuen Sie sich nicht zu früh, meine Liebe. Falls tatsächlich eine Zahlung erfolgt, wird sie nur widerwillig geleistet werden, und wahrscheinlich fehlen dann auch noch ein paar Pennys. Die Zeiten sind hart für die Farley-Strouds.«

»Ach, na ja«, sagte ich, »jetzt bin ich schon mal hier. Haben Sie irgendeine Idee, worin meine Aufgabe besteht?«

»Sich mit mir hier ein paar Stunden zu verstecken, ist Ihre erste Aufgabe, würde ich sagen. Wenn die schwere Arbeit dann getan ist, stolzieren wir Ehrfurcht gebietend durchs Haus und bieten Kanapees und billigen Sekt an, als ob es Manna und Ambrosia wären.«

»Das hört sich doch nach einem Plan an, der funktionieren könnte. Ich nehme nicht an, dass Sie Gebäck haben?«

»Gut, dass Sie fragen«, sagte sie und griff hinter sich in einen Schrank. »Zufällig habe ich heute Morgen der Köchin unter ihrer miesepetrigen Nase einen Teller weggestibitzt. Bedienen Sie sich.«

Alles in allem schien es doch ein ganz angenehmer Tag zu werden.

Wie vorhergesagt wurde mir die Aufgabe zugeteilt, mich unaufdringlich mit einem Tablett voller Häppchen und fadem Schaumwein unter die Gäste zu mischen. Außerdem sollten wir sie von der Bibliothek fernhalten, die der Band für die Instrumentenkoffer überlassen worden war. Es war keine besonders schwere Arbeit.

Die Musiker, die wir in der Dorfhalle gehört hatten, hießen *Roland Richman's Ragtime Revue* und hatten sich in London einen guten Ruf erworben. Anscheinend hatte Clarissa sie ausgewählt. Lady Farley-Strouds Missfallen war laut und deutlich zum Ausdruck gekommen, doch irgendwann hatte sie sich, wenn auch widerwillig, davon überzeugen lassen, dass dies nicht *ihr* Abend war und dass die jungen Leute etwas ein wenig Lebhafteres und Moderneres bevorzugen würden. Maude – die sich als exzellente Gesellschaft und ziemlich scharfzüngiges altes Mädchen erwiesen hatte – hatte mir all das früher am Nachmittag bereits verraten. Ich war froh drum, hatte dieses Wissen Lady Farley-Strouds laute Entzückensschreie und ihre Versuche, anerkennend mit dem

Fuß den Takt mitzuklopfen, nur umso unterhaltsamer gemacht.

Lady Hardcastle war wie üblich irgendwann zwischen der Vorhut und den Nachzüglern auf ihre unaufgeregte Weise eingetroffen, sodass wir uns erst um kurz vor neun das erste Mal entdeckten. Sie kam zu mir und fragte mich, wie es lief.

»Nicht schlecht, Mylady«, erwiderte ich und streckte ihr mein Tablett entgegen. »Nehmen Sie doch ein Häppchen und ein Glas Tafelwein im Champagnerstil.«

»Bei so einem Spruch ist deine Karriere als Oberkellnerin im Ritz vorgezeichnet.«

»Danke, Mylady. Sind Sie schon lange hier? Amüsieren Sie sich?«

»Ach, du weißt ja, wie es ist. Ich habe schon bessere Partys erlebt, aber auch schon viel schlimmere. Allerdings sind Clarissas Londoner Freunde ziemlich lustig. Anscheinend haben sie mich als eine Art exzentrische Tante in ihren Kreis aufgenommen, es fehlt mir nicht an ehrerbietigen Bewunderern.«

»Also nicht als schwungvolle große Schwester?«

»Leider nicht. Ich vermute, meine Jahre als schrullige Tante sind nun endgültig angebrochen. Was ist mit dir? Hast du die Hausangestellten ein bisschen auf Trab gebracht?«

»Wenigstens einer von ihnen würde ich gern mal mit einem Tritt in den Allerwertesten auf die Sprünge helfen, aber insgesamt verläuft alles gut, danke.«

»Wundervoll, wundervoll. Oje, Vorsicht, da kommt Captain Summers.«

»Das ist nicht gut?«

»Er ist ein furchtbarer Langweiler. Gerade aus Indien zurückgekehrt.«

»Ach, Lady Hardcastle, da sind Sie ja. Ich dachte schon, ich hätte Sie verloren«, sagte ein sonnengebräunter Mann mit buschigem Schnauzbart, der ungefähr in meinem Alter war.

»Juhu, Captain Summers«, erwiderte Lady Hardcastle. »Nein, nicht verloren, ich mische mich nur unter die Leute. Armstrong, dies ist Captain Roger Summers. Captain Summers, meine Zofe Armstrong.«

»Oh«, sagte er, um Fassung bemüht. »Wie geht es Ihnen?« Dann wandte er sich schnell wieder von mir ab und Lady Hardcastle zu. Ich machte einen kleinen, aber höflichen Knicks und zog mich ein oder zwei Schritte zurück.

»Sind das etwa die heutigen Partys in der Heimat?«, polterte er. »Ich bin mir nicht sicher, ob ich damit zurechtkomme. Und dann noch diese furchtbare Musik … Amerikanisch, oder? Die hört man hier ja überall.«

»Bei den jungen Leuten ist sie ziemlich beliebt. Geben Sie ihr eine Chance, ich bin sicher, Sie werden sie mögen.«

»Pah. Ich mag lieber Militärmärsche«, erwiderte er abschätzig. »Und dann noch dieses Wetter. So verdammt kalt.«

»Ach, ihr Britisch-Indien-Typen und eure dummen Klagen. Das Wetter hier ist absolut wunderbar.«

»Sie sind auch in Indien gewesen, oder? Der Unterschied muss Ihnen doch aufgefallen sein.«

»Ich war ein, zwei Jahre in Kalkutta, ja.«

»Was hat Ihr Mann denn in Kalkutta gemacht? Vielleicht habe ich ihn gekannt.«

»Mein Mann ist in China gestorben, bevor ich nach Indien gegangen bin.«

»Ich … äh … Es tut mir so leid. Ich wusste ja nicht …«, wand Captain Summers sich. Leider wusste er nicht, wann man besser aufhören sollte. »Heißt das denn, dass Sie ganz allein in Indien gewesen sind? Gütiger Himmel.«

»Nein, allein war ich nicht. Armstrong hat mich ja begleitet.«

»Also nein. Allein in Indien. So was hab ich ja noch nie gehört.«

»Dann muss dies hier ja ein sehr aufregender Abend für Sie sein«, erwiderte sie trocken.

»Wie? Oh. Na ja, ich sollte wohl mal weitergehen, wissen Sie? Muss das alte Gesicht ja den Leuten zeigen. Mich bemühen, ein bisschen gesellig zu sein.«

»Na, dann machen Sie's gut, Captain«, rief sie fröhlich und wandte sich wieder mir zu. »Was für ein unerträglicher Einfaltspinsel.«

»Er befindet sich nur außerhalb seines natürlichen Lebensraums. Er wird sich schon noch anpassen.«

»Aus dir wird noch mal eine Wissenschaftlerin, mein Mädchen. Ja, vielleicht passt er sich an. Oder er stirbt aus. Man wird ja noch hoffen dürfen …«

Ich lachte noch immer, als Mr. und Mrs. Seddon neben Lady Hardcastle auftauchten. Mr. Seddon sah vom Alkohol ein bisschen mitgenommen aus, während Mrs. Seddon vor gezwungener guter Laune förmlich platzte.

»Guten Abend, Lady Hardcastle«, sprudelte es aus ihr

hervor. »Wie nett, dass Sie gekommen sind. Bald werden wir alle Freunde sein. Es ist doch wirklich wunderbar, die richtige Art von Leuten um sich zu haben, nicht wahr? Ach, und vielen Dank für den freundlichen Brief, den Sie uns nach dem Lunch letzte Woche geschickt haben. Geht es Ihnen denn inzwischen wieder besser?«

»Ob es mir wieder b … Ach, ja, mir geht es schon wieder viel besser, vielen Dank«, erwiderte Lady Hardcastle.

»Und Sie leben sich gut ein?«

»Tun wir, danke, ja. Das Haus ist mittlerweile fast vollständig eingerichtet, mein Atelier nimmt allmählich Form an, und wir haben ein paar zusätzliche Dienstboten eingestellt. Ich glaube, wir werden uns hier sehr wohlfühlen.«

»Es ist so wundervoll, Sie als Teil unserer kleinen Truppe bei uns zu haben«, flötete Mrs. Seddon. »Ich bin sicher, dass wir uns sogar noch öfter sehen, wenn wir und die Farley-Strouds endlich eine einzige glückliche Familie sind.«

»Da bin ich sicher.«

»Es tut mir leid, Lady Hardcastle«, sagte Mrs. Seddon plötzlich. »Sie entschuldigen uns doch, ja? Da drüben habe ich den Vikar entdeckt, und mit dem muss ich kurz sprechen.«

»Natürlich, schnappen Sie ihn sich, solange Sie können. Bis später.«

Sie entfernten sich, aber wir konnten sie immer noch hören, während sie auf Vikar Bland zugingen.

»Es ist doch wirklich wunderbar, die richtige Art von Leuten um sich zu haben, nicht wahr, Liebes?«, lallte

Mr. Seddon. »Aber es muss schon die richtige Art von Leuten sein.«

Mrs. Seddon zischte ihn an, er solle still sein. »Ich bin jetzt nicht in der Stimmung für deine Scherze, James. Es gibt Dinge, um die wir uns kümmern müssen.«

»Sie ist doch die richtige Art von Leuten, nicht wahr, Liebes?«, fuhr er unbeirrt fort. »Sie hat einen Titel und all das. Du weißt schon, dass Clarissa keinen Titel erbt, oder, Liebes? Ihr Bruder allerdings schon, weißt du? Wenn sie einen hätte ...«

Sie zog ihn außer Hörweite, bevor wir sie noch weiter belauschen konnten.

»Nein so was«, sagte Lady Hardcastle.

»Die beiden zanken sich schon den ganzen Abend. Vorhin bin ich in einem der Korridore an ihnen vorbeigekommen, da haben sie auch schon gestritten. Manche Paare sind einfach so, oder? Meine Tante und mein Onkel sind sich immer an die Gurgel gegangen, aber nichts und niemand hätte sie voneinander trennen können ...«

Ich verstummte, als ich bemerkte, dass Percy Seddon und seine Frau ein Stückchen hinter seinem Bruder und dessen Frau durch den Saal schlenderten.

»... dieses verdammte Frauenzimmer geht mir auf die Nerven«, schimpfte er.

»Ach, Percy, sei still«, erwiderte seine Frau. »Sie hört dich sonst noch.«

»Es wird auch langsam Zeit, dass ihr mal jemand die Leviten liest. Sie ist die Tochter eines Pfandleihers, nicht die Gräfin von Gloucester. Dass ihr geliebter Teddy dieses einfältige Dummchen Camilla geheiratet hat, ändert rein gar nichts daran.«

»Sie heißt Clarissa, mein Lieber.«

»Wirklich? Was für ein langweiliger Name. Aber selbst dann ist sie nur die Schwiegermutter irgendeiner mittellosen Landadligen. Man könnte ja meinen, dass sie ins Königshaus einheiratet, so wie sie sich aufführt.«

»Also wirklich, Percy, still jetzt.«

»Sie steckt ihre Nase auch im Büro die ganze Zeit in alles. Sie redet über die Firma, als ob sie Teilhaberin wäre ...«

Die zwei gerieten außer Hörweite. Doch bevor ich das Gehörte kommentieren konnte, trat Sir Hector mit einem geckenhaft gekleideten Fremden zu uns. Ich zog mich wieder einen Schritt zurück.

»Emily, meine Liebe«, sagte Sir Hector fröhlich. »Amüsierst du dich?«

»Sehr, Hector, ja. Danke, dass ihr einen so unterhaltsamen Abend organisiert habt.«

»Ach was, damit hatte ich nichts zu tun, meine Liebe, das ist ganz allein das Werk der Memsahib. Ich könnte ja nicht mal meine Sockenschublade in Ordnung bringen, hm?«

Sie lachte, offenbar aufrichtig entzückt.

»Aber wo sind nur meine Manieren geblieben? Emily, darf ich dir Mr. Clifford Haddock vorstellen. Mr. Haddock, das ist meine gute Freundin und Nachbarin Lady Hardcastle.«

»Freut mich sehr«, sagte der Geck in einem unangenehm näselnden Tonfall.

»Gleichfalls«, erwiderte Lady Hardcastle und streckte ihm eine behandschuhte Hand entgegen, die er energisch küsste. Als sie die Hand wieder wegzog, konnte ich sehen, wie sie im Geiste ihre Finger zählte, um sicherzugehen, dass keiner fehlte.

»Haddock handelt mit Antiquitäten, weißt du«, erklärte Sir Hector. »Er ist hier, um ein paar meiner Kleinigkeiten zu schätzen. So kann ich vielleicht ein paar Schillinge verdienen, hm?«

Der arme alte Sir Hector hatte ein zauberhaft naives Talent zur Indiskretion, und ich konnte mir lebhaft vorstellen, wie Lady Farley-Stroud ihn mit ihrem furchtbarsten Gorgonenblick strafte, weil er in aller Öffentlichkeit über ihre angespannte finanzielle Lage sprach.

»Er besitzt einige schöne Stücke«, schaltete sich der schmierige Antiquitätenhändler ein. Dann taxierte er Lady Hardcastle von Kopf bis Fuß. »Und Sie sehen selbst nach einem schönen Stück aus, meine Liebe.«

Lady Hardcastle quittierte das mit ihrem eigenen Gorgonenblick. Sir Hector, der sogleich erkannte, welche Gefahr bei einem solchen Blick drohte, packte ihn rasch am Ellbogen und zog ihn weiter.

»Ich bin froh, dass du dich amüsierst, meine Liebe«, rief er ihr noch über die Schulter hinweg zu. »Aber ich denke, wir sollten lieber weitergehen, hm?« Er führte Haddock zu einem kleinen Grüppchen.

»Noch ein ganz entzückender Geselle«, sagte Lady Hardcastle, sobald sie außer Hörweite waren. »Wo um alles in der Welt haben sie die nur alle ausgegraben? Und warum belästigen sie ausgerechnet mich?«

»Das liegt daran, dass Sie so ein schönes Stück sind«, antwortete ich. »Sie sind einfach dazu ausersehen, die netteste Sorte Mann anzuziehen.«

»Steht es einer Lady noch immer zu, ihre Dienstboten auszupeitschen? Ich bin mir sicher, dass es so ein Gesetz einmal gegeben hat.«

»Das weiß ich nicht, Mylady, aber ich könnte mir vorstellen, dass das heutzutage nicht mehr so gern gesehen wird.«

»Wie schade.«

Ein brüllendes Lachen ließ uns beide abrupt herumfahren, und wir sahen uns nach dessen Ursprung um. Eine Gruppe junger Männer hatte sich um den Burschen gebildet, den ich beim Lunch bei den Seddons gesehen hatte.

»Ach, jetzt erleben wir das Kricketteam von Littleton Cotterell mal in seinem natürlichen Lebensraum«, bemerkte Lady Hardcastle.

»Ihr natürlicher Lebensraum wäre doch sicher eher das Kricketfeld.«

»I wo. Die kenntnisreiche Beobachterin weiß, dass die Mätzchen auf dem Kricketfeld nur ein angenehmer Zeitvertreib sind. Der eigentliche Zweck des Spiels besteht darin, einen Vorwand zu haben, danach in eine Bar zu gehen. Hier sehen wir sie nun zechen und schallend lachen. Ein ganz typisches Verhalten.«

»Aha. Aber wie bestimmen wir, dass es Kricketspieler sind, wenn wir ihr auffälliges weißes Federkleid nicht sehen?«

»Wir sagen zu Hector: ›Sag mal, Hector, wer sind denn

die jungen Leute da drüben?‹ Und er antwortet: »Das ist das Kricketteam, meine Liebe. Teddys Freunde.«

»Genial!«, rief ich.

»Eher grundlegend«, entgegnete sie. »Der arme Bräutigam sieht allerdings ein bisschen peinlich berührt aus.«

Um ehrlich zu sein, fand ich, dass Theophilus, Teddy, Seddon eher verärgert als peinlich berührt wirkte, während seine Freunde ihn weiter aufzogen. Wahrscheinlich befürchtete er, den Zorn seiner Mutter auf sich zu ziehen.

»Ach, noch mal jung zu sein«, sagte Lady Hardcastle versonnen. Dann nippte sie an ihrem Getränk und verzog das Gesicht. »Sei ein Schatz und sieh nach, ob du mir nicht etwas Besseres zu trinken besorgen kannst. Ich wette, er hat das gute Zeug irgendwo versteckt. Geh doch mal auf Erkundungstour und schau nach, ob du nicht einen Brandy für mich auftreiben kannst. Ich bin ja nicht gegens Sparen, aber mir wird schlecht, wenn ich noch einen Schluck *davon* trinken muss.«

»Sehr wohl, Mylady. Ich sehe mal nach, was ich in die Finger kriege.«

Ich wusste nicht recht, wo ich bei meiner Suche nach dem Brandy anfangen sollte, aber ich fragte mich, ob die Karaffen mit dem *guten Zeug* nicht in einem der Räume verstaut worden waren, die die Gäste ganz ausdrücklich nicht betreten durften. Ich schlüpfte also aus dem »Ballsaal« – die große Eingangshalle des Tudor-Hauses inklusive Sängergalerie – und betrat einen dunklen, holzvertäfelten Korridor, in dem ein paar verblichene Wandteppiche hingen.

Ich erreichte die Tür zur Bibliothek, griff nach dem Türknauf – und war überrascht, als er mir aus der Hand gezogen wurde, weil jemand von drinnen die Tür öffnete.

»Oh«, sagte eine auffallend hübsche junge Frau, die heraustrat und die Tür wieder hinter sich zuzog. »Tut mir furchtbar leid, ich wollte Sie nicht erschrecken. Ich hab nur was aus meiner Tasche geholt und nicht damit gerechnet, dass hier draußen jemand ist.«

Es war Sylvia Montgomery, die Sängerin der Ragtime-Band.

»Bitte, machen Sie sich keine Gedanken, Madam«, erwiderte ich und dachte fieberhaft nach. »Ich wollte nur … nachprüfen, dass sich keine Gäste in die Bibliothek verirrt haben und die Sachen der Band in Unordnung bringen.«

»Alles in bester Ordnung, danke. Man kümmert sich gut um uns.«

»Das höre ich gern, Madam. Darf ich Ihnen sagen, dass mir die Musik wirklich sehr gefällt? Sie sind sehr gut.«

»Ach, vielen Dank, das ist aber nett von Ihnen. Oh, und könnten Sie einer jungen Frau nicht noch einen Gefallen tun und mir sagen, wo ich vielleicht was Ordentliches zu trinken finde? Meine Kehle ist vollkommen ausgedörrt, und von Champagner bekomme ich Kopfschmerzen.«

»Oh«, sagte ich ein wenig enttäuscht. »Ich hatte gehofft, dass ich hier drin etwas finden würde. Ich gehöre nicht wirklich zu den Hausangestellten, ich arbeite für eine Nachbarin der Farley-Strouds.«

»Und vergreifen sich an ihrem Alkohol? Keine Sorge, ich verrate Sie nicht.«

Ich musste lachen. »Ja, meine Herrin hat mich auf die Suche nach Brandy geschickt. Sie verträgt den Schaumwein ebenfalls nicht.«

»Das kann ich nachfühlen, aber ich fürchte, hier haben wir kein Glück, Schätzchen. Ich habe die Bibliothek schon auf den Kopf gestellt, aber da ist nirgends auch nur ein Tropfen. Da drin gibt es zwar eines dieser altmodischen Globusdinger – Sie wissen schon, so einen, den man aufklappt –, aber er hat wohl alle Flaschen daraus entfernt.«

»Wie bedauerlich. Nun ja, dann muss ich meine Suche wohl woanders fortsetzen. Die Hausangestellten werden wissen, wo ich etwas auftreiben kann.«

»Das müssten sie eigentlich.« Sie wandte sich zum Gehen. »Falls Sie etwas finden – Scotch, Brandy, zur Not auch Gin –, dann sehen Sie doch mal zu, ob Sie nicht etwas davon zu uns auf die Bühne schmuggeln können. Sie werden es nicht bereuen.« Und mit diesen Worten eilte sie den Korridor hinunter, zurück zum Ballsaal.

Ich schlug die andere Richtung ein, die Treppe hinunter und geradewegs zu den Dienstbotenquartieren.

Miss Dentons Tür war verschlossen, aber Licht drang darunter hervor. Ich klopfte an. Erst ertönte das Klappern hastigen Aufräumens und dann wieder die Ehrfurcht gebietende Stimme: »Ja?«

Ich öffnete die Tür und steckte den Kopf hindurch. »Grüß dich, Maude. Ich wollte dich nicht stören.«

»Flo!«, sagte sie, offensichtlich erleichtert. »Du hast mich zu Tode erschreckt. Ich dachte, du wärst der alte Jenkins, der hier herumschnüffelt.«

»Versteckst du dich etwa?«, fragte ich und war nicht sonderlich beeindruckt von der Idee, sich am erstbesten Platz zu verkriechen, wo nach einem gesucht würde.

»Nur eine kleine Pause«, erwiderte sie und zeigte auf das Glas auf dem Beistelltisch. »Eine Frau muss sich ab und zu die Kehle anfeuchten.«

»Da hast du recht. Ist das vielleicht Brandy?«

»Ja, sie stellen ihn bei mir unter, wenn sie Gäste haben.«

»Na, das ist ja mal ein Glückstreffer. Kannst du ein Tröpfchen davon entbehren? Meine Herrin sucht verzweifelt nach etwas, was den Geschmack des Schaumweins vertreibt.«

»Da können wir sicher was für sie tun, meine Liebe«, entgegnete sie leicht lallend. »Wenigstens haben sie nicht die Angewohnheit, die Karaffen zu markieren. Noch nicht jedenfalls. Nimm dir ein Glas vom Regal, wir füllen das oben dann in etwas Eleganteres um.«

Ich folgte ihren Anweisungen und überließ sie dann wieder ihrem brandygetränkten Drückebergertum. Unweigerlich fragte ich mich, ob eigentlich irgendjemand in diesem Haushalt arbeitete. Vielleicht hatte Mrs. Brown am Ende allen Grund, verärgert zu sein.

Ich ging zurück in Richtung des Ballsaals. Damit ich nicht dabei erwischt wurde, wie ich verbotenerweise Cognac in einem Dienstbotenglas zu Lady Hardcastle schmuggelte, war ich vorsichtig, aber ich begegnete niemandem. Schleichenderweise bog ich um eine Ecke und hörte, wie sich erneut die Tür zur Bibliothek schloss, aber wer auch immer es war, die Person war auf ihrem Weg in den Raum hinein, und ich entschied, dass mich das nichts anging. Allerdings erinnerte ich mich nun daran, dass ich darum gebeten worden war, meine Schmuggelei auf die Musiker auszuweiten, aber ich hatte nicht den Nerv, zurück zu der alten Schnapsdrossel zu gehen und zu versuchen, mir noch ein bisschen Scotch aus ihrem Geheimlager unter den Nagel zu reißen. Am Ende des Tages war sie verantwortlich für den Alkohol. Sosehr ich auch langsam den Eindruck gewann, dass sie die Arbeit nicht erfunden hatte, wollte ich sie doch nicht in Schwierigkeiten bringen. Die Band würde nüchtern weiterspielen müssen.

»Armstrong!«, rief Lady Hardcastle, als ich mich ihr näherte. »Du bist ein Schatz. Ein richtiges kleines geliebtes Wunder. Eine Dienerin ohnegleichen.« Ganz offensichtlich hatte die mindere Qualität des Schaumweins sie nicht daran gehindert, ihn in größeren Mengen in sich hineinzuschütten. »Was denn?«, fragte sie, als ich ihr das billige Glas mit dem teuren Cognac darin entgegenstreckte. »Kein Cognacschwenker? Ich nehme alles zurück. Du bist eine nachlässige Faulenzerin.«

»Etwas anderes gab es nicht, Mylady. Beim Diebstahl geht es immer auch um Zweckmäßigkeit. Und wenn Sie aufhören, so herumzuschreien, finde ich sicher auch ein edleres Gefäß, in das Sie *das gute Zeug* umfüllen können.«

»Du hast ja recht. Dein Ruf ist gerettet.« Sie schwankte leicht, und ich sah mich nach einem tauglichen Glas um. Da keines zur Hand war, goss ich den Rest ihres Weins in einen Palmenkübel in der Nähe – dem Geruch nach zu urteilen, war ich offenbar nicht die Erste, die auf diesen

Gedanken gekommen war – und schüttete dann den Cognac in das leere Glas.

Überschwänglich bedankte sie sich für meine Aufmerksamkeit, dann überließ ich sie einer kleinen Gruppe von Miss Clarissas Freunden, denen gegenüber sie mein Loblied sang. Dann schnappte ich mir wieder mein Tablett mit Getränken und Häppchen, die ich so unaufdringlich wie möglich anbot, und lauschte dabei der Band. Ich hatte gerade einen geeigneten Platz direkt neben einer Ritterrüstung gefunden, als ein Instrumentalstück endete.

»Vielen Dank, Ladys und Gentlemen. Wir machen jetzt eine kurze Pause, sind aber in einem Minütchen wieder für Sie da.«

Mit diesen Worten stellten sie ihre Instrumente ab und stiegen einer nach dem anderen von der Bühne hinunter. Pech gehabt.

Der Trompeter verschwand, aber die anderen blieben in der Nähe, plauderten miteinander und nahmen die Glückwünsche und die Begeisterungsbekundungen der Gäste entgegen. Roland Richman war von Lady Farley-Stroud in ein Gespräch verwickelt worden. Sie schien sich ungefähr im selben Zustand entfesselter Fröhlichkeit wie Lady Hardcastle zu befinden. Den Gesprächsfetzen nach zu urteilen, die ich bei all dem Hintergrundgeschnatter aufschnappen konnte, bombardierte sie ihn mit grotesk ahnungslosen Fragen über Musik, gekleidet in eine mädchenhaft kokettierende Ausdrucksweise, die mir eigentlich hochnotpeinlich hätte sein müssen, tatsächlich aber dafür sorgte, dass mir die Frau noch sympathischer wurde. Es tat gut zu sehen, dass das Feuer noch brannte.

Sylvia Montgomery stellte sich neben mich. »Sind Sie nicht die Frau, die ich vor Kurzem im Gang getroffen habe?«

»Bin ich, Madam, ja.«

»Haben Sie was gefunden?«

»Leider nicht, Madam. Ich habe das Lager zwar aufgespürt, aber es war unmöglich, von dort mehr als ein Glas für meine Herrin mitgehen zu lassen.«

»Keine Sorge, meine Liebe. Wallace ist ›eingefallen‹, dass noch ein bisschen Scotch in seinem Gepäck steckt. Er holt ihn gerade.«

Ich lächelte. »Was für ein großzügiger Zeitgenosse. Ist er der Trompeter?«

»Ja.«

»Er ist sehr gut. Sie sind alle wirklich gut. Ich bin so froh, dass ich hergekommen bin.«

»Dann freue ich mich auch, dass Sie gekommen sind. Danke. Und danke dafür, dass Sie versucht haben, uns behilflich zu sein. Das wissen wir sehr zu schätzen.«

Mit diesen Worten machte sie kehrt und ging zu ihren Freunden zurück.

Der Rest des Abends verging wie im Flug, und ich bekam mehr zu tun, als die Party langsam abflaute. Von der Band hörte ich nur wenig, aber sie wirkten nach der Pause weniger lebendig als vorher, also hatte ich nicht den Eindruck, allzu viel zu verpassen.

Um Mitternacht wurde ich von Jenkins mit überschwänglichem Dank nach Hause geschickt. Er versicherte mir, dass man meine Hilfsbereitschaft nicht vergessen werde und ich immer auf Hilfe von *The Grange* zählen könne, sollte ich sie irgendwann einmal brauchen. Ich schüttelte ihm die Hand und fragte, ob ich auf sein freundliches Angebot vielleicht sofort zurückkommen dürfe.

»Lady Hardcastle übernachtet ja selbstverständlich nicht auf *The Grange*, aber wir haben noch kein eigenes Fahrzeug. Ob ich wohl Bert bitten dürfte, uns nach Hause zu bringen?«

»Aber selbstverständlich«, erwiderte er lächelnd. »Ich lasse ihn das Automobil vorfahren. In zehn Minuten sollte er so weit sein.«

Ich bedankte mich und machte mich dann auf die Suche nach Lady Hardcastle.

Die fand ich im Ballsaal, wo sie auf einem Stuhl in der Ecke saß, einmal mehr von Miss Clarissa, Teddy Seddon und einer kleinen Gruppe ihrer Freunde umringt. Sie wirkten wie ein Kreis bewundernder Schüler, die sich zu Füßen eines Gurus versammelt hatten.

Ich bekam noch das vertraute Ende einer ihrer Lieblingsanekdoten über unsere Abenteuer in China mit und war zufrieden, als ich hörte, dass meine eigene Rolle darin durch das wiederholte Erzählen nicht verringert worden war. Ich wartete ab, bis wir sicher im Ochsenkarren verborgen und auf dem Weg zur burmesischen Grenze waren, bevor ich ihr diskret ein Zeichen gab.

»Nun, meine lieben Schätzchen«, sagte sie daraufhin, »ich fürchte, die Zeit für die alte Tante Emily ist gekommen, sich standesgemäß zu verabschieden. Meine Zofe – ihr erinnert euch doch aus der Geschichte noch an sie? Sie ist diejenige, die diesem Rüpel die Nase gebrochen hat – scheint nach meiner Aufmerksamkeit zu verlangen. Und wenn ich mich nicht sehr täusche, wird sie die Heimfahrt für uns organisiert haben. Sie ist in dieser Beziehung ein absoluter Schatz. Hat mich sehr gefreut, euch alle kennengelernt zu haben.« Schwankend stand sie auf und verabschiedete sich von dem leicht zu beeindruckenden jungen Gemüse. Clarissa umarmte sie, als ob sie jetzt die besten Freundinnen wären.

Lady Hardcastle strahlte. »Danke, meine Liebe, und noch einmal alles Gute euch beiden. Also, auch ihr anderen, habt noch viel Spaß und wenn ihr unbedingt noch irgendwelchen Blödsinn anstellen müsst, versucht, dabei nicht zu viel Lärm zu machen. Das regt die alten Leute nur auf.«

Mit diesen Worten ließ sie sie stehen und kam mit übertriebener Fürsorglichkeit zu mir herüber. Plötzlich erinnerte sie sich daran, dass sie noch immer eine Brandyflasche in der Hand hielt, und drehte sich noch einmal um, um sie Miss Clarissa zurückzugeben.

»Vielen Dank, dass du das hier aufgetrieben hast, meine Liebe«, lallte sie. »Es ist genau die richtige Medizin für Tante Emily gewesen.«

Ich zog eine Augenbraue hoch und dachte daran, dass ich ein bisschen mehr von der Band hätte hören können, wenn ich mich nicht selbst auf die Suche nach Brandy hätte machen müssen, was anscheinend ganz unnötig gewesen war. »Bert fährt den Wagen vor, Mylady.«

»Du, Flo«, sagte sie und hakte sich bei mir unter, »bist ein unbezahlbarer Schatz. Habe ich dir das schon gesagt? Ich weiß nicht, was ich ohne dich anfangen würde.«

Ich führte sie zur Tür. Unterwegs kamen wir an Sir Hector und Lady Farley-Stroud vorbei, bei denen sie sich noch für den wunderbaren Abend bedankte und denen sie beiden ein Küsschen auf die Wange drückte. Es gelang mir, sie aus der Tür hinauszumanövrieren, bevor sie es noch übertrieb – einmal hatte ich mitbekommen, wie sie ihren Gastgeber, einen eher kleinen Grafen, zum Entsetzen seiner Frau oben auf die Glatze geküsst hatte.

Ich verfrachtete sie in das wartende Auto.

8

Ich wusste, Lady Hardcastle würde vor dem späten Vormittag des nächsten Tages nicht aufwachen, geschweige denn aufstehen. Ich versuchte selbst, im Bett liegen zu bleiben, aber um acht Uhr hatte ich von dem Müßiggang genug.

Edna und Miss Jones hatten sich um den Großteil der Hausarbeit gekümmert, also vertrieb ich mir die Zeit ein bisschen mit Backen, bevor ich mein Nähkästchen hervorholte. Um halb zehn ruhte der Brotteig neben dem Herd, und ich war mit dem Stopfen gut vorangekommen.

Als es klingelte, legte ich meine Näharbeit nieder und ging zur Tür.

»Guten Morgen, Miss Armstrong«, begrüßte mich Constable Hancock. »Ist Ihre Herrin zu Hause?«

»Auch Ihnen einen guten Morgen, Constable. Sie ist in dem Sinn zu Hause, dass sie sich tatsächlich im Haus befindet, aber ob sie bereit für Besuch ist, da bin ich mir nicht so sicher. Sie war gestern auf *The Grange* und hat ihr Schlafzimmer bis jetzt noch nicht verlassen.«

»Ich weiß, dass sie dort war, Miss. Sie ja auch, wie man

mir sagte. Darum bin ich hier. Würde es Ihnen sehr viel ausmachen, sie aufzuwecken? Ich muss ziemlich dringend mit ihr sprechen. Tatsächlich muss ich mich mit Ihnen beiden unterhalten.«

»Natürlich. Ist etwas passiert?«

»Ja, Miss, aber ich würde es lieber nur einmal erzählen, wenn das nicht zu faul von mir ist.«

»Aber gar nicht, Constable. Bitte, kommen Sie doch herein. Sie kennen ja den Weg in die Küche. Es ist noch etwas Tee in der Kanne. Bedienen Sie sich bitte, solange ich versuche, Lady Hardcastle aufzuwecken.«

»Sehr freundlich, Miss«, sagte er und trottete fügsam Richtung Küche.

Ich rannte nach oben und klopfte an die Schlafzimmertür. Es erfolgte keine Antwort, aber ich trat trotzdem ein. Noch immer schlief sie tief und fest, und ich musste sie ziemlich stark schütteln, um sie aufzuwecken.

»Ach, Flo, lass mich in Ruhe, sei so lieb. Lass die arme Emily doch schlafen.«

»Nein, Mylady, Sie müssen aufstehen. Die Polizei ist hier.«

»Die Polizei?«, murmelte sie. »Etwa die ganze? Was wollen sie denn? Ich hoffe, sie haben sich die Füße abgetreten.« Dann fielen ihr wieder die Augen zu.

Ich seufzte und schüttelte sie erneut. »Nein, Mylady, nur Constable Hancock. Aber er muss mit uns beiden sprechen, und ich glaube, es hat etwas mit *The Grange* zu tun.«

»Wenn es um den verschwundenen Brandy geht, sag ihm, dass ich eine Kiste von dem Zeug kaufe, und dann bitte ihn, morgen wiederzukommen.«

»Ich glaube kaum, dass es um den Brandy geht, Mylady. Und ich denke wirklich, Sie sollten jetzt aufstehen. Sofort.«

»Kann eine Frau nicht ab und zu mal mit einem Kater im Bett liegen, ohne dass puritanische Dienstmädchen und dienstbeflissene Hüter des Gesetzes sie am Schlafen hindern?«, klagte sie benommen. »Habe ich dir schon mal gesagt, dass du eine Tyrannin bist, Florence Armstrong?««

»Das sagen Sie mir ständig, Mylady. Bitte, stehen Sie jetzt auf.«

»Schon gut, schon gut«, antwortete sie und setzte sich endlich auf. »Sag ihm, dass ich gleich nach unten komme. Mach Tee. Und Eier. Mach mir Rührei. Mit Toast.«

»Sehr wohl, Mylady.«

Ich kehrte in die Küche zurück, wo Constable Hancock mit Miss Jones plauderte.

»Lady Hardcastle ist gleich da«, informierte ich ihn.

»Sehr gut, Miss, vielen Dank.«

»Miss Jones macht Frühstück für Lady Hardcastle. Möchten Sie vielleicht auch ein paar Eier?«

»Danke, Miss, gern. Sie sind sehr freundlich. Und rieche ich da frisches Brot?«

»Ja, aber der Teig ruht noch. Ich hatte gehofft, ich hätte es bis zum Mittagessen fertig. Allerdings habe ich welches von gestern übrig, das sich vorzüglich für Toast eignet. Ich backe gern mein eigenes Brot. Das ist sehr entspannend. Verstehen Sie denn etwas vom Backen?«

Er lachte so herzlich, wie ich es von ihm bisher noch nicht gehört hatte. »Ich, Miss? Backen? Sie sind ja eine

Nummer. Wer hätte je von so etwas gehört? Nein, aber unsere Ma hat immer selbst Brot gebacken.«

»Die meisten professionellen Bäcker sind doch Männer, oder täusche ich mich da?«

»Das stimmt schon, Miss. Aber die meisten Bäcker sind keine Polizisten. Mal ganz abgesehen davon, dass das häusliche Backen Frauenarbeit ist, habe ich jedenfalls keine Zeit dafür. Backen.« Er kicherte erneut in sich hinein. »Das muss ich später dem Sergeant erzählen.«

»Passen Sie auf, dass er es nicht für eine vorzügliche Idee hält und Sie dazu verdonnert, ihm zum Frühstück Brot zu backen.«

Sein fröhliches Gelächter brach wieder los.

»Ach, du meine Güte, ihr zwei scheint euch ja zu amüsieren«, krächzte Lady Hardcastle von der Tür her.

»Guten Morgen, Mylady«, begrüßte sie der Constable, stand auf und sah sich nach einem Platz um, wo er die Teetasse abstellen konnte. »Tut mir leid, dass ich Sie so früh stören muss.«

»Unsinn, Constable, es ist doch schon …«

»Zehn Uhr, Mylady«, half ich ihr aus und nickte in Richtung der großen Uhr an der Küchenwand.

»Ganz recht«, sagte sie. »Spät genug für einen Besuch. Was kann ich also für Sie tun, mein lieber Constable?«

»Anscheinend treffen wir uns immer nur, wenn es schlechte Nachrichten gibt, Mylady«, sagte er entschuldigend. »Oben auf *The Grange* herrscht großer Wirbel.«

»Oje«, entgegnete sie und nahm das Glas Wasser entgegen, das Miss Jones ihr gerade eingeschenkt hatte. »Was für eine Art von Wirbel denn?«

»Anscheinend ist einer der Musiker tot, Mylady.«

»Oh nein, wie traurig. War er krank? Kam es unerwartet?«

»Ich kann mir nicht vorstellen, dass er erwartet hat, mit einem schweren Gegenstand auf den Hinterkopf geschlagen zu werden, nein, Mylady.«

Langsam nippte sie an ihrem Wasser. »Ach du meine Güte. Kann ich irgendetwas tun?«

»Darum bin ich mehr oder weniger hier, Mylady. Inspector Sunderland ist bereits eingetroffen und hat mich gebeten, Sie beide zu holen, damit Sie Ihre Aussagen und so weiter machen können.«

»Natürlich, natürlich.« Sie wirkte mehr als nur ein bisschen angeschlagen. »Ich nehme nicht an«, setzte sie mit einer ungewöhnlichen Zögerlichkeit an, »dass sie irgendein Fahrzeug dabeihaben?«

»Ich habe mein Fahrrad«, sagte er und zwinkerte mir zu.

»Oje«, stöhnte sie.

»Ich mache nur Spaß, Mylady. Sir Hector hat mich in seinem Automobil hergeschickt. Bert wartet draußen.«

»Ach, Gott sei Dank. Sie sind ein garstiger Mensch, Constable Hancock. Ich glaube, Armstrong hat einen schlechten Einfluss auf Sie.«

»Ich, Mylady?«, warf ich ein. »Ich möchte Sie darauf hinweisen, dass ich ein Muster an Tugendhaftigkeit bin.«

Constable Hancock begann wieder zu kichern, wirkte aber plötzlich verlegen.

»Entspannen Sie sich, Constable«, beruhigte ihn Lady Hardcastle. »Ich denke, wir können inzwischen mit Sicherheit behaupten, dass Sie hier unter Freunden sind.«

»Lady Hardcastle«, sagte Inspector Sunderland, »danke, dass Sie gekommen sind. Es tut mir leid, dass ich Sie so früh am Morgen nach einer Feier schon herbitten musste, aber Sie verstehen doch sicher die Dringlichkeit.«

Lady Hardcastle hatte zusammen mit ihrem leichten Frühstück sowohl Aspirin als auch süßen Tee eingenommen. Daher war sie schon fast wieder sie selbst. »Bitte machen Sie sich darum keine Gedanken, Inspector. Ich helfe natürlich gern.«

Der Inspector war groß und fast schon hager, bewegte sich aber trotz seiner schlanken Gestalt mit einer fließenden Anmut, die auf einen athletischen Körper schließen ließ. Möglicherweise war er in seiner Jugend Sportler gewesen – vielleicht Langstreckenläufer. Er hatte eine Bruyèreholzpfeife stets griffbereit, wenn sie ihm nicht ohnehin zwischen den Zähnen steckte. Allerdings zündete er sie, soweit ich das sehen konnte, nie an.

»Danke, Mylady. Und danke auch Ihnen, Miss Armstrong.«

»Es ist mir ein Vergnügen, Inspector«, antwortete ich.

Die Farley-Strouds hatten dem Inspector das große georgianische Speisezimmer auf *The Grange* für seine Befragungen überlassen, und wir saßen nun alle um den riesigen Tisch herum. Der Raum war luftig und hell und hatte große Fenster, durch die man nach draußen auf die Zufahrt blicken konnte. Meine Aufmerksamkeit wurde allerdings nicht von der Aussicht gefesselt, sondern vielmehr von einem Bild, das neben dem steinernen Kamin hing. Die Farley-Strouds schienen Landschaftsszenen zu mögen, und auf diesem speziellen Bild waren ein

Paar Jagdhunde mit einem außerordentlich rührseligen Ausdruck auf ihren Gesichtern zu sehen. Während der Inspector fortfuhr, musste ich über das komische Bild lächeln.

»Soweit ich weiß, waren Sie beide gestern Abend hier.«

»Ja, Inspector«, entgegnete ich. »Ich bin kurz vor vier Uhr nachmittags auf *The Grange* angekommen und habe den Großteil der Zeit in den Räumen des Personals verbracht, bis um etwa sieben Uhr allmählich die Gäste eintrafen. Lady Hardcastle und ich sind gemeinsam um etwa ein Uhr nach Hause aufgebrochen.«

»Sieben? Ist das für einen Ball nicht ein bisschen früh? Ich dachte, diese Veranstaltungen beginnen eher gegen zehn.«

»Das stimmt, Inspector«, bestätigte Lady Hardcastle. »In der mondänen Gesellschaft. Aber hier auf dem Land bevorzugt man einen frühen Start, sodass man noch zu einer vernünftigen Zeit ins Bett kommt. Es war allerdings auch eher eine Soirée als ein Ball.«

»Aha«, sagte er. »Und Sie, Lady Hardcastle? Wann sind Sie gekommen?«

»Ungefähr Viertel nach acht, würde ich sagen.«

»Auf der Einladung steht ›sieben‹.«

»Ganz recht, Inspector. Aber ganz ehrlich. Wer kommt schon pünktlich zu einer Party?« Wenn sie Menschen noch nicht richtig einschätzen konnte, spielte sie oft die leicht verwirrte Salonlöwin. Ihrer Meinung nach verunsicherte das die Leute ein bisschen. Es dauerte aber nie lange, bis sie mit ihnen kicherte und sie »Liebes« nannte. Normalerweise hatte diese vorgebliche Zerstreutheit zur

Folge, dass die Leute sie für ein bisschen dumm hielten, was natürlich Teil des Spiels war. Sobald sie davon überzeugt waren, eine hirnlose Person vor sich zu haben, neigten sie dazu, viel mehr preiszugeben als geplant. Ich hatte das schon viele Male beobachtet.

»Ja, wer tut das schon, Mylady, da haben Sie recht«, pflichtete er ihr bei. Er kannte sie bereits und ließ sich ganz offenbar nicht übers Ohr hauen.

»Wäre es denn vollkommen gegen die Regeln, uns zu verraten, was genau passiert ist? Constable Hancock erwähnte, dass einer der Musiker gestorben sei.«

»Es könnte tatsächlich hilfreich sein, wenn Sie Bescheid wüssten. Oft bemerke ich, dass die genaue Kenntnis der Ereignisse der Erinnerung auf die Sprünge hilft. Wenn man den Leuten erzählt, was vorgefallen ist, tritt ein bestimmter Ausdruck in ihre Augen, und sie sagen: *Ach, deshalb hat der und der das und das zu der und der gesagt.* Also, lassen Sie mich mal sehen … Mr. Wallace Holloway war Trompeter in …«, er blickte in sein Notizbuch, »*Roland Richman's Ragtime Revue* – was neuerdings gegen einen schönen Liederabend spricht, bei dem man sich ums Klavier versammelt, das wüsste ich gern. Mr. Holloway ist heute Morgen um zirka sechs Uhr von Dora Kendrick, dem Hausmädchen, in der Bibliothek aufgefunden worden. Sie wollte gerade die Fensterläden öffnen und ein bisschen Ordnung in dem Raum machen, den die Band am Vorabend genutzt hatte. Erst vermutete sie, er wäre noch betrunken, aber als sie sich seiner liegenden Gestalt näherte, bemerkte sie, dass er ganz ›steif und kalt‹ war, ›totenblass‹ und ›in einer Blutlache lag‹. Daraufhin begann sie zu schreien und musste von Dr. Fitzsimmons ein Beruhigungsmittel verabreicht bekommen.«

»Geht es ihr gut?«, fragte ich. Ich hatte von Dora zwar am Vortag nicht allzu viel mitbekommen, sie hatte auf mich aber wie eine freundliche junge Frau gewirkt.

»Sie wird schon wieder«, erwiderte Inspector Sunderland. »Das kann man von Mr. Holloway allerdings nicht behaupten. Die *Blutlache* war zwar in Wirklichkeit nur ein winziges Rinnsal, das aus einer kleinen Wunde am Hinterkopf stammte, aber es genügte, um der jungen Frau einen Heidenschreck einzujagen. Dr. Fitzsimmons und ich sind beide der Meinung, dass er mit einem schweren, stumpfen Gegenstand auf den Hinterkopf geschlagen worden ist. Der Schlag fügte ihm eine Wunde an der Kopfhaut zu, die zu bluten begann, aber er verursachte auch innere Verletzungen an seinem Gehirn, an denen er starb, wenn auch nicht sofort. Der Doktor vermutet, dass er bewusstlos, aber noch am Leben war, als sein Angreifer ihn zurückließ. Der Tod ist erst später eingetreten. Der Doktor schätzt den Todeszeitpunkt auf etwa vier Uhr heute Morgen.«

»Es war also wahrscheinlich gar nicht die Absicht des Angreifers, ihn zu töten?«, fragte Lady Hardcastle nachdenklich. »Ein Mörder hätte sich doch sicher vergewissert, dass sein Opfer auch wirklich tot ist.«

»Für gewöhnlich ist das anzunehmen«, erwiderte der Inspector, »aber es ist auch nicht undenkbar, dass ein Angreifer gestört wird, bevor er seine Tat vollenden kann. Oder dass er nicht mit Gewalt vertraut ist und es deshalb unterlässt, den Zustand seines Opfers zu überprüfen.«

»Aha«, entgegnete sie. »Aber es bedeutet jedenfalls, dass wir nicht wissen, wann sich der Überfall tatsächlich zugetragen hat.«

»Das wissen wir in der Tat nicht, Mylady. Aber vielleicht können wir den Zeitpunkt ein wenig eingrenzen. Uns liegen Zeugenaussagen vor, nach denen Mr. Holloway um zehn Uhr zum letzten Mal lebend gesehen wurde, als die Band ihre Pause machte.«

»Da habe auch ich ihn das letzte Mal gesehen«, warf ich ein. »Miss Montgomery – die Sängerin – sagte mir, er sei in die Bibliothek gegangen, um seinen Geheimvorrat an Scotch zu holen.«

»Ach?«, sagte er. »Und warum sollte sie Ihnen das erzählen, frage ich mich. Wollte sie sich vielleicht ein Alibi verschaffen?«

»Möglich, Inspector. Aber zu jener Zeit kam mir alles vollkommen unverdächtig vor. Ich war ihr vorher schon begegnet, als sie die Bibliothek nach Alkohol durchsucht hatte, und sie hatte mich gefragt, ob ich nicht vielleicht welchen für sie auftreiben könnte. In der Pause kam sie dann zu mir und wollte wissen, ob ich damit Erfolg gehabt hätte.«

»Aha. Und warum Sie? Warum fragte sie nicht eine der Hausangestellten?«

»Die Dienerschaft gleicht sich ziemlich, Inspector«, erklärte ich ihm und zeigte auf meine Uniform. »Woher sollte sie wissen, dass ich nicht hier angestellt bin?«

»Da haben Sie recht«, räumte er ein. »Ich gehe davon aus, dass Sie bei Ihrer Suche nicht allzu viel Glück hatten?«

Ich zögerte.

»Sie hat mir ein Gläschen Brandy besorgt, Inspector«, kam mir Lady Hardcastle zu Hilfe. »Die Farley-Strouds hatten das gute Zeug versteckt.«

Der Inspector runzelte die Stirn. »Es ist doch immer das Gleiche in diesen großen Häusern«, sagte er. »Aber egal, daraus folgere ich, dass der Angriff auf Mr. Holloway sich irgendwann zwischen zehn, als er den Ballsaal verließ, und halb elf, als die Band wieder zu spielen anfing, ereignete. Vermutlich wäre er zurückgekehrt, wenn er gekonnt hätte.«

»Hat denn niemand nach ihm gesucht?«, staunte ich.

»Nur der Band hätte sein Fehlen auffallen können, Miss«, erklärte er. »Doch als sie dann wieder angefangen hatten zu spielen, konnten sie nicht mehr viel tun. Ihnen fehlte ja auch so schon ein Mann, sie konnten also unmöglich einen weiteren entbehren, der sich nach dem Trompeter auf die Suche machte, selbst wenn er ihnen den Scotch hätte bringen sollen.«

»Das stimmt wohl«, gestand ich ein. »Es kam mir auch so vor, als ob sie nach der Pause etwas weniger spritzig geklungen haben.«

»Das war wohl der Grund dafür, Miss.«

»Gab es in der Bibliothek denn irgendwelche Anzeichen für einen Kampf, Inspector?«, fragte Lady Hardcastle.

»Sie meinen, abgesehen von der Leiche neben den Bücherregalen? Ein paar. Im Raum herrschte ziemliche Unordnung, als ob er durchwühlt worden wäre. Ich vermute, der Mörder hat nach etwas gesucht.«

»Und Mr. Holloway hat ihn dabei ertappt?«

»Gut möglich. Das würde erklären, warum er bewusstlos geschlagen und dann liegen gelassen wurde.«

»Das würde es wohl.«

»Im Moment ist das meine Arbeitshypothese«, erklärte er. »Meine nächste Aufgabe besteht darin herauszufinden, wo sich alle im Laufe des Abends aufgehalten haben. Ich muss alles wissen, woran Sie beide sich erinnern können: Wo Sie waren, wen Sie wann gesehen haben und alles, was Ihnen sonst noch einfällt, egal wie unwichtig es Ihnen auch erscheinen mag. Könnten wir bitte mit Ihnen beginnen, Lady Hardcastle?«

»Natürlich. Wie gesagt bin ich um Viertel nach acht eingetroffen. Sir Hectors Chauffeur Bert war so nett, mich mit dem Automobil hier heraufzufahren. Ich habe meine Gastgeber begrüßt, die mich Captain Summers vorgestellt haben – ein schrecklicher Langweiler, der vor Kurzem aus Indien zurückgekehrt ist –, dann haben sie mich seiner einfältigen Obhut überlassen. Ich blieb so lange bei ihm, wie es die Höflichkeit gebot, und machte mich aus dem Staub, sobald er seinen Blick umherschweifen ließ. Dann habe ich mich mit Miss Clarissa und ihren Londoner Freunden unterhalten, habe dem glücklichen Paar gratuliert und so weiter. Danach habe ich mich ein bisschen unters Volk gemischt, habe zufällig ein paar der Freunde der Farley-Strouds getroffen, die ich letzte Woche beim Abendessen kennengelernt hatte, und schließlich habe ich Armstrong entdeckt. Wir haben uns kurz unterhalten, bevor mich Captain Summers wieder in ein Gespräch verwickelte. Es gelang mir allerdings, ihn zu empören.«

»*Empören*, Mylady?«, fragte der Inspector nach und blickte von seinen Notizen auf.

»Ich habe ihm verraten, dass ich nach dem Tod meines Mannes einige Zeit allein in Indien verbracht habe. Er konnte nicht fassen, wie eine Lady so etwas tun kann.«

»Eine Menge Ladys kommen in Indien allein zurecht, nachdem ihre Ehemänner gestorben sind«, sagte der Inspector.

»Mein Mann ist allerdings in China gestorben, und ich bin erst danach zusammen mit Armstrong nach Indien gereist. Dort haben wir ein paar Jahre lang gelebt.«

»Aha«, sagte er. »Ungewöhnlich, aber wohl kaum empörend.«

»Nun, für Captain Summers schon. Er suchte sich daraufhin sehr rasch jemand anderen, den er langweilen konnte. Dann sagten die Seddons Hallo. Er hatte schon einen sitzen, und sie bemühte sich ein bisschen zu sehr, sich bei mir einzuschmeicheln. Dann stellte mir Sir Hector noch einen ziemlich unangenehmen Mann vor, eine Art Antiquitätenhändler.«

Inspector Sunderland blätterte ein paar Seiten zurück. »Mr. Clifford Haddock. Seinetwegen habe ich Scotland Yard schon ein Telegramm geschickt. Er wirkt auf mich wie eine recht zwielichtige Gestalt.«

»Das kann man wohl sagen«, stimmte Lady Hardcastle zu und zog eine Augenbraue hoch. »Daraufhin habe ich Armstrong auf die Suche nach Alkohol geschickt – der Perlwein war ein netter Gedanke, aber eher ungenießbar –, und danach wurde alles deutlich lustiger. Am Ende habe ich die Jugend mit meinen Heldengeschichten von Schanghai bis Kalkutta beeindruckt. Dann hat Armstrong mich aufgespürt, unmissverständlich darauf angespielt, dass ich genug Brandy intus habe, und mich nach Hause gebracht.«

»Sie waren voll wie eine Haubitze, Mylady.«

»Ich war, wie du sagtest, sternhagelvoll, aber es schickt sich nicht, darauf in Gegenwart von Inspector Sunderland herumzureiten.«

»Mehr muss ich dazu auch nicht wissen«, sagte der Inspector lächelnd.

»Zu freundlich. Und das war dann mein Abend.«

»Ist Ihnen irgendetwas Ungewöhnliches aufgefallen um die Zeit herum, zu der Mr. Holloway verschwunden ist?«

»Nein, Inspector, leider nicht. Es war zwar keine sehr aufregende Party, aber immerhin war es eine Party. Überall standen Leute herum. Überall gab es Türen. Gäste kamen und gingen die ganze Zeit über.«

»Ja, das ist genau das Problem«, bestätigte er und beendete seine Notizen. »Und Sie, Miss Armstrong, was haben Sie gesehen?«

Ich erzählte von den Vorkommnissen meines eigenen Abends und beschrieb ihm meine Begegnung mit Sylvia Montgomery.

»Miss Montgomery kam aus der Bibliothek, als Sie auf der Suche nach dem Brandy waren?«, hakte der Inspector nach.

»Genau.«

»Das war also während der Pause?«

»Nein, ich glaube nicht. Ich meine, die Band spielte noch immer.«

»Wenn ich mich recht entsinne, gab es ein paar Instrumentalstücke«, warf Lady Hardcastle ein. »Vielleicht war es während einem von denen?«

»Möglich«, räumte er ein. »Erinnern Sie sich an die Uhrzeit dieses Zusammentreffens?«

»Tut mir leid, Inspector, ich trage nie eine Uhr bei mir. Ich habe keine Ahnung.«

»Nicht so wichtig. Fahren Sie bitte fort.«

Ich berichtete von meiner Begegnung mit der angetrunkenen Maude Denton, beschrieb ihm, wie ich mich mit dem gestohlenen Brandy wieder auf die Feier schlich und dass ich mich dabei verstecken musste, um nicht von jemandem entdeckt zu werden, der die Bibliothek betrat.

»Haben Sie diese Person gesehen?«

»Nein, ich habe nur gehört, wie die Tür geschlossen wurde. Als ich danach um die Ecke spähte, war niemand zu sehen, daraus habe ich geschlossen, dass jemand die Bibliothek betreten, nicht sie verlassen hatte.«

»Könnte es Mr. Holloway gewesen sein?«

»Die Band spielte noch, als ich den Ballsaal wieder betrat. Erst später machte Mr. Holloway sich heimlich davon, und Miss Montgomery kam zu mir und fragte mich nach dem Scotch.«

»Interessant. Das könnte also unser Täter gewesen sein«, überlegte der Inspector.

»Oder die Täterin«, gab Lady Hardcastle rasch zu bedenken.

»Wohl wahr. Obwohl es wahrscheinlicher ist, dass ein Mann einen anderen mit einem schweren Gegenstand niederschlägt. Eine Frau würde wohl eher versuchen sich herauszureden.«

»Sie haben Armstrong noch nicht kennengelernt«, sagte sie lächelnd.

»Neigt sie nicht dazu, sich aus brenzligen Situationen herauszureden?«

»Normalerweise nicht. Allerdings würde sie auch keinen schweren Gegenstand benötigen, um jemanden bewusstlos zu schlagen.«

»Nein, Inspector«, pflichtete ich ihr bei. »Außerdem würde er, nachdem er wieder zu sich käme, aufstehen und sich mit einem brummenden Schädel davonmachen können. Es zeugt von einem ausgeprägten Mangel an Geschick, jemanden aus Versehen zu töten, wo es doch so viele effektive Arten gibt, ihn einfach nur außer Gefecht zu setzen.«

Er blickte mich leicht verunsichert an, fuhr dann aber fort. »Und was ist passiert, nachdem Sie wieder in den Ballsaal zurückgekehrt sind?«

Ich erzählte ihm vom Rest meines Abends, hatte ihm aber kaum noch etwas Substanzielles zu berichten.

»Hat niemand mehr die Bibliothek betreten, während Sie aufräumten?«, fragte er, als ich fertig war.

»Nein, uns wurde gesagt, wir sollten sie auslassen, da sie noch von den Mitgliedern der Band genutzt würde. Darum ist Dora dort auch erst am folgenden Morgen hineingegangen. Ihre Aufgabe war es, den Raum wieder in Ordnung zu bringen, bevor die Band aufstehen und ihre Sachen dort zusammenpacken würde.«

»Die Musiker haben ihre Sachen nicht nach der Feier zusammengepackt?«

»Nein, sie haben ihren Auftritt beendet und ihre Instrumente auf der kleinen Bühne stehen lassen. Was danach mit ihnen passiert ist, habe ich nicht mehr mitbekommen.«

»Sie haben Miss Clarissa noch ein bisschen Alkohol abgeschwatzt und sich dann in die Zimmer zurückgezogen, die für sie im Dachgeschoss hergerichtet worden waren«, erklärte Lady Hardcastle.

»Ohne dass sie sich noch einmal nach ihrem Freund umgesehen haben?«, fragte der Inspector. »Komische Leute.«

»Oh, ich glaube, das wollten sie schon. Der, den sie Skins nennen, war ziemlich erpicht darauf, nach ihm zu suchen, aber Richman hat ihm das kategorisch untersagt, und er schien sich zu fügen.«

»Skins ... Skins ...«, sagte der Inspector und blätterte wieder sein Notizbuch durch. »Ach ja, Ivor, Skins, Maloney. Der Schlagzeuger. *Skins?*«

»Wahrscheinlich wegen der Trommelfelle«, vermutete Lady Hardcastle. »Sie werden aus Kalbshäuten gemacht, glaube ich, die ganz dünn ausgewalzt und dann sehr straff gezogen werden.«

»Ach ja? Tatsächlich? Nun, für mich ist es kein gelungener Tag, wenn ich nicht wenigstens etwas Neues dazulerne. Der heutige ist in dieser Beziehung schon fast gerettet. Richman hat es ihm verboten, hm? Sehr interessant.« Er saß ein paar Augenblicke lang da und sah noch einmal seine Notizen durch. »Nun, Mylady, Miss Armstrong, danke für Ihre Hilfe. Ich will Sie nicht länger aufhalten. Wenn ich noch etwas brauche, lasse ich Sie durch den jungen Constable benachrichtigen.«

»Natürlich. Ach, bevor wir gehen, gibt es denn irgendwelche Neuigkeiten über den Mord an Frank Pickering?«

»Wir haben einen Tatverdächtigen festgenommen.«

»Ist er denn auch der Richtige?«

»Unsere Ermittlungen dauern noch an. Der Gerechtigkeit wird Genüge getan, da können Sie sicher sein.«

Sie lächelte rätselhaft, und wir überließen den Inspector seinen Notizen.

Draußen in der Halle wurden wir fast umgehend von Lady Farley-Stroud überfallen. Sie schien einigermaßen verzweifelt zu sein.

»Ach, Emily, meine Liebe, da bist du ja. Ich bin so froh, dass ich dich noch erwische.«

»Was ist denn los, Gertie? Du bist ja ganz aufgelöst.«

»Etwas Schreckliches ist passiert, meine Liebe.«

»Ich weiß, der arme Mr. Holloway. Wir haben gerade mit dem Inspector gesprochen.«

»Ach das. Ja. Aber nein, es geht um etwas anderes. Ich weiß nicht, an wen ich mich wenden soll.«

»An mich kannst du dich immer wenden, meine liebe Gertie. Was kann ich für dich tun?«

»Komm bitte mit, meine Liebe. Ich muss dir die Angelegenheit in einem etwas diskreteren Rahmen erklären.« Sie ging voran zu einem Zimmer abseits der Halle, von dem ich wusste, dass es sich dabei um Sir Hectors Arbeitszimmer handelte. Lady Hardcastle folgte ihr ein paar Schritte, bevor sie sich zu mir umwandte. »Komm schon, Armstrong, trödle nicht.«

Ich blickte sie skeptisch und fragend an und versuchte

ihre Aufmerksamkeit auf den missbilligenden Ausdruck zu lenken, der auf dem Gesicht der älteren Frau erschienen war. Endlich begriff sie, aber es kümmerte sie nicht.

»Ach, Gertie, meine Liebe. Ich weiß, dass du das nicht so machst, aber ich mache es eben so. Du musst aus den Geschichten, die ich euch beim Essen erzählt habe, doch gelernt haben, dass Armstrong meine rechte Hand ist. Wenn du meine Hilfe brauchst, bekommst du auch ihre, ob es dir nun passt oder nicht. Es wird uns viel Mühe ersparen, wenn sie von Anfang an Einblick hat. Am Ende weiß sie sowieso Bescheid.«

Lady Farley-Stroud machte den Eindruck, als ob sie gute Lust hätte, einen Streit zu beginnen, aber ihr Wunsch nach Lady Hardcastles Hilfe ging als Sieger aus ihrem inneren Kampf hervor. Mit einem widerwilligen »Also gut« gab sie mir ein Zeichen, ich möge ihnen ins Arbeitszimmer folgen.

Ich schloss die Tür hinter mir. Lady Farley-Stroud bot Lady Hardcastle einen der Sessel am Fenster an, ignorierte mich allerdings demonstrativ, also stellte ich mich in einen Winkel des Zimmers, neben ein hohes Bücherregal. Lady Farley-Stroud ging nervös für ein paar Augenblicke auf und ab, während sie ihre Gedanken ordnete.

»Du weißt doch, dass Hector und ich in den Sechzigern in Indien waren«, begann sie. »Damals haben wir deine lieben Eltern kennengelernt. Hector und ich hatten dort eine so wunderbare Zeit ... Es ist wirklich ein wunderschönes Land. Aber natürlich hast du selbst Zeit dort verbracht, also weißt du das. Eigentlich wollte ich gar nicht heimkommen, aber Hector wurde nach England versetzt, also habe ich als pflichtbewusste Ehefrau all unsere Habseligkeiten zusammengepackt und bin ihm nach Hause gefolgt. Und, weißt du, wir haben viele hübsche Erinnerungsstücke von dort mitgebracht, Nippes und Krimskrams, um uns an unser Glück dort zu erinnern.«

Lady Hardcastle nickte.

»Eines dieser Stücke ist gestohlen worden.«

»Wie furchtbar, meine Liebe«, rief Lady Hardcastle. »Wo hat es gestanden?«

»Wir haben es in unserem Schlafzimmer auf dem Kaminsims aufbewahrt. Es lag auf einem Kissen unter einer kleinen Glasglocke. Es erinnerte uns an die glücklichen Tage und verhieß eine sichere Zukunft.«

»Armes Ding. Wie gut, dass die Polizei gleich hier war. Was hat Inspector Sunderland dazu gesagt?«

»Die Polizei darf nichts davon erfahren«, rief Lady Farley-Stroud leicht panisch. »Wir können die Polizei auf keinen Fall informieren.«

»Warum denn nicht?«

»Das ist eine ziemlich delikate Angelegenheit«, begann unsere Gastgeberin. »1865 hat Hector dem örtlichen Raja einen kleinen Gefallen getan – der Raja war wirklich ein bezaubernder Mensch –, und er hat Hector dafür mit einem Edelstein belohnt.«

»Und dieser Edelstein ist gestohlen worden? Worum handelt es sich?«

»Um einen Smaragd. Ungefähr von der Größe eines Hühnereis«, fügte sie beinahe nebenbei hinzu.

»Von der Größe eines Hühnereis?«, riefen Lady Hardcastle und ich im Chor.

»So ungefähr«, erwiderte Lady Farley-Stroud.

»Der Gefallen, den Hector ihm erwiesen hat, kann ja dann so klein nicht gewesen sein«, vermutete Lady Hardcastle. »Ein Stein wie dieser wäre doch mehrere tausend Pfund wert.«

»Viele, viele tausend«, bestätigte Lady Farley-Stroud. »Er hat außerdem eine ziemlich interessante Geschichte, aber die kann ich ein andermal erzählen. Vor ein paar Jahren haben wir jedenfalls den Stein als Sicherheit für einen Kredit benutzt. Es waren zähe Verhandlungen, doch es gelang uns, unsere Gläubiger zu überzeugen, dass wir das Juwel hier bei uns behalten durften – es bedeutet uns beiden doch so viel, weißt du?«

Ich konnte mir vorstellen, dass selbst der hartherzigste Banker sich irgendwann Lady Farley-Strouds Willen beugte.

»Sie waren darüber ganz und gar nicht erfreut«, fuhr sie fort. »Viel lieber hätten sie den Stein in ihrem eigenen Tresor in Geiselhaft genommen, aber irgendwann haben sie unter der strengen Auflage zugestimmt, dass die Sicherheit des Juwels ganz allein unserer Verantwortung obliege. Falls es gestohlen oder beschädigt werde, müssten wir den Kredit umgehend zurückzahlen. Keine Sicherheit, kein Kredit.«

»Du lieber Himmel«, sagte Lady Hardcastle.

»Jetzt verstehst du das Problem. Wenn bekannt wird, dass der Smaragd gestohlen wurde, wird unsere Schuld sofort fällig. Selbst wenn er in der Folge wieder aufgefunden würde, hätten wir die Bedingungen des Vertrags verletzt.«

»Ich sehe das Dilemma. Aber wie können wir dir dabei helfen?«

»Ich möchte, dass du den Dieb ausfindig machst und mir den Stein wiederbringst.«

Darauf schwieg Lady Hardcastle.

»Deine Mutter hat mir über all die Jahre immer von deinen Heldentaten berichtet, meine Liebe. Ich bin nicht so eine alte Närrin, wie die Leute hier vielleicht glauben, und ich kann so gut wie jeder andere eins und eins zusammenzählen. Du hättest nicht annähernd so viele aufregende Geschichten zu erzählen, wenn du einfach nur irgendeine Lady aus der besseren Gesellschaft wärst. Die ganzen Jahre über warst du doch in irgendwelche geheimen Unternehmungen verwickelt, und ich wette, dass du ganz genau weißt, wie man so einer Sache auf den Grund geht. Selbst wenn ich mich täusche, bist du jedenfalls weit und breit die gebildetste Person, vielleicht mal abgesehen von Dr. Fitzsimmons. Das Dumme ist nur, dass ich mir nicht vorstellen kann, dass er auch nur das Tagesrätsel in den *Bristol News* zu lösen vermag, geschweige denn einen Juwelenraub aufklären kann.«

Lady Hardcastle lächelte. »Ich fühle mich geschmeichelt, meine liebe Gertie, aber ich fürchte, du überschätzt unsere Talente ein wenig. Nichtsdestotrotz, wenn du ganz sicher bist, dass du die Polizei nicht einschalten kannst, wäre es wirklich unhöflich von uns, dir diese Bitte abzuschlagen. Was meinst du, Armstrong? Sollen wir versuchen, den Smaragd wiederzufinden?«

»Wohin auch immer Sie gehen, ich bin an Ihrer Seite, Mylady.«

»Ach, meine Liebe, vielen Dank«, rief Lady Farley-Stroud.

»Das Problem wird darin bestehen, diese Aufgabe zu lösen, ohne beim Dieb Verdacht zu erregen und ihn aufzuscheuchen, falls er noch immer hier ist.« In Gedanken versunken hielt Lady Hardcastle kurz inne. »Mir kommt da eine Idee. Könntest du vielleicht ein gutes Wort bei Inspector Sunderland für mich einlegen?«

9

Kurze Zeit später saßen Lady Hardcastle und ich zusammen mit Inspector Sunderland wieder am Esstisch.

Lady Farley-Stroud hatte ihn unmittelbar nach unserem Treffen um einen Gefallen gebeten.

»Würde es Ihnen viel ausmachen, wenn meine gute Freundin und Nachbarin bei Ihren Befragungen anwesend ist?«

»Sie würden mich sicher für nachlässig halten, wenn ich nicht wenigstens nach dem Grund dafür fragen würde«, erwiderte er.

Sie schaltete schnell. »Sie schreibt ein Buch, wissen Sie? Einen Kriminalroman. Es wäre wirklich ein großer Segen, wenn sie einer richtigen Ermittlung direkt beiwohnen könnte.«

»Das ist ganz und gar unüblich. Ermittlungen sind heikle Angelegenheiten und müssen mit äußerster Sorgfalt behandelt werden. Ich bin nicht sicher, ob es klug wäre, Zivilpersonen daran teilnehmen zu lassen.«

»Natürlich, Inspector, natürlich. Aber sie ist wirklich

ein helles Köpfchen. Wirklich sehr, sehr schlau. Sie wird sich nicht einmischen.«

Er dachte kurz nach. »Na gut«, sagte er dann. »Um die Wahrheit zu sagen, hat sie mich bereits ein bisschen beeindruckt. Sie hat all ihre fünf Sinne und vielleicht noch mehr beisammen, wie Mrs. Sunderland zu sagen pflegt. Ihre Anwesenheit könnte möglicherweise sogar von Nutzen sein. Es ist Ihr Haus, Lady Farley-Stroud, wenn Sie also für sie bürgen, werde ich ihr erlauben, bei den Befragungen dabei zu sein. Wenn Sie allerdings in irgendeiner Weise meine Ermittlungen behindert, muss ich sie sofort rauswerfen. Einverstanden?«

»Natürlich, natürlich. Wenn sie Ihnen irgendwelche Schwierigkeiten macht, werde ich selbst ein ernstes Wörtchen mit ihr reden.«

Unterdessen hatte Lady Hardcastle Lady Farley-Stroud um noch etwas gebeten: Bert, der Chauffeur, und ein Diener namens Dewi (der ununterbrochen fluchte, und zwar sehr blumig und leise und auf Walisisch, weil er glaubte, dass ihn so niemand verstand) waren darum gebeten worden, eine Tafel aus dem Kinderzimmer herunterzubringen. Diese hatte sie als ihre Verbrechenstafel im Esszimmer aufstellen lassen.

Während der Inspector dasaß und seine Notizen durchblätterte, zeichnete Lady Hardcastle die Partygäste, und wir beide strengten uns an, uns an weitere Details des vergangenen Abends zu erinnern, die vielleicht nützlich sein konnten.

»Mit wem haben Sie sonst noch gesprochen, Inspector?«, fragte Lady Hardcastle, nachdem sie eine besonders treffende, wenn auch wenig schmeichelhafte Zeichnung von Clifford Haddock beendet hatte.

»Bis jetzt nur mit Ihnen und zwei Hausangestellten. Der Großteil der Gäste ist kurz nach Ihnen aufgebrochen, und die meisten von denen, die hier übernachtet haben, haben ausgeschlafen. Lady Farley-Stroud hat darauf bestanden, dass ich sie schlafen lasse, also waren Sie die beiden Unglücklichen, die von Constable Hancock aufgeweckt worden sind.«

»Ich bin sicher, das ist die Strafe für irgendetwas, das ich in einem früheren Leben angestellt habe«, sagte sie. »Sind Sie vertraut mit dem östlichen Konzept des Karmas?«

»Ich habe davon gehört, ja. Ein alter Sergeant hat immer darüber gesprochen, als ich noch ganz neu in meiner Einheit war. *Doppelte Buchführung für die Seele* hat er es genannt.«

»Ein ziemlicher Philosoph, Ihr Sergeant.«

»Er hat in Indien in der Armee gedient. Hat eine Inderin geheiratet. Ein faszinierender Mann.«

»Nun, vielleicht war mein frühes Erwachen heute die Begleichung irgendeiner karmischen Schuld.«

»Die Schuld kann dann aber nicht allzu groß gewesen sein«, erwiderte er. »Es gibt schlimmere Strafen, als mit einem Brummschädel aufgeweckt zu werden.«

»Das stimmt schon. Und außerdem bin ich dann auch noch mit Ihrer Zeit und Geduld belohnt worden. Ich frage mich langsam, ob ich vielleicht einen metaphysischen Buchhalter anstellen sollte. Ich möchte Ihnen für Ihre Einwilligung danken, Inspector. Ich bin sicher, dass

Sie Ihre Ermittlungen ohne eine Lady und ihre Kammerzofe als angenehmer empfinden.«

»Lady Farley-Stroud spricht in den höchsten Tönen von Ihnen, Mylady, und auch ich selbst habe bisher einen guten Eindruck von Ihnen gewonnen. Solange Sie nur still beobachten, kommen wir sicher gut miteinander aus. Allerdings weiß ich noch immer nicht genau, warum Sie so sehr darauf erpicht waren, hier dabei zu sein. Lady Farley-Stroud hat irgendetwas davon gesagt, dass Sie ein Buch schreiben?«

»Einen Kriminalroman, ja«, sagte sie leichthin.

»Dann sollte ich mich nicht beklagen. Vielleicht gibt es darin dann endlich mal eine korrekte Darstellung der Polizei«, erklärte er. »Und jetzt machen wir besser weiter. Wir befragen die Zeugen, einen nach dem anderen. Es ist eine mühsame Arbeit, aber meiner Erfahrung nach kommt man mit Gründlichkeit zu den besten Ergebnissen.«

Kurz sah Lady Hardcastle aus, als wollte sie seine mangelnde Gründlichkeit im Pickering-Fall ansprechen, überlegte es sich aber noch einmal anders, als er ihrem Blick standhielt.

Er blätterte sein unvermeidliches Notizbuch durch. »Miss Armstrong, würden Sie mir einen großen Dienst erweisen und jemandem vom Personal Bescheid geben, dass er Miss Sylvia Montgomery holt? Lassen Sie uns doch gleich mal hören, was sie zu ihrem Besuch in der Bibliothek zu sagen hat.«

Sylvia Montgomery sah in ihrer Alltagsgarderobe nur unwesentlich weniger atemberaubend aus als in ihrem

Bühnenoutfit. Sie saß Inspector Sunderland und Lady Hardcastle gegenüber und blickte sie zwar unverwandt, aber ohne spürbare Feindseligkeit an, als diese sie zu den Ereignissen des vergangenen Abends befragten.

»… und dann bin ich in die Bibliothek gegangen, um nach etwas zu trinken zu suchen. Ich werde bei den letzten paar Nummern des ersten Sets für nichts weiter gebraucht, als mich ein bisschen hin und her zu wiegen und großartig auszusehen. Üblicherweise mache ich mich an dieser Stelle also aus dem Staub. Ich habe mich gründlich umgesehen, habe in den Globus und hinter die Bücher und unter die Polster der Sessel am Fenster geschaut. Nichts. Kein einziger Tropfen. Also wollte ich mich gerade mit dem Unvermeidlichen abfinden, als ich Sie traf.« Sie blickte zu mir herüber. »Dann bin ich in den Ballsaal zurückgekehrt und dort geblieben, bis wir fertig waren. Es ist uns gelungen, dem Geburtstagskind einen halbwegs trinkbaren Scotch abzuschwatzen …«

»Es war ihre Verlobungsfeier«, korrigierte sie der Inspector.

»Tatsächlich? Dieser Typ mit dem fliehenden Kinn und dem flaumigen Schnurrbart?«

»Mr. Seddon, ja. Der Erbe der Seddon-Spedition.«

»Wirklich? Na, schön für sie. Wenn man sich schon keinen attraktiven Mann angeln kann, sollte man wenigstens darauf achten, dass er Geld hat. Gutes Mädchen. Aber egal, wir haben uns ihren Scotch unter den Nagel gerissen und uns dann auf die schäbigen Zimmer verzogen, die sie uns widerwillig zur Verfügung gestellt hatten. Dort haben wir bis drei Uhr getrunken und sind dann schlafen gegangen.«

»Hat sich denn niemand von Ihnen gefragt, was mit Mr. Holloway passiert ist?«, fragte Lady Hardcastle.

»Zuerst schon. Skins wollte nach ihm suchen, aber Roland bestand darauf, dass er wahrscheinlich irgendein Mädchen zum Rumknutschen gefunden habe und dass wir ihn in Ruhe lassen sollten.«

»War er denn der Typ, der mit Mädchen rumknutschte, Miss?«, fragte der Inspector.

»Er war Trompeter, Inspector. Die Aussicht, mit Mädchen auf Partys rumzuknutschen, hat ihn überhaupt erst dazu veranlasst, dieses Instrument zu lernen.«

»Aha. Worüber haben Sie sich unterhalten?«

»Wann, Inspector?«

»Beim Trinken. Ich nehme an, Sie haben nicht einfach nur in düsterem Schweigen dagesessen.«

»Ah, ach so. Ach, wissen Sie, das Übliche eben. Wie der Auftritt gelaufen war, welche Nummern gut funktioniert hatten und welche nicht, über die nächsten Engagements, solche Sachen.«

»Sehr gut, Miss, danke. Ich glaube, es könnte hilfreich sein, wenn mir jemand die Bibliothek zeigen könnte, der sie vor der Straftat gesehen hat. So könnte ich einschätzen, was sich geändert hat, wenn Sie verstehen, was ich meine. Würde Sie das zu sehr belasten, Miss?«

Sie bedachte ihn mit einem vernichtenden Blick. Zur Antwort zuckte er nur mit den Schultern und erhob sich. Gemeinsam verließen wir das Esszimmer und machten uns auf den Weg zur Bibliothek.

Die Bibliothek war ein lang gestreckter rechteckiger Raum mit drei großen Fenstern an einer der langen Wände und einem breiten steinernen Kamin in der Mitte der gegenüberliegenden Wand. Abgesehen davon war jeder Zentimeter mit Bücherregalen bedeckt, die vom Boden bis zur Decke reichten.

Ich liebte die Bibliotheken großer Häuser. Meine eigene Liebe zur Literatur war in Großbritanniens öffentlichen Bibliotheken entstanden, während der Zirkus von Stadt zu Stadt zog. Aber sie war in dem Haus zu voller Blüte gereift, in dem ich meine erste Stelle als Küchenmagd angetreten hatte. Ich schlich mich dort in die Bibliothek der Herrschaften, wenn die Familie fort war, und ging auf Entdeckungsreise durch deren wunderbare Sammlung.

Jene Bibliothek in Cardiff und die in *The Grange* ähnelten einander stark. Es gab vier bequeme Ledersessel, einen in jeder Ecke des Raums. Der leere Spirituosenglobus stand neben einem davon und kleine Tischchen neben den anderen dreien. Ich konnte den Blutfleck auf dem polierten Parkett neben dem Kamin erkennen, und als ich genauer hinsah, entdeckte ich außerdem eine Blutspur an einer Ecke des steinernen Kaminbodens.

»Er scheint sich den Kopf am Kamin aufgeschlagen zu haben, Inspector.«

»Sehr gut, Miss, wirklich sehr gut. Der Doktor und ich glauben, dass die tödliche Verletzung an Mr. Holloways Gehirn erst dadurch verursacht wurde.«

Ich hatte den vagen Eindruck, von oben herab behandelt zu werden, aber ein Teil von mir freute sich auch über das Lob.

Am anderen Ende des Raums herrschte ein Durcheinander von Instrumentenkoffern. Der Koffer für einen Kontrabass lag auf der Seite, und das rote Samtfutter war herausgerissen worden, sodass er wie eine weitere blutige Leiche aussah. Runde Koffer aus gepresstem Karton waren wie überdimensionierte Hutschachteln überall verstreut, Deckel und Lederriemen lagen in komplettem Durcheinander dazwischen.

»Haben Sie Ihre Sachen so zurückgelassen, Miss?«, fragte der Inspector.

»Ich bin mir ziemlich sicher, dass wir das nicht getan haben«, entgegnete Sylvia und ging auf das Durcheinander der Koffer zu. »Unsere Instrumente sind unser Lebensunterhalt, Inspector, und wir behandeln sie äußerst pfleglich – auch die Koffer, in denen wir sie aufbewahren.« Sie streckte die Hand aus, als wollte sie aufräumen und als würde das Chaos sie persönlich beleidigen.

»Bitte berühren Sie nichts, Miss. Der Experte für die Fingerabdrücke ist noch nicht hier gewesen.«

»Oh«, sagte sie und zog die Hand zurück. »Entschuldigung.«

Bis jetzt hatte mich ihre Reaktion auf die ganze Angelegenheit verwundert. Die Bandmitglieder schienen sich alle gut zu verstehen, aber sie wirkte dennoch nicht im Geringsten aufgewühlt angesichts des Mordes an einem ihrer Freunde. Selbst der Anblick des blutbefleckten Bodens hatte sie kaltgelassen. Aber aus irgendeinem Grund hatte diese auf den ersten Blick unbedeutende Misshandlung der Instrumentenkoffer sie erschüttert, als ob das der schrecklichste Gewaltakt von allen wäre. Zum ersten Mal wirkte sie schockiert und gequält.

»Bitte setzen Sie sich doch, Miss«, forderte der Inspector sie auf und führte sie am Arm zu einem der Sessel. »Ich habe versucht, Sie zu warnen, dass der Anblick schmerzlich sein könnte.«

»Ja«, erwiderte sie geistesabwesend, »das haben Sie. Es tut mir so leid, Inspector, Sie müssen mich für furchtbar einfältig halten. Ich vermute, dass die ganze Geschichte noch nicht wirklich zu mir durchgedrungen war, bevor ich gesehen habe, was sie mit unseren Sachen angestellt haben. Irgendwie war es vorher nicht real. Verstehen Sie, was ich meine?«

»Ja, Miss Montgomery.«

»Einen Moment«, sagte sie plötzlich alarmiert. »Wo ist denn Wallace' Koffer?«

»Was meinen Sie, Miss?«

»Wallace' Trompetenkoffer. Haben Sie ihn weggeräumt?«

»Nein, Miss, wir haben auf dieser Seite des Raums nichts angerührt. Wie gesagt, wir warten auf den Kollegen, der alles auf Fingerabdrücke untersucht.«

»Ich dachte, Detectives würden all diese Sachen selbst erledigen«, erwiderte sie.

»Manche tun das auch, Miss. Wir probieren allerdings ein neues System aus. Wir arbeiten mit Spezialisten.«

»Oh, ach so.«

»Mr. Holloways Koffer?«, versuchte er, ihren Gedankengang wieder aufzunehmen.

»Er ist nicht hier.«

»Aber gestern Abend war er hier? Er hat ihn nicht vielleicht in seinem Zimmer verstaut?«

»Nein, sie haben hier drin ausgepackt. Hier haben wir uns auch aufgewärmt.«

»Aufgewärmt?«

»Sie wissen schon, ein paar Tonleitern gespielt und so weiter. Ich habe meine Stimmübungen gemacht.«

»Ah, wie Sportler.«

»Genau so, ja. Wir müssen uns locker machen und uns vorbereiten. Das haben wir hier drin getan. Ich erinnere mich genau, dass Wallace seine Trompete aus dem Koffer genommen und sie auf einem von Skins Schlagzeugkoffern abgestellt hat.«

Inspector Sunderland ging zu den chaotisch durcheinanderliegenden Koffern hinüber und betrachtete sie alle genau. Da er anscheinend nichts Wichtiges entdecken konnte, sah er sich im Raum um.

»Hm, das ist außerordentlich interessant«, sagte er gedehnt. »Hier ist er jedenfalls nicht. Sieht so aus, als hätten wir vielleicht herausgefunden, was der Dieb wollte. Aber warum …?«

»Einen leeren Trompetenkoffer?«, rief Lady Hardcastle.

»Auf jeden Fall einen Trompetenkoffer ohne die dazugehörige Trompete. Aber ich bezweifle, dass er *leer* gewesen ist, wenn er es wert war, dafür jemanden niederzuschlagen. Haben Sie darin sonst noch irgendetwas bemerkt, Miss Montgomery?«

»In dem Koffer, Inspector? Nein. Eine Trompete, ein Mundstück. Normalerweise steckten auch noch ein Tuch und ein kleines Fläschchen Ventilöl darin. Ach, und einer dieser Stäbe, die sie in das Rohr stecken, um es zu säubern. Vielleicht war auch noch ein wenig Messingpolitur darin. Ich habe ihn das ganze Zeug jedenfalls irgendwann einmal benutzen sehen, habe aber nie wirklich in den Koffer geschaut. Das gehört sich nicht, wissen Sie, die Nase in die Sachen eines anderen Musikers zu stecken. Das gehört sich wirklich nicht.«

»Verständlich, Miss. Danke. Und jetzt, glaube ich, wäre es das Beste, wenn Sie ein bisschen frische Luft schnappen gehen.«

Er klingelte, und kurz darauf erschien Jenkins.

»Jenkins«, sagte der Inspector. »Wären Sie so freundlich, für Miss Montgomery ein ruhiges Plätzchen im Garten zu finden, wo sie sich ein bisschen an der frischen Luft entspannen kann? Sie hat einen kleinen Schock erlitten. Vielleicht haben Sie auch ein Gläschen Brandy für sie, ich bin mir sicher, der würde ihr guttun.«

Jenkins wirkte kurz entsetzt bei dem Gedanken, dass er eine einfache Musikerin – die in seinen Augen nicht besser war als ein Kaufmann – als Ehrengast behandeln sollte, aber ein zustimmendes Nicken von Lady Hardcastle überzeugte ihn davon, dass dies letztendlich nur etwas war, was er einfach hinter sich bringen musste.

»Ja, Sir, natürlich«, sagte er also ausdruckslos. »Kann ich sonst noch etwas für Sie tun?«

»Nein, Jenkins, danke.«

»Ach, Jenkins«, meldete sich Lady Hardcastle zu Wort. Er hielt inne und drehte sich zu ihr um. »Wir kehren gleich wieder ins Esszimmer zurück. »Wären Sie so lieb und würden uns Kaffee bringen lassen, bitte?«

»Natürlich, Mylady.« Er hatte nichts dagegen einzuwenden, einer richtigen Lady zu helfen. »Um eins gibt es Mittagessen, Mylady. Im Garten, denn der Inspector«, er machte eine Pause und blickte demonstrativ zu Inspector Sunderland, »hat ja das Speisezimmer in Beschlag genommen. Werden Sie mit uns essen?«

»Wohl nicht, Jenkins. Vielleicht wäre Mrs. Brown so nett und würde uns einen Teller mit Sandwiches machen?«

»Ich glaube, das tut sie sehr gern, Mylady.«

Er schloss die Tür hinter sich.

»Was für ein eingebildeter, hochnäsiger, arroganter …«, setzte der Inspector an.

»Ach, kommen Sie schon, Inspector«, unterbrach ihn Lady Hardcastle. »Er ist einfach nur ein bisschen altmodisch.«

»Wenn ich ihn darum bitte, einer jungen Frau zu helfen, der es schlecht geht, behandelt er mich von oben herab. Wenn Sie ihn aber darum bitten, uns Kaffee und Sandwiches zu bringen, überschlägt er sich fast vor Eifer.«

»Das machen der Akzent und der Titel, mein lieber Junge«, erwiderte sie augenzwinkernd. Er knurrte, um anzuzeigen, dass sie damit nur seine Vermutung bestätigt hatte. »Ach, und …« Sie blickte hinab auf ihre üppige Brust.

Der Inspector schenkte ihr einen leicht entsetzten Blick. »Wirklich?«, sagte er dann und verließ das Zimmer.

»Sie, Mylady, landen einmal ohne Umweg in der Hölle«, sagte ich und folgte ihm. Sie grinste.

Wir betraten das Speisezimmer und fanden dort einen völlig verwirrten Captain Summers vor, der ratlos auf das leere Sideboard blickte.

»Potzblitz«, rief er. »Ich scheine ein bisschen zu spät fürs Frühstück zu sein, was?«

»Ein bisschen, Sir«, entgegnete der Inspector. »Es ist fast schon Zeit fürs Mittagessen. Und Sie sind …?«

»Ich könnte Ihnen dieselbe Frage stellen, Sir«, entgegnete Summers aufgeblasen und musterte abschätzig den sauberen, aber unmodischen Anzug des Inspectors.

»Verzeihung. Ich bin Inspector Sunderland von der Kriminalpolizei in Bristol.«

»Kriminalpolizei, hm? Inspector, hm? Was inspizieren Sie denn?«

»Jemand ist ermordet worden, Mister …«

»Captain. Captain Summers.« Er erbleichte. »Ermordet?«

»Ja Sir, gestern Abend auf der Party. Geht es Ihnen gut, Sir? Wollen Sie sich vielleicht setzen?«

»Ich … äh … ja. Macht es Ihnen etwas aus, Mylady?« Er blickte zu Lady Hardcastle hinüber. »Mir ist ein bisschen blümerant.« Er setzte sich auf einen der Stühle und wirkte noch immer sehr blass. »Komisch, dass ein Kerl sein Leben damit verbringen kann, für König und Vaterland zu kämpfen – nebenbei gesagt auch für Königin und Vaterland –, dass er Tod und Gemetzel rings um sich herum ertragen kann, dann aber von einem Toten im Haus umgehauen wird. Es ist doch hier im Haus geschehen, Inspector?«

»Ja, Sir.«

»Grundgütiger, aber doch nicht etwa in diesem Raum?«

»Nein, Sir, in der Bibliothek.«

»Ach so, ach so.« Er sah sich immer noch verwirrt um. »Wer war es denn?«

»Einer der Musiker, Sir«, antwortete der Inspector. »Mr. Wallace Holloway, der Trompeter.«

»Gütiger Gott. Dieser Musikertyp, hm? Die waren gut. Ich meine, das sagen mir wenigstens alle die ganze Zeit. Nicht ganz mein Geschmack, wenn ich ehrlich mit Ihnen bin, aber … ich meine … ein Mensch verdient doch nicht den Tod, weil er amerikanische Musik spielt.«

»Ich glaube nicht, dass ihn ein Musikkritiker getötet hat, Sir. Wir sind uns so gut wie einig, dass es sich um einen Raub gehandelt hat.«

»Einen Raub? Gütiger Gott, um Himmels willen. Was kann ein Trompeter denn besitzen, das sich zu stehlen lohnt?«

»Das ist genau die Frage, die wir uns selbst im Augenblick stellen, Sir. Haben Sie gestern Abend vielleicht irgendetwas gesehen? Irgendetwas, das uns helfen könnte zu ergründen, was passiert ist?«

»*Uns*?«, sagte Captain Summers und sah sich zu Lady Hardcastle und mir um.

»Damit habe ich die Polizei gemeint, Sir. Lady Hardcastle und Miss Armstrong … beobachten nur.«

Captain Summers sah uns verständnislos an. »Sie beobachten?«

»Ja, Sir.«

»Aha. Aha. Wie schön.«

»Würde es Ihnen etwas ausmachen, uns vom vergangenen Abend zu erzählen, Captain? Haben Sie zum Beispiel irgendetwas Ungewöhnliches gesehen oder gehört?«

»Nichts, Inspector, nein.«

»Vielleicht berichten Sie uns einfach, an was Sie sich erinnern?«

»Natürlich, natürlich. Ich bin schon ein paar Tage auf *The Grange* zu Besuch, sehen Sie? Ich bin mit Sir Hector befreundet. Also war ich einer der Ersten auf der Feier. Für meinen Geschmack ist sie ein bisschen früh losgegangen, aber ich habe mich bemüht, keinen Aufstand zu machen. So vieles hat sich hier verändert, seit ich weggegangen bin.«

»Sie sind schon früher auf *The Grange* gewesen?«

»Nein, ich meine ja, ich war schon hier, aber ich meinte England. Vor die Hunde gegangen, wenn Sie mich fragen. Frankreich ebenfalls. Ich habe auf meinem Weg hierher in Paris Station gemacht, um einen alten Freund zu besuchen, hm? Dort ist jetzt alles so heruntergekommen. Und ich habe dort meine besten Kleider getragen …«

»Eine Militäruniform, Sir?«

»Wie? Nein, die Affenjacke ist noch in Indien. Ich bin nur mit leichtem Gepäck gereist, hm? Ich kehre bald wieder dorthin zurück. Es hat ja keinen Sinn, meine ganzen Habseligkeiten um die halbe Welt mitzuschleppen, um sie dann den ganzen Weg wieder zurückzuschleppen.«

»Da haben Sie recht, Sir. Bitte, fahren Sie fort. Was haben Sie dann getan?«

»Ich habe versucht, mich unter die Leute zu mischen, mich von meiner geselligen Seite zu zeigen, verstehen Sie? Ich habe versucht, wieder ein Gefühl für all das zu bekommen. Für die Gesellschaft und so weiter. Ich hoffe ja, bald zu heiraten, ein neues Leben in England zu beginnen, in einem oder zwei Jahren. Da kann es doch nicht schaden, ein paar Freundschaften zu schließen.«

»Ach, gratuliere, Sir«, sagte der Inspector freundlich. »Wer ist denn die Glückliche?«

Captain Summers lächelte betrübt. »Das ist das Problem. Ich habe sie noch nicht richtig gefragt. Sie ist die Tochter eines Colonels und so weiter. Da muss ich ein bisschen Vorsicht walten lassen, hm? Muss ihr den Hof machen. Sie beeindrucken, verstehen Sie? Da kann ich nicht einfach mit der Tür ins Haus fallen.«

»Ach so, Sir, ja. Haben Sie sich denn den ganzen Abend über im Ballsaal aufgehalten? Oder sind sie auch mal nach draußen gegangen, um frische Luft zu schnappen?«

»Daran kann ich mich nicht erinnern, nein.«

»Und ist Ihnen sonst irgendwer aufgefallen, der gekommen und wieder gegangen wäre? Ist Ihnen irgendetwas Seltsames aufgefallen?«

»Nicht wirklich, Inspector. Die Leute kommen und gehen bei so einer Veranstaltung ja den ganzen Abend über.«

»Haben Sie gesehen, wie Mr. Holloway den Raum verlassen hat?«

»Der Tote?«

»Ja, Sir.«

»Kann ich mich nicht dran erinnern, nein.«

»Ihnen wäre also auch nicht aufgefallen, wenn ihm jemand, sagen wir mal, nach draußen gefolgt wäre?«

»Nein, Inspector, überhaupt nicht. Ich bin wohl leider keine große Hilfe, oder?«

»Alles kann bei einer Untersuchung wie dieser hilfreich sein, Sir«, erwiderte der Inspector geduldig. »Ich sehe allerdings, dass Sie erschöpft sind, also möchte ich Sie nicht länger hier festhalten. Danke für Ihre Zeit.«

»Dann kann ich wohl gehen, ja?«

»Sie können gehen, Sir. Ich wäre Ihnen allerdings verbunden, wenn Sie auf *The Grange* bleiben könnten, bis die ganze Sache aufgeklärt ist. Vielleicht habe ich noch weitere Fragen an Sie, sobald ich einen besseren Überblick über die Ereignisse des Abends habe. Vielleicht fällt Ihnen dann auch noch etwas ein.«

»Gewiss, Inspector, gewiss.« Er erhob sich und wandte sich zum Gehen. »Lady Hardcastle«, sagte er mit einer Verbeugung und ging dann um den Tisch herum zur Tür.

Als er sie hinter sich geschlossen hatte, rollte Inspector Sunderland mit den Augen. »Was für ein holzköpfiger Esel. Schön zu sehen, dass sich das Empire in den Händen solcher klugen und tapferen Individuen befindet.«

»Er hatte einfach nur einen Schock«, sagte Lady Hardcastle vorwurfsvoll.

»Einen Schock, dass ich nicht lache. Der Mann ist Soldat. Er hat dem Tod schon ins Auge geblickt. Das hat er doch selbst gesagt.«

»Vielleicht, aber wie ein Freund mir einmal gesagt hat, gibt es einen Unterschied zwischen Leuten, die sich als Feind verkleidet haben, und irgendeinem Schurken, der mitten in der Nacht in einem englischen Dorf die Menschen umbringt.«

»Sie haben natürlich recht, Mylady, ich sollte nicht so streng sein, aber der Mann ist trotzdem ein Witz.«

»Oh, er ist ein Witz, da besteht kein Zweifel. Und dabei so furchtbar abgedroschen. Aber vielleicht sollten wir nachsichtig mit ihm sein. England ist nicht mehr so, wie er es in Erinnerung hat. Ich denke, er hatte eine ziemlich verklärte Vorstellung, und die Realität hat seine Illusionen zerschmettert.«

»Das kann man wohl sagen«, bestätigte der Inspector zerstreut und machte sich noch ein paar Notizen.

Es klopfte, und Jenkins trat mit einem Tablett mit Kaffee, Sandwiches und Buttergebäck ein.«

»Lunch, Mylady«, sagte er und ignorierte demonstrativ den Inspector. »Mrs. Brown dachte, Sie hätten vielleicht gern Gebäck zum Kaffee.«

»Sehr aufmerksam von ihr, Jenkins. Bitte danken Sie ihr in unserem Namen.«

»Sehr wohl, Mylady. Haben Sie sonst noch einen Wunsch?«

»Nein, Jenkins, vielen Dank.«

»Sehr wohl, Mylady«, sagte er mit einer kleinen Verbeugung. Dann verschwand er so still, wie er gekommen war.

Inspector Sunderland schien kurz vor einer weiteren Tirade zu stehen, überlegte es sich dann aber anders und schenkte stattdessen Kaffee ein.

»Bitte«, sagte ich und trat vor. »Darf ich?«

»Sicher, Miss, wenn Sie darauf bestehen.«

»Danke, Inspector, sagte ich und goss den beiden Kaffee ein. »Ich tue nur meine Pflicht.«

»Gib nicht so an, Armstrong«, sagte Lady Hardcastle, »und gieß dir selbst auch eine Tasse ein.«

Ich knickste. »Danke, Mylady. Sie sind wirklich sehr großzügig zu einem armen Dienstmädchen wie mir. Sehr gütig und großzügig. Ich verdiene das nicht, Mylady, ich verdiene es wirklich nicht.«

»Treten Sie beide mit dieser Nummer eigentlich im Varieté auf?«, fragte der Inspector.

»Nein, Inspector, wir sind einfach nur gute Freundinnen«, erwiderte Lady Hardcastle und bedeutete mir, ich solle mich zu ihnen an den Tisch setzen.

»Nun, bis jetzt haben wir nichts erfahren, was wir nicht auch selbst hätten erraten können«, sagte der Inspector und blickte noch immer nachdenklich auf seine Notizen.

»Das würde ich so nicht sagen, Inspector«, widersprach Lady Hardcastle. »Wir haben doch einen ziemlich guten Einblick in den Charakter des Mannes erhalten.« Sie stand auf und machte sich selbst einige rasche Notizen auf der Verbrechenstafel.

»Er hat uns gezeigt, was für eine Witzfigur er ist, dazu war es wohl gut.« Er schlug sein Notizbuch zu. »Wenn ich fragen darf, wozu in aller Welt dient Ihnen die Tafel?«

»Das ist meine Verbrechenstafel, Inspector. Ich habe in Cambridge Naturwissenschaften studiert, und in wissenschaftlichen Kreisen ist es ziemlich in Mode, laut zu denken, indem man eine Tafel zu Hilfe nimmt. Jeder kann dann die eigenen Gedankengänge nachverfolgen und die Schwachstellen entdecken. Ich habe mich ziemlich daran gewöhnt, mithilfe einer Tafel meine Überlegungen anzustellen, also habe ich damit begonnen, eine für meine kriminologischen Ermittlungen zu benutzen.«

»Ich wusste gar nicht, dass sie auch Frauen zum Studium in Cambridge zulassen«, staunte er.

»Studieren dürfen wir, Inspector – und Girton ist einfach ein wundervolles College –, sie weigern sich nur, uns auch einen Abschluss machen zu lassen.«

»Aha. Und was meinen Sie mit *kriminologischen Ermittlungen*? Haben Sie so etwas vorher schon einmal gemacht?«

»Wir haben damit erst vor Kurzem begonnen. Wir interessieren uns … gewissermaßen … zufällig … für den Pickering-Fall.«

»Sie mischen sich in den Pickering-Fall ein?«

»Wir mischen uns nicht wirklich ein.«

»Aber Sie sind mit der Arbeit der Polizei nicht zufrieden.«

»Darum geht es gar nicht, Inspector. Ganz offensichtlich waren Sie sehr beschäftigt, und wir dachten nur …«

»Sie dachten, Sie könnten die Arbeit besser erledigen, weil Sie Kriminalromane schreiben, und halten die Polizei für einen Haufen ausgemachter Einfaltspinsel.«

Sie lachte. »Nun, nicht gerade für ausgemachte Einfaltspinsel. Aber Sie müssen schon zugeben, dass Sie ein wenig abgelenkt waren, als Sie sich mit uns unterhalten haben. Und wir wissen mit Sicherheit, dass Old Joe Arnold vom *Dog and Duck* keine Gelegenheit hatte, Ihnen die ganze Geschichte zu erzählen.«

Er runzelte die Stirn. »Das geht Sie eigentlich nichts an«, sagte er nach kurzem Nachdenken, »aber da Sie vorgeben, Kriminalgeschichten zu schreiben, kann ich Ihnen vielleicht ein paar Dinge verraten, damit Ihre Schilderungen authentischer geraten. Nein, ich habe meine Ermittlungen noch nicht abgeschlossen. Nein, ich bin ganz und gar nicht überzeugt davon, dass Bill Lovell der Mörder ist, obwohl ich mir sicher bin, dass er etwas im Schilde führt. Daher hat es ihm auch nicht geschadet, ein paar Tage in der Zelle zu schmoren …«

»Ach, dann ist er wieder auf freiem Fuß?«

»Er wird bald freigelassen, ja. Seine Haft war jedoch aus anderen Gründen außerordentlich nutzbringend für mich. Meine Kollegen und ich hatten in der Stadt mit einem besonders heiklen Fall zu tun: Straßenkinder waren entführt worden. Wir waren uns sicher, dass sie irgendwohin nach Osteuropa verschifft werden sollten, wer weiß, zu welchem furchtbaren Zweck. Es war von größter Bedeutung, dass die Zeitungen keinen Wind davon bekamen und ausplauderten, was wir vorhatten. Dann wäre die Bande gewarnt gewesen und all diese Kinder für immer verloren. Aber ein hübscher Mord beschäftigt die Herren von der Presse immer ein Weilchen, sodass wir ungestört unsere Arbeit erledigen konnten.«

»Die Bande …?«

»Ist inzwischen weggesperrt, Mylady, ja. Und Lovell ist bald wieder auf freiem Fuß.«

»Ich muss schon sagen, das kommt mir alles ziemlich zynisch vor.«

»Das kann schon sein, aber wir sind doch nicht ganz so unfähig, wie Sie geglaubt haben, nicht wahr?«

»Das muss ich wohl zugeben.«

»Das ist doch ein Anfang. Also, Sie sagen, dass wir nicht die ganze Geschichte von Arnold kennen? Woher wissen Sie das? Haben Sie mit ihm gesprochen?«

»Armstrong hat das getan, nicht wahr, meine Liebe?«

»Das habe ich«, bestätigte ich.

»Und was haben Sie herausgefunden?«, fragte er.

Ich fasste kurz meine Unterhaltung mit Joe und Daisy zusammen, inklusive der Charakterbeschreibungen.

Er lachte leise. »Dann muss ich mich wohl mal mit diesem Arthur Tressle unterhalten. Soweit ich weiß, war das gesamte Kricketteam gestern Abend hier.«

»Das stimmt«, bestätigte Lady Hardcastle. »Teddy Seddon, der zukünftige Bräutigam, spielt Kricket.«

»Seddon … Seddon …«, sagte er und blätterte seine Notizen durch. »Ach, tatsächlich war mir gar nicht bewusst, dass es sich um *diese* Seddons handelt.«

»Sie kennen sie?«

»Ich habe von der Firma gehört, ja.«

»Sie haben eine Spedition, oder?«, fragte Lady Hardcastle. »Waren *Seddon, Seddon und Seddon* in Ihre Kindesentführungen verwickelt? Kennen Sie den Namen etwa daher?«

Für einen Moment sah er sie anerkennend an. »Das kann ich leider nicht kommentieren.«

»Ich möchte Sie nicht zu einer Indiskretion verleiten, Inspector«, sagte sie. »Sollen wir uns jetzt über diese köstlichen Sandwiches hermachen und für eine Weile von weniger ernsten Dingen sprechen?«

Also aßen wir gemeinsam und plauderten. Uns allen war aufgefallen, dass das Haus schon bessere Zeiten gesehen hatte und dass es einen leicht heruntergekommenen Eindruck machte. Der Inspector fragte daher nach der finanziellen Situation der Farley-Strouds.«

»Inspector!«, rief sie. »Sie sollten es eigentlich besser wissen, als nach den Finanzen eines Engländers zu fragen.«

»Nennen Sie es einfach professionelle Neugier.«

»So, so. Nun, sie sind nicht wirklich mittellos«, erklärte sie, »aber sie scheinen auch nicht gerade viel Geld für Dekoration oder Modernisierung übrig zu haben.«

Wir aßen auf und machten uns dann über die Kekse her.

»Ich muss schon sagen«, lobte der Inspector. »Die sind ziemlich gut. Mrs. Sunderland macht auch gutes Buttergebäck, aber mit dem hier ist es nicht zu vergleichen.«

»Armstrong kann Ihnen bestimmt das Rezept besorgen, wenn Sie es wünschen.«

»Sagen Sie mir, Mylady, wenn Sie die Frau eines Police Inspectors wären und ängstlich darauf warten würden, dass er heimkommt, nie wüssten, in welche Gefahr er an diesem Tag vielleicht geraten ist, und wenn Sie ihm köstliches Shortbread backen würden, damit er es zum Tee am Kamin genießen kann, wie würden Sie sich fühlen, wenn er heimkäme und Ihnen sagen würde: ›Bitte sehr, Liebling, ich dachte zwar, dass du die besten Kekse im ganzen Land machst, aber nun ist mir ein viel besseres Rezept untergekommen. Bring diese minderwertigen Dinger in die Küche zurück und mach mir welche von den anderen, die eine Bedienstete in einem Gutshaus gebacken hat, in dem ich heute zu Gast war‹?«

»Das ist ein wirklich überzeugendes Argument, Inspector«, räumte sie ein. »Armstrong, halte dieses Rezept geheim. Verrate es niemandem, vor allem nicht dem Inspector.«

»Sehr wohl, Mylady«, entgegnete ich.

»Also nein, Sie beide …!«, sagte der Inspector und trank einen Schluck Kaffee. Ich hatte den Eindruck, dass wir ihm mittlerweile sympathisch waren. »Nun denn, zurück an die Arbeit. Lassen Sie uns jemanden befragen, der uns vielleicht tatsächlich etwas verraten kann. Was halten Sie davon, wenn wir mit einem weiteren Bandmitglied sprechen? Ich habe den Eindruck gewonnen, dass Miss Montgomery der Band nicht allzu nahesteht. Lassen Sie uns doch mal hören, was seine Mitmusiker zu sagen haben.« Er warf einen Blick in seine Notizen. »Und lassen Sie uns gleich ganz oben anfangen. Roland Richman. Er kann uns vielleicht ein wenig mehr erzählen.«

»Schon möglich, schon möglich«, sagte Lady Hardcastle.

Der Inspector nickte. »Es gibt noch einen weiteren Grund, warum ich mit Mr. Richman sprechen möchte.« Er blätterte einige Seiten in seinem Notizbuch zurück. »Eine der Bediensteten hat ausgesagt, sie habe ihn im Flur vor der Bibliothek gesehen. Sie konnte sich nicht erinnern, wann das gewesen war, und ich habe mir zu der Zeit auch nichts weiter dabei gedacht, denn die Musiker hatten ja Grund, sich dort aufzuhalten, aber natürlich ist er so auch in der Nähe des Tatorts gesehen worden.«

»Soll ich ihn holen, Sir?«, fragte ich.

»Das wäre wirklich ganz reizend, Miss, danke sehr.«

10

Ich traf Roland Richman im Ballsaal an, wo er auf dem Klavier herumklimperte. Um ehrlich zu sein, ist das keine ganz angemessene Beschreibung – er spielte nämlich ein ziemlich schönes Stück, das sich zudem als eine seiner eigenen Kompositionen entpuppte. Er folgte mir ein wenig widerwillig ins Speisezimmer, und nach der üblichen Vorstellungsrunde ging Inspector Sunderland direkt zur Befragung über.

»Vergeben Sie mir meine Unverblümtheit, Sir, aber ich muss alldem so schnell wie nur möglich auf den Grund gehen. Mir liegt die Aussage einer Zeugin vor, die angibt, dass sie Sie gesehen hat, wie Sie sich …«, er blätterte demonstrativ sein Notizbuch durch, »*im Flur vor der Bibliothek herumdrückten.* Sie kann sich nicht genau daran erinnern, wann das gewesen ist, aber vielleicht können Sie das?«

Mr. Richman musste lachen. »Es hat wohl so ausgesehen, als ob ich mich dort nur herumgedrückt habe, ja. Ich habe auf jemanden gewartet.«

»Auf wen denn, Sir? Und wann ist das gewesen?«

»Ich habe auf Wallace gewartet. Ich weiß die genaue Uhrzeit nicht, in diesem Haus gibt es verdammt wenige Uhren. Aber es ist während unserer Pause gewesen.«

»… während der Pause«, murmelte der Inspector und machte sich eine sorgfältige Notiz. »Haben Sie Mr. Holloway auch tatsächlich getroffen?«

»Nein, er ist nicht aufgetaucht. Und jetzt weiß ich auch, warum.«

»Vielleicht, Sir. Haben Sie denn nach ihm gesucht?«

»Nein, wir wollten uns im Flur treffen. Ich wollte mich nicht allzu weit entfernen, um ihn nicht zu verpassen.«

»Und es ist Ihnen nicht in den Sinn gekommen, in der Bibliothek nachzusehen? Er hat Ihnen doch gesagt, dass er dorthin geht.«

»Das hat er den anderen gesagt, Inspector. Ich wusste, wohin er tatsächlich ging: in den Korridor, wo er sich mit mir treffen wollte.«

»Verstehe, Sir. Haben Sie sonst noch etwas gesehen oder gehört?«

»Nein, gehört nichts, abgesehen von dem üblichen Stimmengewirr einer Party, gesehen habe ich noch dieses Dienstmädchen …«

»Rose, Sir«, unterbrach ihn der Inspector.

»Wirklich?«, rutschte es mir überrascht heraus. »Wie schön für sie, dass sie aus der Küche entkommen ist und ein bisschen was von der Party mitbekommen hat.«

»Ein echter Glückspilz«, sagte Mr. Richman gelangweilt. »Da waren noch ein paar andere, aber ich hab nicht allzu sehr auf sie geachtet, wollte nur das Treffen hinter mich bringen und dann wieder an die Arbeit gehen.«

»Worum drehte es sich denn bei Ihrem Treffen, Sir?«, fragte der Inspector.

»Um Bandangelegenheiten, vermute ich. Er hat es mir vorher nicht verraten. Hat mir einfach nur gesagt, dass er unter vier Augen mit mir sprechen muss. Wahrscheinlich wollte er mehr Geld, wenn ich Wallace richtig einschätze.«

»Wie lange haben Sie denn auf ihn gewartet?«

»Auch das weiß ich nicht, Inspector. Keine Uhren, wie gesagt.«

»Stimmt, ja, Sir. Aber irgendwann sind Sie dann zurück zu der Veranstaltung gegangen und haben ihr zweites Set gespielt, so nennen Sie das doch?«

Mr. Richman lächelte. »Das zweite Set, ja. Dann haben wir noch einen Absacker getrunken und uns früh hingelegt.«

»Früh, Sir?«

»Normalerweise gehen wir um sechs Uhr morgens schlafen, Inspector. Die Nacht über sorgen wir zum Großteil für die Unterhaltung der Leute.«

»Gewiss, Sir, manchmal vergisst man, dass andere so ein ganz anderes Leben führen als man selbst.«

»Waren Sie mit Mr. Holloway befreundet?«, fragte Lady Hardcastle.

»Befreundet, Mylady? Wir sind gut miteinander ausgekommen, falls Sie das meinen. Er ist schon ein paar Jahre bei der Band dabei, und wir sind ja eine kleine Gruppe. Es würde nicht funktionieren, wenn wir uns nicht leiden könnten.«

»Natürlich«, entgegnete sie. »Aber ich wollte wissen, ob Sie eng befreundet oder nur Kollegen waren.«

»Ich würde schon sagen, dass wir Freunde waren.«

»Und hatten Sie auch außerhalb der Arbeit miteinander zu tun?«, hakte sie nach.

»Was meinen Sie?«, fragte Mr. Richman. »Ab und zu sind wir zusammen was trinken gegangen, haben uns ein-, zweimal auch zum Dinner getroffen. Aber wir arbeiten ziemlich viel, Lady Hardcastle, wir verbringen viel Zeit miteinander.«

»Sie hatten also keinerlei gemeinsame Interessen außerhalb Ihrer Arbeit? Keine gemeinsamen Geschäftsinteressen?«

»Ich weiß wirklich nicht, worauf Sie hinauswollen«, sagte er verdutzt. »Was für eine Art Geschäft schwebt Ihnen denn vor, für das wir Zeit gehabt haben sollen?«

Lady Hardcastle lächelte. »Verzeihen Sie, Mr. Richman, manchmal schweifen meine Gedanken ab. Ich wollte einfach nur etwas mehr über Mr. Holloway herausfinden.«

»Sie haben ihn gestern doch mit mir zusammen vor der Dorfhalle gesehen. Er war ein ziemlich netter Kerl, mehr müssen Sie eigentlich nicht wissen. Ein hervorragender Musiker, ein guter Freund und ein echter Gentleman. Natürlich kein Gentleman wie die, die Sie kennen, Mylady – er stammt ja aus denselben Gassen wie wir anderen –, aber er war ein echter Gentleman. Ich werde ihn vermissen.«

»Natürlich, Mr. Richman. Verzeihen Sie, dass ich mich in Ihre Trauer eingemischt habe.«

Er nickte betrübt.

»Ich habe alle darum gebeten, im Haus zu bleiben, bis wir die Angelegenheit aufgeklärt haben, Sir«, sagte der

Inspector und beendete die Befragung. »Ich hoffe, das macht Ihnen keine Umstände.«

Mr. Richman blickte sich im Speisezimmer um. »Das Haus könnte ein bisschen Dekoration vertragen, aber ich nehme an, ich halte es schon eine Weile in solch ärmlichen Verhältnissen aus.«

»Danke für Ihre Geduld, Sir. Ich lasse Sie rufen, wenn ich Sie noch einmal brauche.«

Mr. Richman erhob sich. »Gern, Inspector.« Dann entfernte er sich.

»Haben Sie einen bestimmten Verdacht, Mylady?«, fragte der Inspector daraufhin.

»Ich teste nur ein bisschen, Inspector. Ich wollte herausfinden, ob Holloway und er noch irgendetwas anderes im Schilde führten. Vielleicht etwas Ungesetzliches. Habe ich Ihnen die Befragung verdorben?«

»Wahrscheinlich nicht, Mylady. Ich hätte es wahrscheinlich nicht auf diese Weise versucht, aber es war durchaus erhellend, ihn bei Ihren Fragen so verunsichert zu sehen. Vielleicht haben die zwei tatsächlich noch etwas anderes im Schilde geführt.« Er warf einen Blick in sein Notizbuch. »Jetzt lassen Sie mich mal nachsehen … Um wen kümmern wir uns denn als Nächstes? Ach, ja, Mr. Clifford Haddock.«

»Ich hole ihn gleich mal.« Ich eilte davon.

Mr. Haddock stand mit Sir Hector in einem Gang an der Rückseite des Hauses. Er betrachtete aufmerksam etwas, was ich für eine ziemlich hässliche Uhr hielt, die auf einem verzierten chinesischen Schränkchen stand.

»Oh, nun also, Sir Hector«, sagte der Händler, »das ist wirklich ein schönes Stück. Um ehrlich zu sein, würde ich Ihnen nur ein paar Schilling für den Schrank zahlen – der ist eine Nachbildung, verstehen Sie –, aber diese Uhr ist wirklich ein sehr schönes Stück. Frankreich, achtzehntes Jahrhundert. Ich bin sicher, dass ich Ihnen dafür einen Käufer finden könnte, ja, bestimmt.«

Sir Hector bemerkte meine Ankunft und rollte zu dem andauernden Geschwätz des Händlers mit den Augen. »Ja, meine Liebe? Können wir etwas für Sie tun?«, ergriff er die Gelegenheit, um Mr. Haddock zu unterbrechen.

»Verzeihung, wenn ich Sie störe, Sir Hector«, erwiderte ich respektvoll, »aber Inspector Sunderland würde sich jetzt gern mit Mr. Haddock unterhalten.«

»Gütiger Gott«, sagte Mr. Haddock. »Dann bin ich jetzt also dran, vor die Spanische Inquisition zu treten, hm?«

»Bitte folgen Sie mir ins Esszimmer«, entgegnete ich.

»Na, die Polizei sollte ich wohl besser nicht warten lassen, hm? Hier entlang?«

»Ja, Sir, ich bringe Sie hin.«

Er wandte sich in die Richtung, aus der ich gekommen war, und ich wollte ihm folgen, aber Sir Hector hielt mich am Ärmel zurück.

»An dem Kerl ist was faul«, flüsterte er. »Sie haben doch gehört, was er über meine Antiquitäten gesagt hat? Es verhält sich genau andersherum. Das Schränkchen ist nämlich echt – hab ich 1858 in Schanghai erstanden –, während die Uhr eine Imitation ist, die ein Kerl in Bournemouth gemacht hat. Die Memsahib kann Uhren nicht leiden. Hat mir immer verboten, viel Geld dafür auszugeben.

Entweder hat dieser Haddock keine Ahnung, oder er versucht, einen ehrlichen Mann übers Ohr zu hauen, hm?«

»Zurzeit würde ich keins von beidem ausschließen, Sir Hector.«

»Sie spielen wohl auch gern ein bisschen Detektiv, wie? Die Memsahib hat mir Bescheid gesagt, worauf sie Sie beide angesetzt hat.«

»So was in der Art, Sir. Das und die Tatsache, dass er eine schmierige kleine Zecke ist.«

Er lachte herzhaft. »Da haben Sie den Nagel auf den Kopf getroffen, meine Liebe. Eine schmierige Zecke, das passt. Und jetzt sollten Sie ihm besser folgen, bevor er noch heimlich irgendwas mitgehen lässt, hm?« Er lachte erneut und winkte mich fort.

Ich eilte den Korridor entlang und schloss zu Haddock gerade in dem Moment auf, als er an der Tür zum Esszimmer vorbeiging.

»Hier entlang, Sir«, sagte ich und hielt ihm die Tür auf. Er kehrte um und betrat das Zimmer.

»Ah, Mr. Haddock, nehme ich an«, sagte der Inspector, als ich die Tür hinter mir schloss. »Ich bin Inspector Sunderland, und das ist Lady Hardcastle.«

»Freut mich, Sie kennenzulernen«, sagte Haddock. »Und es freut mich auch, Sie wiederzusehen, Lady Hardcastle. Gestern Abend hatten wir viel zu wenig Zeit miteinander. Ich hätte Sie gern besser kennengelernt. Sir Hector erzählte mir, Sie sind verwitwet. Ein Jammer, dass eine so schöne Lady ganz allein ist.«

Lady Hardcastle nickte ihm zur Begrüßung zu, erwiderte aber nichts.

»Bitte setzen Sie sich, Mr. Haddock«, sagte der Inspector.

Er folgte der Aufforderung. »Nun denn, Inspector, wie kann ich Ihnen behilflich sein?«

»Ich bin sicher, dass Ihnen mehr als bewusst ist, was hier gestern Abend geschehen ist«, erklärte der Inspector, »also werde ich Sie nicht mit den Einzelheiten langweilen. Wie Sie sich zweifellos vorstellen können, ist uns sehr daran gelegen, uns einen Überblick über die Geschehnisse des Abends zu verschaffen. Wenn ich das recht verstanden habe, sind Sie ein Gast von Sir Hector?«

»Ja«, antwortete er mit einem kriecherischen Lächeln. »Er hat mich eingeladen, damit ich einige seiner Antiquitäten schätze. Ich glaube, er möchte ein paar der Stücke verkaufen.«

»Und wo Sie schon mal hier waren, hat er Sie auch gleich zur Verlobungsfeier eingeladen.«

»Ja, das stimmt.«

»Wie haben Sie Sir Hector denn kennengelernt?«

»Durch einen gemeinsamen Bekannten.«

»Und um wen genau handelt es sich dabei, wenn ich fragen darf?«

»Um Mr. Roland Richman. Er kennt Miss Clarissa. Die zukünftige Braut.«

»Und Sie kennen also Mr. Richman?«

»Ja«, bestätigte Haddock. »Von Zeit zu Zeit laufen wir uns in London über den Weg. Ich bin ein ziemlicher Fan dieser neuen amerikanischen Musik, also frequentieren wir einige derselben Nachtclubs.«

»Aha, Sir, verstehe. Und waren Sie den ganzen Abend auf der Feier?«

»War ich, Inspector, jawohl.«

»Mr. Holloway wurde zuletzt lebend gesehen, als er die Bühne während der Pause der Band um etwa zehn Uhr verließ. Haben Sie ihn aus dem Ballsaal gehen sehen?«

»Nicht im eigentlichen Sinn. Sie haben den *Richman Rag* beendet und sind dann alle von diesem kleinen Podest gestiegen, auf dem sie spielten. Ich wollte ihnen eigentlich ein Kompliment machen, aber da war er schon nicht mehr da. Ich nehme an, er muss den Raum verlassen haben, noch bevor ich sie erreicht habe.«

»So, so, Sir. Haben Sie denn bemerkt, ob sonst noch jemand fehlte?«

»Es herrschte ein ziemliches Gedränge, Inspector. Es war ein ständiges Kommen und Gehen.«

»Das habe ich schon von vielen gehört. Sind Sie selbst irgendwann mal gegangen und wiedergekommen?«

»Ich … ähm … ich habe den Saal verlassen, um …« Er sah zu Lady Hardcastle und mir. »Um … ähm … Sie wissen schon …«

»Um das Badezimmer aufzusuchen, Sir?«

»Genau das, Inspector.«

»Während der Pause.«

»Ja, das schien mir ein geeigneter Zeitpunkt zu sein. So verpasste ich nichts.«

»Und ist Ihnen irgendetwas Ungewöhnliches aufgefallen, während Sie im Haus herumgelaufen sind?«

»Ich bin nicht herumgelaufen, Inspector. Ich bin direkt zur … ähm … Sie wissen schon … gegangen und dann gleich wieder zurückgekommen.«

»Und den Rest des Abends über waren Sie dann da?«

»Ja, Sylvia beginnt das zweite Set normalerweise mit *I Can't Get Enough Of You*, und damit hat sie mich dann für den Rest des Abends an der Angel.«

»Aha. Und erinnern Sie sich denn, sonst irgendetwas Ungewöhnliches gesehen oder gehört zu haben?«

»Gar nichts, Inspector, nein. Wie gesagt, es war eine ziemlich lebhafte Feier, wegen der wundervollen Musik und der schönen Frauen …« Erneut warf er Lady Hardcastle anzügliche Blicke zu. »Ich war ziemlich abgelenkt.«

Inspector Sunderland beendete seine Notizen. »Danke, Sir, Sie sind uns eine große Hilfe gewesen. Soweit ich weiß, bleiben Sie noch ein paar Tage auf *The Grange*?«

»Ich bin bis zum Wochenende eingeladen, ja.«

»Sehr gut, Sir. Falls ich noch weitere Fragen an Sie habe, lasse ich es Sie wissen.«

»Sehr gern, Inspector. Also darf ich jetzt wieder gehen?«

»Das dürfen Sie, Sir. Noch einmal danke für Ihre Zeit.«

»Oh, keine Ursache«, entgegnete Haddock, verließ den Raum und schloss die Tür hinter sich.

Inspector Sunderland machte sich noch ein paar Notizen und sah dann auf. »Was halten Sie von ihm, Mylady?«

»Sie meinen abgesehen davon, dass er eine schmierige Zecke ist?«, sagte sie voller Abscheu.

»So hab ich ihn vor ein paar Minuten auch genannt«, rief ich grinsend.

»Ins Gesicht, Miss?«, fragte der Inspector.

»Nein, Inspector, aber das kann auch nicht mehr lange dauern. Ich habe ihn zusammen mit Sir Hector angetroffen. Sie haben sich über einige Möbelstücke unterhalten.

Sir Hector ist nicht allzu beeindruckt von Haddocks Wissen über Antiquitäten und fragt sich, ob er vielleicht ein Betrüger oder Schwindler ist.«

»Wahrscheinlich ein bisschen von beidem, würde ich vermuten. Ich habe Scotland Yard telegrafiert, um herauszufinden, ob sie irgendetwas über ihn wissen.«

»Und nachdem sich Sir Hector mir anvertraut hatte, habe ich dann meine Meinung über Haddock kundgetan.«

»Wie hat Sir Hector denn reagiert?«, wollte er wissen.

»Er hat natürlich gelacht.«

»Ja, so würde ich ihn auch einschätzen. Ihre Worte waren wohl nicht das, was er aus dem Mund einer respektablen Kammerzofe erwartet hat, nehme ich an.«

»Normalerweise komme ich mit solchen Sachen durch, Inspector. Ich habe die Erkenntnis gewonnen, dass man mit ziemlich viel durchkommen kann, wenn man nur höflich ist und seine Pflicht tut. Vor allem bei jemandem, der so offensichtlich den Schalk im Nacken hat wie Sir Hector. Ich denke, er lacht gern.«

Der Inspector lächelte. »Das kann ich mir gut vorstellen, Miss, ja.«

Lady Hardcastle hatte derweil eine nachdenkliche Miene aufgesetzt, als sie die Verbindungen betrachtete, die sich auf der Verbrechenstafel zu bilden begannen. »Man gibt sich ja große Mühe, nicht als Snob zu erscheinen, aber er ist wirklich ein furchtbarer Knilch. Es beruhigt mich zu wissen, dass Sir Hector ihn durchschaut hat.« Sie verband Haddock über eine gestrichelte Linie mit der Bibliothek. Laut seiner eigenen Aussage hat er sich nicht im Ballsaal aufgehalten, als der Mord sich wahrscheinlich ereignet hat.«

»Außerdem kennt er Richman«, warf der Inspector ein. »Das ist vielleicht eine Spur. Und er ist irgendwo herumgeschlichen.« Daraufhin zog er eine hübsche Taschenuhr aus seiner Weste. »Ich nehme an, in einem Haus wie diesem hier wird um vier der Tee serviert.«

»Pünktlich«, bestätigte Lady Hardcastle. »Und wenn ich Sir Hector richtig einschätze, nennt er ihn noch immer Gabelfrühstück.«

Der Inspector seufzte. »Das hier ist wirklich eine andere Welt. Die meisten Hausgäste werden also beschäftigt sein.« Er sah auf seine Notizen. »Lassen Sie uns doch sehen, ob wir solange ein anderes Bandmitglied sprechen können. Wie wäre es mit dem Bassisten. Mr. Bartholomew Dunn?«

»Ja, warum nicht?«, stimmte Lady Hardcastle ihm zu. »Wärst du so nett, Flo, meine Liebe?«

Also stand ich auf und machte mich auf die Suche nach Mr. Dunn.

Dunn plauderte am Fuß der Dienstbotentreppe mit Dora, dem Hausmädchen. Ein so gut aussehender Mann ist natürlich stets für einen Flirt zu haben, das hätte mich also nicht verwundern sollen. Seine Kleidung war außerdem sehr chic – der letzte Schrei aus Amerika, nahm ich an.

Dora kicherte kokett, als ich auf sie zueilte.

»Guten Tag, zusammen«, sagte ich. »Ich hoffe, Sie verstehen sich gut?«

Dora starrte mich böse an. »Wir verstehen uns tatsächlich ziemlich gut, danke.«

»Das freut mich. Mr. Dunn? Inspector Sunderland würde sich gern mit Ihnen im Esszimmer unterhalten, wenn Sie kurz Zeit hätten.«

Doras Gesichtsausdruck verriet, dass sie deutlich unterhaltsamere Ideen für Dunns nächste Stunden hatte und dass sie keinen dieser kostbaren Momente dafür opfern würde, mich zu betrauern, sollte ich auf der Stelle tot umfallen. Dunn war hingegen ganz offenbar ein pragmatischer Mensch, dem klar war, dass eine Vorladung durch die Polizei, selbst wenn sie mit so beiläufiger Höflichkeit vorgetragen wurde, nicht ignoriert werden konnte.

Er küsste Dora zärtlich auf die Wange. Anscheinend war er recht zuversichtlich, dass er ihre Leidenschaft würde neu entfachen können, nachdem er mit diesem Inspector Sunderland gesprochen hatte.

»Wenn ich fertig bin, komme ich gleich wieder zu dir«, flüsterte er.

Dora blickte mich noch einmal an, ein selbstgefälliges Grinsen hatte nun das wütende Starren ersetzt.

»Das will ich dir auch geraten haben«, sagte sie und verschwand über die Treppe nach oben.

Er blickte ihr nach und wandte sich dann mir zu. »Im Esszimmer, haben Sie gesagt? Wären Sie so freundlich, mir den Weg zu zeigen? Ich kenne mich hier nicht aus.«

»Ansonsten kennen Sie sich aber ganz gut aus«, entgegnete ich. »Folgen Sie mir.«

Er grinste, und ich führte ihn zum Speisezimmer.

Er fasste den Abend ziemlich genauso zusammen wie

Richman und Haddock vor ihm. Er schien allerdings ein recht geselliger Typ zu sein, und Inspector Sunderland entschloss sich das auszunutzen, indem er zu persönlicheren Themen überging.

»Erzählen Sie mir ein bisschen mehr über die Band, Mr. Dunn. Zeichnen Sie uns ein Bild der einzelnen Charaktere.«

»Ach du meine Güte, wirklich? Na ja, zunächst gibt es da natürlich Rolie, Roland Richman, unseren geliebten Bandleader. Tatsächlich ist er ein ziemlich guter Musiker und hat recht klare Vorstellungen davon, wohin die Band sich entwickeln soll. Er ist ehrgeizig, wissen Sie? Und außerdem für einen Musiker ein eher gerissener Geschäftsmann. Uns fehlt es nie an Arbeit, und wir werden auch immer bezahlt. Ich war schon in einigen Bands, auf die beides nicht zutraf. Dann war da Wally. Ein netter Kerl, ziemlich lässig, aber leicht zu beeinflussen. Sein Spiel hatte einen wirklich schönen Ton. Trompeten können in den falschen Händen aufdringlich klingen, doch er hatte eine sanfte Art zu spielen. Wenn er wollte, konnte er sein Instrument zum Weinen bringen. Früher gab es noch einen Klarinettisten, aber wir haben uns zerstritten, und schließlich haben wir bemerkt, dass wir ihn sowieso nicht brauchen – Wally hat diesen Aspekt wunderschön mit abgedeckt. Beim zweiten Set hat er uns gefehlt. Und ich nehme an, er wird uns ab jetzt für immer fehlen.« Er verstummte.

»Sie scheinen ihn sehr gemocht zu haben«, bemerkte Lady Hardcastle.

»Ich mag sie alle sehr, meine Liebe. Skins ist auch ein Pfundskerl.«

»Mr. Maloney?«, fragte der Inspector.

»Genau der. Wir arbeiten am engsten zusammen. Die Rhythmusgruppe, wie man Bass und Schlagzeug nennt. Er ist toll. Technisch ein exzellenter Schlagzeuger – ich glaube, er hat bei einem der großen Orchester gelernt. Aber außerdem hat er auch ein Gefühl für die Musik. Es ist ein Traum, mit ihm zu arbeiten. Ein heller Kopf. Es macht einen Riesenspaß. Er ist das Herz und die Seele der Truppe. Und wenn Skins da ist, gibt es immer was zu lachen.«

»Und was ist mit Miss Montgomery?«, fragte der Inspector nun.

»Sylvie? Bei ihr bin ich mir nicht so sicher. Sie ist erst seit ein paar Monaten bei uns, ich kann sie noch nicht richtig einschätzen. Sie macht einen netten Eindruck und hat eine Stimme wie ein Engel – oder wie ein gefallener Engel … Ich bitte um Entschuldigung, meine Damen. Ihre Stimme hat so eine erdige Qualität wie … na ja, Sie wissen schon. Nicht die Art reiner, ausgebildeter, präziser Klang wie bei den meisten Frauen. Ihre Stimme ist wie geräucherter Honig, auf warmem Brot serviert von einer nackten Kellnerin.«

»Reißen Sie sich zusammen, junger Mann«, tadelte ihn der Inspector. »Es sind Damen anwesend.«

»Papperlapapp«, widersprach Lady Hardcastle. »Seien Sie doch nicht so prüde. Es tut mir nur leid, dass ich nicht mehr auf sie geachtet habe, als sie gesungen hat. Hört sich an, als wäre das ein ziemliches Erlebnis.«

»Das ist es, meine Liebe, ganz bestimmt. Aber was ihren Charakter angeht … Da bin ich mir nicht so sicher.

Ich glaube nicht, dass irgendwer ihr wirklich nahesteht. Sie ist ziemlich ... hart. Ich habe solche Kerle kennengelernt, aber Frauen noch nie. Die Kerle waren Gauner, wissen Sie? Kleinkriminelle.«

»Wollen Sie damit sagen, dass Sie sie für kriminell halten?«, hakte Lady Hardcastle nach.

Das schien ihn ehrlich zu verwundern. »Ach du meine Güte, nein, nichts in der Art. Ich habe nur versucht Ihnen zu beschreiben, was für ein Gefühl sie bei mir auslöst. Sie kann auf jeden Fall selbst auf sich aufpassen, so viel ist sicher. Aber eine Kriminelle? Haben Sie sie gesehen?«

»Sie ist ziemlich hübsch«, sagte ich.

»Genau. Wie kann jemand, der so aussieht, denn kriminell sein? Kriminelle haben doch alle ein bestimmtes Aussehen, oder? Das ist wissenschaftlich erwiesen. Man sieht es ihnen an.«

»Das wird jedenfalls behauptet«, sagte der Inspector und blickte von seinen Notizen auf. »Nun, Sir, das war ziemlich aufschlussreich. Vielen Dank. Gibt es sonst noch etwas, was wir Ihrer Meinung nach wissen sollten? Irgendjemand sonst, der Ihnen aufgefallen ist?«

»Nicht wirklich.«

»Was ist mit Clifford Haddock?«

»Das alte Ekel? Was soll mit ihm sein?«

»Ich glaube, er ist mit der Band bekannt«, sagte der Inspector.

»Er ist ein Kumpel von Rolie. Scheint ziemlich auf die Musik zu stehen, hängt uns dauernd auf der Pelle.«

»Soweit ich weiß, ist er Antiquitätenhändler.«

Dunn lachte, ein echtes, von Herzen kommendes

Lachen. »Hat er Ihnen das erzählt? Na, der traut sich was, das muss ich ihm lassen.«

»Ist er also kein Antiquitätenhändler?«, fragte der Inspector und sah erneut von seinen Notizen auf.

»Ihm gehört ein Trödelladen auf der Old Kent Road. Antiquitätenhändler, pff. Das muss ich Skins erzählen.«

»Er behauptet, dass er nach *The Grange* eingeladen wurde, um einige von Sir Hectors Wertgegenständen zu schätzen.«

»Der reißt sich den Nippes eher unter den Nagel, würde ich sagen. Allerdings könnte er ein Chippendaledings nicht von einem Topf Pfingstrosen unterscheiden, also ist es unwahrscheinlich, dass er etwas von echtem Wert stiehlt, es sei denn aus purem Dusel.«

»Ihr Mr. Richman hat ihn Sir Hector vorgestellt«, erläuterte der Inspector.

»Dann haben sie irgendwelche Pläne«, sagte Dunn. »Aber Sir Hectors wertvolle Besitztümer zu schätzen hat sicherlich nichts damit zu tun, so viel kann ich Ihnen verraten.«

»Nun, Mr. Dunn, Sie haben uns einiges geliefert, worüber wir nachdenken müssen. Ich bitte alle, die noch hier sind, die nächsten Tage über auf *The Grange* zu bleiben, aber soweit ich Mr. Richmans Reaktion darauf richtig deute, sollte Ihnen das nicht allzu viele Umstände bereiten.«

»Das stimmt, Inspector.« Er zwinkerte mir verschwörerisch zu. »Es gibt eine Kleinigkeit, um die ich mich tatsächlich sofort kümmern muss.«

»Dann lassen Sie sich von uns bitte nicht aufhalten.

Danke für Ihre Zeit, wir lassen Sie rufen, wenn wir Sie noch einmal brauchen.«

Und mit einem fröhlichen Winken sprang Dunn förmlich aus dem Zimmer.

»Ich frage mich, was er so Dringendes vorhat«, sagte der Inspector, als er fort war.

»Sie heißt Dora«, erklärte ich. »Ich glaube, er hofft, sie nach ihrem Schock heute Morgen trösten zu können.«

»Armes Ding«, sagte Lady Hardcastle grinsend. »Ich kann mir vorstellen, dass eine Erfahrung wie diese eine Menge Trost notwendig macht.«

»Ich glaube, ich habe sie unterbrochen, bevor irgendein richtiger Akt des Tröstens beginnen konnte. Aber es sah für mich so aus, als ob sie mehr als bereit für einen ordentlichen Trost war.«

»Und das würde auch seine Eile erklären. Manchmal kann man mit dem Trost einfach nicht warten.«

Der Inspector wirkte amüsiert. »Sie beide haben eine Art an sich, die ich in dieser gediegenen Welt der Ballsäle und Gabelfrühstücke ziemlich erfrischend finde. Allmählich glaube ich, es ist vielleicht gar nicht so schlecht, Sie dabeizuhaben.«

»Danke, Inspector«, sagte Lady Hardcastle erfreut. »Auch ich genieße Ihre Gesellschaft sehr.« Sie blickte auf die Armbanduhr. »Oje, es wird allmählich spät, nicht wahr? Ich sollte langsam aufbrechen, oder ich bin noch zum Abendessen hier. Es macht Ihnen doch nichts aus, wenn ich gehe, Inspector, oder? Sie wissen ja schließlich, wo Sie mich finden.«

»Oh, bitte, Mylady. Sie können kommen und gehen,

ganz wie es Ihnen beliebt. Ich gehe davon aus, dass Sie sich mir auch morgen wieder anschließen?«

»Wenn es keine Umstände macht.«

»Aber überhaupt nicht. Sie haben sich beide als erstaunlich gelehrige Schülerinnen erwiesen. Ich muss mich morgen in der Stadt noch um ein paar Kleinigkeiten kümmern, also bin ich nicht vor Mittag hier. Vielleicht nutzen Sie ja den Vormittag, um sich die heutigen Ereignisse noch einmal durch den Kopf gehen zu lassen? Ich wäre an allen Überlegungen, die Ihnen zu der ganzen Angelegenheit einfallen, außerordentlich interessiert.«

»Natürlich, Inspector. Und was denken Sie?«

»Im Moment bin ich noch unentschlossen. Richman und Haddock führen irgendetwas im Schilde, da bin ich mir sicher. Nachdem wir jetzt mit Dunn gesprochen haben, kommen mir auch in Bezug auf Miss Montgomery einige Zweifel – ich werde ein paar Nachforschungen über sie anstellen. Irgendwann muss ich dann auch mit diesem Skins sprechen. Und bezüglich des Kricketteams sollte ich mir eine Meinung bilden.«

»Oje.«

»Das hört sich nach viel an, Mylady, aber es besteht kein Grund zur Sorge. Zu Beginn eines Falls ist es immer so.«

»Freut mich, das zu hören«, sagte sie und stand auf. »Komm, meine Dienerin, lass uns gehen.«

»Ja, Mylady«, sagte ich mit einem Knicks. Ich nickte dem Inspector noch einmal freundlich zu und folgte ihr nach draußen auf den Flur.

Wir durchquerten die Halle und verließen das Haus

durch die Eingangstür. Lady Hardcastle hatte sich kurz gefragt, ob sie sich vielleicht von ihren Gastgebern verabschieden sollte, aber da wir noch keinerlei Fortschritte bezüglich der Ermittlungen im Auftrag Lady Farley-Strouds erzielt hatten, hielt sie es für ebenso peinlich, sich mit ihr zu unterhalten, wie einfach wortlos aufzubrechen.

Ihre Überlegungen stellten sich ohnehin als überflüssig heraus, denn als wir über den knirschenden Kies vor dem Haus gingen, wurden wir von Sir Hector abgepasst, der gerade die Hunde ausgeführt hatte.

»Juhu, Emily, meine Liebe. Verlässt du uns schon? Bleibst du denn nicht zum Abendessen? Die Köchin macht solch ein Theater darum, dass sie die Band und ein paar weitere Versprengte verköstigen soll, dass es auf eine Esserin mehr auch nicht ankommt. Um ehrlich zu sein, würde es mich ziemlich amüsieren herauszufinden, ob es dir gelingen könnte, ihr eine neue Violettschattierung aufs Gesicht zu zaubern, Sie ist doch wirklich eine wütende Frau, nicht wahr? Sehr wütend.«

»Das ist eine ganz liebenswürdige Einladung, Hector, und normalerweise würde ich sie nur zu gern annehmen, nicht zuletzt wegen des Effekts, den meine Anwesenheit auf Mrs. Brown haben könnte. Aber ich fürchte, wir müssen uns im Haus noch um einiges kümmern. Vielleicht ein andermal?«

»Darauf bestehe ich, meine Liebe«, erwiderte er fröhlich.

»Und morgen sehen wir uns ja ohnehin schon wieder.«

»Ja, die Memsahib hat mir verraten, was du vorhast. Ich weiß deine Bemühungen wirklich sehr zu schätzen, meine Liebe. Ich kann mir wirklich nicht leisten, das Auge zu verlieren, ganz und gar nicht. Ich wäre dir ewig dankbar, wenn du es wieder zurückbekommen könntest.«

»Wir werden tun, was wir können, mein lieber Hector. Alles in unserer Macht Stehende.«

»Mehr kann ich nicht verlangen. Aber ich plappere dir ja nur die Ohren voll, meine Liebe. Dabei möchte ich dich gar nicht aufhalten, hm?«

»Danke, Hector, wir sollten uns jetzt wirklich auf den Weg machen, aber ich bin sicher, dass wir uns morgen wiedersehen.«

»Darauf freue ich mich schon, meine Liebe. Und jetzt auf Wiedersehen.« Mit einem fröhlichen Winken entfernte er sich daraufhin über den Kies in Richtung Tür.

»Ich frage mich, wie es dazu kam, dass der Smaragd *das Auge* genannt wird«, sagte Lady Hardcastle, als wir am Rasen neben der langen und gewundenen Auffahrt entlanggingen und die spätnachmittägliche Sonne genossen. »Ich muss daran denken, Gertie danach zu fragen. Und was gibt es denn zum Abendessen?«

Ich erinnerte sie daran, dass Miss Jones ein paar Schweinekoteletts gekauft hatte und dass noch neue Kartoffeln in der Speisekammer lagen. Als wir dann durch das Tor und hügelabwärts gingen, fiel ihr ein, dass in der letzten Lieferung ihres neuen Weinhändlers aus Bristol eine Flasche gewesen war, die zu so einem Essen vorzüglich passen würde.

»Wie gefällt dir das, du Trottel!«

Unser Nachhauseweg führte uns am Dorfplatz vorbei,

wo ganz offenbar das Krickettraining in vollem Gange war.

»Woher weißt du denn, dass es kein Spiel ist, sondern Training?«, fragte Lady Hardcastle, als ich das anmerkte.

»Weil nur neun Mann auf dem Feld stehen und drei von ihnen noch ihre Arbeitsschuhe anhaben«, erklärte ich. »Außerdem erkenne ich sie alle von der Feier her wieder, also müssen sie alle zur Dorfmannschaft gehören.«

»Aus dir wird noch eine richtige Detektivin.«

Der Schlagmann war sichtlich gelangweilt davon, wohldosierte Bälle zu schlagen, um seinen Freunden ein wenig Feldpraxis zu verschaffen. Der nächste Ball wurde perfekt für ihn geworfen, und er legte sich richtig in den Schlag, sodass er auf uns zusegelte, als wir gerade an der Spielfeldgrenze entlanggingen. Ohne nachzudenken reckte ich die linke Hand empor und pflückte den Ball aus der Luft, als er über meinen Kopf flog.

Die Spieler jubelten ihrem Teamkameraden zu. Vielleicht hätte ich den Ball einfach dem jungen Mann zugeworfen, der auf uns zurannte, wenn die Abendbrise nicht die verhängnisvollen Worte »von einem kleinen Mädchen« zu uns herangetragen hätte.

»*Kleines Mädchen*, also wirklich«, rief ich beleidigt aus.

»Na ja, du bist aber tatsächlich ziemlich winzig, meine Liebe«, bemerkte Lady Hardcastle und lachte über meine Empörung.

»Ich zeig denen gleich, wozu kleine Mädchen in der Lage sind.« Mit diesen Worten warf ich den Ball zurück

Richtung Tor. Er kam nur einmal auf, bevor er dem Torwart direkt in den Handschuh sprang.

»Guter Wurf«, sagte Lady Hardcastle anerkennend. »Das wird ihnen eine Lehre sein.«

Ich wurde mit Applaus von den Spielern belohnt, von denen mir einer zurief: »Danke, Miss!«

Der junge Mann, der unterwegs gewesen war, um den Ball wieder aufzusammeln, rannte derweil noch immer auf uns zu.

»Sieh mal an, wer ist das denn?«

»Ich vermute, es ist Bill Lovell.«

»Woher um alles in der Welt willst du das wissen?«

»Sehen Sie unsere Köchin Blodwen auf der anderen Seite des Feldes? Die attraktive dunkelhaarige junge Frau neben ihr ist Daisy, die Kellnerin. Ihr Gespräch hat deutlich an Lebhaftigkeit zugenommen, als er in unsere Richtung losgesprintet ist, außerdem haben sie kaum übersehbar auf uns gezeigt. Ich nehme an, das bedeutet, dass es sich um Daisys Freund handelt. Sie würde nicht so viel Aufhebens darum machen, wenn es nur einer der anderen Kerle wäre.«

»Sieh an, sieh an, du wirst ja immer besser im Ermitteln!« Als der junge Mann dann bei uns ankam, fügte sie hinzu: »Mr. Lovell, stimmt's?«

Er schien überrascht zu sein, dass sie ihn kannte. »Stimmt. Lady Hardcastle?«

»Wie sie leibt und lebt. Ich glaube, wir haben uns bei der Party der Farley-Strouds gesehen, sind einander aber nicht vorgestellt worden. Wie geht es Ihnen?«

»Gut, und Ihnen, Mylady? Verzeihen Sie, dass ich so

einfach auf sie zugestolpert bin, aber ich glaube, ich muss Ihnen für meine Freilassung danken.«

»Es wäre schön, wenn ich mir das ans Revers heften könnte, Mr. Lovell, aber tatsächlich habe ich nichts dazu beigetragen.«

»Oh«, sagte er ein wenig verlegen. »Daisy – Miss Spratt – hat mir erzählt, dass Sie in dem Mordfall ermitteln. Sie und ihre Freundin Blodwen sind davon überzeugt, dass Sie die klügste Lady sind, von der sie jemals gehört haben. Sie sind sich sicher, dass allein Sie das bewerkstelligt haben konnten. Ich muss mich bei Ihnen entschuldigen.«

»Aber überhaupt nicht. Ich wünschte, ich hätte behilflich sein können, doch das war ganz allein Inspector Sunderlands Werk.«

»Aber Sie ermitteln in dem Fall tatsächlich?«

»Das tun wir, ja. Wir haben uns von all den Vorkommnissen oben auf *The Grange* ein bisschen ablenken lassen, doch wir haben den armen Mr. Pickering tot aufgefunden, und ich brenne wirklich darauf herauszufinden, wer für seinen Tod verantwortlich ist. Ich bin sicher, dass die Polizei den Täter schnappt, aber es kann ja nicht schaden, in der Zwischenzeit selbst ein paar diskrete Nachforschungen anzustellen.«

»Sie glauben aber nicht, dass es sich um denselben Täter handelt, oder?«

»Armstrong und ich haben das in Erwägung gezogen. Allerdings sehen wir keine Verbindung zwischen den beiden Männern. Sie etwa?«

»Außer der Tatsache, dass das Kricketteam in der

Nacht, als Frank gestorben ist, im Pub war und wir alle uns auch an dem Abend auf *The Grange* befunden haben, als dieser Musiker starb, nicht.«

»Wollen Sie damit sagen, dass Sie einen Ihrer Teamkameraden verdächtigen, Mr. Lovell?

»Ich möchte niemanden verleumden. Gegen mich selbst sind ja auch falsche Anschuldigungen erhoben worden, und es wäre mir gar nicht recht, wenn das noch jemand anderem passieren würde.«

»Aber …?«

»Ich sage dazu nichts weiter, Mylady. Ich möchte mich noch einmal für alles bedanken, was Sie für Frank tun. Er war ein guter Kerl.«

Mit diesen Worten machte er kehrt und trabte über das Spielfeld zu seinen Teamkameraden zurück. In diesem Moment löste sich ein junger Mann aus der Gruppe, die mitten auf dem Feld stand.

»Wir sind heute Abend wirklich furchtbar beliebt«, sagte Lady Hardcastle, als Teddy Seddon auf uns zulief.

»Guten Abend, Lady Hardcastle«, keuchte er, als er ankam.

»Guten Abend, Mr. Seddon. Haben Sie da gerade geworfen? Das sah wirklich erstaunlich aus. Sie scheinen ein genauso guter Werfer wie mein verstorbener Mann zu sein, allerdings flog der Ball in die entgegengesetzte Richtung.«

Er lächelte. »Nicht viele Ladys interessieren sich für Kricket. Man nennt das einen gedrehten Ball. Die Südafrikaner haben ihn in den Testspielen letztes Jahr gegen uns eingesetzt. Ich dachte, ich versuche es auch mal.«

»Was für eine interessante Bewegung. Ich muss gestehen, dass ich dem Spiel selbst nie besondere Aufmerksamkeit geschenkt habe. Allerdings habe ich immer ganz hingerissen auf meinen Mann geachtet.«

»Ach, natürlich«, erwiderte er und wirkte beinahe erleichtert, dass seine Vorurteile sich doch noch bestätigt hatten.

»Hat Ihnen die Feier denn gefallen?«, fragte sie. »Habe ich nach meinem Aufbruch noch viel verpasst?«

»Es war sehr schön, danke. Und nein, Sie haben nicht mehr viel verpasst, außer Sie hätten an unserem spontanen Krocketmatch bei Kerzenschein Gefallen gefunden.«

»Ach wirklich«, rief sie begeistert. »Was für ein Spaß!«

»Wir hatten sicherlich mehr Spaß, als dass wir gespielt haben. Aber was für schreckliche Nachrichten, das mit diesem armen Musiker. Clarissa ist in einem schrecklichen Zustand.«

»Ja, das war für uns alle ein Schock.«

»Sie hat mir erzählt, dass sie Sie heute auf *The Grange* gesehen hat. Kommen Sie gerade von dort?«

»Aber ja, in der Tat. Wir sind auf dem Nachhauseweg.«

»Sie hat außerdem erzählt, dass ein Inspector dort war.«

»Ja, auch das stimmt. Ich bin sicher, dass er die ganze Angelegenheit in Nullkommanichts aufgeklärt haben wird. Sie muss sich wirklich keine Sorgen machen. Wir können für Sie ein bisschen auf sie achten, wenn Sie das beruhigt.«

»Sie sind sehr freundlich. Obwohl ich sagen muss, dass es mir lieber wäre, wenn die Bestie, die das getan hat, schon auf ihren Termin beim Henker warten würde.«

»Inspector Sunderland ist ein fähiger Beamter. Er zieht den Mörder schon zur Rechenschaft.«

»Das hoffe ich. Einen Menschen einfach so als vermeintlich tot liegen lassen. Auf der Verlobungsfeier einer jungen Frau. Das ist nicht in Ordnung. Wirklich nicht in Ordnung.«

Ein ungeduldiger Ruf von der Mitte des Spielfelds erinnerte den jungen Mr. Seddon daran, dass seine Gegenwart anderswo benötigt wurde. Er wünschte uns einen guten Abend und trabte dann zurück zu seinem Training.

Eine knappe Stunde später saßen wir am Tisch und langten zu. Wir hatten dazu außerdem noch Erbsen gemacht, die Mr. Jenkins uns freundlicherweise aus dem Garten der Farley-Strouds mitgegeben hatte. Und wir tranken von dem frisch gelieferten Wein, der die einfache Mahlzeit, ganz wie versprochen, perfekt ergänzte.

Zwischen zwei Bissen gestikulierte Lady Hardcastle mit dem Messer in Richtung der Verbrechenstafel.

»Die Sache wird langsam interessant«, sagte sie mit vollem Mund.

»In der Tat«, stimmte ich zu.

»Leider nichts Neues beim Pickering-Fall. Aber vielleicht sollten wir den dem Inspector überlassen.«

»Wir haben allerdings auch nicht viel herausgefunden, was uns bei der Suche nach dem verschwundenen Edelstein helfen würde.«

»Vielleicht, vielleicht auch nicht«, sagte sie nachdenklich. »Der Inspector scheint sich ziemlich stark auf die Freundschaft zwischen Richman und Haddock zu konzentrieren. Wir wissen, dass Haddock sehr viel weniger achtbar ist, als man es bei einem Gast auf einer Verlobungsfeier in der besseren Gesellschaft hoffen würde. Ich wäre nicht im Mindesten überrascht, wenn er etwas mit dem Juwelenraub zu tun hätte.«

»Er scheint ein eher zwielichtiger Geselle zu sein«, stimmte ich zu.

»Richtig, aber ich verstehe noch nicht ganz, was er mit dem Mord zu tun haben könnte, also bin ich mir nicht sicher, ob der Inspector ihm noch weitere Aufmerksamkeit schenkt. Wenn er angereist ist, um das Haus zu inspizieren oder ein paar der handlicheren Wertgegenstände der Farley-Strouds mitgehen zu lassen, würde er sicher nicht die Instrumentenkoffer der Band durchsuchen. Aber selbst wenn doch und wenn er dabei in flagranti ertappt worden wäre, warum sollte es dann zum Kampf gekommen sein? Holloway kannte ihn doch. Vielleicht hätte er ihn zurechtgewiesen, aber niemand wäre auf den Hinterkopf geschlagen und einfach so liegen gelassen worden.«

»Vielleicht war es ein Unfall«, schlug ich vor.

»Könnte sein, aber ich sehe noch immer keinen Grund, warum er sich überhaupt in der Bibliothek aufgehalten haben sollte; der Edelstein befand sich in Gerties und Hectors Schlafzimmer.«

»Wusste er das denn? Ein solcher Gegenstand würde doch viel wahrscheinlicher in einem Salon oder einer Bibliothek ausgestellt, jedenfalls irgendwo, wo Gäste ihn bewundern können.«

»Das ist ein guter Punkt.«

»Könnte der Schuldige nicht längst das Weite gesucht haben?«

»Darüber habe ich auch schon nachgedacht«, erwiderte sie und gestikulierte nun mit einer kleinen Kartoffel, die sie mit ihrer Gabel aufgespießt hatte. »Die Gäste waren allesamt entweder Freunde oder Familienangehörige. Ich bin der Meinung, dass wir die zahlreichen Onkel und Tanten als Verdächtige ausschließen können. Das Personal sollte man nie außer Acht lassen, aber sie stehen alle schon recht lange in Diensten der Familie, und soweit ich das beurteilen kann, erscheinen sie mir doch alle eher loyal. Clarissas Londoner Freunde könnten vielleicht etwas mit der Sache zu tun haben, also behalten wir sie im Auge. Teddys Freunde vom Kricketteam sind zwar ein ungehobelter Haufen, aber sie stammen alle von hier. Ich kann mir nicht vorstellen, dass irgendeiner von ihnen etwas mit einem riesigen Smaragd anzufangen wüsste, selbst wenn es ihnen gelänge, ihn zu stehlen. Ausschließen sollten wir sie allerdings nicht. Aber ich wette noch immer auf die Band. Diesem Richman würde ich glatt zutrauen, dass er das Glitzersteinchen klaut und es dann seinem Hehlerkumpel übergibt.«

»*Glitzersteinchen*, Mylady? *Hehlerkumpel*? Wir beschäftigen uns noch keinen halben Tag mit der Angelegenheit, und Sie fangen schon an, den Unterweltjargon aufzuschnappen.«

»Man weiß doch nie, wann man mal unter Geldschrankknackern und Langfingern nicht auffallen darf.«

»Und natürlich wäre es nur Ihr Vokabular, das es Ihnen erschweren würde, unerkannt zu bleiben.«

»Natürlich, ich bin ein gesellschaftliches Chamäleon. Ich kann mich überall unbemerkt einfügen.«

»Erinnern Sie sich daran, als wir in dieser Tierschau in Brüssel ein Chamäleon gesehen haben? Ich habe es nur schwarz werden sehen. Der Glaube an die Fähigkeit dieser Tiere, sich unsichtbar zu machen, könnte eine Spur übertrieben sein.«

»Pff«, entgegnete sie. »Ich kann mich unter das einfache Volk und unter Könige mischen. Habe ich dir eigentlich schon erzählt, dass ich den König einmal getroffen habe?«

»Ich war selbst dabei, Mylady.«

»Ach, stimmt ja, stimmt. Aber jetzt genug von Dieben und Raufbolden. Was hältst du davon, wenn wir unsere Gehirnwindungen ein bisschen durchpusten und uns den angenehmeren Dingen des Lebens zuwenden. Ich bin irgendwie in der Stimmung für ein wenig Ragtime. Hol dein Banjo. Wir trinken Cognac und synkopieren die Nacht hinfort.«

11

Ich vermisste meine Küche, also hatte ich die junge Blodwen Jones überredet, mir ein wenig Platz abzugeben, um eins meiner Lieblingsrezepte zuzubereiten, eine Schinkenpastete. Es war eine angenehme Arbeit, und wir plauderten dabei nett und bemühten uns, einander nicht ins Gehege zu kommen.

»Sie sind das Dorfgespräch, ganz ehrlich«, sagte sie und schnitt eine Zwiebel für unser Abendessen.

»Ich?«

»Sie und die Herrin. Man sagt, dass Sie jetzt in zwei Mordfällen ermitteln.«

Ich lächelte. »Ach ja, das tun wir.«

»Und Daisys Dad hat von Rose aus der Küche auf *The Grange* gehört, die es wiederum von Maude Denton hat, dass Sie wissen, wie man einen Menschen mit bloßen Händen umbringt.«

Ich runzelte die Stirn. »Oh, ja, das ist leider auch wahr. Nicht dass ich diese Fähigkeiten in den letzten Jahren hätte anwenden müssen. Aber man schnappt im Lauf eines hektischen Lebens ein paar Tricks auf.«

Sie glotzte mich an. »Wo haben Sie so was denn gelernt?«

»In den späten Neunzigern sind Lady Hardcastle und ich … *gestrandet*, könnte man vielleicht sagen; in China.«

»Donnerwetter! Was haben Sie da gemacht?«

»Lady Hardcastles Mann, Sir Roderick, war dort stationiert. Im Foreign Office.«

»Was Sie nicht sagen! Ich bin nie weiter von zu Hause weggekommen als hierher in dieses Haus. China, sagen Sie?«

»Es war eigentlich ein ziemlich angenehmes Abenteuer, bis Sir Roderick ermordet wurde und wir um unser Leben laufen mussten.«

»Nein! Ist nicht wahr!«

»Mein Ehrenwort. Wir haben über ein Jahr gebraucht, um uns nach Burma durchzuschlagen. Wir taten unser Bestes, aber wir hatten unterwegs auch ein wenig Hilfe von einem jungen Shaolin-Mönch. Er hat mir einige seiner Kampftechniken beigebracht.«

Sie starrte mich erneut mit großen Augen an. »Ich nehme nicht an, dass Sie mich ein paar dieser Tricks lehren könnten? Die könnten samstagabends im Pub nützlich sein. Vor allem in der Kricketsaison. Diese Kerle …«

»Eine wilde Meute, nicht wahr?«

»Das kann man wohl sagen. Natürlich wissen Sie alles darüber, was vor zwei Wochen vorgefallen ist, oder? Sie haben doch mit Daisy darüber gesprochen, nicht wahr?«

»Das habe ich, ja. Sie und Daisy stehen sich nahe?«

»Sie ist sozusagen meine beste Freundin. Ihr Vater ist ja der Metzger hier am Ort.«

Ich stellte mir kurz die Frage, wie Freundschaft und Metzgerei wohl zusammengehen, entschied mich dann aber, den Gedanken nicht weiterzuverfolgen. Stattdessen sagte ich: »Sie schien ziemlich außer sich darüber zu sein, dass ihr Bill verhaftet worden war.«

»Natürlich, Bill Lovell ist ein netter Kerl. Würde keiner Fliege was zuleide tun.«

»Das habe ich auch schon gehört. Aber Sie verstehen, warum Inspector Sunderland ihn verdächtigt haben könnte. Schließlich hat er Mr. Pickering bedroht.«

»Aber so was sagen wir doch alle mal, oder? Wir sagen doch alle mal, ich bring dich noch um, aber wir tun es dann nicht, oder?«

»Da haben Sie gewiss recht.«

»Und außerdem hätte Bill es gar nicht sein können, denn er hatte ein … wie heißt das noch …? Klingt wie der Kerl mit den vierzig Räubern …«

»Ein Alibi?«, riet ich.

»Genau. Er ist direkt zu Daisys Haus gelaufen und hat zum Fenster raufgerufen. Und er war ewig da unten, sagt Daisys Ma. Als Daisy dann von der Arbeit heimgekommen ist, hat er versucht, mit ihr zu sprechen, aber ihre Ma hat zu ihm gesagt, er solle sich trollen. Hat er aber nicht, hat einfach nur dagestanden wie ein verlorenes Hündchen. Daisy glaubt, ihre Ma war kurz davor, ihm einen Eimer Wasser überzuschütten. Und sie schätzt, es war halb eins, bis er aufgegeben hat und heimgegangen ist.«

»Es ist gut, dass er beweisen kann, wo er war, aber das könnte der Polizei trotzdem nicht reichen – wir wissen ja nicht genau, wann Mr. Pickering gestorben ist.«

Sie wirkte kurz ein bisschen verloren, doch dann heiterte sich ihre Stimmung wieder auf. »Aber Sie können es doch beweisen, oder? Sie können den Fall lösen, Sie und Lady Hardcastle.«

»Nun, ich …«

»Natürlich können Sie das. Ich erzähle Daisy schon die ganze Zeit, wie klug Sie sind.«

»Bitte lassen Sie Daisy nicht all ihre Hoffnung in uns setzen. Wir tun unser Bestes, aber …«

»Bitte versuchen Sie es. Für mich und für Daisy.«

Was konnte ich da schon sagen? Ich drückte ihren Arm, dann kochten wir weiter.

Edna unterbrach unser frühes Mittagessen im Garten, um uns zu sagen, dass Constable Hancock an der Tür sei. Ich eilte nach drinnen, und da stand er auf der Türschwelle.

»Ach, Constable Hancock«, sagte ich lächelnd, »was für eine angenehme Überraschung. Es geht Ihnen doch gut?«

»Außerordentlich gut, Miss«, erwiderte er und tippte sich mit dem Zeigefinger an den Rand seines Helms. »Ob ich wohl kurz mit Lady Hardcastle sprechen könnte?«

Sie war ganz leise hinter mir erschienen. »Sie können mich auch lange sprechen, mein lieber Constable«, sagte sie, als ich die Tür weiter öffnete. »Kommen Sie doch herein und erzählen Sie uns Ihre Neuigkeiten.«

Er nahm den Helm ab und legte ihn auf das Tischchen im Flur.

»Tee, Constable?«, fragte sie dann leutselig. »Wir sind gerade mit dem Essen fertig. Vielleicht leisten Sie uns im Garten Gesellschaft?«

»Sehr gern, Mylady«, sagte er, und Lady Hardcastle führte ihn in den Garten, während ich einen Abstecher in die Küche machte, um Miss Jones zu bitten, eine Kanne Tee aufzugießen.

Als ich wieder im Garten ankam, hatte es sich der Constable schon bequem gemacht.

»Ich wollte Sie nur auf dem Laufenden über die Entwicklungen im Pickering-Fall halten«, erklärte er. »Da sie ja irgendwie darin verwickelt sind.«

»Das ist sehr aufmerksam von Ihnen, Constable, danke«, erwiderte Lady Hardcastle. »Hat sich denn etwas Neues ergeben?«

»Nun, heute Morgen stellte der Gerichtsmediziner seine Ergebnisse vor. Er konnte nachweisen, dass Mr. Pickering zunächst mit etwas Breitem und Weichem erdrosselt wurde, vielleicht mit einem Halstuch, und dass die Leiche erst nachträglich an dem Seil aufgehängt wurde, wie wir sie dann gefunden haben. Auf Grundlage von Dr. Fitzsimmons' Berechnungen – wie auch immer er sie angestellt hat – ist der Todeszeitpunkt auf ungefähr Mitternacht festgelegt worden. Ich bin mir noch immer nicht sicher, woher er das wissen will.«

»Körpertemperatur und die Umgebungstemperatur am Tatort«, erläuterte Lady Hardcastle. »Körper kühlen nach dem Tod in einer bestimmten Geschwindigkeit aus, also kann man davon ausgehend schätzen, wie lange der Todeszeitpunkt zurückliegt. Dann gibt es natürlich noch die Leichenstarre, die setzt aber erst nach ungefähr zwölf Stunden ein. Da wir ihn schon am darauffolgenden Morgen gefunden haben, spielte Leichenstarre keine Rolle.«

Constable Hancock wirkte beeindruckt. »Tss, was Sie alles wissen, Mylady. Wie auch immer, sie haben all das gegeneinander abgewogen, haben dann auf Mord entschieden und Inspector Sunderland dazu gedrängt, seine Bemühungen, den Täter ausfindig zu machen, zu verdoppeln.«

»Armer Inspector Sunderland«, sagte Lady Hardcastle. »Als hätte er nicht schon genug zu tun. Hat er irgendetwas über seine nächsten Schritte verlautbaren lassen?«

Der Constable wirkte verwirrt. »Ich glaube, Sie haben da einen besseren Einblick als ich, Mylady. Solche Informationen vertraut er Leuten wie mir nicht an. Ich weiß allerdings, dass es unten in Bristol immer noch Leute gibt, die versuchen, die ganze Sache Bill Lovell anzuhängen. Das habe ich von jemandem aus dem Polizeihauptquartier in Bristol.«

»Nein, nein«, sagte ich, »das wird nicht standhalten.«

Erneut verriet der Gesichtsausdruck des Constables sein Erstaunen. »Nicht, Miss? Und warum nicht?«

»Ich habe vorhin mit unserer Köchin Blodwen Jones gesprochen. Bill Lovell hat anscheinend ein Alibi.« Ich fasste das Gespräch zusammen, das ich mit Miss Jones geführt hatte.

»Also, die Jungs von der Kriminalpolizei wissen zwar, was sie tun«, sagte Constable Hancock daraufhin ernst. »Das sind kluge Burschen da unten im Hauptquartier, aber ich nehme an, ich sollte sie das vom liebeskranken Lovell gleich mal wissen lassen.« Er erhob sich. »Ich breche besser auf. Danke für den Tee, Mylady.«

»Keine Ursache, Constable. Vielen Dank, dass Sie uns

auf dem Laufenden halten – das ist wirklich mehr, als wir erwarten können. Armstrong bringt Sie zur Tür.«

Als ich die Tür hinter ihm wieder schloss, war Lady Hardcastle schon nicht mehr im Garten, aber ich verfolgte rasch ihre Spur ins Esszimmer, wo sie ihre Verbrechenstafel studierte.

»Sie lassen nicht locker, Mylady, habe ich recht?«

»Nein, meine Liebe. Es muss doch möglich sein, das Rätsel zu lösen.«

»Aber das kann Inspector Sunderland doch tun.«

»Ja, das kann er sicherlich. Ich vermute, dass die Besprechung der Todesursache zu den *paar Kleinigkeiten* gehört hat, die er heute Morgen in der Stadt erledigen musste. Aber er wird mit dem Mordfall auf *The Grange* für eine Weile sehr beschäftigt sein, nicht wahr? Und unterdessen wird die Spur kälter und kälter. Ich bin sicher, dass wir ihm ein bisschen unter die Arme greifen können.«

»Aber wie, Mylady?«, fragte ich, setzte mich auf einen der Esszimmerstühle und starrte auf die Verbrechenstafel.

»Zunächst einmal können wir den Ablauf der Ereignisse aufzeichnen. Nein, das ist nicht gut, das ist ein hoffnungslos veralteter Ausdruck. Wir brauchen etwas Schnittigeres ... Ich hab's: *Zeitleiste*. Wir müssen eine Zeitleiste erstellen, wie auf einem Schaubild, und die Ereignisse darauf eintragen. Ich bin sicher, dass das hilfreich ist.«

Mir war nicht wirklich klar, ob das hilfreich wäre oder nicht, aber während sie ihre Zeitleiste auf die Tafel malte und damit begann, die Bewegungen und Ereignisse einzutragen, von denen wir wussten, fing es allmählich an, Sinn zu ergeben.

»Also gut«, sagte sie. »Lass uns mal sehen, was wir jetzt haben. Wir wissen, dass Frank Pickering, Bill Lovell und Arthur Tressle alle in der Mordnacht im *Dog and Duck* gewesen sind.«

»Gemeinsam mit dem Rest des Kricketteams, Mylady.«

»Das stimmt. Über das, was sie getan haben, wissen wir allerdings wenig. Wir wissen, dass Pickering nacheinander mit Lovell und Tressle in Streit geraten ist. Lovell sagte, dass er die Luft anhalten solle, und Tressle sagte, er werde nie zulassen, dass er *das täte*, was auch immer *das* in diesem Zusammenhang bedeuten könnte.«

»Old Joe war sicher, dass es Pickering darum ging, die Kontrolle über den Kricketclub zu übernehmen«, erinnerte ich sie.

»Für den Augenblick wollen wir einfach mal annehmen, dass er damit recht hat. Pickering hat den Pub um kurz vor elf verlassen, und Lovell folgte kurze Zeit darauf. Tressle blieb noch ungefähr bis Viertel nach, und dann brach auch er auf.«

»Er war der letzte Gast«, ergänzte ich.

»Genau. Und als er dann weg war, hat Old Joe Daisy heimgeschickt und zugesperrt.«

»Daisy ist heimgegangen, wo Lovell auf sie wartete, um sich mit ihr auszusprechen. Er war schon eine ganze Weile da, also ist er wahrscheinlich direkt vom Pub dorthin gegangen. Er blieb bis halb eins in ihrer Straße, sagt Blodwen.«

Lady Hardcastle schrieb das rasch auf. »Allerdings

wissen wir nichts über den Aufenthaltsort von Arthur Tressle bis zu dem Zeitpunkt, als er am nächsten Morgen mit einem Kater am Clubhaus gefunden wurde, neben ihm eine gestohlene Handkarre.«

»Es scheint, jemand sollte sich mal mit Arthur Tressle unterhalten. Allerwenigstens ist er ein Schlüsselzeuge.«

»Das ist er ganz ohne Zweifel. Wir sollten auf die Polizeiwache gehen. Wenn Constable Hancock sowieso mit dem Inspector telefoniert, um ihm die neuen Informationen zu Lovells Alibi durchzugeben, kann er ihm gleich sagen, dass er sich auch mal Arthur Tressle vorknöpfen soll.«

Wir brauchten ein paar Minuten, um uns für den kurzen Spaziergang ins Dorf fertig zu machen.

Wir kamen genau in dem Moment an dem Häuschen an, das als örtliches Polizeirevier diente, als Constable Hancock sich gerade aufs Rad schwingen wollte.

»Noch einmal guten Tag, Ladys. Kann ich noch irgendetwas für Sie tun?«

»Haben Sie schon mit Inspector Sunderland gesprochen?«, fragte Lady Hardcastle.

»Ich habe für ihn eine Nachricht beim diensthabenden Beamten in Bristol hinterlassen. Er war anscheinend nicht zu sprechen. Darf ich fragen, warum?«

»Wir haben noch ein bisschen nachgedacht«, erklärte sie, »und glauben, dass er sich mit Arthur Tressle unterhalten sollte. Er ist ein wichtiger Zeuge.«

»Ich würde meinen, dass sich der Inspector das auch selbst denken kann«, entgegnete der Constable. »Wir ernennen nicht einfach irgendeinen Trottel zum Inspector der Kriminalpolizei, wissen Sie?«

»Selbstverständlich nicht. Aber vielleicht könnten wir ihm den Weg ersparen und selbst mit Mr. Tressle sprechen. Wo genau im Dorf wohnt er denn?«

Hancock kicherte. »Er wohnt gar nicht im Dorf, Mylady, sondern unten in Bristol.«

»In Bristol?«, rief sie. »Lebt denn niemand, der in diesen Fall verwickelt ist, wirklich hier? Ich dachte, er spielt für die örtliche Kricketmannschaft.«

»Das stimmt, Mylady. Er ist hier in der Gegend aufgewachsen, ist drüben in Woodworthy auf die Dorfschule gegangen, aber sobald er eine Stelle gefunden hatte, ist er in die Stadt gezogen. Er wohnt dort jetzt schon seit fast zehn Jahren. Für die Kricketspiele kommt er her. Er bleibt seinem alten Club treu, verstehen Sie? Es war ungewöhnlich für ihn, dass er an einem Wochentag abends noch im Dorf war, aber sie hatten eben ihr spezielles Clubtreffen oder was auch immer das war.«

»Haben Sie seine Adresse?«, bohrte sie nach.

»Das wäre gewiss nicht vorschriftsgemäß, Mylady. Wenn ich Ihnen einen Rat geben darf, Sie sollten lieber nach Hause zurückgehen und warten, bis die Polizei ihre Arbeit gemacht hat. Ich leite Ihre Nachricht weiter, und falls Inspector Sunderland noch irgendwelche weiteren Informationen braucht, wird er sich gewiss mit Ihnen in Verbindung setzen.«

»Da haben Sie natürlich recht, Constable. Manchmal kann ich so ein übereifriges altes Huhn sein, bitte verzeihen Sie meine Einmischung.«

»Machen Sie sich darüber keine Gedanken, Mylady«, sagte er milde und schwang ein Bein über den Sattel seines Fahrrads. »Es ist gut zu wissen, dass die Bevölkerung so ein lebhaftes Interesse an unserer Arbeit hat. Allerdings muss ich jetzt wirklich los. Haben Sie noch einen schönen Tag.«

»Sie auch, Constable.« Wir blickten ihm nach, als er davonfuhr, dann drehte sie sich zu mir um und sagte: »Lass uns mal sehen, ob wir Tressles Adresse nicht aus Sergeant Dobson herauskitzeln können.« Und mit diesen Worten betrat sie die Polizeiwache.

»Guten Tag, Mylady«, begrüßte sie der Sergeant und blickte von seinen Papieren auf. »Und guten Tag, Miss Armstrong.«

»Guten Tag, Sergeant«, erwiderte Lady Hardcastle. »Wie geht es Ihnen an diesem schönen Tag?«

»Ausgezeichnet, Mylady. Was kann ich denn für Sie tun?«

»Ich habe mich gefragt, ob Sie mir nicht behilflich sein könnten. Arthur Tressle hat mir einen Brief geschrieben, wissen Sie. Er hat davon gehört, dass ich bei ein paar Sachen ein bisschen mitmische und mich um ein Treffen gebeten. Unglücklicherweise hat er in seiner Eile seine Adresse ziemlich unleserlich hingekritzelt. Haben Sie sie vielleicht irgendwo hier?«

Der Sergeant grinste. »Ich habe die Berichte gesehen, die er für den Kricketclub schreibt, Mylady. Nach dem Zustand seiner Handschrift zu urteilen, sollte der Bursche eigentlich Arzt sein. Ich sehe mal nach – wir müssten sie hier eigentlich irgendwo haben.«

Er verschwand in einem Hinterzimmer, während ich Lady Hardcastle streng ansah.

»Was denn?«, fragte sie unschuldig. »Ich dachte, du würdest dich freuen, dass ich die alten Kniffe nicht ganz verlernt habe.«

Bevor ich darauf noch etwas erwidern konnte, kehrte der Sergeant mit einem Zettel zurück, den er aus einem Notizbuch gerissen hatte.

»Bitte sehr, Mylady«, sagte er mit einem Lächeln. »Es ist wohl ein kleiner Ausflug ans andere Ende der Stadt.«

»Danke vielmals«, antwortete Lady Hardcastle. »Sie haben mich aus einer schrecklichen Verlegenheit gerettet. Und jetzt lasse ich Sie wieder arbeiten. Einen schönen Tag noch.«

»Ihnen ebenfalls, Mylady«, erwiderte er und machte sich wieder an seine Schreibarbeit. »Und Ihnen, Miss Armstrong.«

Wir traten in die Junisonne hinaus.

»Ich habe absolut keinen Schimmer, wo das ist«, sagte Lady Hardcastle und zeigte mir den Zettel. »Wir könnten den Zug in die Stadt nehmen, aber dann weiß ich immer noch nicht, wie es vom Bahnhof aus weitergeht. Was wir brauchen, ist … ach, was bin ich für ein Dummerchen. Komm mit, kleine Dienerin, ich weiß schon.«

»Was wissen Sie, Mylady. Wohin gehen wir?«

»Nach *The Grange*«, erwiderte sie triumphierend. »Gertie soll uns ihr Automobil leihen. Und natürlich Bert.«

Lady Farley-Stroud hatte Lady Hardcastle diesen Gefallen geradezu begeistert getan und gesagt, dies sei das

Mindeste angesichts all dessen, was wir für sie täten. Nur wenige Minuten später wartete Bert mit laufendem Motor in der Zufahrt auf uns.

Bert kannte Bristol gut, und bald schon erreichten wir die Reihenhäuser am Stadtrand. Auf der Straße spielten Kinder, als wir bei der Adresse vorfuhren, die Dobson uns gegeben hatte, und sie kamen zu uns herübergelaufen, bestaunten lautstark das glänzende Automobil und bombardierten den armen Bert mit einem Missklang durcheinandergerufener Fragen. Zu unserem Glück bedeutete dies, dass die Lady und ihre Zofe auf dem Rücksitz von keinerlei Interesse waren, sodass wir unbehelligt zur Eingangstür des Hauses gelangten.

Die Tür wurde von einer kleinen Frau mittleren Alters geöffnet, die ein Hauskleid und ein Kopftuch trug.

»Ja bitte?«, fragte sie misstrauisch. »Was wünschen Sie?«

»Ist Mr. Tressle zu Hause?«, fragte Lady Hardcastle.

»Und was, wenn ja?«

»Dann würde ich gern mit ihm sprechen, wenn ich darf.«

»Ich gestatte meinen Mietern keinen Damenbesuch. Das hier ist ein respektables Haus.« Schon wollte sie die Tür wieder schließen.

Doch Lady Hardcastle nahm eine Visitenkarte aus ihrem silbernen Etui und reichte sie der Vermieterin. »Bitte geben Sie ihm doch meine Karte, und sagen Sie ihm, dass ich mich gern mit ihm über den Kricketclub von Littleton Cotterell unterhalten würde.«

Die furchterregende Frau nahm die Karte entgegen und

warf einen Blick darauf. Umgehend änderte sich ihre Haltung. »Ach. Ach, treten Sie doch ein, Euer Ladyschaft«, überschlug sie sich fast. »Über den Kricketclub, sagen Sie? Bitte warten Sie doch in meiner besten Stube, und ich sage Mr. Tressle gleich Bescheid, dass Sie hier sind. Kann ich Ihnen etwas anbieten? Vielleicht eine Tasse Tee? Oder etwas Stärkeres?« Als sie ehrerbietig grinste, wurde eine Zahnlücke sichtbar.

»Nein danke. Sie sind sehr freundlich, aber ich habe gerade erst Tee getrunken. Holen Sie einfach nur Mr. Tressle für mich, wenn es Ihnen recht ist.«

Einige Augenblicke später erschien ein ordentlich gekleideter junger Mann mit schütterem Haar an der Tür. Durch seine Brille sah er mit zusammengekniffenen Augen auf die Karte.

»Lady Hardcastle?«, fragte er und blickte uns kurzsichtig nacheinander an.

»Das bin ich. Und das ist meine Zofe Armstrong.«

»Schön, Sie beide kennenzulernen. Mrs. Grout sagte mir, Sie seien wegen des Kricketclubs hier. Sie sind nicht wirklich wegen des Kricketclubs hier, oder?«

»Nein, Mr. Tressle, bin ich nicht. Sollen wir uns setzen?«

Sie sanken in die dick gepolsterten Sessel, während ich neben Lady Hardcastle stehen blieb.

»Geht es um … Sie wissen schon … Frank Pickering?«

»Genau. Ihnen ist sicher bekannt, dass Bill Lovell wegen Mordes an ihm verhaftet worden ist?«

»Aber inzwischen ist er doch wieder auf freiem Fuß?«

»Ja. Aber Sie wussten, dass er unschuldig ist.«

»Ich habe nicht geglaubt, dass er es getan haben konnte, nein. Er ist nicht fähig, jemanden umzubringen.«

»Ich habe im Leben genug gesehen, um zu wissen, dass wir alle fähig sind, jemanden umzubringen. Manche Menschen brauchen dazu einfach einen stärkeren Anlass als andere, das ist alles.«

»Das kann ich mir vorstellen.«

»Sie waren der Letzte, der den Pub verlassen hat in jener Nacht, in der Pickering ermordet wurde. Was haben Sie gesehen?«

»Nicht so viel, wie Sie vielleicht hoffen.«

»Können Sie uns erzählen, was passiert ist? Wir wissen nur, dass Sie sich mit Pickering im *Dog and Duck* gestritten haben. Dem Vernehmen nach ging es dabei um seinen Wunsch, den Kricketclub zu übernehmen. Sie sollen gesagt haben, dass Sie das nicht zulassen würden.«

»Wer hat Ihnen das denn erzählt? Daisy?«

»Ich habe mit ihr gesprochen«, warf ich ein. »Sowohl sie als auch Joe Arnold bestanden darauf, dass Sie sich gestritten haben.«

»Oh, ich habe nicht gesagt, dass wir keinen Streit hatten.« Er lachte freudlos. »Es ging dabei nur nicht um den Club, das ist alles.«

»Ging es um Daisy?«, mutmaßte Lady Hardcastle.

»Um die? Ganz bestimmt nicht.«

»Worum in Gottes Namen drehte sich der Streit denn dann, Mr. Tressle?«

»Es ging um eine vertrauliche Geschäftsangelegenheit«, erwiderte er.

»Um etwas Geschäftliches? Was hatten Sie und Mr. Pickering denn geschäftlich miteinander zu tun?«

Für eine Sekunde musterte er sie ungläubig. »Wir haben zusammengearbeitet, Lady Hardcastle. Ich bin Angestellter bei *Seddon, Seddon und Seddon.*«

»Warum«, rief Lady Hardcastle mit einer gewissen Fassungslosigkeit, »ist niemand auf die Idee gekommen, mir das zu sagen? Armstrong? Wusstest du etwa Bescheid?«

»Nein, Mylady.«

»Bitte berichten Sie mir«, bat sie Tressle, sobald sie sich wieder gesammelt hatte, »was genau an jenem Abend vorgefallen ist.«

»Wir hatten unser übliches Treffen im *Dog and Duck,* und alle hatten schon etwas getrunken«, setzte er an.

»Worum ging es denn bei dem Treffen?«, fragte sie.

»Um die Planung für unsere alljährliche Tanzveranstaltung.«

»Gott steh mir bei«, erwiderte sie. »Mir wurde der Eindruck vermittelt, es hätte sich um eine Art Putsch gehandelt.«

Er lachte auf. »Nein, nichts dergleichen. Als wir mit unseren Planungen durch waren, haben wir nur noch ein paar Bier zusammen getrunken. Und da hat sich Bill Lovell dann mit Frank angelegt.«

»Ja, das haben wir gehört. Was ist hinterher passiert?«

»Frank und ich hatten unser … Privatgespräch …«

»Sie haben gestritten.«

»Es wurde ein bisschen hitzig, ja. Dann ist Frank aufgebrochen, und wir anderen sind noch auf ein letztes Glas geblieben. Wir haben den Pub nicht allzu spät verlassen, aber ein paar der Jungs sind auf dem Feld ein bisschen übermütig geworden …«

»Sie haben Mr. Arnolds Handkarren stibitzt«, unterbrach ihn Lady Hardcastle.

»Das stimmt. Am Ende haben wir noch ein bisschen im Clubhaus rumgealbert, und als ich auf die Uhr gesehen habe, war es schon zu spät, um noch nach Chipping Bevington zu kommen und den letzten Zug nach Hause zu nehmen, also hab ich mich einfach auf dem Boden des Umkleideraums schlafen gelegt. Das hab ich schon früher hin und wieder gemacht und werde es auch in Zukunft bei entsprechender Gelegenheit machen.«

»Und Frank haben Sie gar nicht mehr gesehen?«

»Nicht, nachdem er den Pub verlassen hatte, nein.«

»Worum ging es denn bei Ihrem Streit, Mr. Tressle? Ich muss das wirklich wissen. Wenn es irgendetwas mit dem zu tun hat, was ihm zugestoßen ist …«

»Hören Sie, ich kann es Ihnen schon verraten, wenn Sie glauben, es könnte helfen, aber wenn ich sage, dass es dabei um eine vertrauliche Geschäftssache geht, dann meine ich das auch so. Wenn das bekannt würde, wären Leben ruiniert.«

»Im Moment sind wir an eine ganze Reihe von Schweigegelübden gebunden, Mr. Tressle. Ich bin sicher, auf eins mehr oder weniger kommt es da nicht an. Nur solange es die offiziellen Ermittlungen nicht behindert, natürlich. Wenn die Sache relevant ist, muss sie der Öffentlichkeit zugänglich gemacht werden. Doch bis dahin gebe ich Ihnen mein Wort, dass ich Ihre Aussage mit der größten Diskretion behandeln werde.«

Er seufzte. »Also gut. Frank war Büroleiter bei den Seddons, und er hatte sich darangemacht, eine unserer Buchführungspraktiken zu überprüfen. Seiner Meinung nach könnten wir unsere Gewinne steigern, wenn wir unsere Rechnungen und Zahlungen besser nachverfolgen würden. In seiner Freizeit ist er deshalb die Bücher durchgegangen – stapelweise. Dafür hatte er Wochen gebraucht. Und eines Tages hat er dann plötzlich besorgt und zerstreut ausgesehen. Irgendetwas musste ihn wirklich aufgewühlt haben. Also habe ich ihn gefragt, was los ist, und er hat entgegnet, dass er es mir nicht sagen kann. Ein paar Tage lang ist es dann immer schlimmer geworden, bis er schließlich entschieden hat, dass er doch mit jemandem reden muss. Er hat mich gefragt, ob ich mich nach der Arbeit in einem Pub in der Stadt mit ihm treffen würde. Ich hab Ja gesagt, und als wir dann dasaßen und unser Bier getrunken haben, sagte er plötzlich: ›Wir stecken in Schwierigkeiten, Art.‹ Ich habe geantwortet: ›Was meinst du mit Schwierigkeiten? Was für Schwierigkeiten?‹ Und er sagte: ›Es geht um die Seddons. Ich habe was in den Büchern gefunden. Jemand veruntreut Gelder. Hunderte Pfund. Der Betreffende hat seine Spuren verwischt, oder er glaubt es wenigstens, aber nichts passt zusammen. Die Firma ist fast bankrott, Art.‹ Und ich hab ihm geantwortet: ›Verdammt.‹ Na ja, was hätte ich sonst auch sagen können? Also sagte ich: ›Verdammt, hast du mit Mr. Seddon schon darüber gesprochen?‹ Und er antwortete: ›Nein, denkst du, ich sollte das tun?‹ Und ich sagte darauf: ›Na, das musst du doch, oder? Du musst doch was sagen, wenn uns das Wasser bis zum

Hals steht.‹ Daraufhin hat er einfach bloß dagesessen und ausgesehen, als ob ihm jemand eins übergebraten hätte. Dann sagte er: ›Du hast recht, Art. Heute Abend geh ich bei ihm vorbei. Trink aus, dann erreiche ich den nächsten Zug noch.‹ Dann ist er los.«

»Vermutlich ist das Gespräch nicht so gut verlaufen«, warf ich ein. »Ich habe vor Kurzem mit Mr. Langdon gesprochen, und er erwähnte einen unschönen Abendbesuch.«

»Mr. Seddons Butler? Der ist ein netter Kerl. Nein, es ist nicht gut verlaufen. Am nächsten Tag haben Frank und ich uns zurückgezogen, und ich habe ihn gefragt, was passiert ist. Er sagte, er habe Mr. Seddon von seinen Entdeckungen erzählt, und der hat ihn nur verständnislos angeschaut, als verstünde er gar nicht, worüber Frank da rede. Dann hat er ihn angewiesen, keine Verleumdungen zu verbreiten, sonst würde er ihn verklagen, bevor er wisse, wie ihm geschähe. Was er sich überhaupt erlaube, am Feierabend zu ihm nach Hause zu kommen und infrage zu stellen, wie er sein Geschäft führt. Frank entgegnete, er wolle nur helfen, doch Mr. Seddon sagte darauf, er könne auf Franks Hilfe verzichten. Dann hat er ihn rausgeworfen, also ist er gegangen.«

»Unter Türenknallen, wenn man Langdon glaubt«, fügte ich hinzu.

»Das würde mich nicht wundern. Also hab ich gesagt: ›Was hast du als Nächstes vor, Frank?‹ Und er hat geantwortet: ›Ich muss wohl zur Polizei gehen, oder?‹ Da hab ich geantwortet: ›Aber wenn alles rauskommt, geht die Firma pleite, und wir sitzen alle auf der Straße.‹ Da sagte er: ›Und was ist, wenn es rauskommt, und sie rausfinden, dass ich über alles Bescheid wusste, aber nichts gesagt habe? Ich geh doch nicht ins Kittchen, um irgendwelche Veruntreuer zu decken.‹«

»Er ist dann allerdings doch nicht zur Polizei gegangen. Wenigstens weiß ich davon nichts«, sagte Lady Hardcastle.

»Ich hab ihn bekniet, er solle noch eine Nacht darüber schlafen«, fuhr Tressle fort. »Und man muss ihm hoch anrechnen, dass er die Sache tatsächlich ein paar Tage hat ruhen lassen. Als wir uns dann aber an jenem Abend im *Dog and Duck* getroffen haben, hat er gesagt, dass er sich jetzt entschieden habe und am nächsten Tag zur Polizei gehen wolle. Darum ging es bei unserem Streit. Ich hab die Beherrschung verloren, das kann ich nicht leugnen. Ich wusste, wenn alles rauskäme, würde ich meine Stelle verlieren. Und wer stellt schon einen Büroangestellten aus einer Firma ein, die wegen Veruntreuung bankrottgegangen ist? Ich hab ihm gesagt, er solle es nicht tun.«

»Und Sie haben ihn bedroht«, ergänzte Lady Hardcastle.

»Wenn jeder, der jemand anderem den Tod androht, diese Drohung tatsächlich in die Tat umsetzen würde, wären Sie inzwischen wohl ziemlich einsam, schätze ich. Die meisten Leute, die Sie kannten, wären dann wohl ermordet und der Rest für diese Morde gehängt worden. Aber dann hat er mich an der Schulter gepackt, sich zu mir vorgebeugt und mir ganz leise zugeflüstert: ›Ich weiß, wer es getan hat. Ich hab es rausgefunden. Ich gebe dieser Person noch eine Chance, die Wahrheit zu sagen, sonst gehe ich zu den Behörden, und weder du noch diese Person können mich daran hindern. Unterstütz mich, Art‹, hat er noch gesagt. ›Hilf mir, du bist mein ältester Freund. Wir müssen das Richtige tun.‹ Dann ist einer der Kumpel von Old Joe dazwischengegangen und hat uns voneinander getrennt. Also hat Frank sich hingesetzt, und diese dumme Gans Daisy ist zu ihm gekommen und hat irgendwas geplappert. Dann hat er auf seine Armbanduhr geschaut, als ob er noch eine Verabredung hätte, und das war das Letzte, was ich von ihm gesehen habe.«

Auf der Rückfahrt nach *The Grange* war Lady Hardcastle in Gedanken versunken. Irgendwann ergriff sie dann doch das Wort.

»Tressle ist unschuldig.«

»Ja, Mylady«, stimmte ich ihr zu. »Seine Geschichte klingt sehr überzeugend.«

»Da gebe ich dir recht. Überzeugend zwar, aber nicht sonderlich hilfreich.«

»Teddy Seddon hat demnach ein starkes Motiv«, gab ich zu bedenken. »Er würde sein Erbe doch sicher schützen wollen. Außerdem ist er auch im Kricketclub. Und um den scheint sich irgendwie alles zu drehen.«

»War er an jenem Abend auch im Pub?«

»Ah, nein, sein Name ist jedenfalls nicht gefallen«, sagte ich enttäuscht. »Und vor dem Hintergrund, wie eifrig alle über die Verlobung sprechen, würde ich denken, dass sie ihn erwähnt hätten, wenn er da gewesen wäre. Außer, sie decken ihn alle.«

»Wozu sollte das gut sein?«

»Na ja, die Hochzeit scheint das Aufregendste zu sein, was seit einiger Zeit im Dorf passiert ist. Was, wenn sie alle Bescheid wissen, dass er es war, und beschlossen haben, die Reihen zu schließen und ihn zu schützen?«

»Ich liebe Verschwörungstheorien so sehr wie alle Mädchen. Aber ich glaube, diese hier können wir für den Moment ans Ende der Liste setzen.«

»Sie haben recht, Mylady. Trotzdem wäre es hilfreich, wenn wir wüssten, wo Teddy Seddon sich an jenem Abend aufgehalten hat.«

»Stimmt«, sagte sie. Und dann nahm sie ihre Betrachtung der vorbeifliegenden Landschaft wieder auf.

12

Ahoi!«, rief Lady Hardcastle durch die offene Eingangstür auf *The Grange*.

»Ahoi?«, wiederholte ich. »Wirklich?«

»Was soll ich denn sonst rufen, meine Liebe?«

»Vielleicht könnten wir klingeln?«

»Na ja, ich nehme an, wenn man eine furchtbar langweilige Person ist, klingelt man, aber ich dachte mir, es wäre lustiger, es auf meine Art zu machen.«

Der Spaziergang nach *The Grange* war unerwartet anstrengend gewesen. Es war eine Strecke von etwa zwei Meilen, was uns unter normalen Umständen kaum aufgefallen wäre, wenn der Großteil dieser Strecke nicht bergauf geführt hätte. Allerdings hatten wir einen schönen Juninachmittag, die Bienen summten, die Vögel zwitscherten, und die Sonne schien auf die Bösen wie auf die Guten herab, also war es am Ende doch keine allzu große Mühe.

Das Klingeln wurde uns durch die Ankunft Sir Hectors und seiner ungezogenen Spaniels erspart.

»Hallo, Emily«, begrüßte er uns. »Tritt doch bitte ein. Inspector Dingsbums sitzt schon im Esszimmer.«

»Ach, guten Tag, Hector, mein Lieber. Vielen Dank. Wie geht es Gertie denn heute?«

»Sie gibt ihr Bestes, weißt du. Seit du dich der Sache widmest, hat sie ein bisschen Hoffnung geschöpft.«

»Wir werden uns bemühen, euch beide nicht zu enttäuschen.«

»Ganz recht, ganz recht«, antwortete er. »Na, ich muss jetzt weiter, meine Mädchen hier brauchen ihren Auslauf. Klingle einfach nach Kaffee, sobald ihr drin seid, ja? Und heute gibt es auch noch ein spätes Mittagessen, wenn du Lust hast. Ihr macht es euch bequem, ja?«

»Danke, Hector. Genieß deinen Spaziergang, mein Lieber.«

Wir betraten die Eingangshalle und gingen direkt ins Speisezimmer. Inspector Sunderland stand vor der Verbrechenstafel und verglich anscheinend die Bemerkungen darauf mit denen in seinem immer griffbereiten Notizbuch.

»Ach, guten Tag, Lady Hardcastle«, rief er freundlich. »Guten Tag, Miss Armstrong.«

»Und guten Tag auch Ihnen, Inspector«, erwiderte Lady Hardcastle.

»Wie schön, Sie wieder dabeizuhaben, das muss ich schon sagen.«

»Tatsächlich? Ach, vielen Dank. Ich bin ein bisschen überrascht, das zu hören, aber nichtsdestoweniger erfreut. Ich muss gestehen, dass ich noch immer in Sorge war, dass wir vielleicht unwillkommene Lästlinge für Sie darstellen.«

Er lachte. »Sie kommen immer gleich auf den Punkt,

nicht wahr, Mylady? Sie müssen meiner lieben Frau dafür danken. Gestern habe ich ihr erzählt, wie nervtötend es war, dass Sie gestern die ganze Zeit dabei waren, aber Sie erklärte mir unmissverständlich, dass ich unbedingt aufpassen solle, mich nicht wie ein ...« – er warf einen theatralischen Blick in sein Notizbuch – »... *unerträglicher Stoffel* zu benehmen.«

Lady Hardcastle und ich mussten beide lachen.

»Ich werde also mein Bestes geben, so unstoffelig wie möglich zu bleiben«, bekräftigte er mit einer kleinen Verbeugung.

»Sie sind wirklich bezaubernd, Inspector«, entgegnete Lady Hardcastle. »Hat Ihre liebe Frau denn sonst noch etwas hinzugefügt?«

»Ziemlich viel, Mylady, ziemlich viel. Grob zusammengefasst ist sie der Meinung, dass Ihre Anwesenheit weder mir noch meinen Ermittlungen schadet und dass ich mich über die *weibliche Perspektive* freuen solle. Sie hat eine sehr dezidierte Meinung über die Bedeutung von Frauen in dieser Welt.«

»Sie klingt wie die Sorte Frau, von der diese Welt mehr vertragen könnte, Inspector.«

»Ich betrachte mich selbst als außerordentlichen Glückspilz, sie kennengelernt zu haben«, erwiderte er mit einem seligen Lächeln.

»Was die weibliche Perspektive betrifft, fürchte ich jedoch, dass sie nichts als ein Mythos ist. Jedenfalls habe ich noch nichts über irgendwelche Studien zu diesem Thema gehört. Allerdings bringen wir Ihnen Neuigkeiten in Bezug auf den Pickering-Mord mit.«

Sie berichtete ihm von Tressles Geschichte.

»Das ist wirklich sehr hilfreich, Mylady. Vielleicht muss ich allerdings mal mit dem Sergeant ein Wörtchen darüber reden, ob man persönliche Informationen einfach so an die Öffentlichkeit gibt.«

»Ach, er hat doch nur versucht, einer Lady behilflich zu sein.«

»Na gut«, erwiderte der Inspector. »Schade, dass Sie nicht daran gedacht haben, ihn über Teddy Seddon zu befragen, als Sie da waren.«

»Das ist mir erst eingefallen, als ich wieder im Automobil saß. Erst als ich auf dem Heimweg über das Gehörte nachdenken konnte, stellte Armstrong dann die Verbindung zu Teddy Seddon her.«

»Das ist nicht schlimm«, sagte er. »So haben wir eine weitere Spur, die wir verfolgen können. Ich werde meinen Sergeant damit beauftragen, ein paar Nachforschungen anzustellen. Wenn Seddon hier draußen gewesen ist, ist er wahrscheinlich mit dem Auto gefahren worden. Ich beauftrage einen meiner Leute damit, sich mal den Chauffeur der Seddons zur Brust zu nehmen und nachzuhorchen, was er zu sagen hat.«

»Danke, Inspector.«

»Wofür, Mylady?«

»Dafür, dass Sie uns ernst nehmen.«

»Ich müsste ein Narr sein, das nicht zu tun.«

»Sie sind zu liebenswürdig.«

»Überhaupt nicht, Mylady. Vielleicht, wenn Sie das nicht als Zumutung empfinden, könnten wir doch versuchen, einander ein bisschen besser kennenzulernen, bevor wir die heutigen Aufgaben angehen. Ich gestehe, dass ich mehr als nur professionell neugierig auf Sie beide bin.«

»Dann müssen wir unser Bestes geben, um wenigstens einen Teil dieser Neugier zu befriedigen. Aber eins nach dem anderen: Hat man Ihnen schon Kaffee angeboten? Oder Tee?«

»Nein, keinen Tropfen. Jenkins hat mich mit seiner üblichen kalten Höflichkeit hier hereingeführt und mich dann mir selbst überlassen.«

»Das geht wirklich nicht. Flo, meine Liebe, sei so lieb und läute. Lass uns mal sehen, ob wir nicht Kaffee und etwas Kuchen bekommen können.«

Ich leistete der Aufforderung Folge, und während wir auf Jenkins' Ankunft warteten, setzten wir uns zusammen an den Tisch.

»Also, Inspector«, begann Lady Hardcastle. »Was möchten Sie denn gern wissen?«

»Lassen Sie mich nachdenken«, sagte er und kaute auf seiner unvermeidlichen, niemals jedoch angezündeten Pfeife. »Sie sind in ... London geboren?«

»Das stimmt. Vor ungefähr ... lassen Sie mich rechnen ... vierzig Jahren.«

»Es besteht keine Notwendigkeit, persönliche Details auszuplaudern, Mylady«, beteuerte er eilig. »Ich möchte Sie nicht in Verlegenheit bringen.«

»Unsinn, Inspector. Insgesamt machen wir viel zu viel Aufhebens um das Alter einer Lady.«

»Ihr Vater war zwar einflussreich, trug aber keinen Titel – Sie führen den Titel Ihres Mannes?«

»Daddy hatte eine hohe Stellung im Finanzministerium. So weit, so gut.«

»Ein Schweizer Mädcheninternat?«

Sie lachte. »Dem muss ich entschieden widersprechen. Ich bin von einer Reihe zunehmend frustrierter Gouvernanten unterrichtet worden. Mein älterer Bruder ist nach Cambridge gegangen, und ich habe einen solchen Aufstand gemacht, weil ich auch gehen wollte, dass meine Eltern irgendwann nachgaben. Es gelang mir, einen Platz in Girton zu ergattern, wo ich Naturwissenschaften studiert habe.«

»In Cambridge?«, sagte er anerkennend. »Sehr beeindruckend. Was noch? Sie tragen einen Ehering und den Titel einer Ehefrau, sprechen aber nie von Ihrem Mann. Sind Sie verwitwet?«

»Ja, Roddy ist vor neun Jahren gestorben.«

»Mein Beileid. Sie sind geschickt darin, Informationen aus Leuten herauszubekommen. Ich bin mir nicht sicher, ob das eine Begabung ist oder etwas, was Sie sich angeeignet haben.«

»Sagen wir, ein bisschen von beidem.«

»Interessant. Sie sind weit gereist. Sie haben erwähnt, dass Sie Zeit in Indien verbracht haben. Und Sie waren auch nicht einfach nur die Frau eines Kolonialbeamten. Sie haben sich für die dortige Kultur interessiert. Zum Beispiel wissen Sie einiges über die östlichen Religionen.«

»Gut gefolgert, Inspector«, lobte sie ihn. »Ja, ich habe meine Liebe aus dem Studium geheiratet, und wir haben auf der ganzen Welt viele Abenteuer erlebt. Dann habe ich die junge Flo hier als meine Zofe angestellt, und zu dritt erlebten wir noch weitere Abenteuer. Roddy wurde dann in Schanghai ermordet. Wir mussten fliehen. Wir sind nach Hause zurückgekehrt. Wir haben noch ein paar Abenteuer in London erlebt. Und nun haben wir uns in Littleton Cotterell niedergelassen.«

»Zurück zu diesen Abenteuern«, sagte der Inspector: »Wie kommt es, dass eine Beamtentochter mörderische Abenteuer in Schanghai erlebt hat?«

»Ein anderes Mal, Inspector. Sie erwarten doch sicher nicht von mir, dass ich Ihnen jetzt die Kurzfassung erzähle? Sie müssen mir gestatten, Sie ein wenig schmoren zu lassen.«

»Wie Sie wünschen, Mylady. Und wie steht es mit Ihnen, Miss Armstrong? Woher stammen Sie?«

Da wurden wir von der Ankunft des Butlers unterbrochen, und nachdem Lady Hardcastle um eine Kanne Kaffee und ein paar Stücke Kuchen gebeten hatte, richtete der Inspector seinen forschenden Blick wieder auf mich.

»Schießen Sie los«, forderte er mich auf.

»Oh. Na ja … also … wissen Sie … Das ist eine eher komplizierte Frage.«

»Wir haben ein wenig Zeit«, sagte er. »Ich möchte heute Nachmittag mit dem Schlagzeuger reden, aber ich nehme nicht an, dass er irgendwohin verschwindet.«

»Nun, also, ich wurde in Cardiff geboren, bin aber im ganzen Land aufgewachsen.«

»Verraten Sie mir nichts«, sagte er mit einem schiefen Lächeln. »Ihr Vater war Zirkusartist.«

Ich sah ihn mit hochgezogenen Brauen an.

»War er nicht«, sagte er. »Oder?«

»Der Große Coltello. Er war Messerwerfer. Also bin ich im Zirkus aufgewachsen, aber als meine Großmutter krank wurde, sind sie wieder nach Aberdare gezogen, wo meine Mutter aufgewachsen ist.«

»Er war Italiener?«

»Nein, er war Joe Armstrong aus Carlisle. *Coltello* ist das italienische Wort für Messer.«

Der Inspector blickte mich weiterhin skeptisch an. »Das erklärt gewiss Ihre entspannte Haltung zu sozialen Umgangsformen. Und wie sind Sie …«

Es klopfte, und Jenkins trat mit dem Kaffeetablett ein.

»Schieben wir die Befragung auf«, sagte der Inspector. »Tatsächlich glaube ich, dass wir uns allmählich mit Mr. Maloney unterhalten sollten. Ich schenke Ihnen Kaffee ein, wenn Sie ihn für mich holen.«

Ich trat durch die Tür des Ballsaales nach draußen und traf Skins auf einer niedrigen Mauer sitzend an. Er saß mit dem Rücken zum Haus da, blickte über das Gelände und hinunter ins Flusstal des Severn. Ich hüstelte höflich.

»Mr. Maloney?«, sagte ich dann.

Er drehte sich um und lächelte mich an. »Nennen Sie mich doch Skins, meine Liebe, das tun alle. Und wie heißen Sie?«

»Ich heiße Armstrong, Sir.«

»Und so nennt Sie auch Ihre Mutter, ja?«

»Solange sie mich rechtzeitig zum Abendessen ruft, Sir, macht es mir nichts aus. Inspector Sunderland würde sich gern mit Ihnen unterhalten.«

»Kein Problem, Darling, gehen Sie voran.« Er stand auf, und ich staunte darüber, dass er nicht viel größer war als ich. Außerdem gertenschlank. »Aber jetzt mal ehrlich, wie werden Sie gerufen?«

Ich ging hinein, und er folgte mir durch das Haus zum Speisezimmer.

»Ganz ehrlich, Mr. Skins, man ruft mich Armstrong.«

Er kicherte. »*Mr. Skins*. Sie sind ja eine Nummer.«

»Das hat man mir schon mal gesagt, Sir. Mein Vorname ist Florence. Meine Mutter nennt mich Flossie, meine Freunde Flo, und Sie … darüber muss ich noch nachdenken.«

»Mehr kann ich nicht verlangen, Miss Armstrong. Ich warte gespannt auf das Ergebnis Ihres Entscheidungsprozesses. Aber bitte, nennen Sie mich nicht Sir – ich stehe über niemandem. Außer vielleicht beim Schlagzeugspielen, da bin ich ein absolutes Sahneschnittchen. Da macht mir niemand etwas vor, und alle müssen sich vor mir verbeugen.«

Ich lächelte, und wir gingen weiter.

»Schicke Bude hier«, sagte er und bewunderte die Eichenholzvertäfelung im Korridor. »Es muss schön sein, hier zu arbeiten.«

»So sagt man, Sir, aber leider arbeite ich hier nicht.«

»Ach, stimmt. Warum tragen Sie dann diese Klamotten und machen Botengänge für diesen Inspectortypen? Haben die Polizisten hier Dienstmädchen oder so was?«

»Etwas in der Art, Sir«, entgegnete ich und öffnete die Tür zum Esszimmer. »Lady Hardcastle, Inspector Sunderland, Mr. Maloney ist hier.«

»Ich gab ihm ein Zeichen, er solle eintreten, und er leistete der Aufforderung grinsend Folge.

»Nennen Sie mich Skins, Chef«, sagte er und streckte dem Inspector die Hand entgegen. »Das tun alle.« Dann winkte er über den Tisch. »Lady H.«, grüßte er und setzte sich, bevor noch irgendwer ihm einen Stuhl anbieten konnte. Ich nahm meinen unauffälligen Platz im Eck ein.

»Danke, dass Sie bereit sind, mit mir zu sprechen, Mr. Maloney«, sagte der Inspector, zog seinen eigenen Stuhl nach hinten und setzte sich. Mein Beileid zum Tod Ihres Freundes. Standen Sie Mr. Holloway nahe?«

»Ziemlich, Inspector«, antwortete Skins. »Wir haben vielleicht ... ich weiß nicht ... drei Jahre zusammengearbeitet. Sind viel gereist und so. Man kommt sich schon näher, wenn man mit jemandem so zusammenarbeitet.«

»Gewiss, Sir, das stimmt. Und wie ist es mit dem Rest der Band, stehen Sie denen auch nahe?«

»Ich kann mich nur wiederholen, Chef, ziemlich. Mit Barty komm ich am besten aus, würde ich sagen, und Rolie ist als Manager in Ordnung, würd ich sagen. Also ja, wir kommen klar.«

»Was ist mit Miss Montgomery?«, hakte der Inspector nach.

»Die ist ein komischer Vogel. Singt dabei aber wie eine Nachtigall.«

»Komisch, Sir?«

»Ach, Sie wissen schon. Ist ein bisschen reserviert. Als ob sie ständig mit den Gedanken woanders wäre. Als ob sie was anderes vorhätte. Verstehen Sie, was ich meine?«

»Ja, Sir, ich glaube schon. Also, dieser Auftritt bei der Verlobungsfeier, Sir. Ist das Ihre normale Arbeit?«

»Unser Haupterwerb, Chef, ja.«

»Es muss also beruhigend gewesen sein zu wissen, dass er anstand.«

»Wieso, Sir?

»Na, gut zu wissen, dass es ein nettes Sümmchen zu verdienen gab, das nimmt doch den Druck raus, wenn man Rechnungen bezahlen muss, nicht wahr?«

»An sich ganz toll, Chef, stimmt schon. Nur dass wir mit alldem ein bisschen überrumpelt wurden.«

»Aha?«

»Ja. Zugticket und ›packt eure Sachen, wir müssen morgen früh um sechs in der Bahn sitzen, und wenn ihr nicht pünktlich seid, seid ihr gefeuert‹. Wir hatten also nicht wirklich Zeit, uns darauf zu freuen.«

»Ach so, Sir. War das üblich?«

»Bei Rolie ist alles üblich. Er ist ein ziemlich gewiefter Typ, unser Rolie. Wie Sylvie hat er immer ein oder zwei Eisen im Feuer, von denen wir nichts wissen. Normalerweise wissen wir über Engagements Wochen oder sogar Monate im Voraus Bescheid und planen sie auch mehr oder weniger zusammen. Aber ab und zu …«

»Was passiert denn ab und zu, Mr. Maloney?«

»Ab und zu packt ihn halt eine Laune, Inspector, und wir müssen Hals über Kopf irgendwohin abhauen.«

»Abhauen, Sir? Tatsächlich? Sie laufen weg?«

»Oder wir laufen auf etwas zu. So genau weiß ich das nie.«

»Aber Sie haben einen Verdacht?«

»Das bleibt ja nicht aus, Chef.«

»Und was für einen Verdacht hatten Sie diesmal?«

»Keinen, der für mich irgendeinen Sinn ergeben hätte, so viel ist sicher, aber ich habe gehört, was in der Bibliothek passiert ist, und mir ein paar Fragen gestellt.«

»Ich hab die meiste Zeit hier drin festgesessen, Sir, also hab ich den Tratsch nicht mitbekommen. Was haben Sie denn über Mr. Holloway gehört?«

»Niedergeschlagen und einfach zurückgelassen«, antwortete Skins.

»Stimmt, Sir, ja. Am Anfang hielten wir es für einen Raubüberfall.«

»Einen Raubüberfall? Auf Wally?«

»Ist das denn so unwahrscheinlich, Sir?«

»Wir sind Musiker, Inspector, immer nur einen Schritt von der Gosse entfernt – und nicht mal das, wenn man dem glaubt, was manche Leute über uns sagen. Wir haben nichts, was man klauen kann.«

»Ich will Ihnen nicht zu nahe treten, Sir, aber das war auch mein erster Gedanke. Ich nahm an, dass er zufällig in einen Einbruch hineingeraten und zu seinem Pech zusammengeschlagen worden sei. Dann haben wir allerdings entdeckt, dass sein Trompetenkoffer fehlt, und das hat mich stutzig gemacht.«

»Sie meinen, irgendwer hat sich seinen Trompetenkoffer unter den Nagel gerissen? Einen leeren Trompetenkoffer?«

»Sie kommen gleich wieder zum Kern der Sache, Sir. War er denn wirklich leer?«

»Ob er leer war? Hm.« Skins saß einen Moment gedankenversunken da. »Es ist ja so, Inspector … Sehen Sie, ich sag ja nicht gern was Unpassendes, und ich häng auch niemanden gern hin, aber die Möglichkeit besteht – ich meine, es ist ja nur eine Möglichkeit –, dass in dem Koffer etwas war. Und das meine ich auch, wenn ich sage, dass ich einen Verdacht hatte.«

»Was könnte denn darin gewesen sein?«, fragte der Inspector nach und beugte sich leicht vor.

»Das ist es ja, da bin ich mir eben nicht sicher. Ich hab einfach nur ein paar Sachen gehört, mehr nicht.«

»Was denn für Sachen?«

»Na ja, unser Rolie, der ist schon ein Schlitzohr, wissen Sie? Mauschelt immer irgendwas rum, heckt immer irgendwas aus. Egal, also, letzten Monat haben wir ein paar Auftritte in Paris gehabt – es gibt da einige hübsche Clubs –, und die Franzacken mögen ja gern klassischen Ragtime. Eines Abends waren wir in dieser kleinen Kneipe am Montmartre. In der Pause sitzen wir so da, Sie wissen schon, ich, Barty, Rolie, Wally und Sylvie, alle irgendwie zusammen, aber halt an zwei Tischen. Wir trinken also irgendeinen sauren Roten, da kommt dieser Mann zu uns und flüstert Rolie irgendwas ins Ohr. Dann sind er und Wally aufgestanden, haben sich an einen anderen Tisch gesetzt und dann so ganz heimlichtuerisch getuschelt.«

»Konnten Sie verstehen, worum es ging?«, fragte Lady Hardcastle.

Skins wandte sich ihr zu. »Das ist es ja gerade, Mylady. Ja und nein.«

»Was meinen Sie damit?«

»Na, ich hab halt ein paar Gesprächsfetzen aufgeschnappt, aber ich hab nicht kapiert, worum es ging. Der Typ, der zu uns gekommen war, hat gesagt: ›Ich weiß, wie wir rankommen, und ich hab auch einen Käufer dafür, aber am britischen Zoll würd ich es nie vorbeikriegen.‹ Da hat Rolie geantwortet: ›Mach dir darum keine Sorgen, darum können wir uns schon kümmern, oder, Wally?‹ Dabei hat er so gekichert und war ganz selbstgefällig. Und Wally hat zurückgekichert.«

»Sie glauben also, dass die zwei etwas geschmuggelt haben?«, übernahm wieder der Inspector.

»Na, danach klingt es jedenfalls, oder?«

»Stimmt. Und wenn Holloway involviert war, könnte es sich in seinem Trompetenkoffer befunden haben. Aber warum sollten sie Holloway überhaupt einweihen? Wieso hätte Richman den Profit denn teilen sollen?«

»Er hat halt keinen Instrumentenkoffer«, erläuterte Skins. »Er spielt Klavier, also trägt er nichts mit sich herum außer seinen Noten. Unsere Taschen werden manchmal durchsucht, aber nie unsere Instrumentenkoffer. Hab nie kapiert, warum, aber so ist es. Rolie muss jemanden mit einem Koffer gebraucht haben, um was zu verstecken.«

»Es müsste also etwas Kleines gewesen sein«, folgerte Lady Hardcastle. »Aber das schränkt die Möglichkeiten nicht allzu sehr ein. Es käme alles infrage.«

»Stimmt wohl, Mylady«, pflichtete der Inspector ihr bei. »Haben Sie irgendeinen Hinweis darauf aufgeschnappt, worum es sich handeln könnte, Mr. Maloney?«

»Nein, gar nichts. Sie haben noch ein bisschen vor sich

hin getuschelt, und dann mussten wir schon unser zweites Set spielen.«

»Konnten Sie einen Blick auf den Kerl werfen, der mit den beiden gesprochen hat? Hatten Sie ihn zuvor schon mal gesehen?«

»Nein, wie gesagt, es war eine ziemliche Spelunke. Dunkel, mit nur wenig Licht von auf Weinflaschen gesteckten Kerzen. Sie kennen bestimmt diese Kneipen. Oh, wenn ich drüber nachdenke, kennen Sie so was wahrscheinlich doch nicht. Aber egal, kein Ort jedenfalls, wo man jemanden gut erkennen kann.«

»Was ist mit seinem Akzent?«, fragte Lady Hardcastle. »Konnten Sie vielleicht heraushören, woher er stammt?«

»Er hat englisch gesprochen. Die paar Worte, die ich von ihm gehört habe, haben sich normal angehört, als ob er keine Schwierigkeiten mit der Sprache hätte, aber ein paar Wörter hat er nicht so leicht hingekriegt, als ob er nicht in seiner *eigenen* Sprache reden würde. Er hat wie ein feiner Pinkel geklungen, aber irgendwie auch fremd.«

»Sie können nicht genauer sagen, auf welche Art fremd?«, bohrte der Inspector nach.

»Sehe ich vielleicht aus wie ein Linguistikprofessor, Chef?«

»Nein, Sir, aber Sie haben ein musikalisches Gehör. Sie hören Töne und Rhythmen, die dem Rest von uns wahrscheinlich entgehen. Es ist Ihre zweite Natur. Und Sie kommen viel herum. Sie müssen doch schon Dutzende von Akzenten gehört haben.«

Skins dachte einen Moment lang nach. »Also gut. Ich schätze, er war kein Engländer. Franzose auch nicht – die hört man raus, selbst die, die richtig gut Englisch können. Er war mehr … Ich sag es mal so, manche Laute klangen wie bei den Laskaren aus dem East End.«

»Sie meinen indisch?«

»Ja, aber es klang nicht so harsch wie bei denen, eher, als ob er ein gebildeter Mann wäre.«

»Haben Sie sonst noch jemanden gesehen, Mr. Skins?«, fragte ich.

»Sonst noch jemanden?«

»Sie wissen schon, irgendwen, mit dem der indische Gentleman gesprochen hat? Irgendjemanden, der sich verdächtig verhielt? Irgendetwas, das uns einen Hinweis darauf geben könnte, was dort vor sich gegangen ist?«

»Oh, ach so. Nein, Darling, es war einfach nur ein Pariser Nachtclub wie viele andere. Viele unterschiedliche Leute. Manche von ihnen etwas ungehobelt, andere kultivierter. Da ist alles anwesend – von harten Burschen bis zu Musikliebhabern, von Soldaten bis zu eleganten Ladys und Gentlemen, die ein kleines Abenteuer erleben wollen.«

»Oh«, erwiderte ich enttäuscht. »Also ist Ihnen sonst niemand aufgefallen?«

»Nicht wirklich, Liebes, nein. Es war einfach eine gewöhnliche Pariser Samstagabendgesellschaft.«

Ich nickte.

»Danke, Mr. Maloney, das war alles sehr hilfreich«, ergriff der Inspector wieder das Wort, während er sich weiter Notizen machte. »Ich verstehe, dass das lästig sein könnte, aber kann ich Sie vielleicht dazu überreden, noch ein paar Tage auf *The Grange* zu bleiben? Möglicherweise muss ich noch einmal mit Ihnen sprechen.«

»Lästig, Chef?«, sagte Skins mit einem breiten Grinsen. »Freie Unterkunft und Mahlzeiten und frische Luft? Sie machen Witze!«

»Nun, wenn Sie es so ausdrücken, Sir, dann könnte man es sicher als eine Art Urlaub betrachten.«

»Ganz recht, Chef. Kann ich sonst noch was für Sie tun?«

»Im Augenblick nicht, Sir. Vielen Dank für Ihre Zeit.«

»Es war mir ein Vergnügen, Chef.« Er erhob sich und wandte sich zum Gehen. »Lady H., Miss Armstrong.« Er verbeugte sich. »Vergessen Sie nicht, dass Sie mir immer noch verraten müssen, wie ich Sie nennen soll.«

Ich lächelte und verbeugte mich meinerseits, dann verließ er das Esszimmer.

»Wie soll er dich denn nennen?«, fragte Lady Hardcastle, nachdem Skins die Tür hinter sich geschlossen hatte.

»Ich habe mich noch nicht entschieden, Mylady.«

»Handelt es sich dabei um eine schwierige Entscheidung?«

»Nein, Mylady, aber solche Dinge darf man nicht auf die leichte Schulter nehmen. Ein Name beinhaltet Macht.«

»Das stimmt, das stimmt«, räumte sie ein. »Nun Inspector, was halten Sie von all dem?«

»Wenn er kein Seemannsgarn spinnt, hat es den Anschein, als ob Mr. Holloway und Mr. Richman nichts Gutes im Schilde führten. Und es scheint noch jemand anderes involviert gewesen zu sein, der ...« – er blickte auf seine Notizen – »... *ein feiner Pinkel, aber fremd* war, vielleicht ein Inder, der sie dafür bezahlt haben könnte, etwas Kleines ins Land zu schmuggeln. Vielleicht ist das Ganze aber auch Unsinn. Meiner Einschätzung nach sollten wir allerdings trotzdem so schnell wie möglich noch einmal mit Mr. Richman sprechen; zumindest könnte er Mr. Maloneys Räuberpistole Lügen strafen.«

»Soll ich ihn holen, Inspector?«, fragte ich, doch bevor er noch antworten konnte, klopfte es an die Tür.

Es war Jenkins.

»Entschuldigen Sie bitte, Inspector, aber ein Telegramm ist für Sie eingetroffen.« Er reichte ihm das Telegramm auf einem Silbertablett.

»Danke, Jenkins.«

»Soll ich das Kaffeegeschirr mitnehmen, Sir?«

»Ja«, erwiderte der Inspector zerstreut, während er das Telegramm las. »Bitte tun Sie das.«

»Wie Sie wünschen, Sir«, antwortete Jenkins und machte sich unaufdringlich ans Abräumen. »In einer halben Stunde wird noch ein später Lunch auf der Terrasse serviert, Sir, Mylady. Werden Sie teilnehmen?«

»Würden Sie mich für sehr unhöflich halten«, entgegnete der Inspector, »wenn ich Sie um einen Teller mit Sandwiches bitten würde? Ich habe wirklich noch eine Menge Papierkram zu erledigen. Notizen und so weiter.«

»Natürlich nicht, Sir. Ich werde Ihnen umgehend etwas bringen lassen.«

»Danke, Jenkins.«

»Wie steht es mit Ihnen, Mylady?«

»Eigentlich, mein lieber Jenkins, habe ich ein, zwei Dinge im Dorf zu erledigen. Wenn der Inspector also beschäftigt ist, würde ich mich für ein Weilchen entfernen. So haben Sie ein bisschen Freiraum, Inspector.«

»Bitte, gehen Sie nicht meinetwegen, Mylady«, erwiderte er. »Aber wenn Sie woanders noch etwas zu tun haben, lassen Sie sich nicht aufhalten. Sollen wir uns um drei wieder treffen?«

»Das wäre ganz wunderbar. Also nein, Jenkins. Danke für das freundliche Angebot, aber ich werde für ein, zwei Stunden weg sein.«

»Wie Sie wünschen, Mylady. Vielleicht möchten Sie Kaffee, wenn Sie alle dann wieder an die Arbeit gehen?«

»Sie, Jenkins, sind ein mustergültiger, moderner … ähm …«, sagte Lady Hardcastle. »Was würden wir nur ohne Sie anfangen! Das wäre ganz wundervoll. Danke.«

Jenkins entfernte sich strahlend.

»Was steht in dem Telegramm, Inspector? Irgendetwas Interessantes?«, fragte sie, nachdem Jenkins die Tür hinter sich geschlossen hatte.

»Möglicherweise, Mylady. Möglicherweise sogar etwas sehr Interessantes.«

»Und …? Mehr verraten Sie uns nicht?«

»Vorläufig nicht, Mylady. Ich gehe allerdings davon aus, dass wir heute Nachmittag beinahe schon unsere Befragungen abschließen können.«

»Sieh an. Wie aufregend. Aber jetzt müssen wir uns erst einmal entschuldigen. Dienerin, trödele nicht. Lassen wir den guten Gesetzeshüter seine Pflicht tun, wir eilen solange ins Dorf hinunter.«

Im warmen Schein der Sommersonne spazierten wir los. Das Grundstück war sauber und ordentlich, aber nicht luxuriös, es machte denselben Eindruck verblasster Opulenz, die auch dem Haus selbst anhaftete. Das gesamte Anwesen wirkte bezaubernd, gemütlich und einladend.

Die Farley-Strouds konnten es sich nicht leisten, *The Grange* in der gleichen Weise instand zu halten, wie sie das einst getan hatten. Wahrscheinlich hätten sie es besser verkaufen und sich stattdessen eine hübsche kleine Wohnung in Bristol oder Gloucester zulegen sollen. Aber das hätte bedeutet, das Leben, das sie kannten und liebten, aufzugeben, ganz zu schweigen davon, dass so mindestens ein Dutzend Bedienstete ihre Stelle verloren hätten. Also begnügten sie sich einfach mit dem, was sie hatten. Ich entschied, dass mir die patente und praktische Lady Farley-Stroud und ihr bezaubernd verschrobener Mann überaus sympathisch waren. Das Dorf wurde durch ihre Gegenwart sehr bereichert.

»Meiner Treu, ist das da drüben ein Birkenzeisig?«, rief Lady Hardcastle, als wir den Blühstreifen am Wegesrand entlanggingen.

»Ein was, Mylady?«

»Dieser kleine Vogel da. Ist das wohl ein Birkenzeisig, was denkst du?«

»Das kann ich nicht sagen. Aber das da drüben ist ganz zweifellos Lady Farley-Stroud.«

Sie trug wie meistens Tweed. Der riesige Sonnenhut, stabile Handschuhe und eine Rosenschere in der Hand zeigten an, dass sie bei der Gartenarbeit gewesen war.

»Hallo, Gertie«, rief Lady Hardcastle. »Der Garten sieht wirklich bezaubernd aus.«

»Das ist nicht allein mein Verdienst«, erwiderte Lady Farley-Stroud stolz. »Die Gärtner verrichten die ganze schwere Arbeit, aber ich nehme doch auch Anteil.«

»Das sieht man, meine Liebe«, bekräftigte Lady Hardcastle.

Die ältere Dame strahlte. »Wie geht eure Untersuchung voran?«

»Gerade haben wir etwas erfahren, was womöglich hilfreich sein könnte. Ich habe den leisen Verdacht, dass sich euer Juwel noch irgendwo hier in der Gegend befindet.«

»Wirklich? Ach, das sind ja wunderbare Nachrichten. Wer hat es? Wann kannst du es dir wiederholen?«

»Ganz so weit sind wir noch nicht, meine Liebe, aber wir kommen der Sache auf jeden Fall näher. Es war furchtbar schwer, dem Inspector nicht alles darüber zu verraten. Einiges von dem, was er von den Gästen und den Musikern gehört hat, hätte sehr viel mehr Sinn ergeben, wenn er von dem Smaragd gewusst hätte, aber wir mussten das ja für uns behalten.«

»Danke, meine Liebe, das weiß ich wirklich zu schätzen. Du wirst ihm alles erzählen können, wenn ihr ihn endlich gefunden habt. Er wird sich schon nicht allzu sehr ärgern.«

»Das hoffe ich. Gestern sagtest du doch, dass es zu dem Edelstein eine Geschichte gibt. Die würde ich gern irgendwann einmal hören.«

»Bist du gerade in Eile?«, fragte Lady Farley-Stroud.

»Kommt und spaziert mit mir durch den Garten, dann erzähle ich euch davon.«

»Warum nicht? Dir macht das doch nichts aus, Flo?«

»Überhaupt nicht, Mylady«, erwiderte ich, und wir gingen zusammen mit Lady Farley-Stroud zurück zum Haus, von wo aus sie uns in den formalen Garten auf dessen Rückseite führte.

»Die Geschichte«, begann Lady Farley-Stroud, während wir zwischen geometrisch angelegten Rasenflächen hindurchspazierten, »hat ihren Ursprung in Nepal. Bist du jemals im Norden gewesen, meine Liebe? Nepal ist ein so schönes Land. Hector und ich haben dort einige Zeit verbracht. Wunderschön. Und faszinierend. Es ist ein sehr altes Land. Mit einer komplexen Geschichte. Sehr religiös. Die ganze Gegend ist voller Götterbilder. Im letzten Jahrhundert hat eines der Dörfer eine dieser Statuen dem neuen König geschenkt. Als Krönungsgeschenk, weißt du? Dem Vernehmen nach ein schönes Stück. Aus Gold gegossen und über und über mit Juwelen besetzt. Das beeindruckendste dieser Juwelen war ein Smaragd. Er saß mitten auf der Stirn der Statue. Er war sein allsehendes Auge. Von tiefstem Grün. Und von der Größe eines Hühnereis.«

»Und das ist euer Stein?«, fragte Lady Hardcastle.

Lady Farley-Stroud lachte. »Geduld, meine Liebe. Alles zu seiner Zeit. Sie stellten die Götterstatue also in einem Tempel nördlich der Hauptstadt auf – Kathmandu, weißt du? –, und die Menschen kamen aus einem Umkreis von vielen Meilen herbei, um sie sich anzusehen. Einst war sie ein heiliges Objekt, doch jetzt nur noch ein Ding von großer Schönheit. Sie verehrten sie beinahe so sehr wie zu der Zeit, als sie noch ein Symbol ihres Glaubens gewesen war.«

»Du malst uns wirklich ein lebendiges Bild, meine Liebe.«

»Ich wünschte, ich hätte dein Talent, mit Worten umzugehen. Ich holpere doch nur durch die Geschichte hindurch. Zuerst wurde die Statue Tag und Nacht von der Königlichen Garde bewacht. Rund um die Uhr war jemand bei ihr, weißt du? Aber ohnehin hätte niemand sie gestohlen – die Menschen liebten sie einfach zu sehr. Nach einiger Zeit beriefen sie die Wachen also ab, und die Statue stand einfach nur noch auf ihrem Podest, während die Menschen kamen, um sie zu bestaunen.«

»Lass mich raten«, warf Lady Hardcastle ein. »Sie wurde gestohlen?«

»Sie wurde gestohlen«, bestätigte Lady Farley-Stroud. »Der öffentliche Aufschrei war gewaltig. Jung und Alt, Reich und Arm, alle waren bestürzt. Mit vereinten Kräften suchte man einen Monat lang nach dem Dieb. Es gab mehrere falsche Anschuldigungen. Doch dann erwischte man an der Grenze eine indische Diebesbande. Sie hatten versucht, die Statue nach Bengalen zu schmuggeln. Die Diebe wurden auf der Stelle gehängt. Und die Statue wurde nach Kathmandu zurückgebracht. Dort hätte ihre Reise auch geendet, doch während sie verschwunden war, war sie beschädigt worden. Mehrere Juwelen waren herausgestemmt worden, so auch das Smaragdauge. Die meisten bekam man zurück, den Rest ersetzte man durch ähnliche Steine, aber das Auge wurde nie mehr gefunden.«

»Aber dein Juwel ist doch das Auge?«, vermutete Lady Hardcastle.

»Du bist wirklich wie ein kleines Mädchen, das immer sofort zur letzten Seite des Buches vorblättert«, erwiderte die ältere Frau. »Lass die Geschichte sich doch entfalten, meine Liebe, lass sie sich entfalten. Das Auge war also verschwunden, und die Leute des Königs suchten überall danach. Ab und zu stießen sie auf neue Spuren, aber jedes Mal, wenn sie ihm näher kamen, entglitt es wieder ihrem Zugriff. Irgendwann gelangte es in den Besitz von Hectors Freund, dem Raja. Der Raja war jedoch ein Ehrenmann. Sehr ehrenhaft. Also benachrichtigte er umgehend den König von Nepal, dass der Smaragd seines Großvaters gefunden worden sei. Der König war hocherfreut, doch zu diesem Zeitpunkt hatte er bereits entschieden, dass er nicht dazu ausersehen war, das Auge zu besitzen, also schenkte er es dem Raja zum Geburtstag.«

»Potzblitz«, staunte Lady Hardcastle. »Es hat wirklich eine bemerkenswerte Geschichte, nicht wahr?«

»Die hat es, meine Liebe. Und sie ist in ganz Nordindien bekannt. Deshalb ist es auch so schrecklich, dass wir das Auge verloren haben. Die Sicherheit für den Kredit verloren zu haben, ist schon schlimm genug, aber das Auge ist … wie soll ich es ausdrücken … fast schon mystisch. Ich kann den Gedanken nicht ertragen, dass wir es vielleicht für immer verloren haben.«

»Nicht für immer, meine Liebe«, sagte Lady Hardcastle sanft und tätschelte ihrer Freundin liebevoll den Arm. »Ich bin mir sicher, dass wir ihm schon ganz nahe sind. Wir holen es für dich zurück.«

»Danke, Emily. Ich fühle mich einfach nur schrecklich, so einen Aufstand wegen eines alten Steins zu machen, wo doch ein Mensch in unserer Bibliothek sein Leben verloren hat, aber ich kann einfach nicht anders.«

»Mach dir auch darüber keine Sorgen. Inspector Sunderland scheint ein guter Ermittler zu sein. Er wird dafür sorgen, dass der Gerechtigkeit schon bald Genüge getan wird.«

»Ich hoffe wirklich, dass du recht damit hast«, sagte Lady Farley-Stroud. Eine Weile stand sie in Gedanken versunken da, gab sich dann einen Ruck. »Entschuldige, meine Liebe. Das alles war ziemlich anstrengend. Und die arme Clarissa. All das hat ihre Feier ziemlich überschattet. Wenigstens ist es nicht während ihrer Hochzeit geschehen.«

Zu ihrer sichtlichen Überraschung schloss Lady Hardcastle sie in die Arme.

»Ach«, sagte sie. »Oh. Vielen Dank, Emily, meine Liebe. Ich ... ich ... ich sollte wohl besser weitermachen.« Sie wandte sich leise schniefend ab, und das nahmen wir zum Anlass, um uns diskret zu entfernen und uns wieder auf den Weg ins Dorf zu machen.

Eine Zeit lang gingen wir schweigend nebeneinander her, beide dachten wir über die zwei Fälle nach.

»Es ist wohl mehr als nur ein bisschen wahrscheinlich, dass der Mord und der Diebstahl miteinander in Verbindung stehen, nicht wahr, Mylady?«, fragte ich, als wir am Ende der Straße anlangten und den Dorfanger vor uns sahen.

»Die Wahrscheinlichkeit spricht zweifellos dafür«, antwortete sie. Ein einzelnes schweres Verbrechen ist selbst in diesen gefährlichen Zeiten unwahrscheinlich, aber gleich zwei Verbrechen am selben Ort, die nichts miteinander zu tun haben … Das ist wohl beinahe unmöglich, würde ich sagen.«

»Also sollten wir dem Inspector von dem Auge berichten, denken Sie nicht?«

»Irgendwann schon, aber jetzt noch nicht. Ich wäre extrem überrascht, wenn es zwischen Mord und Diebstahl keinen Zusammenhang gäbe, aber lass uns abwarten, wohin ihn sein geheimnisvolles Telegramm heute Nachmittag führt. Und davor muss ich erst selbst noch telegrafieren. Ich möchte ein bisschen mehr über diesen schrecklichen Armeeoffizier in Erfahrung bringen, den Kerl aus Indien …«

»Captain Summers, Mylady?«

»Den meine ich. Irgendetwas stimmt nicht mit ihm.«

»Sie meinen abgesehen davon, dass er ein altmodischer Narr ist?«

»Altmodisch, das schon. Aber niemand kann so dumm sein und gleichzeitig ein Amt in der Armee bekleiden. Er war außerdem so unbestimmt bezüglich der Ereignisse auf der Party.«

»Dass er … wie hat es der Inspector noch gleich ausgedrückt … ein holzköpfiger Esel ist, ist aber doch kein Grund, ihn zu verdächtigen,«

»Lass es uns einfach als unseren Beitrag zu Inspector Sunderlands Ermittlungen betrachten. Er hat so gut wie sicher die Juwelendiebe für uns aufgespürt, warum sollen wir also nicht ein paar Erkundigungen über Summers'

Hintergrund einholen und ihn vielleicht so von der Liste der Verdächtigen streichen? Letzten Endes wäre das ein Verdächtiger weniger, den wir uns noch einmal vorknöpfen müssten.«

»Mir war bewusst, dass mehr dahintersteckte als nur, *ihn von der Liste der Verdächtigen zu streichen*. Aber ich kannte sie gut genug, um zu wissen, dass es sich lohnte, ihrem Instinkt zu trauen, also beschloss ich, nicht mit ihr zu diskutieren.

»Lass uns auf dem Weg zum Pub bei der Post haltmachen. Ich telegrafiere Harry – er kennt sicher jemanden, den er über Summers ausfragen kann.«

»Ganz ohne Zweifel, Mylady.«

13

Nachdem wir unsere Erledigungen gemacht und im *Dog and Duck* ein Sandwich gegessen hatten, waren wir nun zurück bei Inspector Sunderland im Speisezimmer auf *The Grange*. Den Trümmern seines eigenen Lunchs nach zu urteilen, die auf einem silbernen Tablett vor ihm auf dem Tisch lagen, hatte man sich sehr gut um ihn gekümmert. Ich fragte mich, ob wir Mühe haben würden, ihn nach so einem üppigen Mahl wach zu halten, aber er wirkte so munter wie eh und je.

»Also, Ladys, an die Arbeit. Es tut mir leid, wenn ich vor dem Essen ein bisschen zerstreut gewirkt habe, aber ich habe ein paar interessante Neuigkeiten erfahren und war begierig darauf, ein oder zwei Dinge bestätigt zu bekommen, bevor wir unsere Befragungen heute Nachmittag fortsetzen. Sir Hector war so nett, mich sein Telefon benutzen zu lassen. Ich habe eine Bestätigung von Scotland Yard und der Sûreté in Paris erhalten. Es scheint, als sei Mr. Roland Richman tatsächlich ein bekannter Schmuggler. Er ist in Dover ein paarmal mit einigen Cognacflaschen im Gepäck erwischt worden, mehr war es aber nie. Die französischen Kollegen sind sich allerdings sicher, dass er für den Schmuggel einiger Diamanten von Amsterdam letztes Jahr verantwortlich gewesen ist, ihm konnte jedoch nichts nachgewiesen werden.«

»Das scheint mit dem übereinzustimmen, was Skins uns erzählt hat«, sagte ich.

»Richtig, Miss. Aber das ist noch nicht alles. Offenbar hat die Sûreté aufgrund von Hinweisen von einigen Zollbeamten in Marseille einen gewissen Praveer Sengupta aufgegriffen, einen Gentleman aus Bengalen, der seine Ausbildung in England genossen hat. Nach ihm wurde wegen etlicher Schmuggeldelikte gefahndet.«

»Sehr schön«, sagte ich, »er ist also tatsächlich *ein feiner Pinkel, aber fremd.* Das klingt doch alles sehr ermutigend.«

»Es ist tatsächlich sehr ermutigend, Miss.«

»Was haben Sie als Nächstes vor?«, fragte ich. »Rütteln wir an Richmans Käfig? Daumenschrauben und Chinesische Wasserfolter, bis er quiekt?«

»Wir wissen ein wenig über Schmuggel in Südwestengland. Wir sind dafür berühmt. Tatsächlich stehe ich kurz davor, eine lokale Bande auszuheben, die viel effizienter operiert als diese Witzfiguren. Ich glaube, wir bekommen mehr aus ihm heraus, wenn wir ihn einfach noch einmal befragen. Ganz ruhig und höflich.«

»Wenn Sie darauf bestehen«, erwiderte ich. »Aber ich kenne ein paar Methoden, die keine Spuren hinterlassen, wenn Sie das wünschen.«

Er blickte mich mit einem verdutzten Stirnrunzeln an.

»Das behalte ich im Hinterkopf, Miss. Wenn Sie ihn jetzt einfach nur holen könnten, ohne ihm irgendwelchen Schaden zuzufügen, würde das fürs Erste genügen.«

»Aye, aye, Sir«, sagte ich fröhlich. Dann wandte ich mich an Lady Hardcastle. »Er ist nicht halb so lustig, wie ich dachte, wissen Sie?«

Einmal mehr saß Roland Richman im Speisezimmer auf *The Grange*, aber diesmal wirkte er nicht annähernd so zufrieden und selbstsicher wie beim letzten Mal.

»Also dann«, sagte er seltsam nervös. »Was verschafft mir das Vergnügen dieser zweiten Zusammenkunft? Ist etwas passiert? Kennen Sie den Täter?«

»Noch nicht, Sir«, erwiderte der Inspector. »Aber ein paar Dinge sind ans Tageslicht gekommen, die einer weiteren Klärung bedürfen.«

»Wenn ich kann, dann helfe ich, Inspector, das wissen Sie.«

»Danke, Mr. Richman. Ich frage mich, was Sie uns über Mr. … – er warf einen Blick auf seine Notizen – »Praveer Sengupta sagen können.«

»Praveer Sengupta«, wiederholte Richman nachdenklich. »Der Name kommt mir bekannt vor. Ein indischer Herr, nehme ich an? Sind wir für ihn aufgetreten? Ich erinnere mich dunkel an ein Engagement für eine Feier in Cheltenham mit ein paar Typen, die früher in Indien stationiert waren. Geht es darum?«

»Nicht ganz, Sir, nein. Dieser Gentleman ist gerade in Paris verhaftet worden. Sind Sie jemals in Paris gewesen?«

»Mehr als einmal, Inspector. Aber ich erinnere mich nicht …«

»Sehen Sie, ich stehe in Kontakt mit meinen Kollegen bei der Sûreté in Paris. Mir wurde berichtet, dass Sie sich letzten Monat in einer Bar am Montmartre mit Mr. Sengupta getroffen haben.«

Ich hatte mich schon gefragt, wie er unsere Erkenntnisse enthüllen würde, ohne Skins mit hineinzuziehen. Und auch ohne wirklich zu lügen. Ein kluger Kerl, dieser Inspector Sunderland.

Richman schien derweil nicht annähernd so begeistert zu sein.

»Aha«, erwiderte er.

»Das kann man wohl sagen. Sollen wir noch mal von vorn beginnen? Was hatten Sie mit Mr. Sengupta zu besprechen?«

»Es ging um … äh … um einen Botengang.«

»Sollten Sie Nachrichten in Paris ausliefern? Verdienten Sie nicht genug mit Ihrer Musik?«

»Nicht im eigentlichen Sinn, Inspector, nein. Es ging mehr um, äh …«

»Um Sie nur ein klitzekleines bisschen aus Ihrer Notlage zu befreien, sollte ich Ihnen vielleicht mitteilen, dass ich auch mit meinen Kollegen bei Scotland Yard gesprochen habe. Die stehen ihrerseits in engem Kontakt mit den Zollbehörden Seiner Majestät, denen Sie wegen Ihrer gelegentlichen Schmuggeleien wohlbekannt sind. Also noch einmal, Sir, was hatten Sie mit Mr. Sengupta zu bereden?«

»Ach, na gut«, fügte Richman sich ungeduldig. »Sengupta hat mich dafür bezahlt, ein kleines Etwas zu schmuggeln.«

»Und dieses *kleine Etwas* haben Sie mit sich nach England gebracht?«

»Was? Nein, er wollte, dass wir es zu ihm hinausbringen.«

»Und um was für ein *kleines Etwas* handelte es sich genau?«, hakte Lady Hardcastle nach.

»Ach, wissen Sie, nur ein bisschen ... Schmuggelware. Wir haben es noch nicht, also bin ich nicht sicher, ob Ihre Fragerei irgendeine Grundlage hat. Soweit ich weiß, ist der Vorsatz, das Gesetz zu brechen, selbst noch kein Verbrechen.«

»Spielen Sie hier nicht den Schlaumeier, Mr. Richman«, warnte der Inspector.

»Das muss ich nicht versuchen, Inspector, die Schläue kommt bei mir ganz von selbst.«

Sowohl Inspector Sunderland als auch Lady Hardcastle warfen ihm einen vernichtenden Blick zu.

»Sie haben uns beim letzten Mal erzählt, dass Sie sich mit Mr. Holloway treffen wollten. Hatte dieses Treffen mit dem Schmuggel zu tun?«

»Nein. Aber ehrlich, Inspector, selbst wenn, würde ich das wohl kaum zugeben, oder? Kann ich Ihnen sonst noch irgendwie behilflich sein?«

Der Inspector überlegte einen Augenblick. »Im Moment nicht, Sir, nein. Aber seien Sie gewarnt, Mr. Richman. Ich behalte Sie im Auge.«

»Ich werde mich bemühen, vor Angst wie Espenlaub zu zittern.«

»Tun Sie das, Sir.«

Richman erhob sich grinsend und verließ den Raum.

»Manchmal wünschte ich, es wäre uns erlaubt, die guten alten mittelalterlichen Methoden anzuwenden«, ärgerte sich der Inspector.

»Sie meinen die Streckbank?«, fragte Lady Hardcastle.«

»Etwas in der Art, ja.«

»Ich bin sicher, dass Flos Angebot noch immer gilt, wenn Sie ihm gegenüber ein bisschen ruppiger werden wollen.«

Er lachte leise und wandte sich dann an mich. »Ich will Sie nicht beleidigen, Miss, aber ich bezweifle, dass eine so kleine Person wie Sie jemandem ernsten Schaden zufügen könnte.«

»Da wäre ich mir nicht so sicher, Inspector«, widersprach Lady Hardcastle. »Wir haben in den Neunzigern eine ganze Weile in China verbracht, und dort hat sie ein paar Kniffe aufgeschnappt. Ich habe gesehen, wie sie es mit Männern aufgenommen hat, die doppelt so groß wie er waren.«

Ich lächelte huldvoll.

»Hm«, sagte der Inspector. »Trotzdem haben wir jetzt immerhin die Bestätigung, dass Richman und Haddock nichts Gutes im Schilde führen. Oder wenigstens, dass das vor ein paar Tagen zutraf. Ich sehe noch nicht den Zusammenhang zum Mord an Wallace Holloway, aber den kriege ich schon noch raus.«

»Da habe ich keinen Zweifel. Was machen wir als Nächstes?«

»Ich denke, wir sollten diesen fischigen Haddock noch einmal herholen und versuchen, aus ihm etwas Brauchbareres herauszukriegen. Miss Armstrong, wären Sie bitte so nett?«

»Natürlich, Inspector. Einmal Fisch zum Grillen, kommt sofort.«

Ich traf Mr. Haddock auf der Terrasse an, wo er mit Captain Summers Backgammon spielte. Auf dem Tisch standen Getränke, und die zwei schienen Spaß zu haben.

»Aha«, sagte Captain Summers, als er mich erblickte. »Die Kammerzofe der Detektivin. Was ist nur aus der Welt geworden.«

Haddock sah mich anzüglich an. »Was können wir für Sie tun, meine Schöne?«

»Inspector Sunderland würde sich gern noch einmal mit Ihnen unterhalten, Mr. Haddock«, erklärte ich.

»Wie schade. Ich hatte gehofft, dass Sie sich uns anschließen möchten.«

Ich entgegnete nichts, sondern wartete nur darauf, dass er sich erhob und mir folgte.

»Nun, Summers, mein Junge«, sagte er gedehnt. »Wir beenden später unsere Partie, aber jetzt muss ich diese bezaubernde junge Dame ins Speisezimmer begleiten.«

Er erhob sich schwankend und folgte mir durch eine Hintertür in den Ballsaal. Dort schloss er zu mir auf und platzierte die Hand auf meinem Gesäß.

»Wir können uns doch sicher ein bisschen besser kennenlernen, bevor ich mich mit dem Inspector unterhalte«, sagte er. »Was für ein hübsches kleines Ding Sie doch si … *arrgggghhh.*«

Ich brauchte nur zwei Schläge und einen Tritt, keiner

davon besonders fest. Vielleicht war es auch der Wurf, der den Schaden verursachte. Als ich ihm danach wieder aufhalf, sagte ich: »Es tut mir so leid, Mr. Haddock, das ist dieser Boden hier im Ballsaal. Sehr rutschig. Ich muss wohl ein bisschen das Gleichgewicht verloren haben. Geht es Ihnen gut?«

Er starrte mich böse an.

Ich hielt noch immer seine Hand fest, beugte mich nahe zu ihm hinüber und flüsterte ganz leise in sein Ohr: »Bitte fassen Sie mich nicht noch einmal an, Sir. Jetzt, wo ich darüber nachdenke, sind die Böden im ganzen Haus sehr rutschig. Wer weiß, wie katastrophal ich beim nächsten Mal das Gleichgewicht verliere.«

Den Rest des kurzen Wegs zum Speisezimmer blieb er stumm wie ein Fisch.

»Ah, Mr. Haddock«, begrüßte ihn der Inspector, als wir eintraten. »Tut mir leid, dass ich Sie noch einmal herbemühen muss, aber es gibt noch immer ein, zwei ungeklärte Punkte. Oh, also, Sie sehen ein bisschen derangiert aus, Sir, geht es Ihnen gut?«

»Ich bin im Ballsaal ausgerutscht«, antwortete er und warf mir einen finsteren Blick zu.

Lady Hardcastle sah mich fragend an. Ich grinste nur, und sie lächelte fein.

»Ballsäle sind wirklich tückisch«, sagte der Inspector, und ich nahm an, dass er den stummen Blickwechsel zwischen mir und Lady Hardcastle bemerkt und daher eine Ahnung hatte, was geschehen sein mochte. »Aber jetzt zur Sache. Würden Sie uns noch einmal sagen, warum Sie nach *The Grange* gekommen sind?«

»Ich bin auf Einladung Sir Hectors gekommen, um einige seiner *objets d'art* zu schätzen.«

»Sonst nichts?«

»Ich weiß nicht, worauf Sie hinauswollen, Inspector.«

»Wenn ich die Namen Roland Richman und Praveer Sengupta nennen und den illegalen Schmuggel von Gegenständen erwähnen würde, hätten Sie dann vielleicht eine genauere Vorstellung von dem, worauf ich hinauswill?«

»Nein, Inspector«, sagte er angriffslustig. »Keine Ahnung.«

Ich machte einen Schritt auf ihn zu, und er schrak zusammen.

»Halten Sie diese bösartige kleine Harpyie von mir fern.«

»Das würde ich gern«, erwiderte der Inspector, »aber Sie arbeitet leider nicht für mich. Ich habe versucht, sie unter Kontrolle zu bringen, aber Sie wissen ja, wie das heutzutage mit den Frauen ist: Sie gehorchen ihren eigenen Gesetzen.«

»Halten Sie sie einfach nur von mir fern, und ich erzähle Ihnen, was Sie wissen wollen.«

»Guter Junge. Sie ist ziemlich vernünftig. Ich bin mir sicher, sie tut Ihnen nichts. Wenigstens nicht, solange es Zeugen gibt. Zurück zum Grund für Ihren Besuch auf *The Grange*.«

»Es ist wahr, dass Sir Hector mich hierher eingeladen hat. Aber am Tag, an dem die Feier stattfinden sollte, erhielt ich ein Telegramm von Richman, in dem er mich darüber informierte, dass die Band anwesend sein und spielen würde und dass wir unser Geschäft hier abschließen sollten.«

»Und bei Ihrem Geschäft handelte es sich um …?«

»Ich dachte, das wüssten Sie«, erwiderte Haddock listig.

»Seien Sie nachsichtig. Lassen Sie uns sicherstellen, dass unsere Geschichten deckungsgleich sind, ja?«

»Selbstverständlich, Inspector. Warum erzählen Sie mir nicht einfach, was Sie bereits wissen, und ich fülle dann die Lücken?«

Der Inspector seufzte. »Lassen Sie uns noch einmal Ihre Aussage über das Geschehen am Abend der Party durchgehen, einverstanden? Sie wollten sich also mit Richman während dessen Pause treffen.«

»Das habe ich nicht gesagt.«

»Sie hatten ein Treffen vereinbart, sind dann aber nicht hingegangen. Hatten Sie Holloway da bereits umgebracht? Haben Sie sich versteckt für den Fall, dass Richman Holloways Leiche entdecken und darauf kommen würde, dass Sie für dessen Ableben verantwortlich sein könnten?«

»Ich … was …? Nein! Ich wurde aufgehalten, das ist alles. Ich bin zum … äh … Sie wissen schon, gegangen. Das habe ich Ihnen ja schon erzählt. Als ich wieder bei der Bibliothek ankam, war Richman nicht da.«

»Also haben Sie es einfach dabei belassen?«

»Nein … ich … äh …«

»Sie, äh, was, Sir?«

Er seufzte. »Ich bin in die Bibliothek gegangen.«

»Und was haben Sie dort gesehen?«

»Chaos, Inspector. Chaos. Die Sachen der Band waren durchwühlt worden.«

»Haben Sie Mr. Holloway gesehen?«

»Nein. Nein, ich bin lange genug geblieben, um mir einen Überblick zu verschaffen, dann habe ich den Raum verlassen. Ich wollte nicht weiter dortbleiben, sonst hätten die Leute noch gedacht, ich wäre dafür verantwortlich.«

»Ach so. Haben Sie sonst noch etwas gesehen?«

Er hielt kurz inne. »Ich glaube, ich habe gehört, wie sich die Tür am anderen Ende des Raums geschlossen hat, als ich eintrat, aber sicher bin ich mir nicht.«

»Und es ist Ihnen nicht eingefallen, das zu erwähnen, als wir Sie zum ersten Mal befragt haben?«

»Ach, kommen Sie schon, Inspector. Es hätte nicht lange gedauert, bis Sie herausgefunden hätten, welcher Ruf mir vorauseilt. Und wie hätte das dann ausgesehen? Ich dachte, alles ginge vorüber, und ich wäre schon lange weg, bevor Sie herausfinden würden, wer ich bin, und so gäbe es dann weder peinliche Fragen noch irgendwelche anderen Unannehmlichkeiten.«

»Aha. Stimmt auch wieder, derzeit kann ich Ihnen nichts vorwerfen, außer dass Sie ein mieser Lügner sind. Aber Sie dürfen *The Grange* nicht verlassen, bis ich es Ihnen erlaube. Sie können jetzt gehen, Haddock.«

»Sehr freundlich«, erwiderte dieser.

»Strapazieren Sie nicht Ihr Glück, Sir.« Ich verlagerte leicht das Gewicht, als wollte ich einen Schritt machen, und er flitzte zur Tür hinaus wie eine aufgeschreckte Ratte.

Inspector Sunderland kaute nachdenklich auf seiner Pfeife.

»Irgendetwas Entscheidendes entgeht uns. Wir haben eine Leiche in der Bibliothek und ein paar schmuggelnde Musiker, aber zwischen beiden lässt sich keine Verbindung herstellen. Keine Ahnung, ob ich es überhaupt versuchen soll. Ich muss Ihnen sagen, Ladys, ich bin vollkommen ratlos.«

Es klopfte, und erneut lugte das respektvolle Gesicht von Jenkins herein. Lady Hardcastle winkte ihn herbei.

»Kommen Sie rein, Jenkins. Was können wir für Sie tun?«

»Es geht mehr darum, was ich für Sie tun kann, Mylady«, sagte er und streckte ihr ein silbernes Tablett entgegen. »Ein weiteres Telegramm ist eingetroffen.«

»Gut gemacht!«, sagte sie und nahm ihm das Telegramm ab.

»Möchten Sie antworten, Mylady?«

Sie las die Nachricht durch, die ziemlich lang zu sein schien, sodass eine Minute verging, bevor sie antwortete: »Nein, Jenkins, ich antworte nicht. Ich habe alles, was ich brauche.«

»Wie Sie wünschen, Mylady. Der Tee wird Punkt vier serviert, wie immer. Sir Hector hat auf der Terrasse eindecken lassen. Leisten Sie ihm Gesellschaft?«

»Einmal mehr muss ich mich leider entschuldigen, Jenkins. Aber vielleicht können Sie uns einen Gefallen tun und dafür sorgen, dass sämtliche Hausgäste inklusive der Musiker dort anwesend sind. Wäre das möglich?«

»Ich gebe mein Bestes, Mylady.«

»Danke, Jenkins, wie immer sind wir außerordentlich dankbar für Ihre Hilfe.«

»Danke, Mylady. Wäre das dann alles?«

»Mehr als genug, danke.«

»Danke, Mylady«, sagte er unter einer erneuten Verbeugung und entfernte sich.

»Was steht in dem Telegramm, Mylady?«, fragte der Inspector.

»Es ist ein weiteres Puzzlestück. Mein Bruder Harry arbeitet im Londoner Regierungsviertel. Ich habe ihn kontaktiert, um herauszufinden, ob er vielleicht ein wenig Licht auf einen unserer Zeugen werfen könnte.«

»Ach ja?«, sagte er und setzte sich auf. »Und um wen handelt es sich dabei?«

»Um Captain Summers.«

Er lachte. »Um diesen Narren? Was um alles in der Welt könnten Sie über ihn aus London in Erfahrung bringen, was Sie nicht schon nach zwei Minuten in seiner Gesellschaft wüssten? Im Vergleich zu ihm wirkt unser Hund wie Aristoteles.«

»Ach, Sie haben einen Hund?«

»Eigentlich ist es der Hund meiner Frau. Es ist ein West Highland Terrier. Ein bezauberndes Mädchen, aber ein bisschen zu klein für meinen Geschmack. Ich selbst bevorzuge größere Hunde. Aber meine Frau und sie lieben einander, was soll man da machen?«

»Wie hübsch. Doch was Captain Summers betrifft, hat er bei unserem Gespräch etwas erwähnt. Er ist wieder aus Indien zurück und möchte gern eine junge Frau beeindrucken – die Tochter des Colonels, so sagte er doch?«

Inspector Sunderland warf einen Blick in sein Notizbuch. »Ja«, bestätigte er dann. »Er hofft, sie in ein paar

Jahren zu heiraten, hat aber noch nicht um ihre Hand angehalten.«

»Genau. Und jetzt werde ich Ihnen etwas verraten, und Sie müssen mir versprechen, deshalb nicht böse zu sein.«

Er kniff die Augen zusammen.

»Leider muss ich Sie auch darum bitten, es nicht offiziell zu melden, bevor es nicht unbedingt nötig ist«, fügte sie hinzu.

»Es hört sich wie die Art von Information an, die Sie mir mit oder ohne eine solche Versicherung mitteilen sollten. Sie wissen sicher, dass die Behinderung von Polizeiermittlungen eine ernste Sache ist.«

»Natürlich, Inspector, aber hören Sie mich erst an und entscheiden dann selbst, ob meine Bitte unvernünftig klingt.«

»Nun gut«, erwiderte er.

»Ich schreibe nicht wirklich an einem Detektivroman«, begann sie. »Dafür habe ich gar kein Talent. Um ehrlich zu sein, ist das eher Armstrongs Milieu.«

»So viel hatte ich schon selbst erraten, Mylady. Sie haben weder etwas über Ihr Buch erzählt, noch mir irgendwelche Fragen über Polizeiarbeit gestellt.«

»Meine Fertigkeiten sind ein bisschen eingerostet. Eigentlich weiß ich, dass man die zur eigenen Tarnung erfundene Geschichte mit Leben füllen muss. Das war nachlässig von mir. In Wahrheit hat Lady Farley-Stroud mich gebeten, bezüglich des Diebstahls eines ziemlich wertvollen Gegenstands zu ermitteln. Aus Gründen, die ich Ihnen gleich erklären werde, wollte sie Ermittlungen von offizieller Seite vermeiden. Um mir zu ermöglichen, mehr über die Ereignisse von Samstagabend herauszufinden, ohne Verdacht zu erregen, überlegten wir uns einen Vorwand, unter dem ich an Ihren Befragungen teilnehmen könnte.«

»Aha. Und um was für einen *ziemlich wertvollen Gegenstand* handelt es sich?«

Daraufhin erzählte sie ihm alles über das Smaragdauge und seine Geschichte.

»Das Auge war in ganz Bengalen bekannt. Summers war dort stationiert, also besteht kein Zweifel, dass er davon gehört haben muss. Nun erwähnte er außerdem, dass er auf dem Weg hierher in Paris Station gemacht habe. Was, wenn er in einem gewissen Nachtclub gewesen ist und dabei zufällig mit angehört hat, wie Holloway und Richman mit diesem Sengupta über einen Smaragd sprachen? Konnte es sich dabei um das Smaragdauge handeln? Das würde die Tochter des Colonels doch sicherlich beeindrucken. Als er also auf einer Verlobungsfeier im Haus einer Familie eingeladen ist, die selbst in Indien war, und dort Richman und Holloway wiedererkennt, hat er da vielleicht eins und eins zusammengezählt und gefolgert, dass sie hinter dem Smaragd her sind? Was, wenn er daraufhin in die Bibliothek gegangen ist, um nachzusehen, ob sie ihn bereits gestohlen hatten? Dabei wurde er von Holloway überrascht, als er gerade die Instrumentenkoffer durchwühlte. Er schlug ihn nieder und machte sich mit dem Juwel davon, ließ den armen Holloway einfach liegen.«

Der Inspector lachte. »Das ist wirklich die fantastischste Geschichte, die ich seit Jahren gehört habe. Was, meinen Sie, wurde aus dem Trompetenkoffer?«

»Er hat ihn irgendwo versteckt.«

»Warum?«

»Weil … ach, ich weiß nicht. Aber Harrys Telegramm beweist ganz ohne Zweifel, dass Summers ein Schurke ist.«

»Wir müssen uns später vielleicht noch einmal über Ihre Einmischung unterhalten, aber eigentlich schätze ich Ihre Anstrengungen und Ihre Offenheit – ungeachtet dessen, dass sie ein wenig spät kommt. Allerdings muss ich Ihnen sagen, dass wir, wenn wir jeden verhaften wollten, den man berechtigterweise als Schurken bezeichnen könnte, die halbe Regierung Postsäcke nähen lassen müssten, ganz abgesehen davon, dass die Londoner City aus Personalmangel geschlossen würde.«

»Das sehe ich genauso, Inspector«, erwiderte sie ruhig. »Aber wie Sie zu Mr. Haddock gesagt haben: Seien Sie nachsichtig. Was kann es schon schaden, wenn wir Summers' Zimmer durchsuchen, solange er beim Tee ist?«

»Nun, zunächst einmal haben wir keinen Durchsuchungsbefehl.«

»Unsinn, das hier ist ja nicht sein Haus. Und Hector und Gertie macht es nichts aus.«

»Da haben Sie recht«, räumte er ein. »Dann können wir es wohl tun. Aber wenn Sie mir ebenfalls die Freundlichkeit erweisen, nachsichtig zu sein, sollten wir Richmans und Haddocks Zimmer vielleicht gleich mit durchsuchen.«

»Einverstanden, Inspector. Die Band ist unterm Dach untergebracht, doch wo Haddock wohnt, weiß ich nicht. Wir müssen nachschauen.«

»Dann erleben wir ja noch ein Abenteuer, Mylady. Miss Armstrong, würden Sie für uns Schmiere stehen, bitte? Ich würde mich am liebsten niemandem gegenüber erklären müssen. Nicht dass wir nichts finden und man uns zu allem Überfluss beim Herumschnüffeln erwischt.«

»Natürlich, Sir«, willigte ich ein. »Ich lauere am Fuß der Treppe und fange jeden ab, der den Eindruck erweckt, nach oben zu wollen.«

»Sehr gut.«

»Und wen ich durch List nicht aufhalten kann, schlage ich einfach bewusstlos.«

Einige Minuten später kamen sie die Treppe wieder herunter. Inspector Sunderland ging voran, Lady Hardcastle ein paar Schritte hinter ihm. In einer Hand hielt sie den größten Smaragd, den ich jemals gesehen hatte, und zeigte mit der anderen darauf. Ihr Grinsen war albern und triumphierend und verschwand umgehend, als der Inspector sich zu ihr umdrehte, um nachzusehen, warum ich lächelte. Als er dann wieder wegsah, erschien es umgehend wieder, und ich konnte nicht anders, als leise zu kichern.

»Sie haben ihn also gefunden«, stellte ich fest.

»In eine Socke gewickelt, die in einem seiner Abendschuhe steckte«, bestätigte Lady Hardcastle.

Der Inspector war zwar ebenso sichtbar zufrieden, bemühte sich aber um eine professionellere Fassade. »Wenn ich ihn jetzt hole, merkt Summers gleich, dass das Spiel aus ist, und versucht vielleicht zu türmen. Das sollte zwar kein Problem sein, aber es wäre doch unschön.

Miss Armstrong, wären Sie so nett, auf die Terrasse zu gehen und dem Captain auszurichten, ich wolle ihn noch einmal im Speisezimmer sprechen?«

»Selbstverständlich, Inspector. Ich werde ihn Ihnen umgehend vorbeibringen.«

Ich ließ sie im Speisezimmer zurück und eilte auf die Terrasse hinaus, wo die Gesellschaft wie erwartet beim Tee versammelt war, Captain Summers saß neben Clarissa Farley-Stroud. Die arme junge Frau tat ihr Möglichstes, interessiert zu wirken, während der hohlköpfige Captain irgendeine langweilige Anekdote aus seiner Zeit in Indien zum Besten gab. Ich bemerkte, wie ein erleichterter Ausdruck über ihr Gesicht huschte, als ich mich zu ihnen hinunterbeugte und dem Captain ins Ohr flüsterte, dass Inspector Sunderland ihn noch einmal zu sehen wünsche.

Er entschuldigte sich bei der versammelten Tischgesellschaft, stand auf und folgte mir ins Haus, durch den Korridor und ins Speisezimmer. Dort warteten Lady Hardcastle und der Inspector auf ihren üblichen Plätzen am Esstisch. Als wir eintraten, sah der Inspector von seinem Notizbuch auf und wies beiläufig mit seiner Pfeife auf einen Stuhl.

»Guten Tag, Inspector«, rief der Captain fröhlich. »Was kann ich heute für Sie tun? Hatten Sie schon Glück bei der Aufklärung des Mordes?«

»Tatsächlich haben wir heute, glaube ich, einige bedeutende Fortschritte erzielt, ja.« Er streckte die Hand zu Lady Hardcastle aus, die das Auge unter dem Tisch hervorzog und es in seine offene Hand legte. Summers wurde kreidebleich. »Ich frage mich, ob Sie uns erklären würden, warum dieser ziemlich große Smaragd in einem Ihrer Schuhe versteckt war, Sir.«

»Sie haben meine Sachen durchsucht?«, rief der Captain in einer beeindruckenden Nachahmung gerechter Entrüstung aus. »Wie können Sie es wagen, Sir! Ich werde …«

»Bitte, ersparen Sie uns beiden die Peinlichkeit, Captain Summers«, unterbrach ihn der Inspector. »Dieser Smaragd, man könnte ihn ein legendäres Juwel nennen, das als Smaragdauge bekannt ist, ist das rechtmäßige Eigentum von Sir Hector und Lady Farley-Stroud. Irgendwann am Samstagabend, während einer Tanzveranstaltung, die hier im Haus abgehalten wurde, um die Verlobung ihrer Tochter zu feiern, ist es aus ihrem Schlafzimmer entwendet worden. Von der Veranstaltung wissen Sie, Sie waren ja anwesend. Sie wissen von dem Stein, denn Sie haben ihn gestohlen. Und ich glaube, dass der Juwelendieb ebenfalls für den Tod von Mr. Wallace Holloway verantwortlich ist, doch dies ist der einzige Aspekt des Falls, der sich mir noch nicht erschließt. Der Prozess wird besser für Sie verlaufen, wenn Sie nun alles offenlegen und uns erzählen, was genau sich zugetragen hat.«

Für einen Moment saß Captain Summers in Schockstarre da. »Aber ich …«, hob er an, bevor er einmal mehr in bestürztes Schweigen verfiel.

»Was ist passiert, Summers …«

»*Captain* Summers«, unterbrach ihn der Captain.

»Nicht mehr lange, Summers«, erwiderte der Inspector.

»Die Armee Seiner Majestät weiß Mord und Diebstahl nur im Rahmen kolonialer Eroberung zu schätzen.«

Summers schnaubte verächtlich. »Ich staune, dass man Leute von Ihrer Art bei der Polizei duldet.«

»Von meiner Art?«

»Sie sind doch einer dieser Sozialisten, oder etwa nicht? Arbeiterrechte und die Zerstörung des Empire. Ich habe gehört, dass dieser niederträchtige Keir Hardie inzwischen Indiens Unabhängigkeit fordert. Narren und Verräter seid ihr allesamt.«

»Wir scheinen uns irgendwie von dem aktuellen Thema entfernt zu haben«, sagte der Inspector und nickte in Richtung des Smaragds. »Von diesem Thema hier in meiner Hand. Sie haben den Smaragd aus dem Schlafzimmer der Farley-Strouds gestohlen. Was ist dann passiert? Wir wissen inzwischen, dass auch Holloway und Richman hinter dem Stein her waren. Hat Holloway ihn Ihnen streitig gemacht? Gab es ein Handgemenge? Haben Sie ihn niedergeschlagen und sind dann davongelaufen?«

Der Captain beruhigte sich langsam wieder und begann nun klarer zu denken. »Den Besitz des Smaragds kann ich schlecht leugnen. Ich finde zwar, dass es eine ausgemachte Frechheit ist, einfach so die persönlichen Dinge eines Mannes zu durchsuchen, aber der Stein war dort, dagegen kann ich nichts einwenden. Und ich kann auch nicht leugnen, dass ich ihn gestohlen habe, aber nicht aus dem Schlafzimmer der Farley-Strouds – ich bin ehrlich empört darüber, dass Sie mich für so vulgär halten, die Privatgemächer meiner Gastgeber zu plündern. Ich habe den Stein aus seinem Versteck in Holloways Trompetenkoffer genommen, aber Holloway getötet habe ich ganz bestimmt nicht.«

»Lassen Sie uns für einen Moment davon ausgehen, dass Sie die Wahrheit sagen. Was hatten Sie überhaupt in der Bibliothek zu suchen? Wollten Sie dort einfach die Instrumentenkoffer der Band durchwühlen in der vagen Hoffnung, dass sich darin vielleicht etwas befinden würde, was sich zu stehlen lohnte?«

Der Captain seufzte. »Ich wusste, dass der Stein dort sein würde. Wenigstens vermutete ich es stark. Wie ich Ihnen bereits gesagt habe, habe ich auf meinem Weg hierher in Paris einen Zwischenstopp eingelegt, um einen alten Freund zu besuchen. Bei dieser Gelegenheit habe ich einige Musiker mit einem Inder belauscht. Sie sprachen davon, einen Edelstein aus einem englischen Haus zu stehlen und ihn dann in einem Trompetenkoffer außer Landes zu schmuggeln. Als ich dieselben Musiker dann hier auf der Party antraf, dachte ich, ein Blick würde sich lohnen.«

»Also war es ein Gelegenheitsdiebstahl?«

»Ist es denn Diebstahl, wenn man einem Dieb etwas wieder abnimmt, Inspector? Von den Farley-Strouds habe ich nichts gestohlen; ich war nur derjenige, der am Ende die Ernte einfuhr.«

»Die philosophische Einschätzung überlassen wir dem Richter, würde ich sagen. Wenn Sie glaubten, der Stein befände sich im Trompetenkoffer, warum haben sie dann so ein Durcheinander mit all den anderen Koffern veranstaltet?«

»Um sie ein bisschen abzulenken. Ich dachte, so würde

es mehr wie ein zufälliger Diebstahl aussehen, und sie würden länger brauchen, den Verantwortlichen zu finden. Um ehrlich zu sein, habe ich nicht allzu scharf nachgedacht. Es schien mir zu diesem Zeitpunkt einfach ein kluger Schachzug zu sein.«

»Aha. Und was haben Sie dann mit dem Trompetenkoffer angestellt?«

Der Captain sah den Inspector verwirrt an. »Ich habe ihn auf dem Boden in der Bibliothek bei den anderen Koffern zurückgelassen und mich beeilt wegzukommen.«

»Sie haben sich beeilt wegzukommen?«

»Ja, ich habe gehört, wie jemand die Klinke auf der anderen Seite des Raums herunterdrückte, also bin ich schnell zur Tür hinausgeschlüpft.«

»Aha. Der Trompetenkoffer war allerdings am darauffolgenden Morgen nicht mehr dort.«

»Nun, ich habe ihn jedenfalls in der Bibliothek gelassen. Diesbezüglich sage ich Ihnen die Wahrheit. Ich habe das Juwel nicht aus dem Schlafzimmer gestohlen, ich habe den Trompetenkoffer nicht mitgenommen, und ich habe auch ganz sicher keiner Fliege etwas zuleide getan. Ich kann nicht leugnen, dass ich den Stein an mich genommen habe, und Sie müssen tun, was Sie für richtig halten, aber anderer Verbrechen habe ich mich nicht schuldig gemacht.«

»Darüber lassen wir das Gericht entscheiden. Captain Roger Summers, ich verhafte Sie im Namen des Königs wegen Diebstahls und Mordes. Alles, was Sie sagen, wird möglicherweise protokolliert und beim Verfahren gegen Sie verwendet.«

»Aber … ich …«

»Miss Armstrong, wären Sie bitte so nett, das Revier in Littleton Cotterell telefonisch zu verständigen? Grüßen Sie dort von mir und bitten Sie darum, dass jemand nach *The Grange* kommt, um einen Gefangenen in die Zelle abzuführen. Später veranlassen wir dann den Transport nach Bristol.«

Ich tat, worum er mich gebeten hatte, und ließ einen in sich zusammengesunkenen Captain Summers zurück, der verloren auf seine Schuhe starrte.

Es dauerte noch eine Weile, bis wir *The Grange* verließen. Eigentlich hatten wir gehofft, verschwinden zu können, sobald Constable Hancock ankam, um Captain Summers in Gewahrsam zu nehmen. Lady Farley-Stroud hatte allerdings etwas anderes im Sinn. Sie war so überschwänglich dankbar gewesen, als Lady Hardcastle ihr mitteilte, dass der Smaragd wieder aufgetaucht sei, dass wir wenigstens noch eine halbe Stunde lang dort festsaßen.

Auf dem Nachhauseweg gratulierte ich ebenfalls.

»Ach, sei nicht albern. Ich bin ein bisschen im Dunkeln umhergetappt und dann durch Zufall auf die richtige Antwort gestoßen, aber gelöst haben wir noch gar nichts.«

»Vielleicht nicht, Mylady, aber dank Ihrer Deduktionen konnte der Inspector davon überzeugt werden, Summers' Zimmer zu durchsuchen.«

»Abduktionen, Liebes.«

»Was?«, erwiderte ich.

»Es handelte sich um abduktive Schlüsse, nicht um deduktive. Wenn man sich von der Beobachtung zur allgemeinen Theorie hinarbeitet, spricht man von Abduktion, nicht von Deduktion.«

»Aber ich dachte …«

»Wie so viele. Wir wissen natürlich auch, welchen Autor wir dafür verantwortlich machen dürfen, weil er es einfach nicht besser weiß und immer wieder falsch aufschreibt, und ich habe schon mehr als einmal an seinen Verlag mit der Bitte um Weiterleitung geschrieben, aber er schenkt mir keinerlei Beachtung.«

»Wie dem auch sei, ich war jedenfalls beeindruckt.«

»Danke, Flo, du bist ein Schatz. Aber wir wissen nicht, ob Summers die Wahrheit sagt. Und falls ja, müssen wir noch immer einen Dieb und einen Mörder dingfest machen.«

»Wir, Mylady?«

»Oh, Inspector Sunderland wird uns jetzt, da wir uns als so hilfreich erwiesen haben, sicher erlauben zu bleiben.«

Ich lachte, und wir gingen nach Hause, wo uns dank Miss Jones ein köstliches Mahl erwartete. Ich musste nur noch etwas Gemüse dünsten und Wein einschenken.

14

Das frühe Zubettgehen auf dem Land brachte es mit sich, dass wir beide auch früh aufstanden. Doch während dies möglicherweise unserer Gesundheit, unserem Wohlstand und unserer Weisheit zuträglich war, bedeutete es auch, dass wir uns langweilten, weil wir erst um zehn Uhr wieder auf *The Grange* erwartet wurden.

Lady Hardcastle hatte sich mit dringender Post beschäftigt, und ich bügelte gerade eines ihrer Kleider auf, als sie an der Küchentür erschien.

»Ach, sag mal, Flo, glaubst du, dass wegen deiner Bemühungen im Zuge der Feier, wegen deines natürlichen Charmes und deiner Lässigkeit vielleicht bei den Dienstboten auf *The Grange* gerade deine Aktien eher hoch im Kurs stehen?«

»Was meinen Sie damit, Mylady?«

»Na ja, wenn du jetzt dort spontan auftauchen und durch den Dienstboteneingang hineinschlüpfen würdest, wenn du behaupten würdest, dass du schon mal vorgeschickt worden seist, um den Inspector und mich später dort zu treffen, würden sie dich denn freundlich empfangen oder dich wegschicken?«

»Ach so. Ich vermute, dass mir ein warmer Empfang bereitet würde. Vielleicht würden sie mir sogar eine Tasse Tee und ein Milchbrötchen anbieten. Unter der Dienerschaft herrscht nämlich eine Kameradschaft, die Ihresgleichen niemals kennenlernen wird.«

»Langsam gewinne ich den Eindruck, dass mir da wirklich etwas entgeht. Wenn du ihr freundliches Angebot dann ablehnen und sagen würdest, man habe dich gebeten, im Esszimmer zu warten, würden sie das dann seltsam oder unangemessen finden?«

»Ich glaube nicht, Mylady, nein.«

»Das hatte ich gehofft.«

»Möchten Sie denn, dass ich das tue, Mylady?«

»Nein, sei nicht albern, du sollst natürlich ein bisschen spionieren. Inspector Sunderland ist in dieser Beziehung so überkorrekt – ich weiß wirklich nicht, warum er nicht einfach das ganze Haus auf den Kopf stellt. Aber an deine Gegenwart sind sie gewöhnt, und du hättest eine Entschuldigung, wenn man dich dabei erwischen sollte, wie du dich in den oberen Stockwerken herumtreibst, also hätte ich gern, dass du zu einem guten alten Erkundungsgang aufbrichst. Achte auf alles und finde so viel wie nur möglich.«

»Oh, was für ein Spaß«, rief ich, überaus belebt von der Vorstellung, ein paar richtige Ermittlungen anzustellen. »Darf ich Ihren Deerstalker und Ihre Meerschaumpfeife haben? Vielleicht auch noch die große Lupe?«

Sie zog eine Augenbraue hoch. »Sei einfach nur so

neugierig wie möglich. Schau unter Teppiche und in Blumentöpfe. Öffne ein paar Schränke.«

»Wonach soll ich denn suchen, Mylady?«

»Nach dem Trompetenkoffer natürlich.«

»Wunderbar, Mylady. Dann gehe ich mal spionieren und treffe mich mit Ihnen und dem Inspector um zehn im Speisezimmer, als ob nichts gewesen wäre.«

»Das ist die richtige Einstellung. Gute Frau.«

Unter diesen Worten trat ich in die Eingangshalle, nahm meinen Hut und meine Handschuhe und eilte forsch hügelaufwärts, nach *The Grange.*

Trotz des bedeckten Himmels war es ein wunderschöner Spaziergang. Die Hecken waren voller zwitschernder Vögel, die ich noch immer nicht zu identifizieren vermochte, mit den Säugetieren kannte ich mich hingegen schon besser aus. Ich erspähte drei Hasen und ein Eichhörnchen, bevor *The Grange* in Sicht kam.

Die Tore waren schon geöffnet, und ich begab mich so leise wie möglich zum Dienstboteneingang, der an der Seite des Hauses gelegen war. Von innen hörte ich die ersten Lebenszeichen: Mrs. Brown schimpfte schon wieder mit Rose, und ich konnte auch die Stimme von Mr. Jenkins hören, der versuchte, die Situation zu entschärfen.

Ich streckte meinen Kopf durch die Küchentür.

»Guten Morgen, zusammen«, begrüßte ich sie heiter. »Die Tür stand offen. Darf ich hereinkommen?«

Mr. Jenkins wirkte sehr erleichtert. »Natürlich, Miss Armstrong, kommen Sie nur. Welchem Umstand haben wir dieses unerwartete Vergnügen denn zu verdanken? Können wir Ihnen eine Tasse Tee anbieten?«

Mrs. Brown sah aus, als ob die Vorstellung, mir eine Tasse Tee machen zu müssen, der Tropfen wäre, der das Fass zum Überlaufen brächte.

»Nein danke, Mr. Jenkins, ich habe genaue Anweisungen. Vielleicht später? Meine Herrin wird bald ebenfalls eintreffen, um gemeinsam mit Inspector Sunderland mit den Untersuchungen fortzufahren, aber sie hat mich schon einmal vorgeschickt, damit ich im Speisezimmer ein paar Dinge herrichten kann. Macht Ihnen das sehr viel aus? Ich werde mich bemühen, Ihnen nicht zur Last zu fallen.«

»Aber nein, Miss Armstrong, Sie fallen uns hier doch nie zur Last«, erwiderte er lächelnd. »Unsere Herrin ist des Lobes voll, seit Sie gestern Abend gegangen sind. Können wir Ihnen irgendwie behilflich sein? Das Zimmer ist gefegt und abgestaubt worden, aber ich habe strenge Anweisung gegeben, dass die Tafel nicht angerührt werden darf. Ich hoffe, das war die richtige Entscheidung.«

»Ganz tadellos, Mr. Jenkins, danke sehr. Ich denke, ich komme zurecht, aber ich melde mich, falls ich noch etwas brauchen sollte.«

Bitte klingeln Sie einfach, Miss Armstrong«, sagte er mit einem Lächeln. »Es gibt keinen Grund, warum Sie den ganzen Weg bis hier unten zurücklegen sollten.«

Mrs. Brown blickte uns beide böse an. Nur zu gern hätte ich mir etwas einfallen lassen, um sie noch weiter auf die Palme zu bringen, aber ich hatte andere Dinge zu tun. Später wäre noch genug Zeit, der streitsüchtigen Mrs. Brown eine Lektion zu erteilen.

»Danke, Mr. Jenkins, Sie sind zu freundlich«, sagte ich stattdessen.

»Keine Ursache, meine Liebe. Sie kennen sich inzwischen doch sicher schon aus. Bitte tun Sie ruhig, was auch immer Sie vorhaben.«

Allerdings begab ich mich nicht auf direktem Wege ins Speisezimmer – wenn wir das durchsuchen wollten, hätten wir dafür noch den ganzen Tag Zeit. Stattdessen ging ich durch den Korridor in die Eingangshalle und dann durch den gegenüberliegenden Korridor weiter zur Bibliothek. In der Bibliothek hatte alles angefangen, also war ich mir sicher, dass ich am besten auch dort mit meiner Suche beginnen sollte.

Es gab zwei Türen, die in die Bibliothek führten, eine an jedem Ende des Raums. Der meiste Verkehr hinein und heraus war bisher durch die Tür erfolgt, die näher an der Halle lag, aber die Koffer der Musiker lagen an der anderen Seite. Es schien mir offensichtlich, dass jeder, der nach einem Kampf schnell den Raum verlassen wollte, durch diese Hintertür verschwinden würde. Da sie weiter von der Eingangshalle und somit von umherstreifenden Gästen entfernt lag, schien sie bei Weitem die vernünftigere Wahl zu sein. Ich entschied, den Versuch zu unternehmen, mich in den Mörder hineinzuversetzen, zu sehen, was er gesehen hatte, seine Schritte nachzuvollziehen und so vielleicht zu finden, was er möglicherweise verstecken wollte. Ich betrat die Bibliothek und blickte mich um.

Die Koffer lagen noch immer an derselben Stelle, an der wir sie gestern zurückgelassen hatten, nur waren sie jetzt von einer feinen weißen Schicht aus Fingerabdruckpuder bedeckt. Ich stellte mich in ihre Mitte und stellte mir vor, ich wäre der unbekannte Mörder. Suchte ich nach einem Gegenstand? Oder suchte ich vielmehr nach einem Ort, an dem ich etwas verstecken konnte? Ich hatte keine Ahnung.

Was konnte passiert sein? Vielleicht hatte ich den Trompetenkoffer hochgehoben. Die Tür hinter mir hatte sich geöffnet. Ich hatte mich umgedreht. Es war der Trompeter selbst. Er stellte mich zur Rede, glaubte, ich wollte die Koffer ausräumen. Ich versuchte, mich zu erklären. Es kam zum Kampf, und ich schlug ihn … mit dem Trompetenkoffer.

Er fiel hin und war sofort bewusstlos. Ich hörte erneut die Türklinke, also floh ich durch die nächstgelegene Tür in den Korridor, genau in dem Moment, in dem eine andere Person hinter mir den Raum betrat. Hatte diese Person mich gesehen? Ich musste den Trompetenkoffer loswerden. Vielleicht hatte ich noch genug Zeit, etwas darin zu verstecken, vielleicht war auch das, wonach ich gesucht hatte, schon darin.

Wie dem auch sei, ich musste ihn irgendwo deponieren. Später konnte ich ihn mir wiederholen, um ihn gründlich zu untersuchen und den geheimnisvollen Gegenstand daraus zu entnehmen. Irgendwo, wo er nicht entdeckt würde, aber der Ort musste dennoch leicht zugänglich sein. Für welchen Ort entschied ich mich? Ich musste mich beeilen.

Zurück in der Gegenwart, stand ich im Flur – und zwar nicht einfach nur, wie ich es erwartet hatte, weiter unten im Korridor, der von der Eingangshalle wegführte, sondern in einem ganz anderen Korridor. Am Vortag hatte ich hier Mr. Clifford Haddock und Sir Hector im Gespräch miteinander angetroffen. Die Tür hinter mir schloss sich, ich drehte mich um und erkannte, dass es sich um eine versteckte Tür handelte: Sie war so gestaltet, dass sie in der Wandvertäfelung nicht zu erkennen war. Wenn man nicht bewusst nach ihr suchte, bestand die Möglichkeit, dass man sie einfach übersah.

Ich betrachtete das reich verzierte chinesische Schränkchen, das der Tür gegenüberstand und das Haddock fälschlicherweise für eine Kopie gehalten hatte. An diesem Schränkchen war ich schon ein paarmal vorbeigekommen, hatte es aber erst interessant gefunden, als mir Sir Hector ein bisschen von seiner Geschichte erzählt hatte. In meiner imaginären Panik erschien es mir jetzt allerdings als meine Rettung.

Eine Vase mit Trockenblumen stand auf dem Schränkchen, direkt neben der abstoßenden Uhr, von der Haddock so begeistert gewesen war. Zwischen den Klauenfüßen darunter gab es eine verlockende Lücke, allerdings waren es die Messingknäufe an den mit fein ziselierten Intarsien versehenen Türen, an denen mein Blick hängen blieb. Ich öffnete eine von ihnen. Im Inneren lag der vermisste Trompetenkoffer. Ich eilte zum Speisezimmer zurück und hätte in meiner Eile beinahe den Inspector über den Haufen gerannt.

»Inspector«, sprudelte es aus mir heraus, »es tut mir so leid, ich …«

»Beruhigen Sie sich, junge Dame«, erwiderte er freundlich. Was regt Sie denn so auf?«

So knapp wie möglich berichtete ich ihm von meinen morgendlichen Abenteuern.

»Du lieber Himmel«, sagte er daraufhin. »Ich muss mich wohl mal mit der örtlichen Polizei unterhalten. Wie um alles in der Welt ist denen das denn entgangen? Man hat mir versichert, dass alles gründlich abgesucht worden ist.«

»Es ist ein unauffälliger kleiner Schrank, Sir. Ich habe ihn nur deshalb bemerkt, weil er direkt gegenüber der Tür steht, und zwar in einer kleinen Nische, sodass er leicht zu übersehen sei.«

»Das kann schon sein, Miss, aber es ist die Pflicht der Ermittler, alles zu bemerken. Wie dem auch sei. Was haben Sie mit dem Trompetenkoffer gemacht?«

»Ich habe ihn dort gelassen. Ich fühlte mich schon ein bisschen dumm dabei, dass ich den Türknauf berührt habe, also wollte ich meine Fingerabdrücke nicht auch noch auf dem Koffer verteilen.«

»Da haben Sie klug gehandelt«, lobte er. »Wir machen aus Ihnen noch eine richtige Detektivin. In Ordnung, würde es Ihnen etwas ausmachen, hier zu warten, bis Ihre Herrin auftaucht? Ich werde mir diesen Trompetenkoffer solange selbst mal ansehen.«

»Natürlich, Sir. Ist das frischer Tee?«

»Dora hat ihn vor wenigen Minuten gebracht. Tatsächlich schien sie ein bisschen verärgert darüber zu sein, dass Sie nicht hier waren. Anscheinend hatte sie etwas auf dem Herzen. Ich habe behauptet, dass Sie etwas für mich erledigen.«

»Danke. Wahrscheinlich wollte sie nur damit prahlen, wie gründlich Mr. Dunn sie neulich getröstet hat.«

Er lachte in sich hinein. »Daran habe ich keinen Zweifel. Warum gießen Sie sich nicht eine Tasse Tee ein, ich bin in ein paar Minuten zurück.«

Und mit diesen Worten verließ er das Zimmer.

Ich schenkte mir eine Tasse Tee ein, setzte mich still hin und sonnte mich in meinem Erfolg.

Irgendwann hörte ich Stimmen auf dem Gang. Als ich mich erhob, um herauszufinden, was draußen vor sich ging, öffnete sich die Tür, und Lady Hardcastle trat ein. »Sie sind ein Schatz. Ich nehme nicht an, dass Sie eine Kanne Kaffee herzaubern könnten? Und vielleicht noch ein paar von Mrs. Browns köstlichen Keksen?«

Ein gedämpftes »Sicher, Mylady« war vom Flur her zu hören, dann entfernten sich Jenkins' Schritte auf dem Parkett.

Lady Hardcastle schloss die Tür.

»Hallo, meine Liebe«, begrüßte sie mich und stellte ihre Tasche auf dem Tisch ab. »Ist Inspector Sunderland denn noch nicht hier? Und wie ist es mit deiner Spionage gelaufen?«

Ich beschrieb noch einmal meine Suche sowie das unerwartet einfache Auffinden des verschwundenen Koffers.

»Ach, wie aufregend«, erwiderte sie.

»Das kann man wohl sagen. Um mit den Worten von Sergeant Dobson zu sprechen: Ich bin jetzt noch *ganz aufgewühlt.*«

»Das wundert mich nicht. So ist das bei richtiger Detektivarbeit. Das hast du gut gemacht. Und wir haben dem Inspector sogar noch mehr zu erzählen, wenn er endlich auftaucht.«

»Oh, entschuldigen Sie, Mylady, ich habe vergessen zu sagen, dass er bereits hier ist. Ich habe ihm von dem Koffer erzählt, und er wollte ihn gleich selbst in Augenschein nehmen.«

»Wundervoll«, rief sie und setzte sich, um auf seine Rückkehr zu warten.

Er brauchte nicht lange. Wir hatten gerade erst begonnen, aufgeregt miteinander zu plaudern und darüber zu mutmaßen, welche Bedeutung diese Entdeckung wohl haben mochte, als der Inspector eintrat. Er hatte den Trompetenkoffer bei sich.

»Aha«, rief er. »Guten Morgen, Lady Hardcastle. Ich nehme an, es geht Ihnen gut.«

»Ganz ausgezeichnet, danke, Inspector. Und außerdem bin ich ziemlich stolz auf die liebe Flo. Was für ein Fund!«

»Wirklich ein Durchbruch, Mylady, ja. Gut gemacht, Miss Armstrong. Das hier sollte die Angelegenheit ein gutes Stück voranbringen.«

»Wie aufregend«, sagte ich. »Aber sollten wir nicht auf den … wie haben Sie ihn genannt? Auf den *Experten für die Fingerabdrücke* warten?«

»Wir schicken den Koffer später nach Bristol. Für den Augenblick sollten wir nicht allzu viel Schaden anrichten, solange wir vorsichtig sind. Wie Sie sehen, habe ich Handschuhe angezogen, bevor ich ihn berührt habe. Es ist unwahrscheinlich, dass sich noch etwas darin befindet – schließlich haben wir die Trompete selbst sowie den Smaragd bereits gefunden –, aber es lohnt sich dennoch, einen Blick hineinzuwerfen.«

Ganz vorsichtig ließ der Inspector die beiden Verschlüsse aufschnappen und klappte dann langsam den Deckel hoch. Das Futter bestand aus rotem Samt, leicht aufgepolstert, um das Instrument beim Transport zu schützen. An der Seite, an der sich auch der Griff befand, gab es ein Fach mit Deckel. Der Inspector öffnete es, indem er eine kleine lederne Lasche löste. Das Fach enthielt tatsächlich ein kleines Glasfläschchen mit einer öligen Substanz und ein Tuch sowie *einen dieser Stäbe*, die Miss Montgomery beschrieben hatte. Der Inspector nahm diese wenigen Gegenstände heraus. Der Boden des kleinen Faches war leicht schief. Ganz offensichtlich ein doppelter Boden. Inspector Sunderland stemmte ihn auf.

»Und hier«, stellte er dann fest, »haben sie den Smaragd versteckt, um ihn nach Paris zurückzubringen.«

»Wie außerordentlich aufregend«, sagte Lady Hardcastle. »Ein Geheimfach.«

»Darf ich mir den Koffer mal ansehen, Inspector?«, fragte ich.

»Tun Sie sich keinen Zwang an.«

Ich nahm meine eigenen Handschuhe aus meiner Handtasche und zog sie an. Einer plötzlichen Eingebung folgend, klappte ich den Deckel des kleinen Faches zu und schloss auch den Koffer, ließ die Verschlüsse zuschnappen. Ich hob ihn hoch und wog ihn in den Händen. Eine ganz passable Waffe bei einem Handgemenge. Die Kanten waren mit Leder verstärkt, eine doppelte Lage an jeder Ecke. Ich stellte mir vor, wie ich mit dem Koffer ausholen würde, um jemanden damit niederzuschlagen, und wie eine dieser Ecken den Kopf meines Opfers treffen würde. Ich warf einen genaueren Blick auf die Ecke, die am weitesten von mir entfernt war.

»Sehen Sie hier, Inspector. Blut. Ich vermute, das ist die Tatwaffe.«

Er blickte auf die Stelle, auf die ich zeigte. »Sie haben offenbar recht, Miss. Noch ein Punkt für die Amateurinnen. Sogar ich habe das übersehen.«

»Aber wie kann uns das helfen?«, fragte ich.

»Wenn Sie und ich nicht alles verwischt haben, könnten sich sehr gut Fingerabdrücke darauf befinden, Miss. Und jedes Beweisstück hilft uns dabei, ein vollständiges Bild zu erhalten.«

»Wenn Sie meinen«, entgegnete ich skeptisch.

»Oh, und dann gibt es ja noch das hier.« Er zog ein Telegramm aus seiner Jackentasche. »Ich habe auf eine Nachricht von Scotland Yard gewartet, und das hier ist heute Morgen auf der Wache in Bristol eingetroffen.« Er reichte mir das Telegramm.

Ich las es durch und gab dem Inspector dann das Telegramm zurück. »Sieh einer an«, war alles, was ich dazu sagte.

»Nun?«, fragte Lady Hardcastle ungeduldig nach. »Was steht darin?«

»Darin steht, Mylady«, antwortete ihr der Inspector, »dass Sylvia Montgomery bei Scotland Yard besser unter dem Namen Olive Sewell bekannt ist, eine Gelegenheitsdiebin mit besonderer Vorliebe für Diamanten, und dass gegen Clifford Haddock, Besitzer eines Trödelladens und schmierige Zecke, zurzeit wegen des Handels mit gestohlenen Gütern ermittelt wird. Vor allem geht es um ein

Diamantcollier, das der Komtess von Teignmouth gehört. Das betreffende Collier wurde zuletzt auf einer Party gesehen, zu der Roland Richman's Ragtime Revue die musikalische Unterhaltung beisteuerte. Hauptkommissar Witham sitzt in diesem Moment in einem Schnellzug nach Bristol und bittet uns darum, unser Singvögelchen so lange in Gewahrsam zu nehmen, bis er selbst auf *The Grange* eintrifft, um ihr ein paar Fragen zu stellen.«

»Grundgütiger«, rief ich.

»Da haben Sie ganz recht. Sergeant Dobson ist bereits auf dem Weg hierher, um sie im Auge zu behalten, aber wir müssen sie noch einmal verhören, bevor er eintrifft. Leider werden Sie dabei nicht anwesend sein können, Miss Armstrong.«

»Ach«, erwiderte ich enttäuscht. »Nicht?«

»Nein, Miss. Während Lady Hardcastle und ich hier die Daumenschrauben anziehen – Sie haben doch sicher an die Daumenschrauben gedacht, Mylady?«

»Leider nicht, Inspector. Daumenschrauben und Totschläger sind ganz und gar Flos Terrain.«

»Egal, wir improvisieren. Doch solange wir das tun, Miss Armstrong, müssen Sie Ihre neu erworbenen Fertigkeiten bei der Durchsuchung von Miss Sewells Zimmer zum Einsatz bringen. Eigentlich hätten wir es gestern schon durchsuchen sollen, aber wir waren wohl alle ein bisschen zu euphorisch, nachdem wir den Smaragd gefunden hatten.«

Sofort begann ich zu strahlen. »Ach, sehr schön. Ich stelle das Zimmer ordentlich auf den Kopf, Chef. Versprochen.«

»Das ist die richtige Einstellung. Ich bezweifle zwar, dass es dort irgendetwas Verdächtiges zu finden gibt, aber es lohnt sich dennoch, einen Blick zu riskieren, solange wir sie sicher hier drin haben.«

»Meine Zofe, der Bluthund«, bemerkte Lady Hardcastle.

»Sie schmeicheln mir, Mylady. Aber hätten Sie nicht ein paar Sekunden länger nachdenken können, damit Ihnen ein etwas hübscherer Hund eingefallen wäre?«

»Papperlapapp«, entgegnete sie. »Du weißt genau, wie ich das gemeint habe.«

»Pff«, konterte ich.

»Ich glaube, ich sollte besser diesen Jenkins herbeiklingeln, damit er Miss Sewell herbringt«, entschied der Inspector, doch als er nach der Glocke griff, klopfte es an der Tür, und Jenkins erschien mit dem Kaffee.

»Mein lieber Jenkins«, sagte Lady Hardcastle. »Sie kommen gerade recht. Stellen Sie den Kaffee bitte dort drüben ab, und dürfte ich Sie dann noch um einen weiteren Gefallen bitten?«

»Natürlich, Mylady. Was auch immer Sie brauchen.«

»Würden Sie einen Ihrer Gefolgsleute zu Miss Montgomerys Zimmer schicken. Richten Sie unsere besten Grüße aus und fragen Sie sie, ob sie so gut wäre, zum Inspector und mir ins Speisezimmer zu kommen.«

»Selbstverständlich, Mylady. Ich werde Dora schicken, wenn Ihnen das genehm ist – die Treppen hoch und wieder herunterzulaufen, wird ihr ganz guttun. Seit Neuestem ist sie unerträglich patzig und frech, ich weiß nicht, was in sie gefahren ist.«

Es entstand eine kurze Pause. Lady Hardcastle riss sich zusammen, bevor sie antwortete: »Das wäre ganz fantastisch, Jenkins. Vielen, vielen Dank.«

Er verbeugte sich respektvoll und ließ sich nichts anmerken, falls ihn die Reaktion auf seinen unschuldigen Kommentar irgendwie verunsichert hatte, dann verließ er das Zimmer.«

»Du solltest dich besser auch gleich auf den Weg machen, meine Liebe«, forderte Lady Hardcastle mich auf. »Drück dich ein paar Minuten irgendwo unauffällig herum, damit sie Zeit haben hierherzukommen, dann geh unbemerkt nach oben und mach dich ans Spionieren.«

Ich trat aus dem Speisezimmer und ging Richtung Bibliothek, weil ich annahm, dass ich dort wohl für mich wäre.

Ich drückte mich in der Bibliothek herum, wo Sir Hector sich eine beeindruckende Büchersammlung aufgebaut hatte. Mir fiel ein Exemplar von *Emma* auf, das Buch, mit dem mich mein erster Arbeitgeber vor all den Jahren einmal erwischt hatte. Er war es gewesen, der daraufhin meine weitere Bildung gefördert hatte, was wiederum zu meinem Umzug nach London und in der Folge dann zu meiner Anstellung bei Lady Hardcastle geführt hatte. Es gab hier auch noch ein paar deutlich aktuellere Romane. Ich nahm mir vor, Lady Hardcastle zu bitten, bei Sir Hector nachzufragen, ob ich vielleicht einige von ihnen lesen dürfe. Gern hätte ich mich noch länger dort aufgehalten, aber unglücklicherweise rief die Pflicht.

Ich schaffte es unentdeckt bis ganz oben an die Dienstbotentreppe, aber das war zu dieser Tageszeit kein Kunststück. Während des Arbeitstages war die Dienerschaft sehr beschäftigt (*heimlichen Trost* nicht mitgerechnet), aber die Musiker waren selbsterklärte Spätaufsteher und hätten sich noch immer in ihren Zimmern aufhalten können.

An jedem Türrahmen war eine Halterung aus Messing angebracht. Darin steckte jeweils ein weißes Kärtchen, auf dem in einer ordentlichen Schrift der Name des Bewohners geschrieben stand. Die Räume in der Nähe der Treppe gehörten den Hausangestellten, also ging ich weiter den Korridor hinab, bis zu den kleineren Zimmern an dessen Ende. Roland Richman hatte sein eigenes Zimmer, genau wie der verstorbene Mr. Holloway. Skins und Dunn teilten sich ein Zimmer, was bedeutete, dass das letzte Miss Sewell gehören musste.

Ich öffnete die Tür und trat rasch ein, denn ich wollte mich nicht zu lange draußen aufhalten, um nicht entdeckt zu werden. Hinter mir schloss ich die Tür.

Im Zimmer gab es ein Bett. Es war zerwühlt. Es gab einen Waschtisch: Der Krug war leer, die Schüssel voll, das kleine Handtuch fürs Gesicht lag zerknüllt auf dem Boden. Außerdem gab es einen kleinen Kleiderschrank. Die Tür stand offen, die Kleider waren über den Boden verteilt. Miss Sewell hatte zwar eine engelsgleiche Stimme, lebte aber in einem Schweinestall.

Ich stand mit dem Rücken zur Tür und versuchte wieder, mir etwas vorzustellen: Ich stellte mir vor, dass ich außer dem Smaragd noch etwas anderes aus dem Haus gestohlen hätte, etwas ganz allein für mich. Ich hatte nur ein paar Augenblicke Zeit, um es irgendwo zu verstauen und wieder zu dem Fest zurückzukehren, bevor man mich vermissen würde.

Ich sah mich um. Auf dem Boden lagen Strümpfe, ein Kleid hing über der Stuhllehne. Ein Koffer stand geöffnet in der Ecke. Die Zeit lief mir davon, was sollte ich mit diesem Zeug anfangen? Mein Blick fiel auf das Schminkköfferchen auf einem kleinen Stuhl. Es war das Einzige im ganzen Raum, das ordentlich und aufgeräumt wirkte.

Ich öffnete es und nahm die obere Lage mit sorgsam verstauten Pudern, Lippenstiften und Cremes heraus. Das Fach am Boden war etwas weniger ordentlich, aber es enthielt einige hochinteressante Dinge: ein Paar Diamantohrringe, die ich kürzlich an Lady Farley-Stroud gesehen hatte, eine doppelreihige Perlenkette und ganz unten einen schönen Diamantanhänger, der perfekt zu den Ohrringen passte. Ich setzte die obere Lage wieder ein und schloss die Schatulle.

Als ich ins Esszimmer zurückkehrte, war die Befragung in vollem Gange.

»… und ich versichere Ihnen, dass ich noch nie von einer Olive Sewell gehört habe.«

»Dann handelt es sich um eine Verwechslung, Miss?«

»Das vermute ich, ja.«

»Aha«, erwiderte der Inspector und nahm meine Ankunft mit einem Nicken zur Kenntnis. »Vielleicht hat Miss Armstrong ja etwas gefunden, das ein wenig Licht in die Angelegenheit bringen könnte«, sagte er und deutete auf das, was ich in den Händen hielt. »Gehört das Ihnen, Miss Montgomery?«

»Die Schminkschatulle sieht jedenfalls ganz wie meine aus.«

»Es macht Ihnen doch nichts aus, wenn ich einen Blick hineinwerfe?«

Sie seufzte. »Tun Sie, was Sie nicht lassen können, Inspector.«

Er öffnete das Schminkköfferchen und sah zuerst auf die ordentlichen Gegenstände in der oberen Lage. Dann hob er sie heraus und stellte sie beiseite.

»Sieh einer an, was haben wir denn da?«

Sie seufzte erneut. »Wenn es sich nicht um ein paar Diamantohrringe, einen Anhänger und eine Perlenkette handelt, hat Ihr Bluthund längere Finger als ich«, sagte sie und starrte mich böse an.

Ich muss zugeben, dass mir die Bluthund-Anspielungen zu diesem Zeitpunkt bereits ein bisschen auf die Nerven gingen, also starrte ich böse zurück.

»Die sind Ihnen also nicht untergeschoben worden? Man hat Ihnen nicht irgendetwas untergejubelt?«, fragte der Inspector und hielt den Schmuck dabei hoch.

»Na ja, ich könnte es leugnen, aber ich bin sicher, dass Sie Ihre kleine walisische Zofe hier für über jeden Zweifel erhaben halten, was würde es also nützen? Sie haben mich auf frischer Tat ertappt, Inspector, so viel steht fest.«

»Da muss ich Ihnen recht geben, und ich verhafte Sie im Namen des Königs wegen Diebstahls. Alles, was Sie sagen, kann protokolliert und vor Gericht gegen Sie verwendet werden.«

Sie wirkte wenig beeindruckt.

»Ich habe gehört, Sie haben den Smaragd gefunden«,

sagte sie dann. »Ich nehme an, dafür kriegen Sie mich auch dran.«

»Es ist unwahrscheinlich, dass sich mehr als eine Juwelendiebin zur gleichen Zeit auf dem Gelände befunden hat, denken Sie nicht?«

»Na ja, dieser Summers hat ihn entweder aus dem Schlafzimmer der alten Tante oder aus dem Trompetenkoffer geklaut, also muss er doch auch verdächtig sein.«

»Das ist wohl wahr. Aber Sie sind wirklich ziemlich schnippisch für eine Person, die auch wegen Mordes angeklagt werden könnte, Miss Sewell. Sie sind dabei gesehen worden, wie Sie den Tatort eines besonders hinterhältigen Mordes verlassen haben, und nun erwischen wir Sie in unrechtmäßigem Besitz einiger ziemlich wertvoller Schmuckstücke. Ich würde vorschlagen, Miss Sewell, Sie nehmen die ganze Angelegenheit vielleicht ein bisschen ernster.«

»*Mrs.* Sewell übrigens, wenn Sie schon darauf bestehen, diesen Namen zu benutzen«, erwiderte sie kalt. »Ich habe ein paar der weniger abstoßenden Schmuckstücke der Dame des Hauses geklaut, Inspector. Es wäre eine Verschwendung unser aller Zeit, wenn ich das jetzt noch abstreiten wollte. Aber getötet habe ich niemanden. Sie wissen bereits, dass ich in der Bibliothek gesehen worden bin, während Wallace noch auf der Bühne stand.«

»Dann erzählen Sie uns doch, was genau passiert ist.«

Ein weiterer Seufzer. »Nun, Inspector, ich bin ziemlich sicher, ich habe Ihnen vorher schon berichtet, dass ich während der Instrumentalstücke die Bühne verlassen habe, um ein bisschen anständigen Alkohol zu organisieren. Ich habe mit der Suche in der Bibliothek begonnen, bin dort aber nicht fündig geworden, also bin ich wieder gegangen und hatte mich gerade entschlossen, den Rest des Hauses zu durchsuchen, als mich Betty Bluthund gesehen hat.«

Das brachte ihr einen weiteren finsteren Blick ein.

»Sonst war niemand in der Bibliothek?«, fragte Lady Hardcastle.

»Niemand«, entgegnete Sylvia.

»Ihnen ist dort drin nichts Ungewöhnliches aufgefallen?«

»Nichts. Ich habe Ihnen das alles doch schon erzählt. Es war nur eine große Bibliothek mit den Instrumentenkoffern der Band am einen Ende und absolut keinem Alkohol. Ich meine, ehrlich. Kein Tropfen.«

»Ich weiß«, pflichtete Lady Hardcastle ihr bei. »Von so was hat man wirklich noch nicht gehört.«

»Es ist ja nicht so, dass die sich keinen leisten könnten«, fuhr Montgomery / Sewell fort.

»Na ja, eigentlich …«, setzte Lady Hardcastle an.

Der Inspector räusperte sich demonstrativ.

»Verzeihung, Inspector«, sagte Lady Hardcastle. »Bitte fahren Sie fort.«

»Danke, Mylady, Sie sind zu liebenswürdig. Mrs. Sewell?«

»Was?«

»Sie haben die Bibliothek verlassen und …«

»Ach ja. So ziemlich alle anderen waren noch im Ballsaal, also habe ich die Gelegenheit genutzt, um mich oben ein bisschen umzusehen. Und … na ja … Sie wissen schon … eins führte zum anderen …«

»Und Lady Farley-Strouds wertvollster Schmuck fiel Ihnen zufällig in die Tasche, als Sie daran vorübergingen?«

»So in etwa.«

»Nur war es keine spontane Entscheidung, wie Sie uns das glauben machen wollen, nicht wahr? Sie waren aus keinem anderen Grund hier, als den Smaragd zu stehlen, denn Richman hatte es so eingerichtet, dass er nach Paris geschmuggelt werden konnte. Die anderen Kleinigkeiten waren nur eine willkommene Zugabe, mit der Sie Ihre Gage für den Auftritt aufbessern wollten.«

Sie seufzte. »Kann schon sein.«

»Ich muss sagen, ich bewundere Ihre Chuzpe, so lange hierzubleiben. Eine unbedeutendere Bande hätte sich in der Nacht nach dem Raub heimlich aus dem Staub gemacht. Oder wenigstens letzte Nacht, nachdem Sie wussten, dass der Stein verloren war. Aber Sie sind immer noch hier, die Ruhe selbst.«

»Es geht um den Eindruck, den man macht, Inspector«, erwiderte sie ungerührt. »Wenn wir uns bei Nacht und Nebel davongemacht hätten, hätten Sie sofort gewusst, dass etwas nicht stimmt, da wir hingegen geblieben sind, bestand immerhin die Chance, dass Sie nicht herausbekommen, was passiert ist. Wir hätten gehen können, wohin wir wollten, ohne einen Fleck auf unseren weißen Westen, ohne dass irgendein Damoklesschwert über unseren Köpfen hinge.«

»Schade nur, dass Sie das alles nicht zustande gebracht haben, ohne einen Fleck auf dem Boden der Bibliothek zu hinterlassen.«

»Ich schwöre, mit Wallace' Tod hatte ich nichts zu tun, das habe ich Ihnen doch schon gesagt.«

»Wir werden ja sehen«, entschied der Inspector, beendete seine Notizen und klappte das kleine Notizbuch zu.

»Eine Sache noch«, meldete sich Lady Hardcastle zu Wort. »Was denn für ein Damoklesschwert? Wer sollte Sie denn bedrohen?«

Montgomery / Sewell sah sie überaus verächtlich an. »Ach, Sie wissen schon. Die Konkurrenz. Es kommt nicht gut an, wenn man dabei erwischt wird, wie man in einem fremden Revier wildert. Man muss die Etikette beachten.«

Es klopfte, und Sergeant Dobson spähte herein.

»Sie haben nach mir geschickt, Sir?«

»Ach, Sergeant, ja. Mrs. Sewell hier wird bald in eine Zelle gesteckt, aber sie wartet noch auf einen Besuch von Hauptkommissar Witham von Scotland Yard. Bitte bewachen Sie sie, bis er eintrifft.«

»Selbstverständlich, Sir. Handschellen, Sir?«

»Nein, Sergeant, dass sollte eigentlich nicht notwendig sein. Nehmen Sie ihr einfach die Schuhe ab und lassen Sie sie nicht aus den Augen.«

»Zu Befehl, Sir. Ich könnte Sie auch ins Dorf hinunter in die Zelle bringen, wenn Sie wünschen, Sir.«

»Der Hauptkommissar kommt hierher. Suchen Sie sich irgendwo ein stilles Plätzchen und machen Sie es sich bis zu seiner Ankunft bequem. Für weniger angenehme Unterbringung können wir später immer noch sorgen.«

»In Ordnung, Sir. Kommen Sie bitte mit, Madam.«

Mrs. Sewell stand auf und folgte dem Sergeanten.

»Nur um ganz sicherzugehen, Inspector«, sagte sie noch, als sie in der Tür stand. »Ich habe Wallace nicht getötet, wäre aber gern fünf Minuten allein im Raum mit der Person, die es getan hat. Er war ein feiner Mann und ein verdammt guter Trompeter.«

Dann schloss sie die Tür hinter sich.

»Noch eine Sackgasse«, bemerkte Lady Hardcastle und starrte entmutigt auf die Verbrechenstafel.

»Ja, wahrscheinlich, Mylady«, erwiderte der Inspector, »obwohl man es auch in einem positiveren Licht betrachten kann. Jede Sackgasse schließt eine weitere Richtung aus, in die ermittelt werden muss, sodass irgendwann nur noch eine übrig bleibt. Ich glaube allerdings auch nicht, dass sie für den Mord verantwortlich ist. Sicher ist sie eine begabte Diebin, die sich rühmt, keine Spuren zu hinterlassen; von der Art, bei der die Opfer nicht einmal merken, dass sie beraubt worden sind, bevor Tage, Wochen, manchmal sogar Monate vergangen sind. Ich habe von Fällen gehört, in denen es bis zu einem Jahr gedauert hat, bevor irgendjemand bemerkte, dass ein bestimmtes Schmuckstück verschwunden war. Sie gehört allerdings nicht zu der Sorte, die jemandem eins überbrät. Dafür ist sie zu ruhig und abgeklärt.«

»Und was machen wir als Nächstes?«

»Nun, wahrscheinlich verhafte ich Richman und Haddock dafür, Helfershelfer einer Straftat gewesen zu sein, dann kehre ich nach Bristol zurück, um über meine nächsten Schritte nachzudenken. Aber ich glaube, wir sollten zunächst noch einen genaueren Blick auf die jungen Kerle vom Kricketclub werfen.«

»Bleiben Sie zum Essen? Ich bin sicher, Gertie macht es nichts aus, uns alle zu verköstigen.«

»Wenn Sie das einfädeln können, sehr gern, Mylady.«

»Das überlasse ich Flo. Ganz offenbar teilt sie mit den einfachen Leuten eine kameradschaftliche Verbindung, die Menschen wie Sie und ich, Inspector, nie kennenlernen werden.«

»Ich fühle mich geschmeichelt, dass Sie mich zu Menschen wie sich selbst zählen, Mylady, aber um der Wahrheit die Ehre zu geben, bin ich wohl mehr wie sie«, erwiderte er.

»Papperlapapp. Sie sind durch und durch ein Gentleman.«

15

Ich sprach kurz mit Jenkins, dem es dann seinerseits gelang, Mrs. Brown davon zu überzeugen, uns einen leichten Lunch zuzubereiten: einen köstlichen, sommerlichen Imbiss mit einem frischen Salat aus dem Küchengarten.

»Sie müssen mir meine Neugier verzeihen«, sagte der Inspector. »Polizisten stellen leider viele Fragen über alles Mögliche. Aber essen Sie denn immer zusammen?«

»Wann immer es möglich ist«, antwortete Lady Hardcastle.

»Ich muss schon sagen, das finde ich sehr kurios und doch irgendwie erfrischend. Es fühlt sich zugleich falsch und richtig an.«

»Solange wir Sie nicht zu sehr in Verlegenheit bringen, Inspector.«

»Ganz und gar nicht«, sagte er mit einem Lächeln. »Obwohl ich wetten würde, dass ich damit hier in der Minderheit bin.«

»Da könnten Sie recht haben. Aber ich spüre eine Luftveränderung. Die Arbeiterbewegung gewinnt schließlich immer neue Anhänger. Ich bin mir nicht sicher, ob ich vom Proletariat umgestürzt werden möchte, wie Herr Marx es vorgeschlagen hat, aber etwas mehr gegenseitiger Respekt zwischen den Klassen könnte Wunder wirken.«

»Darauf trinke ich.«

Wir begannen zu essen.

»Es muss furchtbar ungewöhnlich für Sie sein, dass Sie so oft hier raus müssen, Inspector«, sagte Lady Hardcastle dann.

»Was meinen Sie damit, Mylady?«

»Na ja, zwei Morde in weniger als einer Woche? Das ist doch ein bisschen viel für ein kleines Dorf wie dieses, würde ich denken.«

»Nun, Mylady, wie gut sind Sie denn mit statistischer Wahrscheinlichkeit vertraut?«

»So einigermaßen. Ich habe wie gesagt Naturwissenschaften studiert, aber ich bleibe auch gern bezüglich der neuesten Entwicklungen in der Mathematik auf dem Laufenden, und ich würde sagen, dass ich mich wacker schlage, wenn es um Statistik geht.«

»Das habe ich mir schon gedacht. Wissen Sie, es hat eine seltsame Bewandtnis mit diesem Teil von Gloucestershire. Es gibt jene, die behaupten würden, London sei auf jeden Fall die Mordhauptstadt Englands. Andere schwören Stein und Bein, es sei Birmingham oder Manchester oder Liverpool. Manche glauben sogar, es wäre meine Heimatstadt Bristol. Eine Ansammlung von Dörfern in Oxfordshire wetteifert auch regelmäßig um den Titel, aber raten Sie mal, wo die Mordhauptstadt Englands wirklich liegt.«

»Dem teuflischen Funkeln in ihren Augen nach zu urteilen, liegt sie wohl hier.«

»Ganz recht, Mylady, genau hier. In diesem Teil von Gloucestershire gibt es mehr Morde pro Kopf als irgendwo sonst im Land. Eine Person hat hier ein mehr als doppelt so hohes Risiko, ermordet zu werden, als sonst wo. Darum werden wir von der Polizei in Bristol auch so oft zu Hilfe gerufen – wir müssen uns die Arbeit mit den Jungs aus Gloucestershire teilen, sonst wüssten sie nicht, wo ihnen der Kopf steht.«

»Was Sie nicht sagen.«

»Die meisten Leute verbringen ihr ganzes Leben, ohne je auch nur einen einzigen Mord mitzubekommen, doch Sie haben nun schon zwei in einer Woche erlebt.«

»Ich hatte mehr als meinen gerechten Anteil erlebt, bevor ich überhaupt hierhergezogen bin. Vielleicht liegt es ja an mir.«

»Ach ja, natürlich, Mylady, Sie haben das von Ihrem Ehemann erzählt. Es tut mir furchtbar leid, ich wollte nicht unsensibel sein.«

Sie winkte nur freundlich ab. »Bitte machen Sie sich darum keine Gedanken, Inspector. Das ist lange her.«

Er nickte und fuhr fort: »Aber nein, es hat nichts mit Ihnen zu tun, es handelt sich um das, was man als statistische Anomalie bezeichnet, und sie hat ihr Zentrum in Chipping Bevington.«

»Aha.«

»Daher bin ich oft hier draußen. Ich bin sicher, dass wir uns im Laufe der nächsten Jahre noch oft begegnen werden.«

»Darauf trinke ich«, sagte sie und hob ihr Glas. »Oje. Jetzt habe ich doch glatt einen Toast auf die weitere Existenz von Mord und Totschlag ausgebracht. Es tut mir wirklich furchtbar leid.«

»Kein Toast wird die Fakten zu ändern vermögen, Mylady, machen Sie sich da mal keine Sorgen. Aber Sie könnten mir einen Gefallen tun.«

»Alles, was Sie wollen, Inspector.«

»Das nächste Mal, wenn Sie den Drang verspüren, sich mit einem Fall zu befassen – sich einzumischen und zu stören und ganz allgemein anderen zur Last zu fallen –, dann behaupten Sie nicht, dass Sie Detektivromane schreiben. Bitte versprechen Sie mir, dass Sie mich einfach nur anrufen, mir telegrafieren oder meinetwegen auch eine zuverlässige Brieftaube schicken. Ich werde dann dankbar sein für jede Art von Hilfe, die Sie mir anbieten können.«

»Einverstanden, Inspector, das verspreche ich.«

»Abgemacht. Und ich für meinen Teil verspreche, Ihnen keinen Constable mehr ins Haus zu schicken, wenn Sie lieber einen Kater ausschlafen wollen.«

»Der war nicht von schlechten Eltern.«

»Das habe ich gehofft.«

Langsam wurde mir dieser Inspector Sunderland richtig sympathisch.

Glauben Sie denn wirklich, dass irgendjemand von denen, die in den Smaragddiebstahl verwickelt waren, Holloway getötet hat?«, fragte ich, als wir unseren Lunch beendet hatten.

»Sicher niemand von der Band«, antwortete der Inspector. »Soweit ich das sehe, mögen sie sich alle ziemlich gern. Wenn eine oder einer von ihnen Holloway getötet hätte, sei es nun aus Versehen oder nicht, wäre diese Person deutlich erschütterter, als irgendeiner von ihnen es zu sein scheint. Sie alle sind lediglich traurig über den Verlust ihres Freundes. Summers hingegen … der ist ein spezieller Fall, so viel ist sicher. Bisher haben wir nur sein Wort, dass den Smaragd an sich zu nehmen, sein einziges Verbrechen war.«

»Wenn wir doch nur die genaue Abfolge der Ereignisse herausfinden könnten«, bemerkte Lady Hardcastle. »Das würde uns bestimmt helfen.«

»Es wäre von unschätzbarem Wert. Aber beinahe jede und jeder hat den Mangel an Uhren hier auf *The Grange* erwähnt. Es ist mir nicht gelungen, auch nur irgendwen auf eine bestimmte Uhrzeit für irgendetwas festzunageln.«

»Das ist Lady Farley-Strouds Schuld«, merkte ich an. »Sir Hector sagt, sie habe eine krankhafte Abneigung gegen Uhren.«

»Chronomentrophobie«, warf Lady Hardcastle ein. »Das ist eine recht seltene Störung.«

Inspector Sunderland und ich schauten sie nur an.

»Was ist?«, fragte sie.

Ich schüttelte nur den Kopf. »Und bei all der Musik und dem Tanz erinnert sich niemand mehr an viel«, fügte ich noch hinzu.

»Natürlich!«, rief Lady Hardcastle aus. »Was für ein Holzkopf ich doch gewesen bin. Entschuldigt mich bitte für einen Moment, ja? Ich brauche nicht lange.« Mit diesen Worten sprang sie auf und eilte davon. Der Inspector und ich blickten uns nur in amüsierter Fassungslosigkeit an.

»Was, glauben Sie, hat sie vor?«, fragte mich der Inspector.

»Ich habe nicht den leisesten Schimmer. Diese Frau wird von Launen und Willkür angetrieben. Üblicherweise aber auch von Scharfsinn und Einsicht, also lasse ich es ihr im Allgemeinen durchgehen.«

»Alles in allem, Miss, würde ich aus meiner eigenen kurzen Erfahrung mit ihr sagen, dass dies wahrscheinlich eine weise Entscheidung ist. Arbeiten Sie schon lange für sie?«

»Ungefähr vierzehn Jahre.«

»Und, gefällt Ihnen das?«

»Sehr, Inspector, ja.«

»Meine Schwester arbeitet auch als Hausangestellte«, erklärte er. »Aber ich bin mir nicht sicher, ob das etwas für mich wäre. Ich mag es doch, selbst über mich zu bestimmen.«

»Leider bin ich als Frau so oder so nicht in der Position, selbst über mich zu bestimmen. Aber Sie müssen doch auch Ihren Vorgesetzten Rede und Antwort stehen; manchmal müssen Sie doch sicher tun, was jemand anderes will.«

»Das stimmt schon, Miss. Und doch habe ich ein gewisses Maß an Freiheit, solange ich meine Pflicht erfülle. Ein gewisses Maß an Autonomie, könnte man sagen.«

»Das habe ich ebenfalls, Inspector. Vielleicht mehr als

andere Dienstboten. Uns verbindet ein ... ich zögere, es ein einzigartiges Arbeitsverhältnis zu nennen, aber es ist ganz ohne Zweifel ungewöhnlich. Wir haben über die Jahre Abenteuer zusammen erlebt, die die meisten sich kaum vorstellen können. Das hat einige der zwischen Herrin und Dienerin bestehenden Barrieren zum Einsturz gebracht.«

»Mir ist aufgefallen, wie Sie beide miteinander sprechen«, sagte er mit einem leisen Lachen. »Ziemlich erfrischend, muss ich sagen.«

»Und doch gibt es Anlass zu einem gerüttelt Maß an hochgezogenen Augenbrauen und zu mehr als nur leise tadelnden Äußerungen, aber wir machen trotzdem so weiter.«

»Nun, Sie scheinen sich bei Ihrer Arbeit wohlzufühlen, und es gibt nicht viele, die das heutzutage von sich behaupten können. Sobald dieser Fall gelöst ist, würde ich Sie beide gern auf das ein oder andere Getränk einladen, bei denen Sie mir dann von Ihren Abenteuern erzählen können.«

»Das wäre wirklich reizend, Inspector, danke sehr. Vielleicht möchte Mrs. Sunderland sich uns anschließen?«

»Tatsächlich würde sie das meiner Einschätzung nach sehr gern tun, Miss. Ich denke, sie wird Sie mögen.«

»Dann trage ich Sie in den Terminkalender meiner Herrin ein, und wir sehen uns demnächst gemeinsam als Freunde beim Dinner.«

»Darauf freue ich mich schon.«

Wir plauderten noch ein Weilchen weiter. Der Inspector begann gerade, mir ein bisschen von seiner eigenen Familiengeschichte zu erzählen, als Lady Hardcastle zurückkehrte und ein leicht zerknittertes Papier in der Hand hielt.

»Ich vermute, Sie fragen sich«, sagte sie mit offensichtlichem Entzücken, »warum ich Sie alle hierhergebeten habe.«

Wir sahen sie nur an.

»Ach, kommen Sie. Das wollte ich schon immer mal sagen. Heißt es so nicht immer in den Detektivromanen?«

»Normalerweise aber erst, nachdem der Fall gelöst ist, Mylady«, merkte ich an.

»Ach, na ja, ich glaube nicht, dass wir zu diesem Zeitpunkt anwesend sein werden.«

»Haben Sie neue Informationen?«, fragte der Inspector.

»Die habe ich tatsächlich«, erwiderte sie und schwenkte das Blatt Papier. »Wir haben uns über die Abwesenheit von Uhren und über die Tatsache beklagt, dass wir deshalb nichts über die zeitliche Abfolge der Ereignisse wissen, nicht wahr? Auf einmal fiel mir ein, dass es insbesondere eine Person gab, mit der wir bisher noch nicht gesprochen haben. Ich vermutete, dass diese Person vielleicht deutlich mehr darauf geachtet hat, wer auf ihrer Feier anwesend war und wo sich alle am betreffenden Abend aufgehalten haben. Also habe ich mit der jungen Clarissa gesprochen. Anscheinend erinnert sie sich tatsächlich recht klar an die Ereignisse.«

»Als ich mich am Sonntagmorgen mit ihr unterhalten habe, erschien sie mir recht vage in ihren Aussagen zu sein«, wandte der Inspector ein. »Mir war nicht klar, dass sie irgendetwas sonderlich Hilfreiches hinzuzufügen hätte.«

»Oh, sie ist eines dieser glücklichen Geschöpfe, deren Köpfe nie von etwas so Unbequemem wie einem strukturierten, logischen, geschweige denn einem originellen Gedanken behelligt werden. Dennoch ist sie eine bezaubernd gesellige junge Frau. Sie liebt Partys und ist ihrem Freundeskreis treu verbunden, dessen Wohlergehen ihr über alles geht. Sie erinnert sich genau, wie sich die Dinge zugetragen haben – und für Captain Summers sieht es nicht gut aus. Würden Sie mir bitte helfen, die Tafel umzudrehen?«, fragte sie und zeigte auf ihre Verbrechenstafel.

Der Inspector erhob sich und drehte das Gestell entschlossen um, sodass die leere Rückseite erschien, auf die Lady Hardcastle umgehend einen Grundriss von *The Grange* zu skizzieren begann. Sobald sie damit fertig war, befestigte sie das zerknitterte Papier in der oberen Ecke der Tafel und wandte sich uns dann lächelnd wieder zu.

»So. Das ist das Erdgeschoss des Hauses, und dieses Blatt Papier ist von der Bühne gerettet worden. Es ist eine Abfolge der einzelnen Lieder, eine Setlist, wie es die Musiker nennen. Clarissa hat sie als Andenken an den Abend aufbewahrt.«

»Ah, ich sehe, worauf Sie hinauswollen«, sagte der Inspector. »Was für eine kluge Idee!«

Ich war mir noch nicht sicher, worin die Idee bestand, aber ich beschloss, meine Verwirrung für mich zu behalten.

»Clarissa trägt aus Rücksicht auf die Phobie ihrer Mutter keine Armbanduhr. Zudem hält sie Uhren für ziemlich vulgär«, erklärte Lady Hardcastle und warf einen skeptischen Blick auf ihre eigene. »Allerdings hat sie ein vorzügliches Gedächtnis für Melodien, und gemeinsam ist es uns gelungen, die Ereignisse des Abends unter Zuhilfenahme der Lieder zu rekonstruieren, die wir als Markierung für den zeitlichen Ablauf benutzten.«

Aha, dachte ich, das war tatsächlich ziemlich schlau.

Lady Hardcastle fuhr fort: »Der erste Teil des Abends verging wie bei jeder anderen Feier auch. Die Gäste trafen ein, Getränke wurden serviert, die Leute gingen umher, plauderten und gratulierten dem glücklichen Paar. Und die ganze Zeit spielte die Band. Bis zu diesem Stück hier waren sie alle gemeinsam auf der Bühne«, sie tippte mit dem Finger auf die Setlist. »Es handelt sich um *Standing Room Only*, ein Instrumentalstück. Das bedeutet, dass die Sängerin Sylvia Montgomery – Verzeihung, Olive Sewell – nicht gebraucht wurde. Sie verließ die Bühne und begab sich nach eigener Aussage zur Bibliothek.« Sie zog einen kleinen Kreis um die Bibliothek, in den sie die Buchstaben OS schrieb. »Sewell verbrachte ein paar Minuten in der Bibliothek und verließ sie dann, wobei sie Flo auf dem Flur begegnete.«

Ich nickte.

»Ihre Wege trennten sich wieder, und Sewell kehrte in den Ballsaal zurück.« Sie wischte den Kreis mit den Initialen OS in der Bibliothek weg und zeichnete ihn im Ballsaal neu. »Flo setzte ihren Botengang in den Teil des Hauses fort, in dem sich die Dienstboten aufhalten, und als sie wiederkam, meinte sie, kurz jemanden gesehen zu haben, der die Bibliothek betrat. Sie war sich allerdings nicht sicher, um wen es sich dabei gehandelt haben könnte. Sie war sich nicht einmal sicher, ob wirklich jemand da gewesen war. Während des nächsten Liedes«, sie tippte noch einmal auf die Setlist, »dem *Richman Rag*, bemerkte Clarissa, wie Captain Summers sich aus dem Ballsaal entfernte. Wir wissen zwar nicht, wohin er gegangen ist, aber nach seiner eigenen Zusammenfassung der Ereignisse wissen wir immerhin, dass er irgendwann im Lauf des Abends die Instrumentenkoffer durchwühlt hat. Er behauptet, dass Holloway zu diesem Zeitpunkt nicht da gewesen sei, also ist es wahrscheinlich, dass er in die Bibliothek gegangen ist. Er könnte sehr gut die Person gewesen sein, die Flo hineingehen hörte.«

»Gewiss bestätigt das seine Geschichte bis zu einem Punkt«, räumte der Inspector ein.

»Als der *Richman Rag* zu Ende ging, machte die Band ihre wohlverdiente Pause, und Wallace Holloway verschwand Richtung Bibliothek, angeblich, um eine Flasche Scotch zu holen, die er in seinen Sachen versteckt hatte, aber tatsächlich, um nachzusehen, ob der Smaragd sicher in seinem Trompetenkoffer verstaut war.«

»Und als er dort ankam, stieß er entweder auf Summers oder auf einen leeren Koffer.«

»Genau. Ungefähr um diese Zeit verließ auch Clifford Haddock den Ballsaal. Ihm folgte kurz darauf Richman, vermutlich, um sich mit ihm zu beraten und zu überprüfen, dass ihr verbrecherisches Vorhaben auch wie geplant ablief. Haddock ging direkt zur Toilette, weil er glaubte, vor dem anberaumten Treffen noch genug Zeit zu haben.

Er verspätete sich, sodass Richman zunächst vor der Bibliothek auf ihn wartete, dann davon ausging, dass etwas schiefgegangen sei, und sich entfernte.«

Sie zog eine Reihe von Linien auf dem Grundriss, die anzeigten, dass Haddock auf der Suche nach der Toilette nach oben ging, dass Richman erst vor der Bibliothek wartete und dann in den Ballsaal zurückkehrte und dass Haddock wieder nach unten kam.

»Zu diesem Zeitpunkt«, fuhr sie fort, »bemerkte Haddock, dass Richman nicht dort war, wo er ihn erwartet hatte, also entschloss er sich nachzusehen, ob er in die Bibliothek gegangen war. Er betrat sie genau in dem Moment, als jemand sie durch die andere Tür verließ.«

Sie zog eine neue Linie, die anzeigte, wie der unbekannte Gast aus dem Raum schlüpfte.

»Das Chaos, auf das Haddock dann in der Bibliothek stieß, schockierte ihn. Die Instrumentenkoffer, die die Band dort abgestellt hatte, waren durchwühlt worden, außerdem gab es Anzeichen für einen Kampf. Er verließ die Bibliothek wieder und kehrte ebenfalls in den Ballsaal zurück. Seine Ankunft erfolgte, daran erinnert Clarissa sich genau, während des ersten Liedes des zweiten Sets, *An Angel Fell.* Zu diesem Zeitpunkt spielte die Band bereits ohne Holloway, aber wenn einige Gäste auch bemerkten, dass sich der Klang leicht geändert hatte, fiel doch nur wenigen die Abwesenheit des Trompeters auf.«

»Für Summers sieht es wirklich sehr düster aus«, sagte der Inspector nachdenklich.

»Nicht wahr? Nach seiner eigenen Aussage hat er sich aus dem Staub gemacht, als er jemand anderen hereinkommen hörte, und in Anbetracht der Abfolge der Ereignisse, die wir nun rekonstruiert haben, ist es wahrscheinlich, dass es sich um Holloway handelte. Genauso wahrscheinlich ist es aber, dass er, statt das Zimmer zu verlassen, wie er behauptet, von Holloway beim Durchwühlen von dessen Sachen ertappt wurde. Es kam zum Kampf. Captain Summers schlug Holloway mit dem Trompetenkoffer nieder und lief dann in den Flur, wo er die Mordwaffe im Schränkchen versteckte.«

»Vielleicht verraten uns die Fingerabdrücke mehr«, vermutete ich.

»Das wäre denkbar«, pflichtete mir der Inspector bei. »Ich werde dafür sorgen, dass der Trompetenkoffer zusammen mit Olive Sewell in die Stadt geschickt wird. Außerdem würde ich mir gern einige Notizen über Ihre Idee machen, den Zeitablauf zu messen, Mylady. Das ist wirklich ganz ausgezeichnete Arbeit.«

Er begann in sein Notizbuch zu schreiben, und Lady Hardcastle wollte gerade nach etwas Kaffee klingeln, als es an die Tür klopfte und der Diener Dewi eintrat.

»Entschuldigen Sie, Sir, aber jemand hat für Sie angerufen. Der Gentleman konnte nicht am Apparat bleiben, also bat er mich darum, Ihnen auszurichten ...« Er verzog konzentriert das Gesicht und versuchte sich an den genauen Wortlaut zu erinnern. »*Sagen Sie dem Inspector, dass Hauptkommissar Witham in Swindon aufgehalten wurde. Ein Baum ist auf das Gleis gestürzt, sodass er nach London zurückkehren musste. Halten Sie Sewell vor Ort fest, bis jemand von der Londoner Polizei sie abholen kann.*«

»Danke … Doughy, oder?«, sagte der Inspector.

»So ähnlich, Sir«, erwiderte der junge Mann und fügte leise noch einige eher harsche Worte in seiner walisischen Muttersprache hinzu.

»Hüte deine Zunge, Bursche«, warnte ich in derselben Sprache. »Du weißt nie, wer vielleicht zuhört.«

Er lief puterrot an. »Tut mir leid, Miss.«

»Gut«, sagte der Inspector. »Könnten Sie Sergeant Dobson suchen und ihn bitten, Miss Montgomery zu mir zu bringen?«

»Ja, Sir. Sofort, Sir.«

Er eilte hinaus.

»Was war das denn?«, fragte der Inspector daraufhin.

»Er hat Zweifel an der Integrität Ihrer Verwandtschaft geäußert, Vermutungen über den Beruf Ihrer Mutter angestellt und dann seiner Verachtung für die Engländer im Allgemeinen Ausdruck verliehen.«

»Was für ein frecher kleiner Kerl«, sagte er leicht gekränkt. »Meine Mutter war Lehrerin.«

»Es ist einfach nur sein privater rebellischer Akt, Inspector. Wie ein Sicherheitsventil an einer Dampfmaschine.«

»Das verstehe ich wohl, Miss. Aber ich meine doch … Also wirklich.«

»Einige Minuten später klopfte es erneut, und ein sehr aufgebrachter Sergeant Dobson spähte herein.

»Ach, Dobson, guter Mann«, begrüßte ihn der Inspector. »Es hat eine kleine Planänderung gegeben, und ich muss Sie bitten, Miss Montgomery doch aufs Polizeirevier zu bringen.«

»Ach, oje, diesbezüglich habe ich schlechte Nachrichten.«

»Was denn für schlechte Nachrichten?«

»Es geht um die Dame, Sir. Sie ist … äh … sie ist getürmt, Sir.«

»Oh, verdammt …«

»Es tut mir ganz furchtbar leid, Sir.

»Wie konnte das passieren, Sergeant?«

»Na ja, Sir Hector hat uns eines der leeren Zimmer im oberen Stockwerk zur Verfügung gestellt, Sir. Nach einer Weile fing sie an, an ihrem … an ihrem Unterdings herumzunesteln und sagte: ›Entschuldigung, Sergeant, aber mein Korsett scheint sich ein wenig verdreht zu haben. Würde es Ihnen etwas ausmachen, kurz vor die Tür zu gehen, während ich mich wieder herrichte? Es dauert nur eine Minute, sehr freundlich.‹ Und das hab ich dann getan. Ich hab mich draußen auf dem Treppenabsatz auf einen Stuhl gesetzt.«

»Wie lange haben Sie sie denn aus den Augen gelassen?«

»Es hat ewig gedauert, Sir. Bestimmt ein paar Minuten.«

»Und Ihnen ist nicht in den Sinn gekommen nachzusehen, was sie da drin trieb?«

»Na ja, nein, Sir. Zuerst nicht. Sie hat sich doch … Sie wissen schon … sie hat sich … wieder hergerichtet.«

Der Inspector seufzte.

»Nach ein paar Minuten hab ich dann aber doch angeklopft, aber sie hat nicht reagiert«, erklärte der Sergeant.

»Und als Sie dann eingetreten sind, war sie fort.«

»Genau, Sir. Zum Fenster hinausgeklettert.«

»Aber Sie hatten ihr doch die Schuhe abgenommen.«

»Na ja, nein, Sir, dazu schien keine Notwendigkeit zu bestehen. Wir waren doch im ersten Stock. Wo sollte sie denn hin?«

»Zum Fenster raus und die verfluchte Regenrinne runter«, erwiderte der Inspector einigermaßen fassungslos.

»Ja, Sir«, erwiderte der Sergeant kleinlaut.

»Haben Sie nach ihr gesucht?«

»Ich bin ums Haus gelaufen, Sir, aber sie hatte sich in Luft aufgelöst.«

Der Inspector seufzte erneut. »Ach, na ja, zu Fuß wird sie nicht sehr weit kommen. Geben Sie den Kollegen Bescheid, Sergeant, dann sehen wir mal, ob wir sie noch erwischen können, bevor sie in einen Zug steigt.«

»Zu Befehl, Sir. Tut mir leid, Sir.« Er eilte davon.

»Ich verzweifle hier noch«, sagte der Inspector, aber unglücklicherweise lachten Lady Hardcastle und ich, also konnten wir ihn gerade nicht bedauern. »Wirklich?«, sagte er. »Freut mich, wenn ich zu Ihrer Erheiterung beitrage.«

»Ach, kommen Sie schon, Inspector«, entgegnete Lady Hardcastle. »Sie müssen zugeben, dass das ziemlich lustig ist. Und der arme alte Dobson. Er bemüht sich so sehr, alles richtig zu machen. Immerhin hat er angeboten, sie in eine Zelle zu stecken, und wir wussten schließlich, dass Fluchtgefahr besteht.«

»Also ist es jetzt meine Schuld?«

»Na ja, wenn Sie sich den Schuh anziehen wollen …«

»Erwähnen Sie nicht irgendwelche Schuhe! Wenn er

ihr die verdammten Dinger abgenommen hätte, säße sie immer noch dort oben in ihrem verzogenen Mieder.«

Wieder mussten wir lachen.

Wir neckten noch immer den armen Inspector Sunderland, als Lady Farley-Stroud den Kopf durch die Tür streckte.

»Ah, wunderbar. Ihr seid noch hier. Clarissa fährt heute Nachmittag nach London zurück, also dachte ich mir, wir könnten zum Abschied einen kleinen Umtrunk im Salon veranstalten.«

»Danke, Gertie«, erwiderte Lady Hardcastle. »Das wäre sehr schön.«

»Miss Armstrong und Inspector Sunderland sind ebenfalls eingeladen«, sagte Lady Farley-Stroud unerwartet.

Ich wechselte einen verwirrten Blick mit ihm.

»Sie haben alle bei der Wiederbeschaffung des Smaragdauges geholfen, also finde ich, dass Sie sich auch alle einen Drink verdient haben.«

»Danke, Mylady«, sagte der Inspector. »Das würde mir sehr gefallen.«

»Na, dann kommen Sie mit.«

Wir folgten ihr.

Sir Hector sah im Salon aus dem Fenster. Miss Clarissa war ebenfalls anwesend, und zu meiner Überraschung bemerkte ich, dass sie sich in Begleitung von *Skins* Maloney und Barty Dunn befand, den einzigen beiden Bandmitgliedern, die nichts mit dem Juwelenraub zu tun hatten.

»Clarissa hat mir verraten, dass du gern Brandy trinkst«, sagte Lady Farley-Stroud.

»Das stimmt, ja«, erwiderte Lady Hardcastle.

»Ich würde das Leben ohne meinen Brandy auch nicht aushalten, meine Liebe«, sagte Lady Farley-Stroud verschwörerisch. »Ich verstecke hier drin immer eine Flasche, damit Hector sie nicht findet.«

Sie öffnete ihre große Nähkiste, kramte darin herum und zog schließlich ein Fläschchen sehr guten Cognacs daraus hervor, den sie auf vier Gläser verteilte.

»Auf euer aller Wohl«, sagte sie dann. Und noch einmal vielen Dank, dass ihr *das Auge* wiedergefunden habt. Ich war außer mir vor Sorge, aber mit eurer Klugheit habt ihr alles wieder ins Lot gebracht.«

»Ich bin froh, wenn ich helfen konnte«, sagte Lady Hardcastle.

»Und was ist mit dem Mord, Inspector?«, fragte Lady Farley-Stroud.

»Nun, Mylady, wir haben einen Mann in Gewahrsam genommen. Die Indizien – zutage gefördert von Lady Hardcastle – sprechen jedenfalls gegen ihn, aber bis jetzt haben wir noch keinen Beweis.«

»Oh, tatsächlich, Emily. Das hast du gut gemacht«, rief Lady Farley-Stroud entzückt.

»Mir gebührt nicht das gesamte Lob«, wiegelte Lady Hardcastle ab. »All die ermüdenden Verhöre hat der Inspector geführt.«

»Sie sind zu freundlich, Mylady, doch die Idee mit der Setlist war wirklich ziemlich raffiniert.«

»Ach, papperlapapp.«

Miss Clarissa und die beiden Musiker brachen in schallendes Gelächter aus.

»Nichts von alldem scheint Clarissa sonderlich die Laune verdorben zu haben«, sagte Lady Farley-Stroud. »Ich bin froh, dass sie sich nicht grämt, aber ich muss schon zugeben, dass ich eine etwas stärkere Reaktion erwartet hätte.«

»Die jungen Leute sind heutzutage einfach sehr robust«, vermutete Lady Hardcastle.

»Scheint so.«

Es klopfte nervös, und Sergeant Dobsons Kopf erschien in der Tür. Er ließ den Blick besorgt durch den Raum schweifen, bis er an Inspector Sunderland hängen blieb.

»Entschuldigung, meine Damen«, sagte dieser. »Ich glaube, dass der Sergeant nach mir verlangt. Danke für Ihre Gastfreundschaft, Lady Farley-Stroud. Ich frage mich, ob ich Ihnen noch einen weiteren Tag zur Last fallen darf. Ich würde mich morgen gern noch einmal hier umsehen und vor Ort noch einige Angelegenheiten zu Ende bringen, und dann sind Sie mich los.«

»Aber natürlich, Inspector«, erwiderte Lady Farley-Stroud. »Sie finden selbst hinaus, nicht wahr.«

»Danke, Mylady. Und Ihnen beiden noch einmal vielen Dank für die Hilfe, Lady Hardcastle und Miss Armstrong.«

Er schüttelte uns herzlich die Hände und trat dann in den Korridor, wo ich ihn noch sagen hörte: »… am Bahnhof von Chipping Bevington? Danke, Sergeant. Sie sollen ihr diesmal Handschellen anlegen und sie nach Bristol bringen.«

Lady Farley-Stroud trat ans Fenster, um sich mit ihrem

Mann zu unterhalten. Derweil kam Skins, der Schlagzeuger, zu uns herüber.

»Tag, Lady H.«

»Hallo, Mr. Maloney«, entgegnete sie. »Geht es Ihnen gut?«

»Ich kann mich nicht beklagen. Wir haben von dem alten Captain Summers und seiner unerwiderten Liebe gehört. Was für eine Geschichte. Eine goldene Statue mit einem leuchtend grünen Auge ... Ich hab oben im Norden mal einen Kerl getroffen. Milton hieß er, Milton Hayes. Er schreibt Gedichte und so was. Das hier würde ihm gefallen. Vielleicht schreib ich ihm und erzähl ihm die Geschichte. Hier und da muss ich sie vielleicht ein bisschen aufpolieren – alles ein bisschen melodramatischer machen –, aber sie ist vielversprechend.«

»Ich muss schon sagen«, Lady Hardcastle lächelte, »was für ein Spaß.«

»Ja. Glauben Sie, dass Summers Wally umgebracht hat?«

»Der Inspector hält es für wahrscheinlich«, antwortete Lady Hardcastle. »Aber seine Ermittlungen sind noch nicht abgeschlossen«

»Richtig. Der ist 'ne Marke, was?«

»Wohl wahr. Was haben Sie vor? Jetzt, wo der arme Mr. Holloway verstorben ist und Richman und Montgomery wegen Diebstahls, Schmuggels und wer weiß was sonst noch angeklagt werden, sind ja nur noch Sie und Mr. Dunn übrig.«

»Machen Sie sich um uns mal keine Sorgen, Lady H.«, erwiderte er fröhlich. »Für Typen wie uns gibt es immer

Arbeit. Wir zwei sind die beste Rhythmusgruppe in ganz London. Wir kommen schon klar.«

»Das freut mich zu hören. Und was haben Sie unmittelbar für Pläne?«

»Na ja, ich glaube nicht, dass es Lady Farley-Stroud gefallen würde, wenn wir noch allzu lange hier herumhängen, jetzt, wo die halbe Band im Kittchen sitzt. Ich weiß es ehrlich gesagt nicht. Den Zug nach London würden wir heute Abend wohl noch erwischen, schätze ich, aber das wird ein ziemliches Geschleppe mit unserem ganzen Kram, wo wir jetzt nur noch zu zweit sind.«

»Oh nein«, rief Lady Hardcastle. »Das geht wirklich nicht. Ich hätte da eine Idee. Ich habe zwei Gästezimmer, und Sie sind heute Nacht meine Gäste. Es gibt bestimmt jemanden im Dorf, der uns einen Karren leihen kann, um Ihre Instrumente zum Haus zu bringen.«

»Das ist sehr großzügig, Lady H. Wirklich sehr großzügig. Vielen Dank.«

»Es ist reiner Eigennutz, Mr. M. Ich habe Ihren Ragtime wirklich zu schätzen gelernt. Wir könnten zwei richtige Musiker gebrauchen, die uns bei unseren eigenen kläglichen Gehversuchen ein bisschen unterstützen.«

»Einverstanden, Mylady«, rief er begeistert. »Hey, Barty. Komm mal kurz rüber.«

Skins hatte erst ein paar Schritte gemacht, als er sich noch einmal umdrehte und sagte. »Nur eine Sache haben wir immer noch nicht geklärt.«

»Und die wäre?«, fragte Lady Hardcastle.

Er wandte sich mir zu. »Haben Sie sich inzwischen entschieden, wie ich Sie nennen darf?«

Ich lächelte. »Für Sie, Mr. Skins, bin ich Flo.«

Unser Abend mit den beiden Musikern war ein voller Erfolg. Sie kamen mit all ihren Habseligkeiten, als ich gerade die letzten Handgriffe an das von Miss Jones vorbereitete Abendessen legte, sie leisteten uns Gesellschaft und sagten anschließend unisono, es sei die beste Mahlzeit gewesen, die sie seit Wochen genossen hätten.

Wir siedelten in den Salon über, wo wir die Möbel an die Wand rückten, um Platz für Skins Schlagzeug zu schaffen, dann hatten wir einen fröhlichen und unterhaltsamen Abend. Sie erwiesen sich als sehr wandlungsfähige Musiker, und es gelang ihnen, zu fast jedem musikalischen Stil zu improvisieren, den Lady Hardcastle vorgab. Als wir fertig waren – nach einer lebhaft synkopierten Version von Chopins Nocturne Nr. 2, die uns alle vor schierer Freude und Albernheit zum Lachen brachte –, nahm Skins uns das Versprechen ab, dass wir uns, falls es je hart auf hart komme, mit ihnen in Verbindung setzen sollten. Er kenne ein paar Clubs, versicherte er, die »so was zu schätzen wüssten«.

Wir blieben bis in die frühen Morgenstunden auf. Ich konnte mich nicht erinnern, wann wir seit unserer Rückkehr aus Indien das letzte Mal so viel gelacht hatten. Allen Diebstählen und Morden zum Trotz konnte das Landleben wirklich ziemlich großartig sein.

16

Am nächsten Morgen organisierten wir eine Kutsche, die die Jungs und ihre Instrumente zum Bahnhof von Chipping Bevington fuhr.

»Nun, Flo«, sagte Lady Hardcastle, als sie – mit all unseren guten Wünschen und ein paar Dutzend Sandwiches im Gepäck – fort waren, »was hältst du davon, wenn wir heute Vormittag nach *The Grange* hinaufschlendern?«

»Wozu, Mylady?«

»Der Inspector hat doch gesagt, er wäre auch da. Vielleicht hat er Neuigkeiten zu Teddy Seddons Alibi im Pickering-Fall.«

»Oder zu dessen Fehlen.«

»Oder das. Wir sind jetzt schon so weit gekommen – da sollten wir diesen Fall doch möglichst auch abschließen.«

»In Ordnung, Mylady. Ich hole Ihren Hut.«

»Als wir auf *The Grange* eintrafen, war da weit und breit keine Spur von Inspector Sunderland. Lady Farley-Stroud war allerdings bester Laune und lud Lady Hardcastle ein, mit ihr zusammen auf der Terrasse einen Kaffee zu trinken.

Lady Hardcastle versuchte gerade, ihr die Erstellung von Bewegtbildern zu erklären, als Jenkins in Begleitung eines unserer freundlichen Dorfpolizisten um die Ecke bog.

»Sergeant Dobson für Sie, Mylady«, verkündete Jenkins mit einem Diener.

»Guten Morgen, die Damen«, begrüßte uns der Sergeant. »Es tut mir leid, dass ich Sie so überfalle, aber ich habe eine Nachricht für Inspector Sunderland.« Dabei schwenkte er ein Blatt Papier, das er aus einem Notizbuch gerissen hatte.

»Er ist leider noch nicht hier«, erwiderte Lady Farley-Stroud. »Haben Sie es schon auf der Wache in Bristol versucht?«

»Oh«, sagte der Sergeant, »von dort kommt die Nachricht ja. Ich soll sie ihm geben, sobald er hier eintrifft.«

»Wir können sie ihm nachher gerne geben.«

»Macht Ihnen das auch nicht zu viele Umstände?«

»Aber gar nicht«, sagte Lady Farley-Stroud. »Danke, Sergeant.«

Er schloss die Finger um den Rand seines Helms und reichte ihr die Nachricht. Dann begleitete ihn Jenkins wieder auf die andere Seite des Hauses.

»Was steht drin, meine Liebe?«, fragte Lady Hardcastle.

Lady Farley-Stroud faltete das Blatt auseinander und warf einen kurzen Blick darauf. »Ach, nur irgendeine Polizeiangelegenheit. Hier.« Sie reichte es über den Tisch.

»Ach, Donnerwetter. Ob wir wohl Bert für eine letzte Mission ausborgen könnten?«

Auf einmal wirkte Lady Farley-Stroud ungemein belebt. »Aber gewiss, meine Liebe. Es ist also wichtig, oder?«

»Das kann man wohl sagen. Komm mit, Armstrong, ich glaube, wir haben unseren Mörder gefunden.«

Im Auto zeigte Lady Hardcastle mir die Notiz. Sie war in Sergeant Dobsons unordentlicher Handschrift hingekritzelt: *Sgt Hawthorne hat mit Daniel (Seddons Chffr) gespr. Teddy war am Die, 9. zu Hause. Daniel hat Ida Seddon nach Littleton Cotterell gefahren.*

»Ida Seddon?«, fragte ich. »Ida ist es gewesen?«

»Es passt alles zusammen«, bestätigte Lady Hardcastle. »Sie ist eine unangenehme, geldgierige kleine Frau. Sie würde alles tun, um ihr Vermögen zu schützen. Sie muss sich entschlossen haben, Pickering loszuwerden.«

»Warum warten wir nicht auf den Inspector?«, fragte ich.

»Wir helfen nur ein bisschen aus. Es gibt bis jetzt ja nur Indizien. Wenn ich sie vor Zeugen dazu bringen kann, ein Geständnis abzulegen, sitzt sie in der Falle.«

»Wie Sie wünschen, Mylady. Haben Sie einen Plan?«

Den hatte sie tatsächlich.

Als wir noch ungefähr hundert Meter vom Haus der Seddons entfernt waren, ließ sie Bert anhalten, damit wir aussteigen konnten.

»Wir warten hier eine Viertelstunde«, erklärte sie ihm. »Dann gehen wir hinein. Sie fahren bitte zurück ins Dorf und holen Sergeant Dobson und Constable Hancock. Bringen Sie die zwei so schnell wie möglich hierher.«

Wir versteckten uns hinter einem mächtigen Baum am Straßenrand. Lady Hardcastle blickte alle paar Sekunden auf ihre Armbanduhr. Schließlich nickte sie, und wir gingen zum Tor der Seddons. Wir überquerten die Auffahrt, dann umrundete ich das Haus und ging zum Dienstboteneingang, während Lady Hardcastle an der Eingangstür klingelte. Ich eilte in die Küche.

Eine sehr überraschte Mrs. Birch ließ mich herein.

»Es tut mir leid, dass ich Sie stören muss, Mrs. Birch. Die Aufführung beginnt. Ob ich wohl noch einmal kurz die Gastfreundschaft Ihrer wunderbaren Küche in Anspruch nehmen dürfte, bis ich meinen Auftritt habe?«

»Aber natürlich, meine Liebe«, sagte sie und wischte sich die Hände an der Schürze ab. »Aber was zum Teufel geht denn vor?«

»Alles wird sich zu gegebener Zeit aufklären, Mrs. Birch, das verspreche ich.«

Ich stand an der Tür, die ins Haupthaus führte, und lauschte auf das, was sich oben in der Eingangshalle zutrug. Wie Langdon schon erwähnt hatte, war es schwer, von hier aus viel von dem mitzubekommen, was sich in den anderen Teilen des Hauses abspielte, aber ich war mir sicher, dass ich Langdon Lady Hardcastle ankündigen hörte. Nach einem kurzen Gespräch in der Halle hörte ich dann, wie sich ihre Schritte entfernten. Ich wartete noch ein paar Augenblicke, um sicherzugehen, dass die Luft rein war, dann schlüpfte ich hinaus.

»Danke, Mrs. Birch«, flüsterte ich über die Schulter hinweg. »Ich erkläre Ihnen alles, wenn wir fertig sind.«

Dann schlich ich durch den Gang und horchte aufmerksam auf etwaige Gesprächsfetzen. Wie versprochen, hatte Lady Hardcastle sichergestellt, dass sie Mrs. Seddon im Esszimmer zur Rede stellte. Ich stand ruhig vor der angelehnten Tür und lauschte. Mrs. Seddons Stimme knisterte buchstäblich vor Entrüstung.

»... denken Sie sich, hier so unangekündigt hereinzuschneien?«

»Meiner Meinung nach duldet die Angelegenheit keinen Aufschub«, erklärte Lady Hardcastle kühl.

»Welche Angelegenheit duldet keinen Aufschub? Was um alles in der Welt tun Sie hier?«, fragte nun Mr. Seddon.

»Ach, kommen Sie schon, Mr. und Mrs. Seddon, lassen Sie uns mit den Spielchen aufhören. Ich weiß, dass einer von Ihnen beiden die Firma bestohlen hat. Ich weiß, dass Frank Pickering ebenfalls Bescheid wusste. Ich weiß, dass er Sie darauf angesprochen hat und dass Sie ihn dann am späten Dienstagabend zu einem Treffen überredet haben. Ich weiß, dass Daniel Sie nach Littleton Cotterell gefahren hat, Mrs. Seddon. Sie haben Pickering mit Ihrem Halstuch erdrosselt. Dann haben Sie seine Leiche auf einem Handkarren, den Sie beim Clubhaus des Kricketteams gefunden hatten, nach Combe Woods gebracht. Ich weiß ...«

Ich verpasste, was sie sonst noch wusste, weil ich von dem unverkennbaren Klicken eines entsicherten Revolvers und dem nur allzu vertrauten Gefühl abgelenkt wurde, wie dessen Lauf gegen meine Rippen gepresst wurde.

Selbst durch die betäubende Enge meines Korsetts hindurch würde ich dieses Gefühl niemals verkennen.

»Ich glaube, Sie sollten sich besser zu Ihrer Herrin gesellen«, zischte Teddy Seddon, »meinen Sie nicht?« Er stieß mir den Revolver erneut in die Rippen, sodass ich durch die Tür ins Esszimmer befördert wurde.

»Sieh mal, was ich in der Halle gefunden habe, Mummy«, sagte er. »Die Lakaiin von Gräfin Rotz hat herumgeschnüffelt.«

Er wedelte mit der Waffe, um mir anzuzeigen, ich möge mich neben Lady Hardcastle an den Esstisch stellen.

»Ach, Teddy«, sagte Mr. Seddon verzweifelt.

»Guter Junge, Teddy«, sagte Mrs. Seddon. »Gib mir das.« Sie nahm ihrem Sohn den Revolver aus der Hand.

»Ida, wirklich!«, rief Mr. Seddon.

»Nur noch ein bisschen aufräumen«, sagte sie, »dann können wir die Geschäfte wieder aufnehmen.«

»Gehört Mord denn inzwischen zum Speditionsgeschäft?«, fragte Lady Hardcastle.

»Spedition?«, erwiderte Mrs. Seddon höhnisch. »Glauben Sie denn wirklich, dass seine lächerliche Firma für all das hier bezahlt?« Sie machte mit dem freien Arm eine Geste in Richtung der ordinären Ausstattung.

»Nicht?«, fragte Lady Hardcastle. »Aber ich dachte … Ach so, dann weiß ich es.«

»Was denn?«

»Sie sind die Schmuggler, gegen die Inspector Sunderland ermittelt. Er hat erwähnt, dass er Ihre Firma kennt. Sie sponsern also Ihre Schmuggelunternehmungen, indem Sie finanzielle Mittel von der Spedition abzweigen? Das scheint mir doch eine eher unbeholfene Vorgehensweise zu sein. Man würde ja denken, dass es intelligenter wäre, das Geld in die andere Richtung fließen zu lassen, Ihre Verbrechen hinter legalen Geschäftstransaktionen zu verbergen.«

»Sie halten sich für ziemlich klug, nicht wahr?«, sagte

Mrs. Seddon, und alle Spuren des Oberklassenanstrichs verschwanden auf einen Schlag aus ihrer Stimme. »Ja, genau das haben wir getan. Ist aber ein gewagtes Unternehmen. Schiffe sinken. Mannschaften hintergehen einen. Leute von außen machen einem das Revier streitig, was nicht gerade für Vertrauen sorgt. Wir hatten einige Probleme mit der Liquidität, also habe ich Geld von der Firma genommen.«

»Und als Mr. Pickering dann gedroht hat, den Diebstahl anzuzeigen …?«

»Ja, Euer Ladyhochnasenschaft, da habe ich zugesehen, dass ich ihn loswerde. Hab das Leben mit einem sehr teuren Seidenschal aus ihm gewürgt und ihn dann in eine Eiche gehängt. Alles war sorgfältig geplant. Nichts konnte schiefgehen. Wenigstens nicht, bis Sie anfingen, Ihre Nase in alles hineinzustecken.«

»Ausgezeichnete Arbeit«, sagte Lady Hardcastle. »Außer natürlich, dass Sie ihn zu hoch aufgehängt haben, sodass seine Füße den Pflock nicht erreichen konnten. Oh, und nicht zu vergessen, der fehlende Abdruck des Pflocks im Boden. Abgesehen davon war es eine beispielhafte Leistung.«

»Das sind doch Details. Der Polizei wäre so etwas nie aufgefallen. Sie sind eine naseweise Schnüfflerin, nicht wahr? Und ich schätze, Sie wissen auch, was mit denen geschieht.«

»Ich glaube schon, ja. Aber stillen Sie doch meine Neugier. Selbst als mir klar wurde, wer den armen Mr. Pickering getötet hatte, konnte ich beim besten Willen nicht begreifen, wie Sie die Leiche in den Baum hinaufbekommen haben. Selbst vom Handkarren aus war das ein ziemlicher Kraftakt.«

Mrs. Seddon blickte an der Wand mit den nautischen Artefakten empor, und Lady Hardcastle folgte ihrem Blick. »Aber natürlich«, ging ihr endlich ein Licht auf. »Die Flaschenzüge. Die Sammlung ist nicht von sich aus asymmetrisch, sondern es fehlt ein Teil. Das hätte uns auffallen müssen, Armstrong.«

»Mir ist es aufgefallen, Mylady«, sagte ich und verlagerte leicht das Gewicht auf die Fußballen. »Ich dachte mir, dass Sie Ihre Besprechung deshalb hier abhalten wollen.«

»Tatsächlich? Gut gemacht. Gut gemacht. Und so ist es dann also gelungen. Was ist mit dem Flaschenzug eigentlich passiert, Mrs. Seddon? Und mit Ihrem Halstuch? Warum konnten wir die nicht finden?«

»Liegt alles im Kohlenkeller, bis sich die Lage wieder ein wenig beruhigt hat. Aber nach heute Abend muss ich noch zwei Leichen loswerden, also dauert es wohl noch.«

»Sie sind eine sehr kluge und gründliche Frau, Mrs. Seddon. Ich gratuliere Ihnen zur Sorgfalt Ihres Plans. Ist sie nicht gut, Armstrong?«

»Außerordentlich versiert, Mylady«, pflichtete ich ihr bei.

»Oh, gütiger Gott«, rief Lady Hardcastle unvermittelt. »*Leute von außen machen einem das Revier streitig.* Sie wussten von Haddock und Richman, oder? Haben Sie auch Holloway auf dem Gewissen?«

»Es schadet nichts, Ihnen das zu sagen, nehme ich an. Eine Leiche kann man ja nicht in den Zeugenstand rufen. Ja, den habe ich auch getötet. Ich hab das Fischgesicht wiedererkannt. In meinem Geschäft kennt man sich irgendwann. Ich vermutete, dass sie etwas planten. Instrumentenkoffer eignen sich gut, um darin etwas zu verstecken. Das haben wir auch ein paarmal gemacht. Also hab ich nachgesehen, ob sie irgendetwas gestohlen haben. Dieser Holloway hat mich auf frischer Tat ertappt, deshalb hab ich ihm eins übergezogen.«

»Und ihn dann einfach liegen lassen«, fügte Lady Hardcastle hinzu.

»Sie kennen die Spielregeln. Man wildert nicht in anderer Leute Revier. Geschieht ihm re …«

Sie wurde vom Knarren einer Diele vor der Tür unterbrochen.

Den Lauschern an der Tür musste in diesem Augenblick klar geworden sein, dass sie entdeckt worden waren, und sie stürzten herein. Mrs. Seddon wandte sich zu ihnen um, hob den Revolver und gab einen Schuss auf Sergeant Dobson ab, aber in dem Moment, in dem sie auf den Abzug drückte, traf mein rechter Fuß ihr Handgelenk mit einem zufriedenstellend lauten Krachen brechender Knochen, das sogar noch über den Schuss hinweg zu hören war.

Was als Nächstes geschah, sucht mich noch bis zum heutigen Tag in meinen Albträumen heim. Lady Hardcastles neueste Leidenschaft hat zur Folge, dass ich mit Filmprojektoren gut vertraut bin. Oft unterhielt sie ihre Gäste mit den flimmernden Bildern, und einer ihrer Lieblingstricks bestand darin, die Kurbel in der falschen Geschwindigkeit zu drehen. Drehte sie zu schnell, ließ das die Figuren auf der Leinwand lustig herumzappeln, während ein zu langsames Drehen dazu führte, dass sie sich mit behäbiger Eleganz bewegten, als ob sie sich durch Sirup vorankämpften.

Mein Tritt war einen Sekundenbruchteil zu spät erfolgt, vielleicht ließ auch Ida Seddons Zielgenauigkeit ein bisschen zu wünschen übrig. Statt jedenfalls Sergeant Dobson zu treffen, der auf uns zurannte, oder ihren Schuss harmlos im Gebälk zu versenken, hatte sie etwas anderes getroffen. Auf dem Boden lag meine Emily, und Blut floss ihr pulsierend aus einer Schusswunde im Bauch.

Eine Woche später, am ersten Juli, klingelte es an der Tür. Nachdem ich unserer Köchin und der Haushälterin versichert hatte, dass sie weiter bezahlt würden, hatte ich ihnen angeboten, sich ein paar Tage freizunehmen, also musste ich selbst nach unten gehen, um die Tür zu öffnen. Davor stand, groß gewachsen und gut aussehend, Lady Hardcastles Bruder Harry.

»Guten Tag, Mr. Featherstonhaugh«, sagte ich mit einem Knicks. Wie üblich sprach ich seinen Namen absichtlich als *Featherston-haff* aus, was mir wie üblich eine hochgezogene Augenbraue und ein mitleidiges Lächeln einbrachte.

»Es heißt *Fanshaw*, du dummes Ding, und das weißt du sehr genau«, spielte er mit. »Und wie geht es Ihnen, Miss Strong-Arm? Haben Sie in letzter Zeit mal wieder ein paar Matrosen verprügelt?«

»Keine Matrosen, Sir, nein. Ein paar Staatsbeamte, die eine etwas zu kesse Lippe riskierten, Matrosen nicht.«

Er lachte, und ich bat ihn herein.

»Wie geht es der Patientin?«, fragte er, als ich ihm den Hut abnahm.

»Ach, Sie wissen schon. Plappert schon wieder munter drauflos. Beschwert sich über das Essen, macht Witze mit den Hausangestellten. Sie hat sogar …« Meine Stimme brach, und Harry legte mir tröstend eine Hand auf die Schulter.

»Ich weiß, Flo, ich weiß.«

»Das dumme alte Huhn«, sagte ich schniefend. »Sie ist einfach nur leichtfertig und unhöflich. Erst stellt sie sich einer Kugel in den Weg, und dann besitzt sie nicht einmal den Anstand, aufzuwachen und uns mitzuteilen, dass es ihr gut geht.«

»Das wird sie«, sagte Harry sanft. »Die Ärzte sagen, dass der Körper manchmal ein paar Tage braucht, um sich von so einem Schock zu erholen.«

»Das will ich ihr aber auch geraten haben«, erwiderte ich. »Ich weiß nicht, was ich ohne sie tun sollte.«

Er lächelte. »Ich habe wirklich noch nie eine Dienerin wie Sie getroffen.«

»Ich bin eben ein Einzelstück.«

»Das sind Sie wirklich. Ich hatte nie wirklich die Gelegenheit, Ihnen dafür zu danken, dass Sie sich um meine kleine Schwester kümmern.«

»Dafür bin ich doch eingestellt, Sir.«

»Harry«, verbesserte er mich. »Nach allem, was Sie für sie getan haben, finde ich, dass Sie mich ruhig Harry nennen können.«

»Ich versuche es, Sir, aber es geht mir nicht so leicht über die Lippen.«

»Nein. Nein, das ist mir aufgefallen. Aber ich meine es ernst. Wenn Sie nicht gewesen wären, wäre Emily bestimmt schon vor Jahren durchgedreht.«

»Oder sie hätte sich mit dem Korsett erdrosselt«, erwiderte ich und versuchte, dem Gespräch wieder eine leichtere Färbung zu geben.

Er lachte leise. »Oder das. Meine Schwester ist wirklich nicht sehr praktisch veranlagt. Aber all die Jahre über haben Sie ihr Körper und Geist zusammengehalten, und ich weiß wirklich nicht, was sie ohne Sie anfangen würde.«

»Vielleicht wäre sie nie angeschossen worden, wenn ich nicht gewesen wäre.«

»Unsinn«, entgegnete er streng. »So dürfen Sie nicht reden, hören Sie? Ich habe die Berichte der Polizei und der Ärzte gelesen. Es ist sehr wahrscheinlich, dass Sie ihr das Leben gerettet haben. Dieser Schuss hätte sie umbringen können.«

»Wie es aussieht, habe ich sie stattdessen in ein Koma versetzt, aus dem sie nicht mehr aufwacht.«

»Nein, nein, sie lebt. Und sie ist eine Kämpferin – dank Ihnen wird sie in Nullkommanichts wieder auf dem Damm sein. Wie gesagt, ich weiß nicht, was sie ohne Sie anfangen sollte.«

»Danke, Sir. Sie sind sehr freundlich. Möchten Sie mit nach oben kommen?«

Lady Hardcastle war nun schon seit sieben Tagen bewusstlos.

Während Dobson die Seddons in Gewahrsam genommen hatte, hatten Hancock und ich Lady Hardcastle zu

Bert und dem wartenden Wagen getragen. Rasch erklärten wir ihm, was sich zugetragen hatte, und Bert raste in einem Affenzahn zu Dr. Fitzsimmons' Haus im Dorf.

Lange lag sie auf dessen Behandlungstisch, fünf Stunden, in denen der Doktor die Kugel entfernte und sich bemühte, die inneren Blutungen zu stoppen. In seiner Jugend war er Militärchirurg gewesen, und für diese Aufgabe brauchte er all seine beträchtlichen Fähigkeiten, aber irgendwann gelang es ihm, die Blutung zu stillen, dann flickte er sie wieder zusammen. Nach zwei Tagen hielt er es für vertretbar, sie in ihr eigenes Bett zu überführen, aber er besuchte sie regelmäßig, um den Heilungsprozess zu überwachen.

Inspector Sunderland hatte sie ebenfalls besucht. Ihr schlimmer Zustand besorgte ihn sichtlich, und er hatte sie dafür ausgeschimpft, dass sie nicht ihn sich hatte darum kümmern lassen. Hätten wir doch nur eine halbe Stunde länger gewartet, klagte er. Hätten wir doch nur.

Die Tage verstrichen.

Obwohl sie sich glücklicherweise keine Infektion einfing, hatte sie das Bewusstsein noch immer nicht wiedererlangt. Sie hatte nur in den frischen weißen Laken gelegen, ihr dunkles Haar hatte ihr Gesicht eingerahmt, und sie hatte sich weder bewegt noch einen Laut von sich gegeben.

Ich hatte Harry telegrafiert, sobald die Operation überstanden war, und er war mit dem nächsten Zug hergekommen. Er wohnte im Haus, während seine Schwester noch bei Dr. Fitzsimmons lag, und half dann dabei, sie nach Hause zu transportieren, aber er musste noch einmal zurück nach London, um formal Sonderurlaub einzureichen. Heute war er den ersten Tag wieder hier.

Ich verbrachte jeden wachen Moment bei ihr, las ihr die Karten und Telegramme vor, die jeden Tag von ihren Freunden eintrafen. Ich las ihr auch aus der Zeitung vor, vor allem, was über den Fall der Familie Seddon und den Zusammenbruch ihres traditionsreichen Speditionsunternehmens berichtet wurde.

Nun führte ich Harry ins Zimmer seiner Schwester und trat ans Fenster, als er sich neben sie aufs Bett setzte.

»Hallo, Schwesterherz«, sagte er und beugte sich vor, um sie auf die Wange zu küssen. »Wie geht es meinem alten Mädchen denn?«

»Es geht ihr immer noch kein bisschen besser«, erwiderte ich betrübt.

»Aber das wird es, nicht wahr, altes Haus?«, sagte er und strich ihr das Haar aus dem Gesicht. »Sie wird in Nullkommanichts vollkommen wiederhergestellt sein.«

Das Laken knisterte, und eine Stimme krächzte: »Ich verdammt noch mal auch.«

Harry und ich blickten schockiert auf die erwachende Gestalt von Emily Hardcastle.

»Und jetzt hört mal auf, Trübsal zu blasen, seid so gut. Wäre einer von euch so lieb, mir eine Tasse Tee zu holen. Ich bin vollkommen ausgedörrt.«

Ein toter Bauer, verschwundene Trophäen und eine geisterhafte Heimsuchung – keine Langeweile für Lady Hardcastle und ihre Zofe Florence!

»Manchmal beschließt man gleich am Anfang, dass man an der Gesellschaft einer Person Gefallen findet. Lady Hardcastle und ihre bewanderte walisische Zofe Florence Armstrong erschienen mir sofort als lebensfrohe und starke Charaktere.« Fresh Fiction

Auf den folgenden Seiten finden Sie eine Leseprobe aus T E Kinseys »Lady Hardcastle und ein mörderischer Markttag«

1

Ich war überglücklich, als Lady Hardcastle an einem wunderbaren Frühlingsmorgen endlich sagte: »Flo, meine Liebe, wie wär's mit einem schönen Mittwochsspaziergang?«

Es war ein harter Winter gewesen. Zunächst war Lady Hardcastle anscheinend schnell von den Schüssen im letzten Sommer genesen, aber nach einem weiteren gefährlichen Abenteuer im Herbst hatte sie einen ernsten Rückfall erlitten, und erst jetzt, im noch jungen Frühling des Jahres 1909, waren ihr Körper und ihre Seele ausreichend verheilt, dass sie sich in der Lage fühlte, unsere Spaziergänge rund um unser Heim in Gloucestershire wiederaufzunehmen.

»Sehr gern, Mylady, antwortete ich also und stand auf. »Ich hole Ihren Mantel.«

»Und Stiefel, Hut, Handschuhe und Gehstock bitte, meine Liebe«, rief sie mir auf meinem Weg in die Eingangshalle hinterher. »Und außerdem ein Fläschchen Brandy. Und …«

Ich kehrte mit den gewünschten Gegenständen zurück. »Soll ich Sie vielleicht auch noch huckepack nehmen, Mylady?«

»Na, das ist doch mal eine gute Idee! Aber das wird vielleicht zu viel für dich, wir müssen nämlich auch noch kurz im Dorf vorbeigehen und ein bisschen einkaufen.«

Schön, dass sie wieder ganz die Alte war.

Wir gingen die Straße Richtung Dorfplatz hinunter. Die Bäume trieben bereits aus, und ich war noch immer vollkommen unfähig, irgendeinen davon zu identifizieren. Die Sonne war noch schwach und konnte keine nennenswerten Plusgrade erzeugen, aber es lag ohne jeden Zweifel die Verheißung des kommenden Sommers in der Luft.

Wir gingen langsam, und Lady Hardcastle stützte sich stärker auf ihren Stock, als ich es erwartet hätte – ihre Wunde war nun bereits seit einer ganzen Weile verheilt. Außerdem hatten wir die schonenden Übungen gemacht, die wir damals in China gelernt hatten. Sie sollten ihr Kraft und Beweglichkeit zurückbringen.

»Dürfte ich Ihnen eine persönliche Frage stellen, Mylady?«, fragte ich, als wir um die letzte Kurve bogen und der Dorfanger in Sicht kam.

»Was für eine seltsame Frage. Natürlich darfst du.«

»Dieser Stock – wie sehr brauchen Sie den eigentlich wirklich?«

»Beim Gehen? Fast gar nicht. Ich bin topfit, meine Liebe, wie ein junger Hüpfer.«

»Und trotzdem …?«

»Ach ja. Na ja. Also. Weißt du, es ist doch so. Ich habe

noch immer das Gefühl, dass ich ihn brauche. Als Requisit, verstehst du?«

»Nicht ganz, Mylady, nein. Wenn er Ihnen nicht beim Gehen hilft, wofür ist er dann gut?«

»Die Leute sind über die letzten Monate so nett und fürsorglich gewesen, dass ich mir wie eine Betrügerin vorkommen würde, wenn ich plötzlich wie ein Schulmädchen ins Dorf gehüpft käme. Ich habe den Eindruck, dass ich etwas brauche, was die Menschen darin bestärkt, dass ihre Sorge tatsächlich begründet war und es mir genauso schlecht ging, wie sie dachten.«

»Sie wären fast gestorben. Ist das nicht schlecht genug?«, fragte ich entrüstet. Ich erinnerte mich lebhaft an die durchwachten Nächte an ihrem Bett, in denen ich mich mit ihrem Bruder Harry abgewechselt und wir uns gefragt hatten, ob sie jemals wieder aufwachen würde.

»Ja, Liebes, natürlich«, entgegnete sie und tätschelte mir mit der freien Hand den Arm. »Aber die Leute haben mich ja unmittelbar nach der Verletzung nicht gesehen, sie wissen es nur vom Hörensagen. Ich habe einfach den Eindruck, dass sie eine kleine, sichtbare Erinnerung brauchen, dass alles zwar ziemlich ernst war, aber nun allmählich besser wird.«

»Ich bin immer noch nicht sicher, ob ich das verstehe, Mylady. Aber benutzen Sie ihn meinetwegen weiter, so kommen wir zwar ein bisschen langsamer voran, aber er gibt wohl auch einen hervorragenden Knüppel ab, falls es ein bisschen ruppiger werden sollte.«

»Das ist doch die richtige Einstellung. Obwohl ich

bezweifle, dass wir beim Metzger irgendwelchen Strauchdieben begegnen.«

»Ich weiß nicht, Mylady. Die Landbevölkerung ist ziemlich eigen. Zugezogene sind nicht immer willkommen.«

Sie musste lachen. »Glaubst du, dass sie uns noch immer als Fremde ansehen?«

»Eigentlich glaube ich das nicht, Mylady, nein.«

»Ich auch nicht. Aber nur um ganz sicherzugehen, machen wir einfach einen Bogen um Mr. Spratts Metzgerei und gehen stattdessen in den Pub. Ich frage mich, ob Old Joe uns eine Tasse Tee aufbrühen würde.«

»Tee, Mylady? Im Pub? Was für eine seltsame Vorstellung. Wenn Sie Lust auf Tee haben, sollten wir vielleicht sehen, ob uns irgendwer zum Teeladen nach Chipping Bevington mitnimmt.«

»Wahrscheinlich hast du recht, aber das ist ein ziemlich langer Weg nur für eine Tasse Tee. Wie wäre es mit ein paar schönen, frischen Brötchen von Holman, und du machst dann selbst den Tee, wenn wir wieder heimkommen?«

»In Ordnung, Mylady.«

»Großartig. Dann komm mit, kleine Dienerin. Auf zur Bäckerei.«

Wir umrundeten gemächlich den Dorfplatz, der noch immer zu feucht vom Tau war, um ihn zu überqueren. Gerade wollten wir Mr. Holmans Bäckerei betreten, als uns jemand rief.«

»Ach, Emily! Wie schön, dich wieder auf den Beinen zu sehen.«

Es war Lady Farley-Stroud, die Gattin des hiesigen Gutsherrn, die wir gleich nach unserem Umzug nach Littleton Cotterell kennengelernt hatten. Um genau zu sein, hatte Lady Hardcastle sie bereits vor sechsunddreißig Jahren kennengelernt – die Farley-Strouds waren alte Freunde ihrer Eltern –, aber sie war damals erst vier gewesen, also erinnerte sie sich nicht an die Begegnung. Gertrude, Lady Farley-Stroud, fiel durch resolute Strenge auf, aber wir kannten auch eine andere Seite an ihr. Wenn man ihren Panzer aus sozialen Gepflogenheiten einmal durchstoßen hatte, stellte sie sich als zauberhafte, liebenswürdige und leicht schrullige alte Dame heraus – von der Art, die eine großartige Tante, aber eine ziemlich peinliche Mutter abgibt.

»Guten Morgen, Gertie«, begrüßte Lady Hardcastle sie mit einem Lächeln.

»Was für eine Freude, dich zu sehen, meine Liebe.« Lady Farley-Stroud drückte Lady Hardcastle einen Kuss auf die Wange. »Und Sie auch, Armstrong. Behandelt sie Sie denn auch gut? Vergessen Sie nicht, dass Sie sofort bei uns oben auf *The Grange* anfangen können, wenn Sie mal genug von dem gefährlichen Lebenswandel haben.«

»Mir geht es gut, Mylady. Manchmal kann sie grausam und fordernd sein, doch eine Zofe muss gehorsam ihre Pflicht erfüllen.«

Lady Farley-Stroud quittierte das mit einem herzhaften Lachen. »Hervorragend. Aber jetzt, wo du wieder auf den Beinen bist, meine Liebe, musst du zum Dinner nach *The Grange* kommen. Wir würden uns über ein bisschen

Gesellschaft wirklich freuen. Hector und ich werkeln da oben nur vor uns hin und langweilen uns. Sag, dass du uns besuchen kommst.«

»Das würde ich gern, Gertie, wirklich.«

»Wunderbar. Dann spreche ich mal mit dem ›Hausherrn‹.«

Sogar ich konnte bei diesen Worten die ironischen Anführungszeichen in der Luft hängen sehen, aber es lag auch Zuneigung darin. Es bestand keinerlei Zweifel bezüglich dessen, wer auf *The Grange* tatsächlich das Sagen hatte, aber sie waren ein zauberhaftes altes Pärchen und einander ganz offensichtlich auch nach so vielen Jahren noch furchtbar zugetan.

»Danke, meine Liebe«, erwiderte Lady Hardcastle herzlich. »Ich freue mich schon darauf.«

»Großartig, ganz großartig – ach!« Plötzlich schien ihr etwas einzufallen. »Warst du eigentlich schon mal auf einem Viehmarkt?«

»Auf einem Viehmarkt?«, fragte Lady Hardcastle, ohne die beträchtliche Überraschung in ihrer Stimme verbergen zu können. »Nein, ganz ehrlich, das kann ich nicht behaupten.«

»Wenn ich es einrichten kann«, erwiderte Lady Farley-Stroud, »schau ich am Markttag immer gern in Chipping vorbei. Das ist wirklich mein liebster Ausflug. Morgen verkaufen wir ein paar Tiere, und ich habe mir überlegt, ob ich nicht mal wieder dort aufkreuzen könnte. Mein altes Gesicht mal wieder zeigen, hm? Unser Gutsverwalter macht natürlich die eigentliche Arbeit, aber mir gefällt es dort wirklich sehr. Und danach essen wir im *Hayrick* zusammen mit den Farmern und Viehhändlern. Es macht wirklich großen Spaß. Und wie sie dort reden! So was hast du noch nicht gehört. Ach, meine Liebe, du musst einfach mitkommen.«

Ich bin mir nicht sicher, ob mir eine besonders lange Liste von Dingen einfallen würde, die ich weniger gern tun würde, als einen Viehmarkt zu besuchen. Aber irgendwie ließ mich das mädchenhafte Glitzern in Lady Farley-Strouds blaugrauen Augen darüber nachdenken, ob nicht sogar mir ein Ausflug nach Chipping Bevington (der etwas umständliche vollständige Name der Stadt) an einem Markttag Spaß machen könnte.

Lady Hardcastle ging es ganz offenbar ähnlich. »Nun, wenn du so davon schwärmst, meine liebe Gertie, wie könnte ich mir das Spektakel da entgehen lassen?«

»Ach, meine Liebe, wie wunderbar«, erwiderte Lady Farley-Stroud mit dem breitesten Lächeln auf ihrem vollen, runzligen Gesicht. »Bitte bring auch Armstrong mit. Sie kann Denton Gesellschaft leisten. Wir machen uns einen schönen Tag. Morgen früh um acht schicke ich Bert mit dem Wagen vorbei. Ach, ich freu mich so sehr.« Und mit einem weiteren Küsschen auf Lady Hardcastles Wange eilte sie von dannen. Ich sah ihr nach, wie sie zu ihrer eigenen Kammerzofe ging, Maude Denton, die gerade aus dem Krämerladen von Mrs. Pantry kam. Ganz offenbar teilte sie ihr umgehend die guten Neuigkeiten mit, denn Maude blickte zu mir herüber und grinste.

»Anscheinend«, sagte Lady Hardcastle, als sie sich bei

mir unterhakte und auf die Bäckerei zusteuerte, »habe ich die gesellschaftliche Bühne wieder betreten, und wir beide haben uns zu einem Tag voller strenger Gerüche, Muhen und ohrenbetäubendem Geschnatter verpflichtet.«

»Scheint so, Mylady, ja. Und zu einem Mittagessen im Pub. Denken Sie, dass es dort auch Pasteten gibt?«

»Oh, auf jeden Fall. Ich liebe eine gute Pastete.«

»Dann sind Sie am richtigen Ort, Mylady«, sagte Septimus Holman, der Bäcker, hinter seinem Verkaufstresen hervor. »Willkommen zurück. Es ist schön, Sie wieder gesund und munter zu sehen. Was kann ich Ihnen bringen? Pastete, sagten Sie?«

Der Markttag brach mit Donnergrollen und stürmischem Regen an, der gegen die Fensterscheiben prasselte.

Da der Wagen für acht Uhr angekündigt war, war ich schon vor dem Morgengrauen aufgestanden, damit wir beide genug Zeit fürs Ankleiden und das Frühstück hatten. Doch wenn normalerweise die aufgehende Sonne ihre Strahlen durchs Küchenfenster schickte und so den richtigen Start in den Tag ankündigte, begrüßte mich an diesem Morgen sintflutartiger Regen.

Kurz nachdem ich aufgestanden war, trafen Edna und Miss Jones ein. Edna ging sofort an die Arbeit und fachte zuerst den Kamin im Frühstückszimmer an. Miss Jones stellte derweil Toast und Konfitüre bereit.

Ursprünglich hatte Lady Hardcastle geplant, »ein hübsches, kleines Häuschen irgendwo in, ach, ich weiß nicht, Gloucestershire« zu mieten, vielleicht mit »Reetdach und rosenumrankter Eingangstür«. Stattdessen hatte sie das Glück gehabt, ein neu errichtetes Haus am Rand von Littleton Cotterell zu ergattern. Ein alter Freund hatte es für sich selbst und seine Familie bauen lassen, aber als seine geschäftlichen Angelegenheiten ihn gezwungen hatten, ein paar weitere Jahre in Indien zu bleiben, hatte er das Haus bedenkenlos Lady Hardcastle überlassen, sodass sie sich an seiner Stelle darum kümmern konnte.

So bewohnten wir nun zu zweit ein Haus, das für eine sechsköpfige Familie und ihre Angestellten konzipiert war. Ich hatte nie eingehender darüber nachgedacht, welche Vorteile es mit sich bringen würde, in einem modernen Haus zu leben. Bis Lady Hardcastle Edna eingestellt hatte, hatte ich doch tatsächlich darüber gemurrt, wie viele Räume ich abzustauben und zu kehren hätte. Aber an Tagen wie heute, an denen der Regen gegen die Fenster und Mauern peitschte, war ich doch froh, in etwas Stabilerem als einem alten Landhäuschen mit Strohdach zu wohnen. Als die heftigen Märzwinde drohten, unser Steinhaus zusammenzupusten, lernte ich, die Weisheit des dritten kleinen Schweinchens aus der Geschichte außerordentlich zu schätzen.

Um Punkt acht Uhr, als wir in der Halle gerade Regenmäntel und Galoschen anlegten, klingelte es an der Tür. Ich öffnete, und draußen stand ein zerzauster und triefnasser Bert, dem der Regen von der Kappe tropfte.

»Guten Morgen, Miss Armstrong«, begrüßte er mich. »Der Wagen ist hier.«

»Danke, Bert.«

Lady Hardcastle steckte den Kopf durch die Tür. »Bert!«, rief sie. »Sie werden ja ganz nass. Kommen Sie doch kurz rein, wir brauchen nicht mehr lange.«

»Sehr freundlich, Mylady. Würde es Ihnen etwas ausmachen, wenn ich im Wagen warte?«

»Aber nein, natürlich nicht. Wir brauchen nur noch ein paar Minuten. Setzen Sie sich so lange ins Trockene.«

»Danke, Mylady«, sagte er und rannte zurück zu seinem geschützten und bequemen Fahrersitz.

»Sind wir dann so weit?«, fragte Lady Hardcastle und warf einen letzten Blick in den Spiegel.

»Haben Sie Ihren Stock, mit dem wir die Wegelagerer vermöbeln können? Vielleicht brauchen wir ihn heute auch, um aufsässige Rindviecher von uns fernzuhalten.«

»Meinst du, das wird nötig sein?«

»Na ja«, erwiderte ich zögerlich. »Sie wissen ja, Mylady. Kühe. Große Biester. Widerspenstig. Gefährlich.«

»Florence Armstrong«, rief sie vergnügt. »Habe ich da etwa endlich etwas gefunden, wovor du Angst hast?«

»Respekt, Mylady, Respekt habe ich lediglich.«

Sie lachte erfreut auf. »Fürchte dich nicht, kleine Dienerin. Ich werde dich mit dem Kühe abwehrenden Stab des Unheils verteidigen.« Sie schwang ihren Gehstock.

»Machen Sie sich ruhig über mich lustig, Mylady. Aber …«

»Darf ich? Oh, wie lieb du doch bist. Dann werd ich es auch tun.«

Ich bedachte sie mit meinem tadelndsten Blick.

»Komm jetzt«, sagte sie mit einem Kichern. »Wir müssen der nassen Gewalt von Mutter Natur trotzen, auf zum Markt!«

Wir traten in den Sturm hinaus. Lady Hardcastle spurtete den Weg hinunter. Bert sprang aus dem Wagen und öffnete die Hintertür für sie, und sie suchte Zuflucht neben Lady Farley-Stroud. Ich war knapp hinter ihr und zwängte mich neben Bert und Maude auf die Vorderbank. Dann fuhren wir los.

Unter den besten Umständen war Lady Farley-Stroud ein nervöser Fahrgast. Da mehr Regen auf die Straßen prasselte, als ich abgesehen von Indien während des Monsuns jemals irgendwo gesehen hatte, war Bert gezwungen, frustrierend langsam und übervorsichtig zu fahren. Normalerweise hätte mich das in den Wahnsinn getrieben, wäre da nicht die ansteckende Fröhlichkeit Maude Dentons gewesen, Lady Farley-Strouds Kammerzofe.

Wir hatten uns im vergangenen Sommer kennengelernt. Ihre kreativen Anstrengungen, sich vor fast sämtlicher Arbeit zu drücken, fand ich absolut empörend, aber ihre Gesellschaft war außerordentlich angenehm.

Maude und ich plauderten auf der Vorderbank und lauschten mit einem Ohr der Unterhaltung unserer Arbeitgeberinnen auf der Rückbank. Die Fahrt verging auf diese Weise wie im Flug, nur einmal wären wir beinahe mit dem Fuhrwerk eines Milchmanns zusammengestoßen, was bei Lady Farley-Stroud zu schrillem Geschrei und ernsten Ermahnungen führte, doch bitte vorsichtig zu sein, während Lady Hardcastle neben ihr auf der Rückbank ein Kichern unterdrückte. Bald hielten wir am Ende der Hauptstraße an.

Chipping Bevington ist einer jener kleinen Marktflecken, die seit dem Mittelalter überall in England aus dem Boden geschossen sind und als lokale Handelszentren fungieren. Üblicherweise besitzen sie eine breite Hauptstraße oder, wie in diesem Fall, einen breiten Platz am einen Ende, auf dem an Markttagen wie durch Zauberei Marktstände aus dem Boden schießen. Stolz erklärte uns Lady Farley-Stroud, dass hier seit dem Jahr 1473 immer donnerstags der Viehmarkt stattfinde.

An Markttagen gab es auf der Hauptstraße kein Durchkommen, also ließ Bert uns neben einem der sieben kleinen Pubs aussteigen, die es in der Stadt gab. Von dort aus sahen wir zu, wie er den Wagen wendete und auf der Suche nach einem Parkplatz langsam die Straße zurückfuhr.

Der Regen hatte nicht nachgelassen, und der Wind blies zu stark für die Schirme, die Maude aus dem Wagen mitgenommen hatte. Ein letztes Mal überprüften wir noch, dass unsere Hüte auch wirklich fest saßen, dann kämpften wir uns die Straße hinunter.

Standinhaber und Käufer begrüßten Lady Farley-Stroud gleichermaßen mit fröhlich-ungezwungener Herzlichkeit. Ganz offensichtlich war sie hier sehr beliebt.

Der Regen war kalt, der Wind blies heftig. Ich wollte das alles rasch hinter mich bringen, damit wir schnell nach drinnen ins Warme kämen, selbst wenn das bedeutete, sich in unangenehmer Nähe von einer großen Anzahl lebender Rinder zu befinden.

Wir duckten uns in den Schutz einer schmalen Seitengasse, die uns zum Viehmarkt führte. Früher einmal hatte dieser am unteren Ende der Hauptstraße um das Marktkreuz herum stattgefunden, doch inzwischen gab es einen eigenen Platz dafür, mit überdachten Pferchen und einer großen Auktionshalle.

Endlich erreichten wir den Schutz der Dächer, und Lady Farley-Stroud blickte sich um.

»Ich kann Mogg nirgends entdecken«, sagte sie zerstreut. »Den Gutsverwalter. Eigentlich sollte er hier sein. Denton, sehen Sie doch mal nach, ob Sie ihn irgendwo finden können, bitte.«

Mit einem Nicken und einem »Ja, Mylady«, stürzte Maude sich in das immer dichter werdende Getümmel.

»Ach, Gertie«, sagte Lady Hardcastle, »das macht wirklich Spaß. Es erinnert mich an die Märkte in Schanghai oder Kalkutta.«

»Allerdings ist es deutlich kälter, meine Liebe«, erwiderte Lady Farley-Stroud. »Ich entsinne mich noch, wie Hector und ich in den Sechzigern einmal Madras besucht haben. Ach du liebe Güte, diese Hitze. An einem Tag …«

In diesem Moment kehrte Maude in Begleitung eines Mannes mittleren Alters zurück, der den Tweedanzug eines Farmers trug.

»Ich habe ihn gefunden, Mylady.«

»Morgen, Mylady«, begrüßte der Mann Lady Farley-Stroud.

»Mr. Mogg«, antwortete diese. »Da sind Sie ja. Wie läuft es?«

»Nicht schlecht, Mylady. Gerade haben wir zehn Milchkühe reinbekommen. Ich versuche sie insgesamt zu verkaufen. Wir sind als Zweite dran. Es sollte nicht allzu lange dauern. Ein paar Leute schauen sich die Kühe an. Caradine von der Oberen Farm macht den Eindruck, als hätte er Interesse. Und Ackley drüben aus Woodworthy hat auch ein Auge auf die Tiere geworfen. Die zwei sollten sich gegenseitig ordentlich hochtreiben.«

»Wunderbar«, rief Lady Farley-Stroud. »Dann lassen Sie uns mal hoffen, dass wir ein bisschen was verdienen, hm?«

»Hoffentlich, Mylady. Würden Sie mich entschuldigen, Mylady, ich hab noch ein paar Sachen zu erledigen.«

»Natürlich, Mr. Mogg. Danke für Ihre Mühe.«

Mogg tippte sich gegen die Schläfe und verschwand in der immer weiter anwachsenden Menschenmenge.

Gern würde ich von den Einzelheiten der Auktion berichten, die sicherlich überaus aufregend für diejenigen war, die sich mit so etwas auskannten, für mich stellten sich die Dinge allerdings etwas weniger klar dar. Erst wurden ein paar Schafe hereingeführt. Ein Mann mit einer flachen Kappe faselte irgendetwas Unverständliches – hier und da konnte ich ein paar Zahlen heraushören –, während andere Männer nickten und ihm Zeichen gaben. Nach weniger als einer Minute wurden die Schafe wieder hinausgeführt, offenbar war ein Geschäft besiegelt worden.

Bevor das letzte Schaf den mit Sägespänen ausgestreuten Platz wieder verlassen hatte, trat Mogg ein und führte die ersten der zehn zum Verkauf stehenden Kühe herein. Der Rest von ihnen trottete artig hinterher. Nach ein paar Worten einer kaum verständlichen Einleitung begann der Mann mit der flachen Kappe wieder mit seinem Singsang: »Her-ba-da-dip-dah-dip-dah-her-ba-da-HEY-ba-da-dip-dah-dip-dah … Ein magerer Mann Mitte fünfzig mit einem beeindruckend buschigen Bart und leicht zusammengekniffenen Augen schien sich mit einem größeren und insgesamt stämmigeren Mann auf der anderen Seite des Platzes einen Wettstreit zu liefern.

Und wieder, bevor ich vollständig herausgefunden hatte, was hier vor sich ging, rief der Auktionator ein lautes »Verkauft!« aus, und der magere Mann zwängte sich zur Kasse durch.

»Ach, also, wie großartig«, freute sich Lady Farley-Stroud. »Es hätte gar nicht besser laufen können.«

»Nicht?«, fragte Lady Hardcastle mit einem Stirnrunzeln. »Wie kannst du dir da so sicher sein?«

»Was meinst du damit? Ach, ich verstehe, wahrscheinlich ist das alles ein bisschen undurchschaubar. Genau wie Mogg vorausgesehen hat, haben sich die beiden örtlichen Rivalen Caradine und Ackley gegenseitig hochgeboten. Caradine hat den Zuschlag bekommen. Das Großartige daran ist, dass ihr dummer Wettkampf den Preis weit über das hinaus nach oben getrieben hat, was wir uns erhofft hatten. Ich bin überglücklich.«

»Nun, das sind doch gute Neuigkeiten, meine Liebe. Ich freue mich sehr für dich«, gratulierte ihr Lady Hardcastle.

»Danke. Ich würde sagen, das Mittagessen geht auf mich.«

»Das ist sehr großzügig. Aber was machen wir bis dahin? Gibt es noch irgendwelche anderen Posten, die du dir gern ansehen möchtest?«

»Nein, meine Liebe. Es macht eigentlich nur richtig Spaß, wenn deine eigenen Tiere unter den Hammer kommen. Falls du nicht herausfinden willst, was mit dieser nächsten Ansammlung unterernährter Milchkühe passiert, würde ich sagen, wir sind hier fertig.«

»Wenigstens hat der Regen inzwischen nachgelassen, Mylady«, warf Maude ein.

»Ein wenig, Denton, ein wenig«, erwiderte Lady Farley-Stroud. »Du bist vorher noch nie in Chipping gewesen, oder, Emily?«

»Nein, irgendwas ist immer dazwischengekommen. Normalerweise fahren wir zum Einkaufen nach Bristol.«

»Nun, hier ist rein gar nichts so exquisit wie in Bristol, meine Liebe, aber wir können bestimmt wenigstens ein unterhaltsames Stündchen auf der Hauptstraße totschlagen. Da gibt es ein ganz zauberhaftes Bekleidungsgeschäft, das ich dir gern zeigen würde. Ach, und einen ganz entzückenden kleinen Trödelladen. Magst du Antiquitäten?«

»Ich bin sicher, das wird ein großer Spaß«, erwiderte Lady Hardcastle.

Mir war sofort klar, warum Lady Farley-Stroud den Modeladen so gern mochte. Er schien speziell auf eher stämmig gebaute Landladys eines gewissen Alters ausgerichtet zu sein, aber für Lady Hardcastle hatte er nur wenig zu bieten. Obwohl sie wirklich nicht immer der neuesten Mode hinterherlief, legte sie doch Wert auf eine elegante und zeitgemäße Garderobe, und das war etwas, was dieser Laden offenbar nicht im Angebot hatte.

Es gab dort zwar ein Seidentuch, das ihr ziemlich gut gefiel, doch trotz aller Ohs und Ahs und sogar eines »Ach, Emily, damit würdest du absolut umwerfend aussehen« von ihrer Freundin hatte sie keine Lust, es zu kaufen.

Mit dem Trödelladen verhielt es sich allerdings ganz anders. Er war das letzte Geschäft in einer kleinen Ladenzeile, die vom Rest der Straße leicht zurückgesetzt lag, sodass der Eindruck entstand, als ob es in einer dunklen Ecke verborgen wäre. Die Ladenfront war gewölbt und mit einigen schmutzigen Butzenscheiben versehen, was dem Ganzen einen sehr altmodischen Anstrich verlieh. Doch die Auslage hinter diesen Scheiben weckte meine Aufmerksamkeit.

Ich bin üblicherweise wirklich keine große Freundin alter Dinge, aber dieser zusammengewürfelten Ansammlung von Krimskrams im Schaufenster haftete etwas Romantisches an. Neben den üblichen angeschlagenen Porzellanfiguren, den Glasgefäßen von zweifelhaftem Nutzen und angelaufenem Silberbesteck gab es einen Schirmständer in Form eines Elefantenfußes, einen Taucherhelm aus Messing und ein ausgestopftes Warzenschwein mit zwei Wachsorangen auf den Stoßzähnen. Daneben stand ein Fischkessel, der als Podest für eine große präparierte Forelle diente.

»Wir kaufen hier nichts«, sagte Lady Hardcastle, der mein Interesse nicht entgangen war.

»Oh, aber ich vielleicht doch«, sagte Lady Farley-Stroud. Ich schielte zu ihr hinüber und bemerkte, dass sie den Elefantenfuß-Schirmständer bewunderte. »Komm schon, Emily, lass uns mal sehen, ob wir nicht ein gutes Geschäft machen können.«

Sie öffnete die Tür, und wir marschierten hinein.

Im Inneren war das Geschäft wie eine Grotte zahlloser Wonnen. Ich habe die Welt bereist, habe die wuseligen Märkte von Schanghai und Kalkutta gesehen, bin über die Flohmärkte von Paris gewandert und habe mehr als meinen gerechten Anteil an heimlichen Treffen in den Hinterzimmern zwielichtiger Spelunken im Londoner East End gehabt, aber die Auslagen in Pomphreys Trödelladen hatten etwas Neuartiges und Magisches an sich. Es gibt schnöden Ramsch, und es gibt eine liebevoll kuratierte Auswahl an überraschendem und interessantem Trödel. Die Sachen in diesem Laden gehörten ganz ohne Zweifel zum Unterhaltsamsten, was interessanter Trödel zu bieten hatte. An der Wand hing ein Elchkopf, der eine Kappe trug und zwischen dessen Lippen das Mundstück einer reich verzierten Wasserpfeife steckte. Darunter befand sich ein Wald aus Kerzen. Es gab auch eine Abteilung mit Musikinstrumenten, in der selbstverständlich die übliche Ansammlung von zerbeulten Trompeten und Eufonien sowie eine Geige mit abblätterndem Lack und eine angelaufene Flöte vertreten waren. Zwischen diesen alltäglichen Instrumenten versteckten sich allerdings auch zwei Krummhörner, ein Serpent und eine verzierte Laute. Wenn man Lust gehabt hätte, hätte man hier sein eigenes Renaissance-Kammerorchester ausstatten können.

Mein Blick jedoch blieb an einem Banjo hängen, auf dessen Korpus ein Mississippi-Raddampfer gemalt war. Ich nahm es in die Hand und betrachtete es näher.

Im hinteren Bereich des Ladenlokals unterhielt sich ein Mann mit Brille, der eine lange Samtjacke und eine altmodische Kappe trug, mit einem Gentleman in einem ziemlich neu aussehenden Harris-Tweedanzug mit einem dazu passenden Filzhut.

»… ohne irgendetwas von seinem ursprünglichen Zauber einzubüßen«, sagte Samtjacke.

»Es ist so ziemlich genau das, wonach ich gesucht habe«, entgegnete Harris-Tweed. »Nur nicht in dieser Farbe. Aber wie ich sehe, haben Sie weitere Kunden, um die Sie sich kümmern müssen. Ich nehme erst einmal nur das und mache mich dann auf den Weg.« Er zeigte auf das Modell einer Dampflok auf dem Verkaufstresen. Es schien ganz aus Streichhölzern gebaut worden zu sein und wirkte ziemlich wirklichkeitsgetreu, wenn man mal von dem Union Jack absah, der auf den Dampfkessel gemalt war.

»Gewiss, Mr. Snelson, gewiss«, erwiderte der Ladenbesitzer. Er wickelte die winzige Lok ein und nahm das Geld seines Kunden entgegen.

Mr. Snelson wandte sich zum Gehen. Dabei bemerkte er erst, um wen es sich bei den neuen Kundinnen handelte.

»Ach, Lady Farley-Stroud. Guten Morgen.«

»Guten Morgen, Mr. Snelson. Richten Sie Ihr neues Haus ein?«

Er lächelte. »Ja, es sah ein bisschen öde aus, also dachte ich mir, dass ich es vielleicht mit ein paar interessanten Stücken verschönern könnte.«

»Dafür sind Sie ganz zweifellos an den richtigen Ort gekommen. Meine liebe Emily, ich glaube, du hast Mr. Snelson noch nicht kennengelernt. Er ist letzten Monat nach Littleton gezogen, du bist also nicht mehr die neueste Dorfbewohnerin. Mr. Snelson, darf ich Ihnen meine gute Freundin Lady Hardcastle vorstellen?«

»Sehr erfreut«, sagten sie beinahe gleichzeitig.

»Ich hoffe, man behandelt Sie hier gut«, fügte Lady Hardcastle dann noch hinzu.

»Wen meinen Sie?«, fragte Mr. Snelson.

»Die Dorfbewohner. Es kann furchtbar schwer sein, der letzte Neuzugang zu sein.«

»Ah, ach so. Ja, sie haben mich gewissermaßen mit offenen Armen empfangen. Das hier ist ein schöner Ort. Es wird auch viel geplaudert. Ich habe gehört, dass es Ihnen nicht gut ging. Ich hoffe doch sehr, dass Sie sich wieder erholt haben.«

»Das habe ich, vielen Dank. Mir geht es schon viel besser.«

»Großartig«, antwortete er. »Nun, jetzt muss ich leider wirklich los. Viel Glück bei Ihren Einkäufen.«

»Danke«, erwiderte Lady Hardcastle. »Ich bin sicher, wir sehen uns bald wieder.«

Er tippte sich gegen den Hut und verließ das Geschäft.

Der Ladenbesitzer näherte sich uns. Er war klein, rundlich, hatte rote Apfelbäckchen und ein listiges Glitzern in den lächelnden Augen, die durch die kleinen, blau getönten Gläser lugten.

»Guten Morgen, meine Damen. Hubert Pomphrey, zu Ihren Diensten. Wie schön Sie wiederzusehen, Lady Farley-Stroud. Und Sie haben eine Freundin mitgebracht. Ich glaube, wir kennen uns noch nicht …«

»Lady Hardcastle«, sagte Lady Farley-Stroud, indem sie sich zu meiner Herrin umdrehte, »darf ich dir Mr. Hubert Pomphrey vorstellen, den Eigentümer dieses wunderbaren kleinen Ladens?«

Lady Hardcastle nickte, und Mr. Pomphrey verbeugte sich.

»Und das ist meine Zofe Armstrong.«

»Willkommen, Mylady. Und willkommen, Miss Armstrong. Wie ich sehe, bewundern Sie das Banjo. Sie haben ein gutes Auge. Dieses schöne Instrument gehörte einst Mr. Zachariah Duchamp, einem der vollendetsten Banjomusiker, die jemals auf den Raddampfern über den mächtigen Mississippi gefahren sind. Spielen Sie denn auch?«

»Ein wenig«, erwiderte ich.

»Dann bitte«, forderte er mich mit einer großen Geste seines dicken Arms auf. »Tun Sie sich keinen Zwang an.«

»Danke, Mr. Pomphrey. Aber gerade nicht.« Ich stellte das Banjo wieder in die Auslage.

»Wie Sie wünschen, Miss«, sagte er mit einem Lächeln.

»Ist Ihnen sonst etwas ins Auge gesprungen, meine Damen?«

»Tatsächlich, Mr. Pomphrey«, sagte Lady Farley-Stroud, »habe ich den Elefantenfuß-Schirmständer im Fenster bewundert. Er erinnert mich an meine Tage in Indien mit Sir Hector.«

»Und was für ein gutes Auge Sie haben, Mylady. Leider muss ich der Ehrlichkeit halber einräumen, dass es nur eine Nachbildung ist. Ein Gipsabdruck. Andererseits wäre vielleicht ein dreibeiniger Elefant ein traurigerer Anblick. Möchten Sie ihn sich gern genauer ansehen?«

»Ja, bitte«, entgegnete sie, und er griff über die Rückwand der Schaufensterauslage und hob den Schirmständer heraus. Er schien schwer zu sein, und da noch ein verzierter Regenschirm darin steckte, außerdem auch ziemlich unhandlich. Er kämpfte sich zu uns zurück und stellte ihn auf dem Tresen ab, damit sie ihn in Augenschein nehmen konnte.

»Wie Sie sehen, Mylady, ist er in außergewöhnlich gutem Zustand. Sehr oft sind diese Gipsabgüsse ja angestoßen oder haben Risse, aber dieser hier … nun …«

»Er sieht wirklich ziemlich überzeugend aus«, bestätigte Lady Farley-Stroud. »Ich bin nur enttäuscht, dass er nicht echt ist.«

»Ach, Gertie, nein«, schaltete Lady Hardcastle sich ein. »Er wirkt doch vollkommen echt, eine perfekte Nachahmung. Auf diese Weise bekommst du ein faszinierendes *objet*, und der arme Elefant läuft trotzdem immer noch frei herum. Ich gebe Mr. Pomphrey recht – es gibt kaum einen traurigeren Anblick als einen dreibeinigen Elefanten.«

»Hacken sie wirklich einfach nur ein Bein ab?«, fragte Maude leutselig.

Lady Hardcastle und ich sahen uns an, sagten aber nichts.

»Aus persönlicher Erfahrung weiß ich, dass es auf dem Subkontinent einen florierenden Handel mit Elefantenprothesen gibt, Miss«, erklärte Mr. Pomphrey ernst. »Mein Bruder betreibt in Pondicherry ein sehr erfolgreiches Unternehmen: *Pomphreys Dickhäuter-Holzbeine* …«

»Ich glaub, mich tritt ein Pferd«, staunte Maude.

»Er neckt Sie nur, Denton«, mischte Lady Farley-Stroud sich ein. »Schenken Sie ihm gar keine Beachtung.«

Maude wirkte ziemlich enttäuscht.

»Ich muss mich entschuldigen, Miss. Es war nur ein kleiner Scherz.«

»Sie wird's überleben«, beruhigte ihn Lady Farley-Stroud. »Also, wie viel wollen Sie dafür?«

Darauf folgte ein erbittertes Feilschen. Mit Lady Farley-Stroud war in Geldangelegenheiten nicht zu spaßen. In wenigen Minuten hatte sie den geforderten Preis um drei Viertel heruntergehandelt und Mr. Pomphrey überredet, ihr zudem noch den Regenschirm zu überlassen. Ich hatte keinerlei Zweifel, dass er trotzdem noch einen ordentlichen Profit erzielte, aber er stellte den Verlierer überzeugend dar, während sie ganz sicher glaubte, dass sie ein Schnäppchen gemacht hatte.

Als wir wieder auf die Straße hinaustraten, den

Schirmständer stramm in Packpapier gewickelt und unter Maudes Arm geklemmt, hatte der Regen aufgehört, und der Wind war auf ein erträglicheres Maß abgeflaut.

»Das war wirklich ein großer Spaß, meine liebe Gertie«, sagte Lady Hardcastle. »Ich weiß nicht, wie es euch geht, aber ich habe jetzt einen Bärenhunger. Was meinst du, sollen wir jetzt dein freundliches Angebot annehmen, und du lädst uns zum Mittagessen ein? Was empfiehlst du?«

»Denton und ich gehen normalerweise ins *Hayrick* gleich um die Ecke. Nicht wahr, Denton?«

»Das stimmt, Mylady«, bestätigte Maude, wahrscheinlich wegen der erlittenen Kränkung etwas weniger begeistert als sonst. Und wieder marschierten wir die Hauptstraße entlang.

»Nun mal nicht so lustlos, Denton«, rief Lady Farley-Stroud. »Frisch voran. Da gibt es wirklich deftiges Essen, Emily. Gutes, ehrliches englisches Essen in einem guten, ehrlichen englischen Pub. Dort gehen auch die Farmer nach dem Markt alle hin. Ich liebe diesen Pub. Trinkst du gern Cider, meine Liebe?«

»Ich hab mich damit sogar schon betrunken«, erwiderte Lady Hardcastle. »Obwohl ich Brandy bevorzuge.«

»Zum Lunch? Das könnte ich ja nicht!«

»Oh, aber meine Liebe, du solltest es versuchen. Es ist nie zu früh für einen kleinen Schnaps.«

»Ich bestehe immer noch darauf, dass du den hiesigen Cider probierst. Wenn wir schon mal hier sind, hm?«

»Na gut, meine Liebe. Dann teste ich den Cider.«

»Und die Pastete. Sie machen eine vorzügliche Pastete mit Rindfleisch und Pilzen«, erklärte Lady Farley-Stroud, der wahrscheinlich schon das Wasser im Mund zusammenlief, als wir in eine Seitenstraße bogen und uns dem Pub näherten.

Lady Farley-Stroud drückte die Tür auf, und wir wurden von dem Lärm, der aus der gut besuchten Kneipe drang, beinahe umgeworfen.

Pfeifenrauch. Gesprächsfetzen. Der Geruch nach schalem Bier, Cider und Essen. Gelächter. Lautes Fluchen. Beeindruckende Bärte. Wir hatten die Welt der Farmer betreten.

Maude, Lady Hardcastle und ich hielten uns im Kielwasser der massigen Lady Farley-Stroud, die sich einen Weg durch die ungestüme Markttagsmenge bahnte. Es war noch nicht mal Mittag, aber die Mehrheit der versammelten Landbevölkerung war bereits auf gutem Weg zu einem formidablen Rausch.

Der Wirt hatte uns den Rücken zugekehrt und machte sich an irgendetwas auf einem Regal hinter dem Tresen zu schaffen.

»Morgen, Ronnie«, bellte Lady Farley-Stroud.

Der Wirt zuckte zusammen. Sogar bei all dem Lärm in der Kneipe reichte ihre Stimme aus, um noch dem Respekt einflößendsten Mann das Fürchten zu lehren.

»Oh, guten Morgen, Mylady«, erwiderte er, als er sich umdrehte. »Sie haben mich ziemlich erschreckt.«

»Hab ich mir schon gedacht. Sie haben wohl vor sich hin geträumt, wie?«

»Ich versuche nur, das Lokal in Ordnung zu halten, Mylady. Hier drin herrscht das reinste Chaos, am Markttag ist das immer so. Was kann ich Ihnen bringen?«

»Haben Sie noch vier Rindfleisch-Pilz-Pasteten?«

»Heute Morgen frisch gebacken, Mylady. Zwei wollen Sie?«

»Nein, heute mal vier, Ronnie. Ich habe noch Gäste mitgebracht.« Sie zeigte auf Lady Hardcastle und mich.

»Guten Morgen, die Damen«, begrüßte uns der Wirt mit einer leichten Verbeugung. »Ronald Towels, stets zu Diensten. Willkommen im *Hayrick.*«

»Danke, Mr. Towels«, entgegnete Lady Hardcastle. »Sie haben hier ein hübsches, lebendiges Lokal.«

»Nennen Sie mich Ronnie, Madam, bitte. Freut mich, dass es Ihnen gefällt. Es ist wohl nicht ganz das, was Sie gewohnt sind, vermute ich mal, aber Freundinnen von Lady Farley-Stroud sind hier immer willkommen.«

»Ich bin ziemlich sicher, dass Sie staunen würden, was wir so alles gewohnt sind, Ronnie«, erwiderte sie mit einem herzlichen Lächeln. »Und nach allem, was man hört, sind Ihre Pasteten und der Cider die besten im ganzen Land.«

»Nun, da bin ich mir nicht sicher, Mrs. ...?«

»Das ist Lady Hardcastle«, stellte Lady Farley-Stroud sie vor.«

»Wirklich? Tatsächlich? Na, da tritt mich doch ein Pferd. Dieselbe, die Ihnen letztes Jahr bei dieser Angelegenheit oben auf *The Grange* geholfen hat?«

»Genau die«, bestätigte Lady Farley-Stroud stolz. »Sie

hat meinen Edelstein wiederbeschafft und dabei noch geholfen, eine Mörderin zu fangen.«

»Das stimmt, jetzt erinnere ich mich. Da wurde der arme Frank Pickering umgebracht, oder? Was für ein schrecklicher Verlust. Er war einer der besten und schnellsten Werfer im ganzen Distrikt. Littleton Cotterell wird ihn diese Saison schmerzlich vermissen.«

»Richtig«, stimmte Lady Farley-Stroud ihm zu. »Also denken Sie daran, meine Gäste gut zu behandeln, mein Junge.«

»Hier gibt es keine Sonderbehandlungen, Mylady«, entgegnete Ronnie. »Das wissen Sie. Hier gibt's den besten Cider, die besten Pasteten, und alle bekommen einfach nur das Beste, was es gibt. Und werden dabei noch herzlich empfangen. Es ist mir ein Vergnügen, Sie alle zu bedienen.« Dann stutzte er und blickte mich fragend an. »Sind Sie etwa die berühmte Florence Armstrong?«

»Ich weiß nicht, ob ich berühmt bin. Aber ich habe so meine Momente.«

»Ich habe gehört, dass Sie einer Mörderin mit einem einzigen Tritt das Handgelenk gebrochen haben.«

»Ach ja. Das bin ich gewesen. Außerdem backe ich ziemlich guten Kuchen.«

Er musste lachen. »Das kann ich mir vorstellen. Also, Ladys, schubsen sie ein paar dieser Nichtsnutze beiseite und machen Sie es sich bequem. Ich schicke sofort das Mädchen mit den Pasteten und dem Cider zu Ihnen. Hey!«, rief er unvermittelt. »Spencer! Rück mal rüber und mach Platz für die Damen.«

Der angesprochene Mann blickte mürrisch von seiner Pastete auf, und ich erkannte Spencer Caradine wieder, den mageren, bärtigen Farmer, der die Kühe der Farley-Strouds gekauft hatte. Ganz offensichtlich setzte er bereits dazu an, seine Meinung darüber kundzutun, für irgendwen rücken zu müssen, als er Lady Farley-Stroud erkannte. Also nickte er stattdessen widerwillig und rutschte dann mit seinem Bierglas und seinem Teller die Bank hinunter, um für uns Platz zu schaffen.

»Danke, Mr. Caradine«, sagte Lady Farley-Stroud, während sie es sich bequem machte. »Ich hoffe doch, dass die Kühe zu Ihrer Zufriedenheit sind.«

»Sind gute Milchkühe, Mylady«, schnaufte er. »Schätze, ich hab da ein Schnäppchen gemacht.«

»Das haben Sie gewiss«, sagte Lady Farley-Stroud. »Lassen Sie sich die Pastete schmecken.« Dann wandte sie sich wieder an uns. »Nun, Emily, was denkst du? Ist Markttag nicht einfach nur ein Riesenspaß?«

»Auf jeden Fall gibt er einen Einblick ins Landleben«, antwortete Lady Hardcastle und sah sich im überfüllten Pub um. »Ist es hier immer so gut besucht?«

»Ich würde sagen, der Andrang ist durchschnittlich«, erklärte unsere Gastgeberin.

»Und kennst du hier viele Leute? Dich scheinen sie ja auf jeden Fall zu kennen.«

»Ich nehme an, ich bleibe recht gut im Gedächtnis, nicht wahr? Die Lady vom Landsitz und so weiter. Aber ich kenne tatsächlich ein paar von ihnen. Da drüben zum Beispiel.« Sie zeigte auf einen groß gewachsenen Mann mit einem schlecht sitzenden Hut. »Das ist Dick Ackley, der gegen Mr. Caradine hier auf unsere Kühe geboten hat. Und da drüben«, sie zeigte auf einen auffallend gut aussehenden Mann in einer ordentlich geflickten Jacke, »das ist Noah Lock, einer von Mr. Caradines Nachbarn. Und lass mich mal sehen … ach ja, da ist er ja. Da drüben, am Ende des Tresens neben der Küche, der kleine Kerl. Das ist ein weiterer seiner Nachbarn, Lancelot Tribley.«

»Eine ziemlich enge Gemeinschaft«, vermutete Lady Hardcastle. »Die Nachbarn treffen sich im Pub.«

»Hier draußen muss man seine Nachbarn kennen, meine Liebe. Sie verlassen sich ja aufeinander.« Lady Farley-Stroud erhob die Stimme: »Stimmt doch, Mr. Caradine, oder?«

Er blickte von seiner Pastete auf. »Wie bitte, Mylady?«

»Ich habe gesagt, wir kümmern uns umeinander. So ist es auf dem Land. Wir halten zusammen.«

»Ah«, schnaufte er schwer mit vollem Mund. »Das tun wir, Mylady. Das tun wir.«

»Wer ist der große über und über bemehlte Kerl da drüben?«, fragte Lady Hardcastle. »Sieht eher wie ein Bäcker als wie ein Farmer aus.«

Lady Farley-Stroud lugte zu dem Riesen neben der Dartscheibe.

»Da bin ich mir nicht sicher, meine Liebe. Er kommt mir bekannt vor. Ich weiß aber nicht, wo ich ihn schon mal gesehen habe. Vielleicht im Rugbyclub? Hector wüsste das.«

Das Gespräch wurde kurz unterbrochen, als »das Mädchen« mit einem enormen Tablett zu uns kam, auf dem die Pasteten und der Cider standen. Sie war mindestens vierzig Jahre alt, und ihr fehlte mehr als ein Zahn, doch ihr lückenhaftes Lächeln war warmherzig und ihre Kraft beeindruckend.

»Bitte, meine Lieben«, sagte sie und hievte das Tablett auf den Tisch. »Vier Pasteten und vier Cider. Kann ich Ihnen sonst noch was bringen? Irgendwo hier gibt es auch Senf.«

»Und bitte noch Salz, meine Liebe«, bat Lady Farley-Stroud, während sie Messer und Gabel zur Hand nahm. »Kommt schon, meine Mädchen, lasst es euch schmecken«, sagte sie und machte sich ans Werk.

Trotz meiner Skepsis waren die Pasteten alles andere als enttäuschend. Das Fleisch war zart, die Soße sämig, und ich war mir sicher, dass es sich bei den Pilzen um Pfifferlinge handelte. Wenn man dazu noch eine großzügige Portion Kartoffelbrei hinzufügte, war es ein Essen, das eines Bauernkönigs würdig gewesen wäre. Der Cider war auch nicht schlecht, aber der von Old Joe im *Dog and Duck* in Littleton Cotterell war ihm doch überlegen.

Beim Essen tauschten die beiden Ladys Geschichten über ihre Zeit in Indien aus. Die von Lady Hardcastle waren dabei zweifellos aufregender, es waren ausgewählte Höhepunkte unserer weniger geheimen Spionagemissionen, aber auch in den Geschichten der älteren Dame steckte eine verschmitzte Freude, die als unterhaltsamer Kontrapunkt diente. Ich hatte schon immer vermutet, dass sie in ihrer Jugend ziemlich wild unterwegs gewesen war. Und wie sich herausstellte, entsprach das den Tatsachen. Manchmal war sie wohl auch außerordentlich feurig gewesen.

Ich hörte allerdings nur einige der Geschichten mit, da mich Maude, angeregt durch Speis und Trank, nun mit ihren eigenen Anekdoten unterhielt. Das Leben im Untergeschoss von *The Grange* war um einiges interessanter, als ich es von dem Tag her erinnerte, den ich dort verbracht hatte. Kichernd planten wir gerade den Niedergang der bösartigen Köchin Mrs. Brown, als uns das Ende einer von Lady Farley-Strouds Geschichten plötzlich innehalten ließ.

»… also sprang sie direkt aus dem Fenster. Noch immer splitterfasernackt, natürlich.«

Beinahe hätte ich meine Pastete wieder ausgespuckt.

Wenn Sie wissen möchten, wie es weitergeht, lesen Sie

T E Kinsey
Lady Hardcastle und ein mörderischer Markttag
978-3-7341-1008-5/978-3-641-27121-3 (E-Book)
Blanvalet Verlag